KB068471

The Ghost

THE GHOST

유령작가

로버트 해리스 장편소설

조영학 옮김

The Ghost

ROBERT HARRIS

RHK
알에이치코리아

_M_   _e_   _d_   _i_   _a_   _R_   _e_   _v_   _i_   _e_   _w_

"로버트 해리스는 문학적인 알프레드 히치콕이다."   가디언

"로버트 해리스는 가히 영국 최고의 작가라 할 만하다."   데일리 텔레그래프

"우리 시대의 가장 논쟁적인 이슈를 지적으로 다루는 작가, 로버트 해리스."   데일리 익스프레스

"복잡하지 않은 플롯 속에서도 해리스의 주제는 번득이고 있으며 명쾌하고 관록 있는 작품의 구성도 돋보인다. 또한 마지막 페이지의 세련된 반전도《유령 작가》의 백미다."   뉴욕 타임스

"지적 스릴러의 거장 로버트 해리스.《유령 작가》로 다시 돌아온 해리스는 놀라울 정도로 이색적인 소재로 우리를 사로잡는다."   타임스

"해리스는《유령 작가》에서 블랙 유머가 담긴 시니컬한 이야기를 훌륭히 묘사한다. 플롯의 마지막 반전을 예상한 독자조차 심각한 이슈를 지적으로 표현하는 해리스의 예술적 수완에 감탄하게 된다."

퍼블리셔스 위클리

"《유령 작가》로 로버트 해리스는 이 시대의 가장 정통적인 정치 스릴러 작가임을 입증했다."

"조지 오웰의《1984》를 연상시키는《유령 작가》의 엔딩은 이 시대 현실을 비판하면서, 씁쓸하면서도 가슴속 깊이 남는다."
워싱턴 포스트

"매끄러우면서도 팽팽하고, 속도감을 잃지 않는 거장의 작품.《유령 작가》에서 해리스의 재능은 가히 최고의 경지에 다다랐다."
커커스 리뷰

"로버트 해리스의 전 작품들 중 감히 최고라고 할 만하다. 촘촘하게 짜인 플롯은 물론이거니와 너무나 리얼한 캐릭터의 묘사도 근래 어떤 소설들보다 훌륭하다."
아마존닷컴

"요즘 같은 테러의 시대를 뚫고 용감히 이러한 소재를 선택한 로버트 해리스의 작가적 마인드에 경의를 표한다."
메일 온 선데이

"로버트 해리스 최고의 작품. 위트와 영리함이 넘치는《유령 작가》의 플롯은 해리스만이 서술할 수 있는 장기다."
파이낸셜 타임스

c o n t e n t s

나는 내가 아니다.
그대 역시 그도 그녀도 아니며
그들은 그들이 아니다.

《다시 찾은 브라이즈 헤드》 에블린 와

하나
죽어버린 유령

대필의 가장 커다란 매력은
이른바 명사를 만날 기회이다.

앤드루 크로프츠 《유령 작가》

맥아라의 죽음에 대해 들었을 때 손을 뗐어야 했다. 이제는 알겠다. "릭, 미안하네. 아무래도 내가 할 일이 아닌 것 같아. 왠지 꺼림칙해서 말이야." 이렇게 말하곤 남은 술을 마신 뒤 떠났어야 했다. 하지만 그는 타고난 이야기꾼이다. 릭 말이다. 가끔은 그가 작가이고 내가 문학 에 이전트라고 착각할 정도이다. 그가 일단 얘기를 시작하자 의혹은 씻은 듯이 사라졌고 얘기를 끝낼 때쯤 난 완전히 넘어가고 말았다.

그날 점심식사를 하며 릭이 들려준 이야기는 대충 이랬다.

2주 전 일요일, 맥아라는 매사추세츠의 우즈홀에서 마사 바인야드로 가는 마지막 페리 호에 올랐다. 나중에 조사해본 바로는 1월 12일이었 다. 날씨가 궂은 탓에 페리 호의 출항 여부는 미지수였다. 오후 3~4시 쯤부터 돌풍이 불기 시작했고 실제로 몇 척의 배가 결항되기도 했다. 그러다가 밤 9시부터 바람이 잦아들기 시작했다. 밤 9시 45분, 선장은 마침내 출항하는 데 문제가 없다는 판단을 내렸다. 몰려든 사람들로 배 가 미어터졌기 때문에 맥아라가 차를 실을 공간을 얻어낸 건 천행이었다. 그는 갑판 아래층에 주차를 하고 위로 올라가 바람을 쐬었다.

그 후 그를 본 사람은 아무도 없다.

섬까지 가는 데는 45분 정도 걸리지만 그날은 날씨로 인해 속도를 낼 수가 없었다. "시속 75킬로미터의 바람이 부는데 60미터짜리 배를 도크에 집어넣는 건 장난이 아니야." 릭의 말이다. 바인야드 항에 도착한 것은 밤 11시가 다 되어서였다. 차들은 모두 배를 빠져나왔다. 감색 포드 이스케이프 신형 SUV 한 대만 빼고. 사무장은 방송으로 신속히 차를 빼줄 것을 요청했다. 그 차로 인해 나머지 차들이 빠져나갈 수 없었기 때문이다. 차 주인이 나타나지 않자 승무원들은 차 문을 열기로 결정했다. 문은 잠겨 있지 않았다. 선원들은 어렵지 않게 대형 포드를 부두 지역으로 빼놓을 수 있었다. 무사히 하선을 끝낸 후 그들은 배를 샅샅이 수색했다. 계단, 바, 화장실, 심지어 구명보트까지. 그러나 아무도 없었다. 그들은 우즈홀의 터미널에 연락해 배가 출항하기 전 내린 사람이 있는지, 아예 승선 자체를 포기한 사람이 있는지 따위를 물었다. 역시 아무도 없었다. 매사추세츠 증기선 운영조합이 팰머스 해안경비대에 선상 실종을 신고한 건 바로 그 시점이었다.

경찰관은 포드 번호판을 조회해 그 차가 뉴욕 시의 마틴 S. 라인하트 앞으로 등록되어 있음을 알아냈다. 라인하트는 캘리포니아의 자기 목장에 있었다. 그때 미국 동부는 이미 한밤중이었고 서부는 밤 9시였다.

"정말? 정말로 그 마틴 라인하트였단 말이야?"

내가 끼어들었다.

"그래, 분명해."

라인하트는 즉시 포드가 자기 차임을 확인해주었다. 여름휴가 때 자신과 손님들이 쓸 수 있도록 마사 바인야드의 별장에 세워놓았다는 것이다. 그리고 지금이 제철은 아니지만 현재 그곳에 머무르고 있는 사람들이 있다며, 그 차를 사용한 사람이 있는지 비서를 통해 확인해보겠다는 말도 덧붙였다. 30분쯤 후 비서가 전화를 걸어와 없어진 사람이 있다는 말을 전해주었다. 그 남자가 바로 맥아라였다.

새벽 동이 터올 때까지는 더 이상 할 일이 없었다. 할 수 있는 일이 아무것도 없기 때문이다. 승객이 배에서 떨어질 경우, 수색작업은 곧바로 사체 인양 과정으로 연결된다는 사실을 모르는 사람은 없었다. 릭은 40대 초반이지만, 자전거와 카누 따위로 몸을 단련한 덕에 20대 청년이나 가질 만한 단단한 근육질 몸매를 유지하고 있다. 그는 그 바다를 잘 알고 있었다.

"한번은 노와 카약만으로 100킬로미터 가까이 되는 섬 주위를 일주한 적이 있어. 꼬박 이틀이 걸렸지. 우즈홀의 페리 호가 통과하는 지점은 바인야드 해협과 낸터키트 해협이 만나는 곳인데, 물살이 장난이 아니야. 거대한 부표들이 파도에 밀려 양쪽으로 날아가는 모습은 그야말로 장관이라고."

릭이 고개를 저었다.

"1월의 돌풍이라……. 게다가 눈발까지? 5분이면 모두 황천객이 되고 말걸."

다음 날 아침 일찍 시신을 발견한 것은 그 지역에 사는 여자였다. 램버트 협곡에서 6.5킬로미터 떨어진 백사장에서였다. 지갑에 들어 있는 운전면허증은 그 시신이 바로 마이클 제임스 맥아라임을 증명하고 있었다. 50세. 런던 남부 발햄 출신. 너무나도 촌스러운 마을 이름에 문득 안쓰러운 생각마저 들었다. 머나먼 타향에서 횡사한 사나이. 안됐군. 여권에는 어머니가 가장 가까운 가족으로 기재되어 있었다. 경찰관은 시신을 바인야드 항의 작은 시체공시소로 옮기고 라인하트의 여름 별장으로 달려가 소식을 전했다. 그리고 시신의 신원을 확인해줄 사람을 하나 데려왔다.

"시체를 확인할 사람이 등장했을 때 장관도 그런 장관이 없었어."

릭이 눈을 반짝이며 말했다.

"모르긴 몰라도 시체실 친구들, 아직도 그 얘기를 하고 있을걸."

에드거 타운에서 순찰차 한 대가 푸른색 불빛을 번뜩이며 등장했다. 그리고 뒤이어 네 명의 무장대원을 태운 두 번째 차가 나타나 건물을 장악했다. 세 번째로 방탄차 한 대가 도착했다. 그 차에 탄 사람은 누가 봐도 알 만한 거물이었다. 불과 18개월 전만 해도 대영제국과 북아일랜드의 수상이었으니 말이다.

—

점심식사를 같이 하자고 한 이는 릭이었다. 전날 밤 전화를 걸어올 때까지 난 그가 시내에 와 있는 줄도 몰랐다. 그는 자기 클럽에서 보자고 했지만 명백히 말하자면 그곳을 릭의 클럽이라고 할 수는 없다. 릭은 맨해튼의 유사클럽 멤버인데 클럽 간의 제휴로 인해 런던에서도 식사를 할 수 있었다. 아무튼 릭은 이곳도 마음에 들어 했다. 그 클럽은 점심시간에는 남성들만 입장이 허용된다고 했다. 군청색 정장을 차려입고 나이도 60 이상은 되어 보이는 사람들로 가득 차 대학을 졸업한 이후 처음으로 내가 아직 어리다는 생각이 들 정도였다. 창밖에는 거대한 석관처럼 보이는 회색빛 겨울 하늘이 런던을 짓누르고 있었다. 실내에서는 거대한 촛대 세 개가 진갈색 고급 테이블과 화려한 은 식기들 그리고 루비색 와인 병 위로 은은한 빛을 뿌려주었다. 테이블 가운데엔 이날 저녁 클럽에서 연례 백개먼 대회(일종의 주사위 놀이-옮긴이)가 개최된다고 적힌 작은 카드가 놓여 있었다. 외국인들에게는 왕실의 근위병 교대식만큼이나 영국의 상징으로 여겨지는 대회이다.

"신문에 실리지 않은 게 신기하군." 내가 말했다.

"오, 아냐, 실렸어. 그런 걸 어떻게 비밀로 묻어두겠나? 비록 사망기사 정도였지만."

그 말을 듣고 보니 어렴풋이 그런 기사를 본 것도 같았다. 하지만 기억은 확실치 않았다. 새 책의 마무리 작업 때문에 하루에 열다섯 시간씩 강행군을 해온 지도 벌써 한 달째였다. 축구선수의 자서전인데 그 덕분에 서재 밖 세상은 안개처럼 모호하게 느껴질 정도였다.

"그게 말이나 돼? 발햄 출신의 촌뜨기가 배에서 떨어졌다고 전 수상이 신원 확인을 하러 왔다는 게?"

"마이클 맥아라."

릭이 다시 한 번 그 이름을 힘주어서 말했다. 그건 그가 이곳까지 5,000킬로미터를 날아온 이유를 강조하는 것이나 다름없었다.

"애덤 랭, 전 수상의 회고록 작성을 도와주는 사나이."

그때 손을 뗐어야 했다. 벌써 직업이 같은 것부터가 심상찮지 않은가? 먼저 맥아라 부인을 위해 아드님을 여읜 데 대한 심심한 사의를 표하고, 리넨 냅킨을 접어 내려놓고 술을 마저 털어 넣은 뒤, 재빨리 추운 런던 거리로 뛰어나가 뒤도 돌아보지 말고 달아났어야 했다. 내 보잘것없는 일상이 펼쳐질 저 거리로 말이다. 그런데도 난 잠깐 실례한다고 말하고는 클럽 화장실에 들어가 오줌발을 날리며 한 푼어치도 재미없는 〈펀치〉 만평이나 연구하고 있었던 것이다.

"나야 정치에 워낙 문외한이니까."

화장실에서 돌아와 보인 반응은 고작 그랬다.

"그 친구 찍지 않았어?"

"애덤 랭? 그야 물론이지. 하지만 누군들 안 찍었겠어? 그 친구는 정치가가 아니야. 걸어 다니는 돌풍이었다고."

"바로 그 점이야. 정치 따위에 누가 관심이나 있대? 이봐, 어쨌든 그가 원하는 건 전문 대필 작가야. 얼치기 정치꾼이 아니라."

그는 주변을 둘러보았다. 클럽에서는 사업 이야기를 못 하게 되어 있었는데, 다른 얘기라고는 해본 적이 없는 릭에게는 죽을 맛이었을 것이다.

"마틴 라인하트는 그 회고록에 1,000만 달러를 지불했어. 단지 두 가지 조건을 달고 말이야. 첫째, 2년 안에 끝낼 것. 둘째, 테러와의 전쟁에 대해 가차 없이 까발릴 것. 소식통에 의하면 두 조건 모두 근처에도 못 간 모양이더라고. 결국 크리스마스쯤에 세 사람은 한바탕 붙었고 라인하트가 랭과 맥아라를 바인야드 별장에 처박아버린 거야. 아무 방해 받지 않고 작업이나 하라고 말이야. 내 생각엔 맥아라에게도 상당한 압력이 들어간 것 같아. 검시관에 따르면 혈중 알코올 농도가 운전 가능 수준을 4배나 초과했다더군."

"그래서, 사고사다?"

"사고? 자살? 그걸 누가 알겠어? 게다가 아무려면 어때? 어차피 그를 살해한 건 회고록인데."

그가 손가락으로 딱 소리를 냈다.

"나 들으라고 하는 소리 같군." 내가 대답했다.

릭이 침을 튀기며 열변을 토하는 동안, 나는 시체실에서 대필 작가의 차가운 얼굴을 내려다보는 전직 수상을 떠올려 보았다. 그야말로 자신의 유령(ghost는 유령 작가, 즉 대필 작가를 뜻함—옮긴이)을 보는 격이 아닌가? 기분이 어떨까? 나는 고객에게 항상 이런 질문을 던져야 한다. 인터뷰를 하는 날이면 수백번도 더 그 질문을 던진다. 기분이 어땠습니까? 그때 기분이 어땠습니까? 대개의 경우 그들은 대답할 수 없다. 그리고 대답할 수 없기 때문에 나 같은 유령을 부르는 것이다. 일이 성공적으로 끝낼 때면 난 그들보다 더 그들처럼 되고 만다. 솔직히 말해서 나는 그런 변이를 즐기는 쪽이다. 잠깐이나마 다른 존재가 되는 자유. 그건 전율을 만끽할 수 있는 삶이다. 물론 그 자유를 얻기 위해서는 엄청난 기술이 요구된다. 다른 사람들에게서 그들의 인생 이야기를 뽑아낼 뿐 아니라, 무형으로만 존재하는 그들의 삶에 형체를 부여해주어야 하기 때문이다. 나는 그들 자신도 깨닫지 못한 삶을 그들에게 제공한다. 그게 예술이 아니면 뭐가 예술이란 말인가?

"그런데 맥아라라고? 내가 알아야 하는 이름이야?"

"그래, 설마 못 들어봤다고 말하지는 않겠지? 랭이 수상으로 재임할 당시 최측근 중 최측근이었으니까. 연설문 작성, 정책 연구, 정치 전략 모든 부문에 그의 입김이 들어갔지. 랭이 퇴임한 후에도 맥아라는 늘 그와 함께 있었어. 전 수상의 사무실을 운영하기도 했을 정도니까."

나는 인상을 찌푸렸다.

"모르겠어, 릭."

점심식사를 하는 내내 나는 옆 테이블에 앉아 있는 중견 탤런트를 힐끔거렸다. 어렸을 때 즐겨 본 시트콤에서 10대 소녀의 홀아버지 역을 맡았던 유명 배우였다. 그가 비틀거리며 출구 쪽으로 나가는 모습을 보며 이제 자신의 시체를 연기할 때가 된 모양이라는 생각을 했다. 바로 저런 사람들이 내가 유령 역할을 해주는 사람들이다. 유명세의 사다리에서 몇 단 떨어져 내리거나, 아직 올라야 할 곳이 몇 개 남아 있는 사람들. 아니면 꼭대기에 대롱대롱 매달린 채 아직 마무리할 시간이 있다고 믿는 사람들 말이다. 그런데 갑자기 전 수상의 회고록에 뛰어든다니. 생각하는 자체만으로도 우스꽝스러웠다.

"정말 모르……."

내가 되풀이해 말하려는데 릭이 가로막았다.

"라인하트 출판사는 필사적이야. 내일 아침 런던 지사에서 미인 대회를 개최할 거라는데, 매덕스가 직접 뉴욕에서 날아와 인사를 할 모양이더라고. 랭은 변호사를 보내 계약을 수정할지 타협해볼 생각이야. 시드니 크롤, 워싱턴 최고의 천재 해결사를 말이야. 아, 물론 여기 투입할 수 있는 사람이 없는 건 아니니까 원하지 않으면 지금 말하라고. 하지만 지금까지의 상황으로 봐서는 자네가 적임자야."

"나? 지금 농담하는 거지?"

"아니. 약속 하나 할게. 그들은 뭔가 근본적인 변화를 원해. 위험에 도전해보라고. 자네한테도 커다란 기회가 될 테니까. 게다가 보수도 좋아. 애들 굶길 걱정은 끝이지."

"난 애 없어."

"그렇겠지. 하지만 난 있어." 릭이 윙크를 했다.

—

우리는 클럽 계단에서 헤어졌다. 릭의 차가 시동까지 걸린 채 대기 중이었지만 태워주겠다는 말은 하지 않았다. 그건 다른 고객을 만나러

가는 중이라는 뜻이다. 그에게도 내게 던진 것과 똑같은 미끼를 던질 것이다. 유령 그룹을 부르는 집단 명사가 뭐더라? 행렬? 족속? 떼거리? 어쨌든 릭에게는 흐르고 넘치는 게 우리 같은 유령들이다. 베스트셀러 목록을 눈여겨봐라. 그중 얼마나 많은 것이 유령들의 작품인지 알면 아마 놀라 자빠질 것이다. 논픽션에서 소설까지 모두. 우리는 디즈니 월드의 숨은 일꾼처럼 출판계를 지탱하는 그림자 군단이다. 유명 인사들의 지하 터널을 따라 달리다가 두더지처럼 여기저기에서 튀어 올라 이 캐릭터 저 캐릭터에 옷을 입혀주는 식으로 이 마법 왕국의 말끔한 환상을 보존하는 존재들인 것이다.

"내일 보자고."

릭은 이렇게 말하곤, 배기가스를 퍽 하고 터뜨리며 떠나버렸다. 15퍼센트의 커미션을 따먹고 사는 메피스토펠레스. 나는 갈 곳을 몰라 잠시 망설였다. 그때 만일 런던의 다른 곳에 있었더라면 상황은 다른 식으로 흘러갔을 수도 있었으리라. 하지만 내가 서 있는 곳은, 소호 거리가 코번트 가든에 등을 비비며 빠르게 흘러가고, 텅 빈 극장과 어두운 골목, 붉은 조명 그리고 스낵바와 서점들이 밀짚처럼 길게 늘어서 있는 좁은 거리였다. 세실 코트(런던에 있는 고서점가-옮긴이)의 작고 허름한 전문서적 가게에서 차링 크로스의 대형 할인매장까지 서점이 어찌나 많이 줄지어 있는지 보는 것만으로도 욕지기를 일으킬 것만 같은 곳. 나는 내 책이 어떤 식으로 진열되어 있는지 점검을 하기 위해 가끔 대형 서점을 돌곤 한다. 그날 오후에도 그 일을 하기로 했다. 하지만 나는 서점에 들어가, 전기와 회고록 코너의 닳고 닳은 레드카펫 위에서 잠깐 서성대다가, 갑자기 '명사'에서 '정치' 쪽으로 방향을 틀어버렸다.

전 수상을 다룬 책은 많아도 너무 많았다. 초기의 언행을 다룬 《애덤

랭 : 우리 시대의 정치가》에서 《애덤스러운 정치가 애덤 랭의 거짓말 모음》이라는 제목의 최신 짜깁기까지(아, 둘 다 같은 작가의 글이다) 코너 하나를 전부 차지해, 없는 게 없다는 말이 실감 날 정도였다. 나는 가장 두꺼워 보이는 전기를 꺼내 사진을 편집해 모아둔 페이지를 펼쳤다. 자연석으로 지은 건물 앞에서 양에게 우유병을 들이대고 있는 갓난아기 애덤 랭, 학교 연극에서 맥베스 부인 역을 맡은 애덤 랭, 케임브리지 대학에 재학할 당시 푸트라이트 희극단에서 수탉 분장을 한 애덤 랭, 1970년대 종합금융회사에 근무하던 당시 돌처럼 굳은 표정의 애덤 랭, 새 집의 계단에서 아내와 아이들과 함께 서 있는 애덤 랭, 국회의원으로 선출된 날 장미장을 달고 무개버스에 올라 손을 흔드는 애덤 랭, 세계 주요 국가의 지도자들과 유명 팝 스타들, 그리고 중동의 군인들과 함께 포즈를 취한 애덤 랭. 바로 옆에서 책장을 뒤지고 있던 낡은 가죽 코트 차림의 대머리 사내가 내가 들고 있는 책의 표지를 훔쳐보더니, 한 손으로는 코를 풀고 다른 손으로는 화장실 변기 물을 내리는 시늉을 해보였다.

나는 책장 모퉁이를 돌아가 색인에서 맥아라, 마이클을 찾아보았다. 그의 이름은 볼품없는 자료집 대여섯 권에 나온 게 전부였다. 요컨대 당이나 정부와 무관한 사람이 그의 이름을 알아야 할 이유가 전무하다는 얘기다. '릭, 이 사기꾼 개자식!' 나는 페이지를 넘겨 내각 테이블에 앉아 미소 짓는 전 수상의 사진을 찾아냈다. 그의 등 뒤로는 다우닝 스트리트의 고위 당직자들이 길게 서 있었다. 설명문이 가리킨 맥아라는 뒷줄에 서 있는 무뚝뚝한 인상의 남자였다. 다소 초점이 흐리기는 했지만 창백한 인상에 검은 머리, 무뚝뚝한 성격 정도는 알아볼 만했다. 나는 눈을 가늘게 뜨고 사진을 자세히 들여다보았다. 그는 나 같은 사람들을 스포츠 면으로 쫓아낼 만큼, 매력 빵점의 정치 초년병 스타일 그 대로였다. 어느 나라든 어떤 체제든, 맥아라 같은 인물은 있게 마련이 다. 정치 지도자 뒤에서 끊임없이 열정의 불꽃을 지피는 권력의 보일러 공. 그런데 이 자가 1,000만 달러짜리 회고록의 대필 작가라고? 이건 직업적 자존심의 문제였다. 나는 연구 자료 몇 가지를 사들고 서점을 빠져나왔다. 어쩌면 릭의 말이 옳을 수도 있겠다. 내가 바로 적임자인 것이다.

또다시 폭탄이 터진 건 내가 밖으로 나온 그 순간이었다. 토튼햄 법 원가의 지하철 출구 네 곳에서 사람들이 봇물 터지듯 쏟아져 나오고 있 었다. 확성기에서 옥스퍼드 서커스 역의 사고에 대해 지껄이는 소리가 들렸는데 왠지 신랄한 로맨틱 코미디 한 편을 보는 듯한 기분이었다. 〈테러 전쟁과의 밀회〉라고나 할까? 도로를 따라 걷기는 했지만 어떻게 집에 가야 할지 난감했다. 택시란 놈들은, 곰을 보고 달아난 친구처럼, 문제가 생겼다 하면 제일 먼저 자취를 감춰버린다. 대형 가전 대리점의 유리벽을 통해 사람들이 뉴스를 보고 있었다. 10여 개의 TV 방송이 일 제히 똑같은 화면을 내보내고 있었다. 옥스퍼드 광장의 항공 촬영, 지 하철역에서 솟구치는 검은 연기, 오렌지색 불꽃. 화면 아래쪽의 자막은 자살폭탄 테러라는 소식과 함께, 수많은 사상자가 발생할 가능성과 비 상 전화번호 따위의 정보를 차례로 찍어내고 있었다. 지붕 위를 날아가 던 헬리콥터 한 대가 기우뚱하더니 방향을 틀었다. 이제 이곳까지도 연 기 냄새가 나기 시작했다. 디젤과 플라스틱이 만들어낸 시큼하고도 쓰 라린 냄새.

무거운 책 봉지를 들고 집까지 걸어오는 데 꼬박 두 시간이 걸렸다. 메릴리본 가까지 올라갔다가 서쪽 패딩턴으로 꺾어지는 험한 여정이었다. 언제나 그렇듯이 폭발물을 점검한다는 이유로 지하철은 모두 불통이고, 주요 철도도 같은 신세였다. 넓은 도로는 양쪽 노선이 모두 자동차들로 들어차 주차장을 방불케 했는데 저녁때까지 길이 뚫릴 가능성은 없어 보였다. (히틀러가 만약 이 사실을 알았다면 런던을 마비시키기 위해 공습을 할 필요까지도 없었을 것이다. 그저 발 빠른 애들 몇 명에게 표백제 한 병과 제초제 한 통 들려 보내면 그만이었을 것을……) 이따금 경찰차와 앰뷸런스가 사이렌을 울려대며 인도 위로 올라오기도 했다. 샛길 진입을 시도하려는 것이다.

나는 석양을 향해 터벅터벅 걸었다. 아파트에 다다랐을 때는 오후 6시쯤이었다. 나는 회벽 스타일의 고층 건물 꼭대기 두 층을 차지하고 있었다(주민들은 죽어라 노팅힐이라고 부르고 우체국에서는 노스 켄싱턴이라는 이름을 고집하는 건물이다). 배수구에서는 쓰다 버린 주사기들이 반짝거리고 맞은편의 이슬람 정육점들에서는 이슬람교 의식을 거친 후 닭이나 돼지를 도살하는 끔찍한 지역이다. 하지만 내가 사무실로 쓰는 고미다락 방은 런던 서부의 마천루가 내려다보이는 명당이다. 건물의 옥상, 철도 광장, 도로, 하늘. 대도시의 뿌연 하늘은 히스로 공항에 착륙하는 비행기 불빛들로 반짝거렸다. 이 아파트를 구입한 것은 부동산업자의 사탕발림에 속아서가 아니라 바로 이 전망 때문이었다. 부동산업자의 말을 들으면서 내가 부자라면 이곳에 사느니 차라리 바그다드 시로 이사하는 게 낫겠다는 생각을 했었다.

케이트는 벌써 들어와 뉴스를 시청하고 있었다. 케이트. 이런, 오늘 저녁 케이트가 온다는 사실을 깜빡했군. 케이트는 내…… 글쎄, 뭐라고 해야 하나? 여자친구는 말도 안 된다. 30대 후반의 남자에게 여자친구라니, 가당치도 않다. 한 지붕 아래서 살고 있지 않으니 동거녀도 아니다. 애인? 저렇게 무덤덤한 애인이 세상에 어디 있다고. 정부? 오 마이 갓! 약혼녀? 당연히 아니다. 4만 년의 역사를 가진 인간의 언어에 우리 관계를 지칭할 적절한 단어 하나 없다니, 하늘이 꺼지고 땅이 뒤집어질 노릇이 아닐 수 없다. 사실 케이트는 그녀의 본명도 아니다. 케이트가 왜 이런 모호한 관계를 참고 있는 건지 잘 모르겠지만, 어쨌든 분명한 사실 하나는, 케이트라는 이름은 본명보다 그녀에게 잘 어울린다는 것이다. 그녀는 케이트처럼 보인다. 무슨 말인지 알 것이다. 합리적이면서도 감각적이며, 소녀답지만 언제나 사내애처럼 굴고 싶어 하는 여자. 케이트는 TV 방송사에서 일한다. 하지만 그 일로 꼬투리를 잡으려 하지 않는 게 좋으리라.

"안부 전화 고마웠어. 실제로도 죽은 몸이기는 하지만 자기까지 걱정할 필요는 없으니까."

나는 케이트의 이마에 키스하고 소파 위에 보따리를 던진 다음 곧바로 부엌으로 달려갔다. 위스키 한 잔이 죽도록 그리웠다.

"지하철이 완전히 불통이야. 코번트 가든부터 내내 걸어왔어."

"불쌍해라. 그런데 쇼핑까지 한 거야?"

케이트의 목소리가 들렸다.

나는 컵에 수돗물을 가득 채워 반쯤 들이켠 뒤 줄어든 부분을 다시 위스키로 채웠다. 이제 생각해보니 레스토랑에 예약하기로 했었다. 거실에서는 케이트가 보따리에서 책을 한 권씩 끄집어내고 있었다.

"이게 다 뭐야? 왜 갑자기 정치에 관심이 생기셨대?"

그리고 순간 케이트는 상황을 알아차리곤 나를 올려다보았다. 케이트는 매우 영리하다. 나보다 훨씬 영리하다. 게다가 그녀는 내가 에이전트를 만난다는 사실이나 맥아라에 대해 모두 알고 있었다.

"설마 당신한테 이 사람의 유령을 하라는 건 아니겠지? 세상에, 말도 안 돼!"

케이트가 웃었다. 그녀는 그 사실을 농담처럼 받아들이고 싶어 했다. 때문에 "세상에, 말도 안 돼"라는 말을 몇 년 전 그 테니스 선수처럼 미국식 억양으로 발음했다. 케이트는 불편해하고 있었다. 랭을 증오하기 때문이다. 그녀에게는 그에 대한 개인적인 배신감 같은 것이 있었다. 그래, 케이트도 그의 당원이었어. 그걸 잊고 있었군.

"실현 가능성은 거의 없어."

나는 건성건성 대답하고는 위스키를 조금 더 들이켰다.

케이트는 다시 뉴스에 시선을 돌렸지만, 팔짱을 단단히 낀 채였다. 위험 사인. TV에서는 현재 사망자가 일곱 명이며 더 늘어날 것으로 보인다는 뉴스가 흘러나오고 있었다.

"하지만 의뢰가 들어오면 할 거잖아."

케이트는 나를 쳐다보지도 않았다.

나는 대답할 기회를 놓치고 말았다. 전 수상의 반응을 생중계하기 위해 뉴욕으로 연결 중이라는 리포터의 멘트 때문이었다. 그리고 애덤 랭이 나타났다. 월도프 아스토리아(뉴욕 파크 애버뉴에 있는 고급 호텔─옮긴이)의 로고가 찍힌 연단이었다. 그곳에서 점심식사를 한 모양이었다.

"지금쯤 여러분들은 모두 런던의 비극에 대해 들으셨을 겁니다. 다시 한 번 광기와 폭력이⋯⋯."

그날 밤의 담화를 옮겨 적을 생각은 없다. 그건 테러공격 후 정치가의 기자회견을 패러디한 수준에 불과했다. 하지만 그를 보고 있자니 그의 아내와 아이들이 그 폭발에 날아가기라도 한 듯한 착각에 빠질 것 같았다. 그렇다. 그게 그의 주특기였다. 진부한 정치적 수사를 깔끔한 연기력으로 마무리하는 능력. 케이트조차 그의 연설이 방송되는 동안에는 침묵을 지켰다. 그가 연설을 마치고 청중들이(대부분 여자에 노인들이었다) 기립박수를 보낼 무렵에야 케이트가 입을 열었다.

"아무튼 저 사람이 뉴욕엔 웬일이래?"

"강연 때문이 아닐까?"

"강연은 여기서도 할 수 있잖아?"

"이곳에서야 누가 건당 1만 달러나 던져주겠어?"

케이트는 침묵으로 내 말을 무시했다. 그리고 한참 후에야 다시 입을 열었다.

"옛날엔 나라가 전쟁에 휩싸이면 왕족들이 먼저 목숨을 걸고 뛰어들었어. 모범을 보이기 위해서지. 이젠 5,000킬로미터 밖으로 달아나 한밑천 챙기고 있군. 방탄 승용차에 무장 경호원까지 거느린 채 말이야. 국민들은 자기가 심은 씨앗 때문에 쌍코피를 터뜨리는 판에. 그건 그렇고 자기도 이해할 수 없어."

케이트가 처음으로 내 얼굴을 똑바로 쳐다보았다.

"지난 몇 년 동안 전범이니 뭐니 하면서 입이 닳도록 떠들었을 땐 자기도 고개를 끄덕이며 동의했잖아. 그런데 이제 와서 저자의 광고문을 써서 더 부자로 만들어주겠다고? 내 말은 어디 엿이라도 바꿔 먹은 거야 뭐야?"

"잠깐만. 말이야 그럴듯하지만, 자기도 몇 달 동안 저 사람 인터뷰 따려고 애썼잖아. 그런데 자기와 내 행동이 무슨 차이가 있다는 거야?" 내가 되물었다.

"무슨 차이냐고? 맙소사! 무슨 차이냐니? 우리가 원하는 건 해명이야. 바로 그게 차이지! 우린 저자에게 묻고 싶은 거라고! 고문과 폭격과

거짓말에 대해서 말이야! '이런 문체가 어때요?' 따위가 아니라! 세상에! 이건 완전히 콘크리트 벽에 대고 설교하는 기분이군!"

케이트는 기가 막힌다는 듯 허공을 향해 주먹을 휘둘러댔다(오, 저 가냘프고 아름다운 섬섬옥수라니!). 반쯤은 손톱을 세우고 반쯤은 주먹을 쥔 두 팔엔 힘줄이 잔뜩 도드라졌다.

케이트가 벌떡 일어나더니 침실로 들어가 주섬주섬 가방을 싸기 시작했다. 가방을 가져온 건 오늘 밤 이곳에서 자고 갈 생각이었다는 뜻이다. 립스틱, 칫솔, 향수 따위를 마구 집어넣는 소리가 요란했다. 지금 들어가면 상황을 호전시킬 수도 있을 것이다. 어쩌면 케이트도 그러기를 원할지 모른다. 지금껏 더 심각한 싸움도 해본 적이 있는 데다 사실 솔직히 말하면 그녀의 말이 옳다. 내가 그 일에 적합하지 않음을 인정하고, 케이트의 도덕적 지적 탁월함을 확인하고 받들고 경배해야 했다. 언제나 그랬던 것처럼 말이다. 아니 굳이 말로 할 필요도 없었다. 그냥 가볍게 안아주기만 해도 내 형량은 집행유예 정도로 곤두박질쳤을 것이다. 하지만 그때 케이트의 독선적인 좌파 이데올로기 강연과 소위 전범의 유령 역할에 대한 기대감 사이에서 내가 손을 들어준 것은 결국 그 빌어먹을 전범이었다. 때문에 난 그저 TV를 바라보고 있을 수밖에 없었다.

나는 이따금 나와 섹스를 했던 여자들이 한꺼번에 모여 있는 악몽을 꾼다. 자랑할 정도의 여성 편력이 없는 탓에 가벼운 술 파티 정도라면 내 거실만으로도 충분할 것이다. 행여 그런 모임이 실제로 이루어진다면(오, 신이시여 제발!) 케이트는 당연히 최고 자리를 차지할 것이며 다른 여자들은 그녀에게 의자를 갖다 바치고 잔이 빌세라 앞 다퉈 술을 따라주고 있는 것이다. 그리고 케이트는 불신자들의 한가운데 버티고 앉아 내 도덕적·신체적 결함이 난자당하는 광경을 지켜볼 것이다. 물론 고문의 강도를 계속 높여가면서 말이다.

그녀는 떠날 때 문을 쾅 닫지 않았다. 아니, 오히려 조심스러운 쪽이었다. 아주 깔끔하군. 케이트가 나와의 싸움에서 고득점을 올리는 바로 그 순간, TV 화면에서는 사망자 수가 하나 더 늘어났다.

둘
위험한 거래

고객에 대해 일반적인 지식만 지닌 유령은
일반 독자들의 입장에서 질문을 던져야 한다.
그럼으로써 그 책의 잠재적 독자층을
광범위한 청중으로 확대시킬 수 있다.

《유령 작가》

라인하트 출판사의 영국 지점은, 1990년대의 시끌벅적했던 기업 강탈기에 빼앗은 다섯 개의 케케묵은 회사로 구성되어 있다. 그 회사들은 디킨스의 고미다락에서 뽑혀 나와 키우고 줄이고 조정하고 개명하고 재편하고 현대화하고 통합한 다음 곧바로 하운즐로에 던져졌다. 파이프가 덕지덕지 붙은 외벽과 연기 처리를 한 불투명한 유리창들로 대변되는 건물들이 늘어선 곳이다. 작은 자갈로 장식한 건물들 속에서 출판사는 지적 생명체를 찾는 데 실패한 우주선 잔해만큼이나 황량해 보였다.

　나는 전문가답게 정오에서 정확히 5분 전에 도착했으나 현관문이 잠겨 있었다. 다시 한 번 심호흡을 한 뒤 출입구에 붙은 초인종을 눌렀다. 로비의 게시판에는 테러경보가 '오렌지/경고'라고 적혀 있었다. 어두운 유리문 너머의 음침한 모니터를 통해 경비병들이 나를 확인하는 모습이 보였다. 안으로 들어간 뒤에도 나는 주머니를 까뒤집고 금속 탐지기를 통과해야만 했다.

퀴글리는 엘리베이터 옆에서 기다리고 있었다.

"이 회사를 날려버리겠다고 한 데가 어딥니까? 랜덤하우스?" 내가 물었다.

"랭의 회고록을 준비 중이라는 사실만으로도 충분한 테러 목표가 될 수 있다네. 그건 그렇고 릭은 벌써 위층에 와 있어." 퀴글리는 딱딱한 말투로 대꾸했다.

"얼마나 많이 보신 거죠?"

"다섯. 자네가 마지막이야."

로이 퀴글리. 잘 아는 인간이다. 적어도 나를 반대할 거라는 사실을 알 만큼은 안다. 대략 50세쯤 되어 보이는 커다란 덩치의 인심 좋은 사내. 좋은 세월이었다면 소호에서 여유로운 점심식사를 즐기고 파이프 담배나 피우며 가난한 대학생들에게 작은 도움을 주었을 터이지만, 지금은 자기 책상에서 도로를 내려다보며 플라스틱 접시에 담긴 샐러드를 깔짝거리고, 예순 살 먹은 영업 마케팅 팀장의 통제를 받는 처지에 불과했다. 그에게는 분에 넘치는 사립학교에 다니는 세 아이가 있다. 그리고 생존의 대가로 이제 막 대중문화에 눈을 돌리기 시작한 참이었다. 그러니까 축구선수, 슈퍼모델, 입 더러운 코미디언의 일거수일투족에 온통 관심을 기울여야 하는 팔자가 된 것이다. 하지만 여전히 과거의 습관을 못 버리고, 그들의 이름을 한 자 한 자 또박또박 발음하는가 하면, 그들의 습관을 마치 인류학자가 미크로네시아 부족민을 연구하듯 정성껏 정리해 타블로이드판에 담아내고 있는 터였다. 지난해 내가 아이디어 하나를 제공한 적이 있었다. TV 마술사의 회고록인데, 빤한 얘기지만, 어린 시절 학대를 극복하고 마술처럼 새로운 삶을 만들어냈다는 줄거리였다. 그는 일언지하에 제안을 거절했다. 하지만 그 책은 다른 출판사에서 출판되어 곧바로 베스트셀러가 되었다. 왔노라, 보았노라, 이겼노라! 그리고 그는 아직도 그 일을 아쉬워하고 있었다.

"솔직히 말하지. 난 당신이 그 일에 맞지 않다고 생각해."

엘리베이터가 꼭대기 층까지 올라가는 동안 그가 입을 열었다.

"편집장님께 결정권이 없는 것을 보니 꽤 괜찮은 일거리인가 봅니다, 로이."

아싸! 솔직히 말해서 퀴글리 정도야 한 입거리도 아니었다. 그의 직함은 영국 지점 책임 편집장, 요컨대 뒤처리 담당이었다. 진짜 국제 쇼를 연출하는 남자는 중역실에서 기다리고 있었다. 존 매덕스. 라인하트 출판사의 최고책임자이자 탈모증이 있는 덩치 큰 뉴요커. 형광등 아래서 그의 대머리가 구두약을 바른 계란처럼 반질거렸다. 젊은 시절에는 (《퍼블리셔스 위클리》에 따르면) 몸매가 거의 레슬러 수준이었으며, 그의 머리를 쳐다보는 사람들을 닥치는 대로 창밖으로 내던졌다고 한다. 나는 시선이 슈퍼 영웅의 가슴 위로 올라가지 않도록 조심했다. 왼쪽에 있는 사람은 랭의 워싱턴 변호사 시드니 크롤이었다. 헝클어진 머리에 섬세하고 창백한 얼굴의 40대 안경잡이. 그와의 악수는 열두 살 때 동물원 풀장에서 악수한 돌고래 이후로 가장 어색하고 축축했다.

"릭 리카델리는 알고 있을 테고……."

퀴글리는 어깻짓으로 소개를 마무리 지었다. 회색 셔츠에 붉은 가죽 넥타이를 맨 에이전트가 내게 윙크를 해보였다.

"안녕, 릭."

내가 인사를 건넸다.

그의 옆에 자리를 잡고 앉자 왠지 초조해지기 시작했다. 그 방은 위대한 개츠비의 서재처럼 손도 안 댄 깨끗한 양장본들로 가득했다. 매덕스는 창을 등지고 앉아 커다란 두 손을 유리 테이블 위에 올려놓고 있었다. 아직은 무기를 꺼내들 생각이 없다고 말하는 사람 같았다.

"릭으로부터 이 상황을 잘 이해하고 있고 또 우리가 원하는 게 무엇인지도 잘 알고 있다고 들었네. 이 프로젝트에 대해 우리에게 줄 수 있는 게 뭐라고 생각하나?"

"무지는 드릴 수 있습니다."

나는 최대한 가볍게 응대했다. 일단 최소한의 충격요법 효과는 있을 것이다. 그리고 곧바로 이곳으로 오는 택시 안에서 연습한 짧은 연설문을 낭독하기 시작했다. 연설은 누가 내 선전포고를 물고 늘어지기 전에 시작해야 했다.

"제 이력을 보셨을 테니 이 자리에서 잘난 척할 생각은 없습니다. 사실 별로 잘난 것도 없고, 더욱이 정치 회고록은 본 적도 없습니다. (어깻짓) 그래서요? 세상에 그런 걸 읽는 사람도 있습니까? 아, 그것도 제 문제는 아니겠군요. (매덕스를 가리키며) 회장님 문제겠죠."

"오, 이런."

퀴글리가 낮은 목소리로 웅얼거렸다.

"이왕 이렇게 되었으니 조금만 더 떠들겠습니다. 소문을 듣자니 이 책에 1,000만 달러를 내놓으셨다고 하더군요. 이런 상황에서 그 책으로 얼마나 벌어들일 거라고 생각하시는 거죠? 2,000만? 3,000만? 이런, 안됐군요. 사장님도 안됐지만 (크롤을 돌아보며) 고객분에게는 더욱 불행한 소식일 겁니다. 저분의 관심사는 돈이 아니니까요. 이건 명예의 문제입니다. 애덤 랭이 그의 영웅담을 세상에 알릴 기회니까요. 모르긴 몰라도 아무도 읽지 않을 책을 만들고 싶은 생각은 추호도 없으실 겁니다. 자신의 책이 반품 창고에 처박혀 있다는 사실을 알면 기분이 어떻겠습니까? 그렇다고 해결책이 없는 건 아니지만요."

내가 보따리장수처럼 떠벌리고 있다는 사실 정도는 잘 알고 있다. 하지만 이건 몸값을 정하는 싸움이다. 요컨대 한밤중 낯선 남자와 함께 침대에 누워 꺼지지 않는 사랑을 고백하는 여자처럼, 내일 아침의 쪽팔림에 휘둘릴 필요는 없다는 뜻이다. 크롤은 혼자 미소를 지으며 메모지에 뭔가를 긁적거렸고 매덕스는 나를 뚫어져라 노려보았다. 나는 심호흡을 하고 다시 지껄이기 시작했다.

"요점인즉슨 이름만으로 책을 파는 시대는 지났다는 겁니다. 우린 혹독한 시련을 통해 그 진리를 터득했죠. 책을 팔고 영화와 노래를 파는 건 이 심장입니다."

그 시점에 가슴까지 쳐 보일 용의도 있었다.

"그리고 그게 바로 정치 회고록이 출판의 블랙홀일 수밖에 없는 이유입니다. 텐트 밖에서야 그 이름이 거대할지 몰라도 텐트 안에 들어와서까지 그 낡디낡은 정치 쇼를 보여주면 누가 그 책에 25달러를 투자하겠습니까? 중요한 건 이겁니다. 그 안에 심장이 들어가야 합니다. 바로 그게 제가 먹고살기 위해 하는 일이죠. 무에서 시작해 한 나라를 경영한 분보다 더 많은 심장이 있는 얘기가 또 어디 있겠습니까?"

나는 상체를 앞으로 내밀었다.

"농담 하나 할까요? 지도자의 자서전은 다른 회고록보다 재미있어야 합니다. 덜이 아니죠. 제가 정치에 대한 무지를 이점으로 생각하는 이유는 그래서입니다. 솔직히 말해서 전 제 무지를 숭배합니다. 애덤 랭 같은 분이 저에게 정치적 조언을 구하는 것도 아니지 않습니까? 그분은 정치 9단이십니다. 외람된 말씀이지만 그분에게 필요한 건 영화배우나 야구선수, 록 스타와 다를 바 없습니다. 바로 심장을 보여줄 질문이 무엇인지 잘 알고 있는 노련한 조언자죠."

잠시 침묵. 나는 떨고 있었다. 릭이 테이블 밑에서 내 무릎을 두드렸다. 잘하고 있어.

"완전 개소리로군."

퀴글리였다.

"그렇게 생각하나?"

매덕스가 여전히 나를 뚫어지게 바라보며 물었다. 차분한 목소리였으나 내가 퀴글리였다면 그 속에서 위험신호를 알아차렸을 것이다.

"오, 존, 물론이죠. 애덤 랭은 역사적인 인물입니다. 그의 자서전 출판은 당연히 범세계적인 사건이 될 겁니다. 그런 기념비적 저서를 그런 식의, 음 그러니까……."

나는 적절한 비유를 찾기 위해 열심히 머릿속을 뒤졌지만 나온 것은 결국 세 푼짜리 단어에 불과했다.

"……연예 잡지처럼 만들 수는 없습니다."

다시 침묵. 코팅된 창 너머로 자동차들로 꽉 막힌 도로가 보였다. 헤드라이트 불빛에 빗물이 잔물결을 일으켰다. 폭발이 있은 후로 런던은 아직 정상으로 돌아오지 못한 상태였다.

"내 생각은 이렇다네. 지금 내 창고엔 '세계적인 기념비'들이 가득 쌓여 있는데 도무지 어떻게 털어내야 할지 모르겠거든. 그런데 사람들은 여전히 연예 잡지들만 찾아서 읽는단 말이야. 시드니, 당신 생각은 어때요?"

매덕스였다. 여전히 느리고 차분한 목소리였고 핑크빛 손도 그대로 테이블 위에 있었다.

크롤은 잠깐 동안 미소를 지으며 계속 메모를 하다가 입을 열었다.

도대체 뭐가 저렇게 재미있는 거지?

"이 책에 대한 애덤의 입장은 매우 확고합니다. (애덤. 그는 마치 거지에게 동전 던져주듯 전 수상의 이름을 대화 속에 던져 넣었다.) 그는 이 책을 심각하게 생각하고 있습니다. 유언을 남기는 기분 같은 거겠죠. 그는 계약 조건을 지키는 한편 경제적인 성공도 기대하고 있습니다. 때문에 합리적인 선이라면, 존, 당신과 마틴의 판단에 기꺼이 따를 겁니다. 그런 점에서 마이클의 죽음은 여전히 안타깝군요. 그에게도 너무나 아쉬운 손실이죠."

"그래요, 아까운 사람입니다."

우! 모두 어설프게 맞장구를 쳤다.

"아무도 그를 대신할 순 없을 겁니다. 물론…… 그럼에도 대체해야겠죠."

그가 드디어 고개를 들었다. 낙서를 끝낸 모양이었다. 그 순간, 이 세상에 어떤 끔찍한 일이 일어난들 시드니 크롤만은 그 속에서 밝은 측면을 찾아내고 말 거라는 생각이 들었다. 전쟁, 학살, 기근, 소아암 등등, 그 어떤 것도 그를 슬프게 할 수는 없을 것이다.

"어쩌면 전혀 색다른 스타일의 작가와 작업하는 게 애덤에게도 기회가 될 수 있겠죠. 결국 개인적 유대감의 문제가 아닌가요? (그가 나를 돌아봤다. 형광등 불빛에 안경이 반짝거렸다.) 운동하십니까? (나는 고개를 저었다.) 안됐군요. 애덤은 운동을 좋아하죠."

매덕스의 펀치에 비틀거리던 퀴글리가 재빨리 복귀를 시도했다.

"운동을 좋아하는 작가가《가디언》에 있습니다. 글솜씨도 일품이죠."

"어쩌면……."

릭이 이렇게 툭 던지고는 당혹스러울 만큼 뜸을 들였다.

"우선 이 일의 실질적인 측면을 설명해주시겠습니까?"

"첫째가 탈고지. 우린 한 달 안에 마무리 짓길 원하네. 마틴도 마찬가지고." 매덕스가 말했다.

"한 달? 한 달 안에 책을 끝내라는 말씀입니까?" 내가 되물었다.

"완성된 원고는 있습니다. 지금 필요한 건 마무리 작업이죠." 크롤이 대답했다.

"큰 작업이야. 좋아, 한 번 거꾸로 가보자고. 우린 6월에 출간할 거야. 그러니까 5월이면 선적해야 하고, 3월과 4월에 편집과 인쇄를 마쳐야 한다는 얘기지. 그러기 위해서는 2월 말엔 원고가 나와야 하겠지. 독일어, 프랑스어, 이탈리아어, 스페인어, 모두 동시 번역이 이루어져야 해. 정기적인 광고와 TV 삽입 광고도 필요하고. 순회 홍보 일정도 미리 조정을 해놓아야 하지. 서점에 빈자리도 확보해야 하고. 때문에 2월 말이 마감이야. 더 이상은 안 돼. 당신 이력에서 마음에 드는 것도 바로 그 부분이야. 노련하고 무엇보다도 빠르다는 점. 맞아, 당신이 적임자야."

매덕스가 종이 한 장을 들여다보며 이야기를 마무리 지었다. 내가 쓴 책들이 모두 기록된 이력서였다.

"마감을 한 번도 어긴 적이 없죠. 기막힌 사람입니다."

릭이 이렇게 말하더니 내 어깨를 힘껏 끌어안았다.

"게다가 영국인이지. 대필 작가는 영국인이어야 해. 그래야 그의 구닥다리 유머를 이해할 수 있으니까."

"맞습니다. 하지만 일은 미국에서 해야 합니다. 애덤은 지금 순회강연과 재단 설립을 위한 기금 일정 때문에 꼼짝도 할 수 없거든요. 아무리 일러도 3월이 지나야 돌아올 수 있을 겁니다."

크롤의 말이었다.

"미국에서의 한 달? 까짓것 아무 문제없습니다. 그렇지?"

릭이 간절한 눈빛으로 나를 바라보았다. 내 입에서 그렇다는 대답이 나오기를 바라겠지만 내가 고민하는 건 다른 문제였다. 한 달. 이자들은 한 달 안에 책을 써내길 원해…….

나는 천천히 고개를 끄덕였다.

"언제든 원고를 이곳으로 가져와 일할 수 있는 거겠죠?"

"원고는 미국을 떠날 수 없네. 마틴이 바인야드에 집을 마련해준 것도 그 때문이지. 안전한 환경. 아무나 원고를 만지게 할 수는 없지 않나?"

"책이 아니라 폭발물 얘기를 하는 것 같군요. 때가 되면 저도 봐야 하지 않겠습니까? 편집을 해야 하니까요." 퀴글리가 농담조로 말했다.

"이론상으로는 그렇지. 아무튼 그 문제는 나중에 이야기하지. (크롤을 돌아보며) 스케줄상으로는 원고를 고칠 시간적 여유가 없소. 따라서 작업과 동시에 모든 게 이루어져야 할 게요." 매덕스가 말했다.

그들이 일정을 짜는 동안 나는 찬찬히 퀴글리를 살펴봤다. 곧은 자세로 미동도 없이 앉아 있는 모습이, 군중 속에 서 있다가 아무도 모르게 단검에 찔려 죽는 어느 영화 속의 배우처럼 보였다. 그는 눈을 지그시 감고 입을 벌리고 있었는데 마치 마지막 메시지라도 터뜨리려는 사람 같았다. 하지만 난 그가 합리적인 질문을 던졌다는 사실을 알고 있었다. 왜 편집장인 그에게조차 원고를 보여주지 않는 걸까? 미국 동부 해안에서도 한참 떨어진 섬이라는 '안전한 환경'이 필요한 이유는 도대체 또 뭐란 말인가? 갑자기 릭이 팔꿈치로 내 옆구리를 찔렀다. 매덕스가 내게 말을 하고 있었다.

"얼마나 빨리 미국으로 건너갈 수 있나? 다른 사람이 아니라 자네와 함께 간다면 말일세. 얼마나 빨리 움직일 수 있지?"

"오늘이 금요일이니까 하루 동안 준비하면 일요일에는 비행기를 탈 수 있을 겁니다."

"그리고 월요일에 시작한다? 잘됐군."

릭이 또다시 끼어들었다.

"그렇게 빨리 시작할 수 있는 사람은 없을 겁니다."

매덕스와 크롤이 시선을 교환했다. 결국 일자리를 따낸 것이다. 언젠가 릭이 말했듯이, 관건은 언제나 그들의 입장을 헤아리는 것이다. '새 청소부를 면담하는 것과 같아. 청소의 역사와 이론에 빠삭한 사람을 쓰겠나, 아니면 그냥 쪼그리고 앉아서 시궁창 같은 집구석을 청소할 사람을 쓰겠나? 자네를 선택한 이유는 자네가 그 사람들의 더러운 집을 청소해줄 것 같아서라고.' 그의 말이 옳았다.

"우리도 함께 떠날 걸세. 물론 먼저 릭과 만족할 만한 합의가 이루어져야겠지."

이렇게 말하고 매덕스는 자리에서 일어나 내게 악수를 청했다. 이때 크롤이 덧붙였다.

"비공개 서약서에도 사인해야 할 겁니다."

"상관없습니다. 저도 너무 기쁘군요."

나는 자리에서 일어나며 인사를 했다. 비공개라고 해서 달라질 건 없었다. 유령 세계에서 비밀 유지는 정상적인 거래를 가리키는 용어이다. 그리고 정말로 기쁘기도 했다. 퀴글리를 제외하고는 모두가 만족한 표정이었다. 지금 막 큰 시합을 끝낸 로커룸의 분위기가 이럴까? 우리는 1~2분 정도 잡담을 했다. 그 와중에 크롤이 나를 한쪽으로 데려가더니 조심스럽게 말을 꺼냈다.

"우선 이것부터 검토해보셨으면 좋겠군요."

그는 테이블 밑에 손을 넣더니 연노랑색 비닐 가방을 꺼냈다. 검은 동판에 장식체로 워싱턴의 고급 의류점 이름이 찍혀 있는 가방이었다. 처음 든 생각은, 그 물건이 바로 랭의 회고록 원고이며, 지금까지 '안전한 환경' 어쩌고저쩌고 한 얘기는 모두 농담이라는 것이었다. 하지만 크롤은 내 표정을 보고 웃기부터 했다.

"아니, 아니야. 그런 건 아닙니다. 이건 그냥 다른 고객이 쓴 책입니다. 혹시 이걸 읽을 시간이 있다면 나중에 의견을 듣고 싶어서 그럽니다. 여기 내 명함 한 장 드리죠."

나는 그의 명함을 받아 주머니에 집어넣었다. 퀴글리는 여전히 아무 말도 하지 않았다.

"거래를 끝내는 대로 연락할게." 릭이 말했다.

"뽕을 뽑아버리라고."

나는 그의 어깨를 끌어안으며 농담을 던졌다. 매덕스도 웃었다. 그는 퀴글리와 함께 문을 나서는 나를 다시 불러 세웠다. 돌아보니 커다란 손으로 푸른색 정장의 가슴께를 두드리고 있었다.

"이봐, 심장을 잊지 말라고!"

엘리베이터 쪽으로 내려가는 동안 퀴글리는 내내 천장만 올려다보았다.

"괜한 생각일지는 모르지만, 내가 지금 해고된 게 확실하지?"

"그 사람들, 당신을 그렇게 쉽게 놔주지 않을 거예요, 로이. 출판의 과거를 알고 계시는 유일한 분이시잖아요." 내가 말했다.

나름대로 위로차 던진 말이건만 별로 소용이 없는 모양이었다.

"그걸 말이라고 해? 그게 소위 현대적 유머라는 건가, 응? 요즘엔 그런 걸 위로라고 하는 모양이지? 벼랑 끝에 대롱대롱 매달려 있는 사람에게 '오, 죄송해서 어쩌죠? 지금 손님이 와서 가봐야 하거든요' 하는 게?"

마침 점심시간이 되어서인지 4층에서 식사를 하러 가는 남녀가 올라탔다. 퀴글리는 그들이 2층 식당에서 내릴 때까지 아무 말도 하지 않았다. 이윽고 문이 닫히자 그가 다시 입을 열었다.

"이 프로젝트엔 뭔가 꿍꿍이가 있어."

"저 말인가요?"

"아니, 자네가 오기 전부터 뭔가 수상했다고. 뭔지는 솔직히 잘 모르겠어. 처음부터 철저히 접근이 차단되어 있었으니까. 나뿐만 아니라 누구도 마찬가지였네. 그런데다 그 크롤이라는 친구, 뭔가 섬뜩해. 불쌍한 마이클 맥아라도 석연찮고. 마이클은 2년 전 계약서에 사인할 때 만났는데, 전혀 자살할 사람처럼 보이지 않았거든……. 오히려 그 반대였지. 뭐랄까, 그러니까 다른 사람들을 자살하도록 만드는 쪽이었다고 할까? 내 말뜻을 알겠나?"

"빡빡하던가요?"

"빡빡하다, 그래. 랭은 미소만 날리고 다녔고, 그 친구는 옆에서 뱀눈을 부릅뜨고 있었지. 랭 같은 위치라면 누구든 하나쯤은 곁에 두고 싶어 할 그런 친구였어."

우리는 1층 로비로 빠져나왔다.

"저기 모퉁이에서 택시를 잡을 수 있을 걸세." 퀴글리가 말했다.

개자식! 회사를 대표해 택시를 불러줄 아량은 추호도 없으니 알아서 빗속을 뛰어가 보라는 식이었다. 그때 무슨 생각을 했는지 그가 다시 나를 잡아 세웠다.

"그래, 이따위 멍청한 짓거리가 언제부터 유행이 된 거지? 내 머리로는 도저히 이해가 안 돼. 얼간이들의 컬트 문화도, 멍청이들의 광기도 도무지 이해할 수 없다고! 그거 알고 있나? 우리 회사 최고의 베스트셀러 작가 둘이 젖통만 커다란 여배우하고 사이코 퇴직 군인이라는 사실을? 그런데 말이야, 그 망할 인간들이 쓴 글은 단 한 줄도 없다 이거야!"

"케케묵은 늙은이처럼 말씀하시는군요, 로이. 그런 식의 불평은 셰익스피어가 코미디를 쓸 때부터 있었다고요." 내가 대답했다.

"그렇겠지. 문제는 그런 일이 실제로 일어나고 있다는 거야. 적어도 전엔 이 정도는 아니었어."

그는 나를 도발하는 중이었다. 전 수상의 회고록을 작성하게 된 스타 전문 유령 작가. 하지만 내 코가 석자라 그런 시비에 신경 쓸 여력이 없었다. 나는 그의 안락한 퇴직 생활을 빌어주고 그 빌어먹을 비닐 가방을 흔들며 로비를 가로질러 갔다.

—

시내로 돌아가기 위해 차를 타는 데만 30분은 걸린 듯했다. 내가 있는 곳이 정확히 어디인지도 알 수 없었다. 도로는 넓고 집들은 작았으며 하늘은 끊임없이 차가운 보슬비를 뿌려댔다. 크롤이 준 짐을 들고 있던 터라 팔도 아팠다. 무게로 미루어보건대 거의 1,000페이지는 되는 모양이었다. 도대체 그가 말하는 고객이 누구지? 톨스토이? 결국 나는 채소 가게와 장의사 앞에 있는 버스 정류장으로 뛰어 들어갔다. 철제 프레임에 택시 회사 명함이 꽂혀 있었다.

집까지 가는 데 거의 한 시간이나 걸린 탓에 차 안에서 원고를 꺼내 훑어볼 시간은 충분했다. 책 제목은 《다수의 1인》. 어떤 늙은 미국 상원의원의 회고록인데, 150년 가까이 숨을 쉬고 살았다는 사실을 빼면 별로 특별할 것도 없는 사람이었다. 지루함의 견지에서 본다면 이 책은 도를 넘어서 있었다. 이건 지루한 정도가 아니라 밋밋한 성층권 구름 위를 기어가는 기분이었다. 택시 엔진이 과열되었는지 고무 타는 냄새에 욕지기가 날 것만 같았다. 나는 원고를 가방에 집어넣고 창문을 내렸다. 요금은 40파운드나 나왔다.

나는 운전사에게 택시비를 지불하고 고개를 잔뜩 숙인 채 아파트를 향해 달려갔다. 빗줄기는 여전히 굵었다. 집 앞에서 열쇠를 찾으려는데 누군가 가볍게 어깨를 건드렸다. 돌아서는데 갑자기 벽이나 트럭에 부딪힌 듯한 충격이 밀려들었다. 거대한 쇳덩이의 기습. 나는 비틀비틀 뒷걸음을 쳤지만 또 다른 작자에게 붙들리고 말았다. (두 명이라는 얘기는 그 후에 들었다. 모두 20대였다. 하나는 현관 주변을 어슬렁거리고 있었고 뒤에서 나를 붙든 자는 어디에 있었는지 보지도 못했다.) 나는 그 자리에 쓰러졌다. 하수구의 축축한 돌이 뺨에 닿았다. 나는 숨을 헐떡이며 어린 애처럼 울어댔으나 그 와중에도 비닐 가방은 놓지 않았다. 그때 더 작지만 더 날카로운 고통이 손등을 파고들었고 손에서 가방이 떨어져 나갔다. 누군가 손을 짓밟은 것이다.

그런 걸 손봐준다고 할 수 있을까? '손봐준다'는 건 좀 더 가볍고 짧아야 한다. 이건 손을 봐준 게 아니라 처박고, 짓이기고, 박살을 낸 것에 가까웠다. 나는 바닥에 곤두박질쳤다. 칼에 찔렸는지 배 밑에선 따끔한 통증이 밀어닥쳤다. 숨을 헐떡거렸다. 잠시 뒤 사람들이 몰려들어 두 팔을 부축해 나무에 기대게 해주었다. 딱딱한 나무껍질이 척추를 찔렀다. 잠시 후 조금씩 호흡이 제자리를 잡기 시작했고 나는 우선 배부터 더듬어보았다. 뱃살이 찢어지고 내장이 사방에 흩뿌려져 있을 거라고 생각했는데 손가락에 묻어나온 건 런던의 더러운 빗물뿐이었다. 그로부터 1분 후엔 내가 죽지 않을 거라는 확신도 들었다. 아니, 아예 다친 곳이 없었다. 더 바랄 것이 있다면 주변을 빙 둘러싼 채 휴대폰들을 건네주며 경찰관과 구급차를 부르라고 외쳐대는 이 착한 이웃들로부터 달아나는 것뿐이었다.

열 시간 동안 응급실에서 검사를 받고 경찰서에서 진술하느라 반나절을 날릴 생각 따위는 추호도 없었다. 나는 그런 생각만으로도 질겁하고는 배수구를 빠져나와 부랴부랴 보금자리로 기어 올라갔다. 그러고 문을 걸고 겉옷을 벗은 다음 소파에 누워 부들부들 떨었다. 한 시간 정도 그러고 있었던 모양이다. 1월 오후의 차가운 그림자가 조금씩 방 안을 채우기 시작했다. 나는 부엌으로 가서 싱크대에서 헛구역질을 하고, 대신 뱃속을 위스키로 가득 채웠다.

금세 마약에 취한 듯 몽롱한 기분이 됐다. 알코올이 조금 들어가자 즐겁기까지 했다. 나는 재킷 안주머니와 손목을 확인했다. 지갑과 시계는 그대로였다. 없어진 건 알츠하이머 상원의원의 회고록이 담긴 비닐 가방뿐이었다. 도둑들이 래드브로크 그로브의 어느 골목으로 달아나 전리품을 확인하고 아연할 생각을 하니 너무나도 우스웠다. 나는 큰 소리로 웃기 시작했다. "오늘날 공직을 추구하는 젊은이에게 한마디 하자면⋯⋯." 그게 바보 같은 생각임을 깨달은 것은 위스키를 한 잔 더 들이켠 후였다. 늙다리 알츠하이머가 내게는 아무 의미가 없을지 몰라도 시드니 크롤의 생각은 다를 수 있지 않겠는가?

나는 그의 명함을 꺼냈다. 워싱턴 DC. M 스트리트. 브링커호프 롬바르디 크롤 변호사 사무실. 시드니 L. 크롤. 나는 10분 정도 곰곰이 생각하다가 소파로 돌아가 그의 휴대폰 번호를 눌렀다. 그는 두 번째 신호음에 전화를 받았다.

"시드니 크롤입니다."

억양으로 보아 그는 미소 짓고 있는 것 같았다.

"시드니, 일이 좀 생겼습니다."

나는 최대한 자연스럽게 들리기를 바라며 일부러 그의 이름을 불렀다.

"어떤 놈들이 내 원고를 훔쳐간 모양이군요."

한동안 난 아무 말도 못했다.

"세상에, 도대체 천리안이라도 달린 겁니까?"

"뭐? 오, 맙소사. 그건 그냥 농담이에요. 정말입니까? 아니, 몸은 괜찮습니까? 지금 어디죠?"

그의 말투가 180도 바뀌었다.

나는 상황 설명을 해주었다. 그는 걱정할 필요가 없다고 했다. 원고는 아무 의미가 없다는 말도 덧붙였다. 원고를 준 이유는 전문적인 분야에 관심을 가졌으면 하는 바람에서라고 했다.

"어떻게 하면 되죠? 경찰에 신고할까요?"

그가 원하면 그렇게 하겠지만, 내가 아는 한, 경찰은 항상 불필요한 잡음만 초래할 뿐이다. 나는 그 일을 도시에서 늘 있음 직한 사소한 폭력으로 보고 싶었다.

"아시잖습니까? 케세라세라. 어제는 폭탄 세례더니 오늘은 강도까지 당하는군요."

그도 맞장구쳤다. "도시란 게 그렇죠. 그건 그렇고 오늘 만나서 정말로 기뻤습니다. 한 배에 타게 된 것도 기쁘고. 바이 바이."

그는 그 말로 통화를 마무리했다. 그의 목소리는 여느 때처럼 쾌활했다. 바이 바이라.

나는 침실에 들어가 셔츠를 벗었다. 맨살에 빨간 선이 선명하게 새겨져 있었다. 위와 갈비뼈 중간 정도의 위치였다. 나는 거울 앞에 서서 좀 더 자세히 살펴보았다. 길이는 7.5센티미터에 두께는 1센티미터가 넘었는데 선 끝이 기묘하게 날카로웠다. 그건 뼈와 살이 아니라 너클더 스터(손가락에 장갑처럼 끼는 격투용 금속 도구—옮긴이)가 만든 상처였다. 놈들은 전문가였어. 나는 불편한 심정으로 다시 소파로 향했다.

그때 전화벨이 울렸다. 릭이었다. 계약이 성사되었다는 얘기였다.

"무슨 일이야? 어째 목소리가 신통치 않은데?" 그가 얘기를 하다 말고 물었다.

"강도를 당했어."

"뭐?"

나는 다시 한 번 상황을 설명했다. 릭은 적절한 정도의 수다로 걱정해주었으나 내가 일할 정도로 건강하다는 사실을 알고 나서는 언제 그랬느냐는 듯 말짱한 목소리로 돌아가 곧바로 자기 관심사를 나불대기 시작했다.

"일요일에 미국으로 날아가는 덴 문제없는 거지?"

"물론. 그냥 조금 놀란 것뿐이야."

"오케이. 놀랄 만한 일이 하나 더 있어. 이미 쓰인 원고로 한 달간 작업을 하는데 라인하르트는 자네에게 기꺼이 25만 달러를 지불하겠다고 했네. 물론 경비는 별도야."

"뭐라고?"

소파에 앉아 있지 않았다면 난 그대로 기절하고 말았을 것이다. 사람에게 가치를 매길 수 있다면 25만 달러는 내 가치의 10배쯤 되는 액수이리라.

"5만 달러는 4주간 매주 지불하고, 5만 달러는 시간 내 일을 마칠 경우 제공되는 별도의 보너스야. 항공비와 생활비도 따로 지급하고. 자네 이름은 공저자로 기록될 거야."

"표지에?"

"오, 이런! 당연히 헌정 페이지지. 하지만 출판 연감에는 나올 걸세. 그건 확실하게 다짐받았어. 하지만 자네가 이 책을 쓰는 데 개입한다는 것은 당분간 철저히 비밀이야. 그쪽에서 아주 단호해. 세상에, 이제 자네를 위한 세상이 활짝 열린 거야, 응? 기가 막히지 않아?"

전화기 너머로 그의 키득거리는 웃음소리가 들렸다. 의자에 느긋하게 기댄 그의 모습이 그려졌다.

하지만 그의 말이 옳았다.

셋
태풍 작전

수줍음이 많거나
다른 사람들에게 믿음과 신뢰를 줄 수 없는 성격이라면
대필은 당신의 적성이 아니라고 봐야 한다.

《유령 작가》

히스로 발 보스턴 행 아메리칸 항공은 일요일 오전 10시 30분에 있었다. 라인하트는 토요일 오후에 오토바이 편으로 비즈니스 클래스 편도 티켓을 보내왔다. 계약서와 비공개 서약서도 함께 보내왔는데 나는 두 서류에 모두 사인을 해 오토바이 편으로 되돌려 보냈다. 릭이 제대로 계약했으리라 믿기 때문에 서류들을 들춰볼 생각조차 하지 않았다. 비공개 의무에 대해서는 복도에서 대충 훑어봤는데 돌이켜보면 거의 웃기는 수준이었다. '본인은 모든 비밀 정보에 대해 비밀과 비공개의 원칙을 엄격히 지킬 것이며 그 내용이 제3자 또는 관련자에게 노출되거나 공포되지 않도록 최선을 다한다. 본인은 어떤 경우에도 제3자의 이득을 위해 비공개 정보를 노출하지 않는다. 본인과 관련자 어느 쪽도, 소유자의 사전 승인 없이는 비밀 정보의 전부 또는 일부를 복사하거나 배포하지 아니한다.' 나는 거리낌 없이 사인했다.

연기처럼 어디론가 사라지는 건 평생 꿈꿔온 일이었다. 런던의 생활을 냉동시키는 데에는 5분도 채 걸리지 않았다. 모든 청구서는 자동납

부로 지불되고 있었고, 우유나 신문 따위를 끊을 필요도 없었기 때문이다.

한 번도 본 적은 없지만 어쨌거나 청소부가 일주일에 두 번씩 찾아와 아래층 우편함을 정리해줄 것이다. 책상은 모두 치웠고 약속도 없었다. 이웃들이야 평소에도 가까이 해본 적 없고, 케이트 역시 알아서 떨어져 나가지 않았던가? 친구들도 대부분 오래전에 가족이라는 이름의 교도소에 들어가버렸는데, 경험으로 보건대 그곳에서 살아 돌아온 이는 한 명도 없었다. 부모님도 돌아가셨고 자식 따위야 있을 리 없었다. 어쩌면 나 자신도 이미 죽었는지 모를 일이다. 아무튼 그리하여 세계는 나 없이도 끄떡없이 돌아가리라.

나는 일주일 분량의 옷과 스웨터 하나 그리고 여분의 구두를 가방 하나에 넣었다. 랩톱 컴퓨터와 미니 디스크레코더는 숄더백에 챙겼다. 세탁은 호텔에서 하게 될 것이고, 필요한 것이 있다면 도착해서 사면 그만이다.

나머지 오후 시간과 저녁은, 서재에 죽치고 앉아 애덤 랭에 대한 책들을 들여다보며 질문 목록을 작성했다. 이 문제에 대해 지킬과 하이드처럼 굴고 싶은 생각은 없지만 날이 어두워져가면서 (철도 건너편에 고층 빌딩들이 들어선 지역에 불빛이 밝아오고, 공항 쪽에서 붉고 푸른 불빛이 반짝거리기 시작하면서) 랭의 마음을 어느 정도 이해할 수 있을 것 같았다. 그는 나보다 몇 살 많기는 해도, 그 점을 제외한다면, 우리 둘의 인생 역정은 비슷했다. 전에는 그런 차이를 실감하지 못했다. 미들랜드 태생의 소년. 지방 초등학교를 나왔고, 케임브리지 대학을 졸업했으며, 학교 연극에는 열정적이었으나 학생 운동에는 완전히 무심했던 남자.

나는 다시 사진들을 살펴보았다. "1972년 케임브리지 대학 푸트라이트 희극단에서 랭은 인간을 대신해 닭장을 관리하는 수탉을 열연함으로써 관중들의 박수갈채를 받았다." 나는 우리 둘이 똑같은 여자 꽁무니를 쫓아다니고, 망가진 폴크스바겐 뒷좌석에 실려 에든버러 프린지(세계적으로 유명한 공연 축제―옮긴이)의 삼류 연극을 보러 가거나 하숙집에서 뒹굴며 마약에 취하는 모습 따위를 상상할 수 있었다. 지금 현재의 모습으로 말하자면 (다소 은유적으로 말해서) 나는 여전히 수탉 신세이고 그는 전 수상이 되었다. 감정이입의 능력이 무용지물이 되고 만 것은 바로 그 시점이었다. 최초의 25년으로 나머지 25년을 설명하는 게 도무지 불가능했기 때문이다. 하지만 아직 시간은 있다. 그의 목소리를 찾아낼 시간은.

그날 밤 침대에 들어가기 전에 이중 잠금 장치를 채웠다. 그리고 애덤 랭을 뒤쫓는 꿈을 꾸었다. 붉은 벽돌로 된 미로였는데 비가 오고 있었다. 간신히 택시에 탔는데 운전사가 뒤를 돌아보며 어디로 모실까요 하고 물었다. 그는 맥아라의 음울한 얼굴을 하고 있었다.

—

다음 날 아침 히스로 공항은 마치 특수부대가 국가를 장악한 상황을 그린, 가까운 미래 배경의 싸구려 공상과학 영화처럼 보였다. 병력 수송 장갑차가 터미널 밖에 주차되어 있고, 안에는 람보 식 기관단총으로 무장한 **빡빡머리** 군인 10여 명이 순찰을 돌고 있었다. 사람들은 몸수색을 받고 엑스레이를 찍기 위해 여기저기 줄을 서서 기다렸다. 다들 한 손엔 구두를, 다른 손엔 세면도구들을 넣은 투명한 비닐봉지를 들고 있었다. 이른바 여행은 자유만큼이나 억압되고 우리는 실험실 쥐

새끼만큼이나 자유로웠다. 놈들은 이런 식으로 제2의 홀로코스트를 유도하겠지? 그저 비행기 티켓을 끊어주면 우린 뭐든 시키는 대로 해야 할 테니까. 나는 양말 바람으로 서서 이런 생각들을 했다.

보안 검색을 통과한 후에는 향수 냄새가 진동하는 면세 통로를 지나 아메리칸 항공 라운지로 향했다. 머릿속에는 온통 승무원들이 주는 커피 한 잔과《선데이모닝》스포츠란뿐이었다. 모퉁이에 놓인 TV 화면의 위성 뉴스 채널에선 아나운서가 킬킬거리며 웃었으나 아무도 신경 쓰는 사람이 없었다. 잔에 가득 채워진 에스프레소를 음미하며 축구기사로 넘어가려는데 '애덤 랭'이라는 단어가 들렸다. 3일 전이었다면 나 역시 라운지의 다른 사람들처럼 관심을 두지 않았을 것이다. 하지만 지금은 누군가 내 이름을 부른 것과 진배없었다. 나는 자리에서 일어나 TV 앞으로 향했다.

처음에는 하찮은 얘기뿐이었다. 그래서 나도 옛날 뉴스인 줄 알았다. 몇 년 전 영국 사람 네 명이 파키스탄에서 납치된 적이 있다. 그들의 변호사에 따르면, 'CIA에 의한 납치'였으며 이들은 모두 동유럽의 비밀 기지로 끌려가 고문을 당했다. 한 사람이 신문을 받던 중 죽고 다른 셋은 관타나모에 수감됐다. 그런데 어느 일요 신문이 국방성에서 새어나온 자료를 확보하면서 사건은 급반전한다. 내용인즉슨 랭이 SAS(영국 특수부대-옮긴이) 팀에게 그들을 잡아 CIA에 넘기라고 했다는 것이다. 인권 변호사를 비롯해서 파키스탄 정부 대변인에 이르기까지 다양한 계층의 항의가 쏟아져 나왔다. TV는 수상으로 재임했을 당시 파키스탄에 방문한 랭이 꽃다발을 목에 걸고 환영받는 모습을 보여주었다. 관련 기사에 대해 전혀 아는 바가 없으므로 논평할 내용도 없다는 전 수상 대변인의 말도 인용됐다. 영국 정부는 일관되게 조사 요구를 거부해왔다. 마침내 방송은 일기예보로 넘어갔고 그것으로 보도는 끝났다.

나는 라운지를 둘러보았다. 움직이는 사람은 아무도 없었으나 왠지 모르게 등에 얼음물이라도 끼얹은 듯 소름이 돋았다. 나는 휴대폰을 꺼내 릭에게 전화를 걸었다. 그가 미국으로 돌아갔는지 아닌지 기억이 나지 않았다. 그는 약 800미터 떨어진 곳에 앉아 있었다. 브리티시 항공 라운지에서 뉴욕 행 비행기를 기다리는 중이었다.

"지금 그 뉴스 봤어?" 내가 물었다.

나와 달리 그는 뉴스광이었다.

"랭 얘기? 물론이지."

"뭔가 있는 것 같지 않아?"

"내가 어떻게 알겠어? 또 있으면 어때? 적어도 아직은 톱뉴스를 장식하는 사나이잖아."

"내가 그런 것도 물어봐야 하나?"

"알아서 해. 난 모르니까."

휴대폰을 통해 비행시간을 알리는 안내 방송 소리가 들려왔다.

"내 비행기야. 가야겠어."

"잠깐 얘기할 시간은 되잖아. 금요일에 강도들에게 당했을 때 뭔가 석연치 않다는 생각을 했거든. 놈들이 지갑은 두고 원고만 갖고 달아났단 말이야. 그런데 그 뉴스를 보니까…… 나한테 원고가 있다는 사실을 놈들이 알았을 리 없다고 생각하고 있지?"

"그걸 어떻게 알았겠어? 자네는 매덕스와 크롤을 처음 만났고 그때는 나도 협상을 진행 중이었을 뿐인데."

릭이 말도 안 된다는 투로 대답했다.

"누군가 출판사를 감시하고 있었는지도 모르지. 내가 나오는 걸 보고 미행한 것일 수도 있고. 릭, 그건 연노랑색 비닐 가방이었어. 불꽃을 들고 가는 거나 다름없었단 말이야."

그리고 그때 갑자기 다른 생각이 떠올랐다. 너무나 불길해 어떻게 말을 꺼내야 할지조차 모를 난감한 생각이.

"이봐, 시드니 크롤에 대해 잘 알고 있어? 아는 대로 얘기해봐."

"시드니? 이런, 그 친구는 명물이라고, 안 그래? 나 같은 얼뜨기 사기꾼 정도는 한 방에 날려버릴 수도 있어. 커미션이 아니라 고정 수임료를 받고 일한다더군. 아무튼 전 대통령이든 수상이든 다들 그를 끌어들이려고 안달이라는 얘기를 들었어. 그런데 왜?"

릭은 얘기를 하면서도 말도 말라는 듯 키득거렸다.

"말도 안 되는 얘기인 줄은 알지만, 그가 누군가 감시하고 있다는 걸 알고 원고를 주었을지도 모르잖아. 그러니까 놈들은 내가 애덤의 원고를 들고 간다고 생각할 수도 있었을 거라고." 나는 주저하듯 말했다.

사실, 이 생각은 아무렇게나 지껄이는 도중에 든 것이다.

"도대체 그 친구가 왜 그런 짓을 하겠어?"

"나도 몰라. 재미로? 상황이 어떻게 되는지 보기 위해서?"

"자네가 강도에게 당하는 꼴을 보고 싶어서?"

"그래, 나도 미친 소리라는 건 알아. 하지만 잠시만이라도 생각해보라고. 그 사람들이 왜 그 원고에 대해 그렇게 호들갑을 떠는지 말이야. 퀴글리조차 못 보게 하잖아. 미국에서 못 나오게 하는 이유는 또 뭐지? 이곳의 누군가가 그 원고를 손에 넣으려고 하기 때문이 아니겠어?"

"그래서?"

"그래서 크롤이 나를 미끼로 사용했을 수도 있다는 거야. 누가 원고를 쫓고 있는지, 그리고 또 얼마나 절박하게 덤벼들지 알아내기 위한 희생양인 셈이지."

그 말을 하는 동안에도 정말 터무니없는 개소리라는 생각이 들었다.

"하지만 랭의 책은 완전 똥 단지 수준인데? 이 시점에서 접근을 막고 싶은 사람들이 있다면 그건 출판사 주주들뿐일 거야. 비밀로 하는 것도 그 때문이고."

릭의 말이었다.

난 바보가 된 기분이었다. 차라리 그냥 마음속에만 담아둘걸. 하지만 릭은 잔뜩 신난 듯했다. 웃음소리가 어찌나 큰지 휴대폰이 아니더라도 이곳 옆 터미널까지 들릴 정도였다.

"희생양이라고? 좋아, 까놓고 얘기해보자고. 자네 이론에 따르면 그들은 크롤이 이곳에 와 있고 금요일 아침에 어디 있을 거라는 것까 지 알고 있었어야 해. 게다가 이곳에 온 이유가 다름 아니라⋯⋯."

"알았어. 그만 하자." 내가 말했다.

"⋯⋯랭의 원고를 새 유령에게 넘기기 위해서라는 것도 알아야 하고, 모임을 끝내고 나온 자네의 정체가 뭔지, 어디 사는지도 알아야 한단 말이야. 놈들이 기다리고 있었다고 했지? 와우. 지금 무슨 첩보 놀이 해? 이런 건 너무 엄청나서 신문에도 못 내. 정부가 개입하지 않는 한 도저히⋯⋯."

"그만둬. 그러다 비행기 놓치겠어."

나는 간신히 그의 입을 막을 방법을 찾아냈다.

"그래, 그건 자네 말이 맞아. 아무튼, 즐거운 여행하라고. 이상한 소리 하지 말고. 비행기에서 잠 좀 자둬. 괜한 걱정 붙들어 매란 말이야. 그리 고 다음 주에 만나 얘기하세."

그가 전화를 끊었다.

나는 꺼진 휴대폰을 들고 그대로 서 있었다. 그의 말이 옳았다. 그건 개소리였다. 나는 남자 화장실로 향했다. 금요일에 얻어터진 상처가 지금은 시퍼렇게 부어올라 있었다. 가장자리가 누렇게 뜬 게 꼭 천문학 교재에 나오는 폭발하는 초신성 같다는 생각이 들었다.

잠시 후 보스턴 행 비행기에 탑승하라는 안내 방송이 나왔다. 비행기가 이륙하자 마음이 차분해졌다. 나는 발밑으로 단조로운 잿빛 풍경이 사라지고 다시 구름을 뚫고 햇빛 속으로 터져 나오는 그 순간을 좋아했다. 내가 태양도 찬란한 3킬로미터 고도의 천상에 올라 서 있는 반면에 다른 비천한 인간들은 모조리 땅에 처박혀 있는데 어떻게 우울할 수 있단 말인가! 나는 술을 마시고 영화를 보고 한참을 졸았다. 하지만 솔직히 고백하건대, 비즈니스 클래스 칸에 있는 일요일자 신문을 닥치는 대로 모아 애덤 랭과 네 명의 테러 용의자에 대한 기사를 샅샅이 읽었음을 고백해야겠다. 스포츠란은 아예 거들떠보지도 않았다.

—

현지 시간으로 오후 1시, 비행기는 로건 공항에 접근하고 있었다. 보스턴 상공을 저공비행으로 질주하는 동안 하루 종일 우리를 따라오던 태양이 시내의 고층 빌딩들을 하나씩 폭격하기 시작했다. 백색과 청색. 금색과 은색의 열주들, 유리와 금속이 빚어내는 불꽃놀이! 오 나의 아메리카여! 나의 신대륙이여! 그대의 빛을 한껏 퍼부을지어다! 이곳 책 시장의 규모는 영국보다 다섯 배는 더 크다! 입국 수속을 기다리는 동안 나는 정말로 〈성조기여 영원하라〉를 콧노래로 흥얼거렸다. 심지어 국토안보부(국가 기관의 이름이 친근할수록 기능은 더욱 스탈린답다는 이

58

론을 그대로 증명해주는 곳이다) 친구조차 내 낙관주의를 꺾을 수는 없었다. 그는 인상을 잔뜩 구긴 채 안경 너머로, 한겨울에 마사 바인야드에서 한 달을 지내겠다며 5,000킬로미터를 날아온 미친놈을 노려보고 있었다. 내가 작가라는 사실을 알고 나서는 숫제 오렌지 죄수복 차림의 사형수 취급을 하고 나섰다.

"무슨 책을 쓰십니까?"

"자서전요."

아마 그도 이 말에는 약간 당황했으리라. 놀리는 것 같기도 하고 아닌 것 같기도 했을 테니까.

"자서전이라고 했습니까? 요즘엔 아무나 자서전을 쓰나 보죠?"

"그런 셈이죠."

그가 나를 노려보더니 천천히 고개를 저었다. 마치 낙원으로 가자고 꼬드기는 또 한 명의 죄인을 만난 천국문의 지친 베드로 같은 표정이었다.

"개나 소나 자서전이라……."

그는 역겨워 죽겠다는 표정으로 중얼거리다가 금속 도장을 두 번 찍어주었다. 내게 30일간의 입국을 허가한 것이다.

입국 심사를 마치자마자 휴대폰부터 켰다. 랭의 개인 비서로부터 환영 메시지가 와 있었다. 아멜리아 블라이라는 이름인데, 마중나올 차량을 보내지 못해 미안하다는 내용이었다. 아멜리아는 버스를 타고 우즈홀의 페리 호 선착장으로 와 달라고 했다. 배를 타고 마사 바인야드에 상륙하면 그때는 꼭 차를 보내겠다는 얘기였다. 나는《뉴욕 타임스》와《보스턴 글러브》를 샀다. 그리고 버스를 기다리는 동안 랭의 기사가 있는지 확인해보았다. 하지만 두 신문 모두 마감 이후에 사건이 터졌거나 아니면 아예 관심조차 없는 모양이었다.

버스는 거의 텅 비어 앞자리 하나를 골라 앉을 수 있었다. 버스는 간선도로를 타고 황량한 교외로 빠져나왔다. 영하의 기온이다. 하늘은 청명했지만 얼마 전 눈이 온 터라 도로가에는 쓸어낸 눈이 둑을 이루고 있었다. 길 양쪽에 자리 잡은 숲에선 나무 꼭대기에 쌓인 눈이 빚어내는 백색과 초록의 향연이 끝없이 파도를 이루며 이어졌다. 뉴잉글랜드는 기본적으로 스테로이드에 중독된 낡은 잉글랜드와 같다. 더 기다란 도로, 더 울창한 숲, 더 넓은 대지……. 심지어 하늘까지 더 광활하고 청명한 것처럼 보였다. 모처럼 맛보는 느긋함 때문에 기분이 좋았다. 암울하고 축축한 런던의 토요일 밤에 비하면 이 찬란한 동토의 오후는 그 자체로 낙원이었다. 하지만 이곳에서도 조금씩 날은 어두워지고 있었다. 우즈홀에 도착해 페리 호 선착장에 차를 댄 것은 오후 6시가 다 되어서였다. 벌써 달과 별들이 보였다.

페리 호의 간판을 보자 다시 맥아라가 생각났다. 신기하게도 지금껏 그를 까맣게 잊고 있었다. 당연한 얘기지만 죽은 자의 대용이 된 데다 강도까지 당하고 보니 그에 대해 생각하고 싶은 마음이 없어진 것이다. 하지만 옷가방을 밀고 매표소에 들어가 요금을 지불하고 다시 차가운 대기 속으로 빠져나오자, 불과 3주 전에 내 전임자가 이와 비슷한 노정을 밟았으리란 생각이 자연스럽게 머릿속에 떠올랐다. 물론 그는 술에 취했고 난 아니다. 주변을 돌아보니 주차장 건너에 술집이 일곱 군데쯤 있었다. 저기에서 마신 건가? 술 마시는 거야 마다할 일은 아니지만, 행여 그가 앉았던 의자에 앉게 될까 봐 소름부터 끼쳤다. 살인 현장으로 돌아온, 할리우드 영화의 사이코 범인이라도 된 기분이었다. 차라리 승객 속에 섞여 《타임스》의 일요일 판이나 읽는 게 낫겠다는 생각을 하면서 벽 쪽으로 움직였다. 우선 바람부터 피하고 볼 일이다. 나무로 된 게시판에는 페인트로 '현재 테러 경보가 전국적으로 발령 중입니다'라는 문구가 적혀 있었다. 바다 냄새가 코를 찔렀으나 너무 어두워 아무것도 보이지 않았다.

어떤 문제이든 일단 생각하기 시작한 이상 도저히 멈출 방법이 없다는 게 내가 가진 단점 중 하나였다. 페리 호에 승선하기 위해 대기 중인 차들은 대부분 시동을 걸어두고 있었다. 추위 때문에 히터를 틀어놓기 위해서였다. 나는 무의식적으로 감색 포드 이스케이프 SUV를 찾아보았다. 여객 갑판 계단을 쩔렁거리며 오를 때에도 지금 행여 맥아라의 뒤를 그대로 쫓고 있는 것은 아닌지 유난히 신경이 쓰였다. 아무 쓸모없는 집착이라는 것을 모르는 바는 아니지만. 그래봐야 유령과 유령 작가의 관계가 아니던가? 너무나도 잘 어울리는 한 쌍의 바퀴벌레. 나는 후끈한 선실에 앉아 평범하고 무고한 승객들의 얼굴을 하나하나 살펴보았다. 이윽고 배가 요동을 치며 터미널을 빠져나왔다. 나는 접은 신문을 들고 시원한 갑판으로 나섰다.

추위와 어둠은 순식간에 모든 것을 바꿔놓는 괴력을 발휘했다. 모르긴 몰라도 여름 저녁의 마사 바인야드 행 페리 호는 상쾌할 것이다. 동화책에서 빼낸 듯한 커다란 줄무늬 굴뚝이 있고, 바다를 내다볼 수 있도록 파란 플라스틱 의자를 잔뜩 늘어놓았을 것이며, 반바지와 티셔츠 차림의 가족들이 느긋하게 앉아 있었을 것이다. 지루한 표정의 10대들과 신이 나서 뛰어다니는 아버지들. 하지만 1월 밤의 갑판은 황폐하기 이를 데 없었다. 게다가 코드 곶에서 불어오는 북풍이 재킷과 셔츠를 파고들어 온몸에 소름까지 돋았다. 우즈홀의 불빛들이 멀어져갔다. 페리 호는 심해 괴물의 손아귀에서 빠져나가기라도 하듯 이리저리 몸을 비틀면서 수로 입구의 부표 사이를 지나갔다. 파도가 밀려 들어오자 배가 조종을 울리기 시작했다. 물살이 마녀의 심술만큼이나 격렬했다.

나는 두 손을 주머니에 밀어 넣고 어깨를 잔뜩 움츠린 다음, 비틀거리며 우현으로 다가갔다. 난간은 겨우 허리 높이밖에 오지 않았다. 맥아라가 갑판에서 떨어진 것도 무리는 아니겠다는 생각이 들었다. 나는 미끄러지지 않기 위해 난간을 단단히 움켜쥐었다. 릭의 말이 옳았다. 사고와 자살이 언제나 확연하게 구분되는 것은 아니다. 자살을 결심하지 않고 자살할 수도 있으리라. 이대로 뛰어내리면 어떻게 될까 같은 생각을 하면서 상체를 조금만 더 내밀면 끝나는 일이 아닌가? 저 날름거리는 얼음물에 빠져 1미터 정도 바닷물 속으로 들어갔다가 다시 나올 때쯤 배는 벌써 몇백 미터 앞으로 달려가고 있을 터이니 말이다. 나는 공포심이 무뎌질 만큼 맥아라가 만취해 있었기를 바랐다. 하지만 영상 0.5도의 바다에 빠지고도 아무렇지 않을 정도로 무딘 주정뱅이가 가능하기는 한 걸까?

게다가 아무도 그가 떨어지는 소리를 듣지 못했을 터이다! 그건 또 별개의 문제다. 날씨가 3주 전보다 나쁘지는 않았을 텐데도, 갑판에는 아무도 없었다. 그때 갑자기 온몸이 떨리기 시작했다. 이가 서커스장의 태엽인형처럼 딱딱거리며 부딪쳤다.

나는 술을 마시기 위해 바로 내려갔다.

—

배는 등대를 돌아 바인야드 항의 페리 호 선착장으로 들어갔다. 오후 7시 바로 직전이었다. 여기저기 부딪치고 쇠사슬이 쩔그렁거리는 바람에 하마터면 계단 아래로 날아갈 뻔했다. 환영 인파를 기대한 건 아니었으니 그건 아무래도 좋았다. 어쨌든 지금은 노트 한 페이지를 찢어내 내 이름을 틀리게 적어 들고 있는 늙은 운전사만으로도 감지덕지였다. 그가 가방을 트렁크에 집어넣는데 갑자기 돌개바람이 일더니 커다란 비닐 하나를 주차장의 얼음 위로 날려버렸다. 하늘은 새하얀 별들로 가득찼다.

섬에 대한 안내서를 샀기 때문에 어디로 향할지는 대충 알고 있었다. 여름엔 인구가 10만여 명에 달했으나 지금은 휴가객들이 별장을 폐쇄하고 서쪽으로 이주한 탓에 거주 인원이 1만 5,000명 정도에 불과했다. 본토를 '미국'이라고 부르는 무뚝뚝한 원주민들. 두 개의 고속도로가 있고, 신호등 하나 그리고 세퀴브노켓 연못과 요브 협곡 등으로 불리는 휴양지로 이어지는 기다란 모랫길이 10여 개 있다. 차를 모는 내 운전사는 말 한마디 하지 않았다. 그는 백미러를 통해 나를 훔쳐보기만 했는데 한 열두 번쯤 눈이 마주친 것 같았다. 아무래도 나를 태우러 가야 한다는 사실이 고까웠던 모양이다. 나 때문에 누군가와의 약속을 깨야 했는지도 모를 일이다. 누가 알겠는가? 페리 호 선착장 주변의 거리들도 황량하기 이를 데 없었다. 차가 바인야드 항을 빠져나가 도로에 접어들자 보이는 것이라곤 온통 어둠뿐이었다.

벌써 17시간째 여행하는 중이건만, 이곳이 어디이며 어떤 풍경을 지났는지, 아니 심지어 어디로 가는지조차 모르고 있었다. 대화하려는 시도마저 번번이 실패했다. 차갑고 어두운 창에 비친 내 그림자 말고는 시선을 둘 곳도 마땅치 않았다. 마침내 지구의 끝에 도착했다고 믿었다가 왕파노아그족(북아메리카의 원주민─옮긴이)과 조우하게 된, 17세기 영국 탐험가라도 된 기분이었다. 나는 늘어지게 하품을 하려다가 얼른 손등으로 입을 막았다.

"미안해요. 떠나올 때부터 한밤중이었거든요."

나는 백미러를 통해, 유체 이탈이라도 한 듯 뿌옇게 바랜 눈동자에 대고 사과를 했다.

그가 고개를 저었다. 도대체 공감한다는 건지, 아니면 버르장머리 없는 젊은 놈이라고 욕을 하는 건지조차 알 수 없는 눈빛이었다. 그러다 문득 그가 말을 붙여봐야 소용이 없다는 사실을 알리려 했다는 사실을 깨달았다. 그는 귀머거리였다. 나는 다시 창밖을 내다보았다.

한참 후 자동차는 교차로에서 좌회전했다. 아무래도 에드거 타운 방향인 듯싶었다. 하얀색 나무 울타리들, 작은 정원과 베란다가 있고, 빅토리아풍 장식용 가로등으로 밝힌 하얀 미늘벽의 별장촌. 열 중 아홉은 깜깜했지만 그래도 몇몇 집은 실내에서 황색 불빛이 새어나오고 있었다. 고기잡이배와 구레나룻이 무성하게 자란 선원들을 그린 옛 유화에서 본 것과 똑같은 불빛이었다. 언덕 아래 늙은 고래잡이 교회 저편으로, 크고 우아한 달이 별장 지붕들 위로 은가루를 뿌리고 항구에 잠든 마스트들의 윤곽을 드러내주었다. 두어 개의 굴뚝에선 장작 연기가 굽이치며 기어올랐다. 마치 〈모비딕〉 촬영지로 들어가는 기분이었다. 헤드라이트가 차파퀴딕 페리 호의 간판을 비추더니 잠시 후에는 등대 호텔 마당에 차가 멈춰 섰다.

머릿속에선 이곳의 여름 풍경이 그려졌다. 양동이와 삽과 어망들이 잔뜩 쌓여 있는 베란다, 문 옆에 놓인 슬리퍼, 해변에서 묻어온 하얀 모래먼지 등등. 하지만 여름철이 지나자 낡은 목재 호텔은 암초에 처박힌 어선처럼 바람에 삐걱거리고 덜컹거렸다. 아무래도 봄이 돌아오면, 저 빛바랜 페인트를 덧칠하고, 창문에서 소금기를 닦아내고 벗겨내야 제대로 운영할 수 있을 것이다. 가까운 어둠 속에서 바다가 자맥질을 치고 있었다. 나는 나무 바닥 위에 가방을 들고 서서 택시의 미등이 모퉁이를 꺾어 사라지는 모습을 지켜보았다. 이런, 젠장. 뭐야, 이런 향수 같은 기분이라니.

로비에 들어서자 19세기 풍의 모자에 빅토리아 시대의 복장을 한 종업원이 랭의 사무실에서 왔다며 메모 하나를 전해주었다. 오전 10시에 데리러 올 테니 신분증을 가지고 와 경비에게 보여주라는 내용이었다. 〈미션 임파서블〉의 스파이라도 된 기분이었다. 한 지역에 다다르자 다음 단계로 이행할 지령이 기다리고 있으니……. 호텔은 비어 있고 레스토랑의 불도 꺼진 채였다. 원하는 방을 고르면 된다는 말에 2층 방 하나를 골랐다. 일할 수 있는 책상이 있고 벽에 에드거 타운의 옛날 사진들이 걸려 있는 방이었다. 존 장의사, 1890년대. 오스본 부두의 스플렌디드 호, 1870년. 객실 담당이 떠난 후 나는 랩톱 컴퓨터와 질문 목록, 그리고 일요 신문들에서 오려낸 기사들을 책상 위에 늘어놓고 침대 위에 뻗어버렸다.

나는 곧바로 잠들어 새벽 2시가 되어서야 일어났다. 아직 런던 시간에 맞춰져 있는 생체시계가 시한폭탄처럼 터졌기 때문이다. 미니 바를 10분 이상이나 뒤졌으나 술은 없었다. 나는 충동적으로 케이트의 집에 전화를 걸었다. 무슨 말을 할지 딱히 생각한 건 없었지만 어쨌든 그녀는 전화를 받지 않았다. 그냥 전화를 끊으려고 생각했으나 어느새 응답기에 대고 주절거리고 있었다. 아침 일찍 출근했거나 아니면 전날 밤 집에 돌아오지 않은 모양이다. 심각하게 생각해야 할 문제이지만 난 그냥 건성으로 넘겨버렸다. 그렇다고 한들 누굴 원망하겠는가? 물론 마음까지 편해지지는 않았다. 나는 샤워를 하고 다시 침대로 돌아가 램프를 끈 다음 축축한 시트를 턱까지 끌어올렸다. 몇 초마다 등대의 느린 맥박이 방을 향해 흐린 적색 불빛을 뿌려댔다. 나는 그렇게 몇 시간 동안 두 눈을 똑바로 뜬 채 가만히 누워 있었다. 마사 바인야드에서의 첫날 밤을 그렇게 넋이 나간 상태로 지새우고 말았다.

—

다음 날 아침, 새벽의 여명을 벗어버린 섬은 단조롭기 짝이 없었다. 창밖의 도로 건너편으로 개울과 갈대밭이 내려다보이고 그 너머로 해변과 바다가 보였다. 종 모양의 지붕과 단철 발코니가 있는 작은 빅토리아풍의 등대가 넓은 해협 건너편의 기다랗고 작은 섬 하나를 바라보고 있었다. 2킬로미터쯤 떨어져 있을까? 그 섬이 바로 차파퀴딕일 것이라는 생각이 들었다. 수백 마리의 작고 하얀 바닷새들이 고기 떼처럼 무리를 지어 낮은 파도를 핥을 듯 날아다녔다.

나는 아래층으로 내려가 엄청난 양의 아침식사를 주문하고 접수 데스크 옆의 작은 상점에서 《뉴욕 타임스》한 부를 샀다. 내가 찾는 기사는 월드 뉴스 깊숙이 숨겨져 있었다. 이런 건 기사의 가치도 없다는 듯 페이지 제일 하단에 처박아둔 모양이었다.

런던(AP) 이곳 일요일 신문기사에 따르면, 영국 전 수상 애덤 랭이 파키스탄에서 네 명의 알카에다 테러범을 체포해 CIA에 넘겼으며, 그 과정에서 영국 특수부대 SAS를 불법적으로 활용한 것으로 보인다.

테러범으로 지목된 나지르 아시라프, 샤킬 카지, 살림 칸 그리고 파루크 아흐메드는 모두 영국 시민이며 5년 전 파키스탄의 페샤와르

시에서 체포되었다. 그들은 국외의 비밀 장소로 이송되어 고문을 받은 것으로 추정되며, 아시라프는 신문 도중 사망한 것으로 알려졌다. 카지, 칸, 아흐메드는 그 후 3년간 관타나모에 억류되어 있었으나, 지금은 아흐메드만이 미국의 보호 관리를 받고 있다.

런던 《선데이 타임스》가 입수한 자료에 따르면 랭은, SAS로 하여금 이들 4명을 납치하도록 하는 비밀 지령, 일명 '태풍 작전'을 사적으로 승인했는데, 이러한 작전은 영국 법과 국제법 모두 불법으로 금하고 있는 조항이다.

영국 국방성은 어젯밤, 자료의 진실 여부 및 '태풍 작전'의 존재 모두에 대해 논평을 거부했다. 랭 전 수상의 대변인 또한 논평할 계획을 갖고 있지 않다고 밝혔다.

나는 그 기사를 세 번이나 읽었다. 새로운 것은 없어 보였다. 아니, 새로운 뉴스가 있다고 해도 알아차리기는 쉽지 않았을 것이다. 도덕적 잣대라는 것이 옛날처럼 그렇게 고정된 것이 아니기 때문이다. 아버지 세대가 나치와 싸우는 동안에도 쓰지 않았던 방법들이 지금은 문화적인 행동으로 여겨지고 있는 판이다. 이런 일들에 대해 걱정하는 사람들 중에도 이 기사로 충격을 받을 비율은 10퍼센트 정도에 불과하다. 나머지 90퍼센트는 그저 어깻짓 한 번 하고 잊어버릴 것이다. 그것도 이 기사를 용케 찾아냈을 경우의 이야기다. 자유세계가 타락의 거리에서 어슬렁거리고 있다는 얘기를 들은 게 어디 한두 번이던가? 이제 와서 무엇을 더 바란단 말인가?

나를 태울 차가 오기까지는 아직도 두 시간 정도가 남아 있었다. 나는 나무 교각을 건너 등대까지 산책을 하고 다시 에드거 타운으로 돌아오기로 했다. 대낮에 보니 전날 밤보다 훨씬 공허해 보였다. 다람쥐들이 주저 없이 보도를 지나 숲 속으로 달려 들어갔다. 19세기 고래잡이 선장 집 같은 별장 10여 채를 지났건만 사람이 있어 보이는 곳은 단 하나도 없었다. 정면과 측면의 지붕 전망대도 비어 있었다. 슬픈 표정으로 남편들이 돌아오기를 기다리는 검은 숄의 망부석 여인들도 물론 없었다. 그녀들의 남편은 지금쯤 모두 월 스트리트에 나가 있을 터였다. 식당들도 문을 닫았고 작은 양품점과 화랑들도 텅 빈 채였다. 방풍 재킷이라도 하나 사고 싶었으나 문을 연 상점은 어디에도 없었다. 창문들은 모두 먼지와 벌레들에게 점령당했고, '즐거운 휴가 지내셨는지요?', '봄에 다시 뵙겠습니다!'라고 적힌 작별 현수막이 내걸려 있었다.

항구도 사정은 마찬가지였다. 항구의 기본적인 색깔은 회색과 흰색이었다. 회색 바다, 흰색 하늘, 회색 지붕, 흰색 미늘벽, 흰색 깃대들, 청회색과 녹회색의 낡은 방파제들. 그 위를 날고 있는 회색과 흰색 갈매기 떼. 마치 마사 스튜어트가 전 지역의 색깔을 규제하기라도 한 것 같았다. 인간과 자연 모두. 차파퀴딕의 머리 위를 떠도는 태양까지 엷은 백색으로 칠할 것!

나는 손으로 두 눈 위를 가리고 멀리 해변에 고립돼 있는 별장들을 바라보았다. 에드워드 케네디 상원의 이력이 곤두박질치기 시작한 곳도 바로 저곳이다. 내가 구입한 책에도 마사 바인야드 전체가 케네디가의 여름 휴양지라고 적혀 있었다. 그들은 하이애니스포트(케네디 대통령이 출생한 곳—옮긴이)에서 배를 타고 와 하루를 즐기곤 했다. 잭이 대통령이 된 후 한번은 에드거 타운 요트 클럽의 개인 소유 선창에 정박하려 했는데, 그곳 회원들이 팔짱을 끼고 서서 그의 상륙을 지켜보는 바람에 결국 포기하고 말았다는 일화도 책에 소개되어 있었다. 그곳 사람들은 철두철미하게 공화당 편이었다. 바로 그 해 케네디는 총을 맞았다.

지금 그곳에는 보트 몇 척이 겨울을 나기 위해 덮개를 뒤집어쓰고 있었다. 유일한 움직임은 새우잡이 통발을 향해 달려가는 낚싯배 한 척뿐이었다. 나는 벤치에 앉아 잠시 지켜보기로 했다. 갈매기들이 물 위로 뛰어들며 울어댔다. 요트의 밧줄이 바람에 흔들려 덜거덕거리는 소리를 냈다. 어딘가에서 망치 소리도 들려왔다. 벌써 여름 개장을 위해 정비를 하는 모양이었다. 한 노인이 개와 함께 산책을 즐기고 있었다. 그밖에는 거의 한 시간 동안 아무 일도 일어나지 않았는데, 그 정도면 아무리 작가라도 싱숭생숭해질 수밖에 없을 것이다. 고요함을 작가의 천국쯤으로 생각하는 건 아무것도 모르고 하는 말이다. 맥아라가 왜 미쳐버리고 말았는지 이유를 알 만했다.

넷

얼음 여왕

유령은 논쟁적인 이슈를 찾아내라는
출판사의 압력에 시달리게 마련이다.
논쟁적인 이슈는 출판권을 파는 데뿐만 아니라
광고에도 적절히 써먹을 수 있기 때문이다.

《유령 작가》

그날 아침 늦게, 나를 데려가기 위해 호텔로 온 사람은 어젯밤의 귀머거리 택시 운전사였다. 에드거 타운의 호텔에 예약된 탓에 당연히 라인하트의 별장이 항구 어디쯤 있을 거라고 생각했다. 넓디넓은 정원에 사유 선착장까지 갖춘 거대한 별장들이 항구가 내려다보이는 곳에 있었는데, 그런 집들이라면 억만장자의 별장으로 손색이 없을 것 같아서였다. 하지만 그거야말로 진짜 부자들에 대해 사람들이 얼마나 무지한지를 보여주는 단적인 예에 불과했다. 우리는 마을 밖으로 빠져나온 후 웨스트 티즈베리 이정표를 따라 10분 정도 달렸다. 차는 그림자가 짙게 드리운 숲을 한참 달리더니 숲 사이의 틈을 미처 알아채기도 전에 왼쪽의 울퉁불퉁한 모랫길을 따라 미끄러져 내려갔다.

참나무에 대해서는 전혀 모르지만 잎이 무성하면 꽤나 멋지겠다는 생각이 들었다. 하지만 한창 겨울인 지금, 이곳 식물 생태계가 보여줄 수 있는 것이라고는 기껏해야 비비꼬이고 땅딸막하고 밋밋한 잿빛 숲밖에 없었다. 나무 위에는 말라비틀어진 갈색 이파리들만 몇 개 매달려

한때는 그들도 살아 있는 존재였음을 애처롭게 주장하고 있었다. 좁고 울퉁불퉁한 숲길을 따라 5킬로미터 이상을 달렸건만 기껏 마주친 생명체라고는 부지런히 달아나는 스컹크 한 마리가 고작이었다. 마침내 웅장한 철제 문 앞에 도착했다. 그 순간 손에 회람판을 든 남자 하나가 어딘가에서 불쑥 나타났다. 남자는 짙은 색 크롬비 오버코트에, 경찰관 특유의 검은빛이 나는 옥스퍼드 셔츠를 입고 있었다.

나는 창문을 내리고 여권을 제시했다. 그의 침울한 얼굴은 추위에 얼었는지 벽돌처럼 붉었고 두 귀도 적갈색으로 변해 있었다. 아무래도 좋은 보직은 아닌 모양이다. 마치 캐리비언 해안에서 2주 동안 퀸스 대학원생들을 경호하는 업무에 배치되었다가 마지막 순간 이쪽으로 전보된 것처럼 보였으니 말이다. 그는 잔뜩 찌푸린 얼굴로 코를 문지르며 회람판에 적힌 내 이름을 확인하고는 택시를 조사하려는 듯 차 주위를 살피기 시작했다. 해변 어딘가에서 끊임없이 공중제비를 도는 파도 소리가 들려왔다. 그는 돌아와 내게 여권을 건네주며 환영인사를 했다. 아니, 워낙 작은 목소리라 잘못 들은 것인지도 모르지만 그 인사말은 나를 놀라게 하기에 충분했다.

"정신병원에 오신 걸 환영합니다."

갑자기 속이 뒤집히는 것 같았다. 물론 그런 감정을 겉으로 드러낼 수는 없었다. 유령 작가에게 첫인상은 중요한 요소이기 때문이다. 불안감을 드러내서는 안 되며 드레스코드(특정 상황에 걸맞은 의복이나 태도를 일컬음―옮긴이)는 언제나 카멜레온이어야 한다. 고객이 입으려고 하는 옷이 무엇이든 간에 나도 어울리는 옷을 입으려 노력해야 한다. 축구선수의 경우라면 트레이너 복장을 하고 팝가수의 경우라면 가죽 재킷을 입는다. 전 수상과의 첫 대면을 위해 난 정장은 피하기로 했다. 변호사나 회계사처럼 너무 형식적으로 보일 것이다. 내가 선택한 옷은 남색 셔츠에 보수적인 줄무늬 타이, 스포츠 재킷과 회색 바지였다. 머리는 깔끔하게 빗었고 이는 잘 닦아 치실로 마무리했으며 방취용 화장품까지 발랐다. 요컨대 어느 때보다 완벽하게 준비했다는 얘기다. 그런데, 정신병원이라고? 정말로 그렇게 말한 건가? 뒤를 돌아보았으나 경찰관은 이미 보이지 않았다.

대문이 활짝 열렸다. 구불구불한 길. 잠시 후 라인하트 영지가 눈에 들어오기 시작했다. 정육면체로 된 네 개의 목재 건물. 차고, 창고, 직원들을 위한 오두막 두 채. 그 너머엔 본관이 서 있었다. 본관은 2층 건물로 궁전만큼이나 넓었다. 지붕이 길고 낮은 데다 화장장에나 있을 법한 거대한 사각형 벽돌 굴뚝도 두 개나 됐다. 건물의 나머지 부분은 모두 목재였다. 새집이 분명한 데도 마치 1년 동안 방치해둔 정원의 벤치처럼 벌써 회백색으로 바래 있었다. 앞쪽의 창들은 모두 길고, 여자 성기만큼이나 가늘었다. 그런 모습들은 잿빛 일색의 분위기, 뒤쪽의 벽돌집들, 사면을 둘러싼 숲 그리고 정문의 초병 등과 어울려, 알베르트 슈피에(히틀러 총통 관저를 세운 독일 건축가─옮긴이) 디자인의 별장을 연상케 했다. 요컨대, 늑대의 소굴(히틀러 사령부를 일컫는 별명─옮긴이) 그대로였다.

차가 멈추기도 전에 현관문이 열리더니 다른 경찰관이 나와 (흰색 셔츠, 검은 타이, 지퍼형 회색 재킷을 입은 전형적인 차림새였다) 나를 홀로 안내했다. 역시 무뚝뚝한 표정이었다. 그는 내가 주변을 둘러보는 동안 재빨리 내 숄더백을 조사했다. 지금까지 일하면서 부자들을 수도 없이 많이 만나봤지만 정작 억만장자의 집 안에 들어와본 것은 처음이었다. 부드러운 흰색 벽에는 아프리카 탈들이 줄지어 걸려 있고, 조명을 밝힌 진열장에는 나무 조각상들과 원시 토기들로 가득했다. 모두 거대한 남근이나 어뢰처럼 기다란 젖통이 매달린 조잡한 인물을 테마로 하고 있었는데, 학창 시절 선생님이 등을 돌리고 있는 틈을 이용해 아이들이 깎았을 법한 조각상처럼, 뛰어난 기술도, 미적 감각도 전혀 없어 보였다. 나중에 안 사실이지만 라인하트의 첫 번째 부인은 메트로폴리탄 현대미술관 위원으로 재직한 여자였고, 두 번째 부인은 볼리우드(인도 최대의 도시 뭄바이의 옛 이름인 봄베이와 할리우드의 합성어로 인도 영화계를 일컫는 단어-옮긴이)의 여배우였다. 그보다 쉰 살이나 어린 여자인데, 투자 자문단이 인도 시장에 진출하기 위해 부추긴 결혼이었다.

집 안쪽 어딘가에서 강한 영국식 악센트의 여자 고함소리가 들려왔다.

"이런 개떡 같은 소리는 듣도 보도 못했어요!"

그리고 쾅 하고 닫히는 문소리가 들리더니 군청색 재킷과 스커트를 입은 우아한 금발 미인이 하이힐을 또각거리며 복도 아래쪽으로 내려오고 있었다. 그 여자의 손에는 A4용지 크기의 하드커버 노트가 들려 있었다.

"아멜리아 블라이예요. 불행하게도 애덤은 뉴욕에 있고 오늘 오후나 되어야 돌아올 겁니다."

아멜리아가 어색한 미소를 지으며 인사를 건넸다. 대충 45세쯤 된 것 같았는데 멀리서 보면 10년 이상은 젊어 보였다. 크고 아름다운 푸른 눈을 지녔으나 화장이 너무 짙어 어딘가 어색하게 보였다. 마치 백화점 화장품 코너에서 한꺼번에 모든 화장품을 시연해 보여줄 임무를 맡은 여종업원처럼 생각될 정도였다. 그리고 코끝을 스치는 부드럽고 풍요로운 향수 냄새. 아마도 《타임스》에서 언급한 대변인이리라.

"부디, 이런 개떡 같은 소리! 운운한 말은 잊어주세요."

아멜리아가 아까의 말투를 흉내 내며 말했다. 그러면서 더욱더 활짝 웃어 보였는데, 그 바람에 부드러운 핑크색 볼의 잔주름이 모두 갈라졌다.

"오, 이런, 죄송해요. 루스가 요즘 신경이 날카로워서요."

루스. 그 이름은 아프리카 토속 예술품의 북소리나 창 던지는 소리처럼 머릿속을 울렸다. 랭의 부인이 이곳에 와 있으리라고는 생각도 못했다. 런던의 자기 집에 있을 것이라고 생각했건만. 루스 랭은 의지와 자립심이 강하기로 정평이 난 여자였다.

"때가 좋지 않다면……."

"아니, 아니에요. 물론 선생님을 만나뵙고 싶어 하세요. 커피 한 잔만 마실 시간이면 돼요. 잠깐만 기다리시면 제가 모시고 오죠. 호텔은 어땠나요? 너무 조용하죠?"

아멜리아가 따발총처럼 내뱉더니 곧바로 등을 돌렸다.

"무덤 같더군요."

나는 파견 경찰관으로부터 가방을 건네받고는 아멜리아를 따라 집 안으로 들어갔다. 부드럽지만 강한 향수 냄새가 끝끝내 코를 공략했다. 그녀는 매우 멋진 다리를 가지고 있었다. 두 허벅지를 스치며 걷는 걸음걸이도 멋졌다. 아멜리아는 크림색 가죽 가구가 가득한 방으로 안내했다. 나는 머그잔을 들고 프랑스풍의 창문에 서서 한참 동안 뒤뜰을 구경했다. 화단은 보이지 않았다. 이곳에서는 예쁜 꽃들이 자라지 않기 때문일 것이다. 뒤뜰에는 드넓은 잔디밭뿐이었다. 잔디밭은 100미터쯤 계속되다가 죽은 갈색 관목 울타리에 이르러서야 끝이 났다. 그 너머는 호수였다. 거대한 알루미늄 판 같은 하늘 아래 강철판을 깔아놓은 것처럼 딱딱해 보이는 호수가 보였다. 왼쪽으로 작은 모래 언덕이 해변의 끝을 가리키고 있었다. 파도 소리는 들리지 않았다. 유리문이 너무 두꺼웠기 때문이다. 방탄유리로 돼 있다고 했다.

아멜리아는 모르스 신호라도 보내듯 신경질적으로 복도 벽을 두드리며 돌아왔다.

"죄송해서 어쩌죠. 루스가 지금은 조금 바쁘다는군요. 죄송하다면서 나중에 초대하겠다고 전하라고 했어요. 커피를 다 드셨으면 우리가 일할 곳을 안내해드리죠."

아멜리아는 딱딱해 보이는 미소와 함께 말한 다음 내게 앞장서서 계단을 오를 것을 권했다. 그 집은 침실이 모두 아래층에 있고 생활공간은 위층에 있다고 설명해주었는데, 거대한 개방식 거실로 올라간 순간 그 이유를 알 수 있었다. 해면을 마주하고 있는 벽이 온통 유리로 되어 있었다. 사람은 보이지 않고 오직 바다와 호수와 하늘만 보였다. 그야말로 천연의 비경이 아닐 수 없었다. 수만년 동안 조금도 변하지 않은 장관. 방음 유리와 지하의 열기가 만들어낸 이 값비싼 타임캡슐로 인해 마치 신석기 시대로 돌아간 듯한 느낌이 들었다.

"멋진 곳이군요. 하지만 밤이면 외롭지 않나요?"

"바로 이곳이 우리가 일하는 곳입니다."

아멜리아는 내 질문을 무시한 채 문을 하나 열었다. 우리는 넓은 서재로 들어갔다. 거실과 붙어 있는 방인데 원래는 마틴 라인하르트가 휴일에 일하던 곳이라고 했다. 이곳의 경관도 아까와 비슷했지만 호수보다는 바다 쪽으로 좀 더 치우쳐 있었다. 책장에는 독일 군대사 관련 서적들로 가득했다. 나치 심벌이 박힌 책등이 햇볕과 대기의 염분 성분으로 하얗게 바래 있었다. 책상은 두 개였다. 구석의 작은 책상에선 비서가 앉아 컴퓨터 작업을 하고 있었고, 다른 하나는 파워보트와 요트를 찍은 사진 말고는 텅 빈 채였다. 사진 속에서 마틴 라인하트로 보이는 늙고 앙상한 뼈다귀만 남은 남자가 쪼그리고 앉아 보트 키를 잡고 있었다. 너무 말라도, 너무 뚱뚱해도 살 수 없다는 말이 새빨간 거짓말임을 방증해주는 그런 사진이었다.

"우린 작은 팀이죠. 저하고 여기 앨리스 (구석에 놓인 책상에 앉아 있던 여자가 고개를 들었다) 그리고 애덤과 함께 뉴욕에 간 루시가 있어요. 참 운전사 제프도 빼놓을 수는 없겠군요. 그는 지금 뉴욕에 있는데 오후엔 차를 가지고 돌아올 거예요. 그리고 영국에서 보내준 경호원이 여섯 명 있어요. 세 명은 여기 있고 나머지는 지금 애덤과 함께 있죠. 매체를 다루려면 두 명이 더 필요하지만, 애덤은 아무래도 마이클을 잊을 수 없는 모양이에요. 두 사람은 정말로 오랫동안 함께 지냈거든요."

"애덤과 함께 일한 지 얼마나 되셨죠?"

"8년요. 전에는 다우닝 스트리트에서 일했어요. 지금은 내각성 파견 요원으로 근무 중이죠."

"내각성이 가엾군요."

아멜리아가 해맑은 미소를 지었다.

"내각성보다는 남편이 더 불쌍한걸요."

"결혼하셨나요? 결혼반지를 못 봤는데."

"낄 수가 없어요. 너무 커서. 공항 보안대를 지나칠 때에도 삐 소리만 나고."

"아."

우리는 그 점에서 서로를 완전히 이해할 수 있었다.

"이 집에는 베트남인 부부도 살고 있는데, 워낙에 조심스러운 사람들이라 거의 볼 수 없을 거예요. 여자는 집을 돌보고 남자는 정원을 돌봐요. 데프와 더크라고 부르죠."

"어느 쪽이 남자죠?"

"당연히, 더크가 남자예요."

아멜리아는 꽉 끼는 재킷 주머니에서 열쇠를 꺼내더니 청동으로 된 커다란 파일 캐비닛을 열어 그 안에서 박스 파일을 하나 꺼냈다.

"이건 이 방에서 가지고 나갈 수 없어요. 복사도 못 해요. 메모는 할 수 있지만 비공개 서약에 서명하셨다는 사실을 잊지 않으시리라 믿어요. 애덤이 뉴욕에서 돌아오기 전에 여섯 시간 정도는 읽을 수 있을 거예요. 점심에는 샌드위치를 올려 보낼게요. 앨리스, 너도 나와. 이분을 방해해서는 안 되잖아?"

두 사람이 나간 후 나는 우아한 가죽 회전의자에 앉아 랩톱 컴퓨터를 꺼내 '랭 MS'라는 제목의 파일 하나를 만들었다. 그리고 넥타이를 느슨하게 풀고 손목시계도 벗어 파일 옆 책상에 내려놓았다. 한동안 나는 라인하트의 의자에서 몸을 앞뒤로 가볍게 흔들며, 바다 풍경을 음미했다. 범세계적 권력자의 기분을 조금이나마 느껴볼 수 있었다. 이윽고 나는 파일 커버에서 원고를 꺼내들고 읽기 시작했다.

—

훌륭한 책은 모두 다르지만 형편없는 책은 완전히 똑같다. 이런 일을 하면서 나쁜 책을 수도 없이 읽은 후에 내린 결론이다. 너무나 형편없어서 출간될 수도 없는 책들. 그런 점에서 볼 때 책으로 출간되는 것만으로도 대단한 일임에 분명하다.

소설이든 회고록이든, 나쁜 책들이 공통으로 갖고 있는 문제는 바로 이거다. 진실성이 느껴지지 않는다는 것. 좋은 책이 반드시 진실을 다루어야 한다는 것은 아니지만 적어도 읽는 동안만큼은 사실처럼 느껴져야 한다. 출판사에 있는 친구 하나는, 이것을 '수상비행 시험'이라고 부른다. 런던 시민들의 일상사를 그린 어느 영화에서 따온 말인데 주인공이 수상비행기로 직장에 출근하기 위해 템스 강에 착륙하는 장면으로 시작하는 영화였다. 그 친구의 표현을 빌리자면 그 장면을 보자마자 그 영화를 볼 이유가 전혀 없음을 알게 되었다고 했다.

　애덤 랭의 회고록은 유감스럽게도 수상비행 시험을 통과하지 못했다. 그 안의 내용들이 모두 잘못되었다는 것은 아니다. 사실 그 단계에서 내가 판단할 문제도 아니었다. 문제는 책 전체가 거짓처럼 느껴진다는 것이었다. 그러니까 한가운데 구멍이 뻥 뚫린 느낌이었다. 회고록은 모두 16개의 장으로 구성되어 있고 시대순으로 배열되어 있었다. '어린 시절', '정치 입문', '지도자를 향한 도전', '당을 떠나며', '대선 승리', '북부 아일랜드', '정부 개혁', '유럽', '특별한 관계', '테러의 시련', '두 번째 임기', '테러와의 전쟁', '정도를 지키다', '항복은 없다', '떠나야 할 때' 그리고 '희망의 미래' 순이다. 각 장은 1만~2만 단어 정도로 긴 편이었는데 대개 연설, 공식 메모, 성명, 회의록, 인터뷰 기사, 업무 일지, 당 성명, 신문 기사 따위를 편집조차 않고 나열한 정도였다. 때때로 랭의 사적인 감정(셋째 아이가 태어났을 때 얼마나 기뻤는지!), 개인적인 견해(미국 대통령은 생각보다 키가 컸다), 또는 예리한 논평(외무상 리처드 라이카트는 종종 영국의 입장을 외국에 전달하는 게 아니라 그 반대인 것처럼 보였다) 따위가 보였지만 그건 드문 경우이고 게다가 아무 감흥도 느낄 수 없었다. 게다가 그의 아내는 어디 있지? 루스 랭에 대한 언급은 눈을 씻고 찾아도 거의 보이지 않았다.

똥 단지. 릭은 그렇게 불렀으나 실제로는 그 이상이었다. 고어 비달(뉴욕 출신의 소설가, 극작가, 수필가─옮긴이)에 의하면 똥도 나름대로 정체성이 있다. 이 원고는 완전히 쓰레기였다. 자료는 정확하고 정밀했지만 나머지는 거의 다 거짓말이었다. 그렇게 말할 수밖에 없다. 이런 삶을 살아오면서 그렇게 감정이 건조할 수 있는 인간이 어디 있단 말인가? 하물며 애덤 랭이 아닌가? 그의 정치 밑천은 언제나 감정이입이었다. 나는 '테러와의 전쟁' 장으로 건너뛰었다. 미국 독자들의 관심을 끌 홍밋거리가 있다면 분명 이곳이어야 했다. 하지만 대충 페이지를 넘기며 '범인 인도', '고문', 'CIA' 등의 단어를 찾았으나 보이지 않았다. 태풍 작전에 대한 언급도 없었다. 중동 전쟁 얘기는? 미국 대통령, 국방부 장관, 국무장관을 향한 온건한 비판은? 배신과 실망의 분위기는? 하다못해 무대 뒤의 특종이나 과거의 비밀 문건 따위도 없었다. 어디에도 아무것도 없었다. 기가 막힐 노릇이었다. 비유적으로뿐만 아니라 실제로도 기가 막혔다. 나는 첫 장부터 다시 읽기 시작했다.

내가 원고에 몰입해 있는 동안 앨리스가 참치 샌드위치와 생수 한 병을 가져온 모양이었다. 오후 늦게 보니 책상 끝에 접시가 놓여 있었다. 하지만 바빠서 먹을 시간도 없었고 배도 고프지 않았다. 오히려 열여섯 개 장을 훑어 내려가면서 조금씩 구역질이 나기 시작했다. 매달리고 싶어도 매달릴 굴곡 하나 없는, 밋밋하기 짝이 없는 절벽 위에 서 있는 기분이었다. 맥아라가 마사 바인야드 행 페리 호에서 뛰어내린 심정을 알 것 같았다. 매덕스와 크롤이 런던까지 날아온 이유도, 나에게 주당 5만 달러의 거금을 주겠다는 이유도 이해가 갔다. 지금까지 기기묘묘해 보이던 일련의 사건들이, 이 황폐한 원고 하나로 인해 전적이고 전체적인 논리를 부여받은 셈이다. 애덤 랭의 가미카제 수상비행기 뒷좌석에 묶인 채 달팽이처럼 곤두박질하는 것이 이제 내 몫이 된 것이다. 이제 얼마 안 있어 열릴 출판기념회에서 (기념회에 초대된 적도 없지만) 나는 문학사상 가장 위대한 실패작의 공저자로 소개될 것이다. 그 순간 나는, 이 프로젝트에서 내 진짜 역할을 알아차리고 말았다. 공인된 패륜아.

651페이지에 이르는 원고를 모두 읽고 고개를 들었을 때는 어느덧 해가 뉘엿뉘엿 지고 있었다. (마지막 문장은 이랬다. '루스와 나는 미래를 기다릴 것이다. 그것이 어떤 미래이든 간에.') 나는 원고를 내려놓고는 두 손으로 얼굴을 감싼 채 눈을 부릅뜨고 소리 없는 비명을 지를 수밖에 없었다. 누가 보았다면 내가 에드바르트 뭉크의 〈비명〉을 흉내 내고 있다고 말했을 것이다.

기침 소리에 고개를 들어보니 루스 랭이 문가에서 나를 쳐다보고 있었다. (나는 지금까지도 그 여자가 그곳에 얼마나 오래 서 있었는지 모른다.) 루스는 가늘고 검은 눈썹을 치켜떴다.

"그렇게 나빠요?" 그녀가 물었다.

—

루스는 두껍고 볼품없는 남성용 흰색 스웨터 차림이었다. 소매가 어찌나 긴지 씹어 문드러진 손톱 끝만 간신히 눈에 들어왔다. 우리는 함께 아래층으로 내려갔다. 그녀는 그 위에 남색 파카를 걸쳐 입었다. 기다란 파카 속에 파묻힌 루스가 인상을 쓰며 얼굴을 내밀자 짧은 검은 머리칼이 메두사의 뱀처럼 마구 얽혔다.

산책을 제안한 것은 루스였다. 아무래도 나에게 산책이 필요한 것 같다고 했는데 그건 사실이었다. 그녀는 남편의 방풍 재킷과 (나에게 너무나도 잘 맞았다) 방수 부츠를 찾아주었다. 우리는 잔디 가장자리를 돌아 모래언덕까지 올라갔다. 오른쪽으로 호수와 선착장이 보였다. 그 옆의 갈대밭에는 나룻배 한 척이 뒤집힌 채 방치되어 있었다. 왼쪽은 잿빛 바다였다. 눈앞으로 시원한 백사장이 3킬로미터 이상 뻗어 있었는데, 어디를 보나 그 풍경이 그 풍경이었다. 오버코트 차림의 경찰관이 50미터 뒤에서 우리를 쫓아오고 있었다.

"이런 풍경에 지치셨을 것 같네요."

나는 먼저 우리를 에스코트하는 경찰관에게 눈인사를 보낸 다음, 루스에게 말했다.

"신경 쓰지 않기로 한 것도 벌써 오래전인걸요."

우리는 바람을 뚫고 걸었다. 가까이에서 보니 백사장도 그다지 아름다운 풍경은 못 되었다. 정체 모를 플라스틱 조각, 타르 덩어리, 소금에 딱딱하게 굳은 군청색 캔버스화, 케이블 드럼, 죽은 새들, 해골과 뼛조각이 여기저기서 보이는 게 마치 6차선 국도의 갓길을 따라 걷는 기분이었다. 거대한 파도가 으르렁거리며 달려왔다가 물러서는 소리는 대형 트럭이 지나가는 소리 같았다.

"그래, 얼마나 나쁘던가요?" 루스가 다시 물었다.

"읽어보지 않으셨습니까?"

"다는 아니에요."

"손댈 곳이 많더군요." 내가 공손하게 대답했다.

"얼마나?"

문득 히로시마라는 단어가 생각났다.

"글쎄요. 문제는 마감입니다. 4주 안에 일을 끝내야 하는데, 그럼 한 페이지에 할애할 시간이 이틀이 채 못 됩니다."

"4주나요? 그렇게 오랫동안 남편을 붙잡을 수 있을 것 같아요?"

루스가 다소 호들갑스럽게 웃음을 터뜨렸다.

"직접 쓰실 필요는 없습니다. 그래서 제가 돈을 받고 이곳에 온 거니까요. 그냥 가끔 얘기만 해주시면 됩니다."

모자를 깊숙이 뒤집어쓰고 있었기 때문에 루스의 얼굴은 거의 보이지 않았다. 보이는 거라곤 뾰족하고 하얀 코끝 정도였다. 그녀가 남편보다 더 똑똑하며, 남편보다 정상의 삶을 더 만끽하고 있음은 잘 알려져 있는 사실이다. 외국에 공식 순방을 나설 때면 루스는 늘 남편을 따라나섰다. 그녀는 집에 남아 있는 것을 무엇보다 싫어했다. TV에서 그들 부부를 보는 것만으로도 루스가 남편의 성공을 얼마나 즐기고 있는지 알 수 있을 정도였다. 애덤과 루스 랭. 권력과 영예. 루스는 걸음을 멈추고 돌아서서 바다를 바라보았다. 두 손은 주머니 깊이 집어넣은 채였다. 느린 걸음으로 줄곧 쫓아오던 경찰관도 멈춰 섰다.

"당신을 생각한 건 나였어요."

몰아쳐 오는 바닷바람에 몸이 흔들리는 것 같았다. 당황한 나머지 기절할 것만 같았다.

"그래요?"

"예. 당신은 크리스티의 책을 쓴 사람이니까요."

그 여자가 무슨 얘기를 하는지 알아듣는 데는 약간의 시간이 필요했다. 크리스티 코스텔로. 오랫동안 잊고 있던 사람이다. 그의 자서전은 내 최초의 베스트셀러다. 1970년대 록 스타의 밀착 취재. 술, 마약, 여자, 치명적인 자동차 사고, 밀어 그리고 착한 여인의 품에서의 재활과 부활. 그 책엔 없는 게 없었다. 발랑 까진 10대이든, 교회에 나가는 할머니이든, 누구에게 선물해도 좋아할 내용으로 가득했다. 그 책은 영국에서만 30만 부 이상 판매됐다.

"크리스티를 아십니까? 그럴 것 같지는 않은데……."

"지난겨울 무스티크(믹 재거의 소유로 알려진 유명한 휴양 섬-옮긴이)에 있는 그 사람의 별장에서 지냈어요. 그곳에서 읽었죠. 침대 옆에 잔뜩 쌓여 있더군요."

"조금 당황스럽네요."

"소름이 끼칠 정도로 대단한 책이었어요. 저녁 식사를 하면서 그의 난삽한 이야기를 듣다가, 그 이야기들을 엮어 작품으로 만들어놓은 솜씨를 보니, 이런 게 인생이구나 하는 생각이 들더라고요. 그래서 애덤에게 얘기했어요. '당신 책을 쓸 때 이 사람을 불러요'라고."

나는 웃었다. 어쩔 수 없었다.

"남편분의 기억이 크리스티만큼 모호하지 않으면 좋겠군요."

"그건 책임 못 져요."

루스의 대답이었다. 그녀는 모자를 젖히고 크게 심호흡을 했다. TV에서 본 것보다 훨씬 아름다운 얼굴이었다. 카메라는 애덤을 사랑하는 것과 정반대로 루스는 미워한 모양이다. 그놈은 루스의 보기 좋은 긴장감도, 생생한 얼굴 표정도 잡아내지 못했다.

"맙소사, 집에 돌아가고 싶군요. 아이들이 다 대학을 다니느라 집을 떠나 있는데도 그래요. 남편에게 계속 바가지를 긁는 중이죠. 이건 마치 세인트헬레나의 나폴레옹과 결혼한 기분이라고."

"그럼 런던으로 돌아가시면 되잖습니까?"

루스는 입술을 깨물고 바다만 바라보았다. 한동안 아무 말도 하지 않더니 이윽고 고개를 돌려 나를 뚫어져라 바라보았다.

"비공개 서약에 사인하셨죠?"

"물론입니다."

"확실해요?"

"시드니 크롤의 사무실에 확인해보시죠."

"어느 가십 기사나, 1년 후쯤 당신이 쓴 싸구려 야담 책 같은 데서 내 얘기를 읽고 싶지 않아서 그래요."

나는 여자의 독기에 한 걸음 물러날 수밖에 없었다.

"이런, 지금 저를 추천한 게 부인이라고 하지 않으셨나요? 전 여기 오 겠다고 한 적도, 청을 넣은 적도 없습니다."

그녀가 고개를 끄덕였다.

"좋아요. 그럼 내가 왜 집에 갈 수 없는지 말하죠. 우리 사이의 비밀로 말이에요. 그 이유는 지금 그에게 뭔가 문제가 있고 그래서 그 사람 곁 을 떠날 수 없기 때문이에요."

이런, 맙소사. 갈수록 태산이라더니.

"예, 아멜리아도 애덤이 마이클의 죽음으로 매우 혼란스러워하고 있 다더군요." 내가 외교적으로 응대했다.

"오, 그 여자가 그래요? 블라이 부인께서 언제 그렇게 내 남편의 감정 상태에 대해 전문가가 되셨다던가요? 그건 나도 잘 알 수 없는 문제인 데……."

그녀가 쉿 소리를 내며 손톱을 세운다 해도 지금보다 더 노골적으로 혐오감을 드러낼 수는 없을 것 같았다.

"마이클의 죽음이 상황을 악화시키기는 했죠. 하지만 그게 이유는 아 니에요. 그보다 권력을 잃은 게 진짜 못 말리는 문제죠. 권력을 잃고, 가 만히 들어앉아 한 해 한 해 모든 걸 내주어야 하는 것 말이에요. 그동안

신문, 방송들은 그가 하거나 하지 않은 일에 대해 계속 입방아를 찧어
대죠. 알잖아요, 과거에서 벗어나지 못하는 기분. 그는 갇힌 거예요. 우
리 둘 다."

그녀가 바다를 향해 무기력감을 드러냈다.

집으로 돌아갈 때 그녀는 나에게 팔짱을 꼈다. 그러곤 이렇게 속삭
였다.

"이봐요. 도대체 당신이 어떤 일에 끼어든 건지 알고는 있나요?"

—

돌아갔을 때 별장은 조금 더 소란스러워져 있었다. 워싱턴 번호판이
달린 암갈색 재규어 리무진이 입구에 서 있고, 차창을 어둡게 선팅한
검은색 미니밴도 그 뒤에 바짝 붙어 있었다. 현관문을 열자 여기저기서
전화벨이 울리고 있었다. 문 바로 안쪽에서 싸구려 갈색 정장을 입은
온화한 인상의 남자가 커피를 마시며 경찰관과 얘기를 하고 있다가 루
스를 보고는 용수철처럼 발딱 일어섰다. 이곳 사람들은 모두 이 여자를
무서워하고 있어. 정말로.

"안녕하셨습니까, 부인."

"안녕, 제프. 뉴욕은 어땠나요?"

"평소처럼 난장판이었습니다. 러시아워의 피커딜리 서커스 같았죠.
하마터면 돌아오지 못하는 줄 알았습니다." 그는 정교한 런던 억양으로
말했다.

루스는 나를 돌아보았다. "이 사람들은 애덤이 상륙할 때에 맞춰 차
를 대기시켜놓으려는 거예요."

루스가 파카를 벗으려 용을 쓰고 있을 때 아멜리아 블라이가 막 모퉁이를 돌아 나왔다. 우아한 어깨와 조각 같은 턱 사이엔 휴대폰이 끼어 있고 섬세한 손가락으로는 작은 서류 가방을 여는 중이었다.

"좋아요, 좋아. 내가 말할게요. 목요일엔 시카고에 계실 거예요."

그녀는 루스에게 고개를 까딱 숙이더니 제프를 향해 돌아서서 손목시계를 두드렸다.

"아냐, 공항엔 내가 가야겠어."

루스가 다시 파카를 뒤집어쓰기 시작했다.

"아멜리아는 집에서 손톱 소제나 하고 있어. 당신도 같이 가는 게 어때요? 남편이 만나고 싶어할 것 같은데."

아내 쪽, 1점 추가. 하지만 전세는 금세 역전되고 말았다. 아멜리아가 영국 공무원의 전통적인 서비스 정신에 힘입어 로프의 반동을 이용한 카운터펀치를 날린 것이다.

"그럼 전 뒤차로 가겠어요. 손톱 소제는 차에서 해도 되니까요."

그녀는 휴대폰을 딸깍 하고 덮은 다음 부드러운 미소를 지어 보였다.

제프가 루스를 위해 재규어의 뒷문을 열어주었다. 나는 한 바퀴 돌아가 다른 쪽 문을 잡아당겼지만 어찌나 묵직한지 하마터면 팔이 부러지는 줄 알았다. 가죽 시트에 올라타자 차문이 저절로 탁 하고 부드럽게 닫혔다.

"방탄 차량입니다. 무게만 해도 2.5톤이고 타이어 4개가 다 터진다 해도 150킬로미터는 더 달릴 수 있죠."

차가 움직이자 제프가 백미러에 대고 말했다.

"그만해, 제프. 그런 거 알고 싶지 않으실 거야."

루스가 가볍게 핀잔을 주었다. 하지만 제프는 아랑곳하지 않았다.

"창문 두께는 2.5센티미터. 억지로 열려고 아무리 애를 써도 소용없습니다. 화생방 공격에도 끄떡없죠. 한 시간 동안 숨 쉴 수 있는 산소가 비축되어 있으니까요. 대단하지 않습니까? 이 순간 선생님은, 이 세상 누구보다도 안전한 분이십니다."

루스가 웃으며 얼굴을 찌푸렸다. "장난감이라면 사족을 못 쓰는 남정네들이라니!"

바깥 세계는 낯선 타인처럼 완전히 입을 다물었다. 숲길도 마치 고무로 이루어진 것처럼 부드럽고 조용했다. 어머니의 자궁 속에 들어 있는 기분이 이렇지 않을까 하는 생각이 들었다. 완벽한 안전이 주는 쾌적한 기분. 자동차가 죽은 스컹크를 밟고 지나갔건만 차 안에서는 일말의 미동도 느낄 수가 없었다.

"초조해요?" 루스가 물었다.

"아뇨, 왜죠? 그래야 하는 건가요?"

"아뇨. 남편은 당신이 만나본 사람 중에 가장 매력적인 남자일 거예요. 오, 내 사랑 매력남 왕자시여!"

그녀는 깊은 한숨을 내쉬고는 신경질적인 웃음을 터뜨렸다. 루스는 다시 창밖을 내다보았다.

"맙소사, 살아서 이 숲 밖으로 나갈 수는 있는 걸까? 정말 마법의 숲에 갇힌 것 같지 않나요?"

나는 어깨 너머로 뒤를 바짝 쫓아오는 미니밴을 돌아보았다. 정말로 중독성이 강한 곳인 모양이었다. 벌써 익숙해지고 있으니 말이다. 익숙해진 습관에 대해 포기를 강요하는 것은 미라에게 자유를 주는 것과 다를 바 없다. 하지만 테러리즘 덕분에라도 루스는 포기조차 할 수 없으리라. 줄을 서서 버스나 지하철을 기다릴 수도 없고, 혼자서 차를 몰

수도 없으리라. 결국 혁명 이전의 로마노프(3월 혁명으로 무너진 러시아의 마지막 왕조-옮긴이)처럼 제멋대로 응석을 부리도록 허락 받은 대신 온실 안에 갇혀 살아야 하는 꼴이 된 것이다.

숲길을 빠져나오자 자동차는 왼쪽으로 꺾었다가 곧바로 우회전하더니 공항 울타리 안으로 들어가 버렸다. 나는 창밖에 펼쳐진 광활한 활주로를 보고는 입을 쩍 벌렸다.

"벌써 다 왔습니까?"

"여름이면 마이클은 오후 4시에 맨해튼 사무실을 떠나 오후 6시면 해변에 도착하곤 했어요."

"전용 제트기가 있어야겠군요."

나는 초짜처럼 보이지 않기 위해 아는 척하며 물었다.

"물론 전용 제트기가 있죠."

루스는 부엌칼로 롤 케이크 버터를 바르는 촌놈을 보듯 어이없다는 얼굴로 나를 바라보았다. 당연히 전용 제트기가 있죠. 그럼, 너는 3,000만 달러짜리 집에서 살면서 버스로 출퇴근하겠냐? 남자는 모름지기 거인의 발자취를 남겨야 한다 이거다. 나는 그 여자가 알고 있는 사람들 모두가 전용 제트기를 소유하고 있다는 사실을 깨닫고는 무안해졌다.

이 모든 소동의 중심인 전 수상이 상륙하고 있었다. 법인용 걸프스트림 제트기가 어둑어둑한 하늘을 빠져나와 어두운 소나무 숲 위를 저공 비행으로 훑는 모습이 보였다. 제프는 브레이크를 밟기 시작했다. 1분쯤 후 우리는 작은 터미널 바깥쪽에 서 있었다. 안쪽으로 들어가는데 뒤에서 문이 닫히는 오만한 소음이 연이어 들려왔다. 인원은 모두 넷. 나, 루스, 아멜리아 그리고 경호원 한 명이었다. 안에는 에드거 타운 경찰서에서 파견된 경찰관이 이미 대기 중이었다. 그의 등 뒤 벽으로 빌과 힐러리 클린턴의 색 바랜 사진이 보였다. 스캔들로 얼룩진 대통령의 휴가 초기에 부부가 공항에서 다정하게 포즈를 취하고 있는 모습이었다.

전용기는 활주로에 착륙하고 있었다. 군청색으로 칠해진 비행기의 문 옆에는 금색 글자로 핼링턴이라고 적혀 있었다. 비행기는 대기업 CEO의 남근 상징물들보다 훨씬 커 보였다. 기체는 매우 높았고 양쪽에 창문이 여섯 개씩이나 있었다. 마침내 비행기가 서고 엔진이 멈추었다. 황량한 공항을 뒤덮은 침묵이 부담스럽게 느껴졌다.

문이 열리고 계단이 내려왔다. 먼저 공안요원 둘이 계단을 내려왔다. 한 명은 정면의 터미널 건물을 향해 서고, 다른 한 명은 계단 밑에서 텅 빈 활주로를 살피는 시늉을 했다. 위와 주변과 뒤쪽을 차례로 훑는 의례적인 동작이었다. 애덤은 비행기에서 내릴 마음이 없는 사람처럼 뭉그적거렸다. 비행기 안쪽에서 움직이는 그의 모습을 알아볼 수 있었다. 조종사와 남자 승무원과 함께 손을 흔들고 있었는데, 내게는 정말로 내리기 싫은 사람처럼 보였다.

마침내 그가 밖으로 나와 계단 위에 잠시 멈춰 섰다. 가방을 들고 있었는데 수상으로 재직했을 당시에는 절대로 하지 않던 일이었으리라. 거센 바람에 재킷 자락이 들썩이고 넥타이가 요동을 쳤다. 그는 머리카락을 넘기며 주변을 둘러보았다. 이제 어떤 일을 해야 할지 생각을 가다듬는 사람 같았다. 당혹스러울 정도로 오랜 시간이 지나서야 그는 거대한 유리창 뒤에서 기다리고 있는 우리를 알아보았다. 그가 손가락으로 우리를 가리키더니 손을 흔들고 미소를 지어 보였다. 정확히 전성기의 바로 그 모습이자 이제는 과거지사가 되고 만 그 모습이었다. 그는 이따금 가방을 바꿔들면서 열심히 중앙 복도를 따라 걸어왔다. 세 번째 공안요원과 바퀴 달린 가방을 끌고 있는 젊은 여자가 그의 뒤를 따라 왔다.

우리는 그가 입국 게이트를 통과하는 것을 본 다음에야 유리창을 떠나 그를 마중 나갔다.

"안녕, 여보."

그는 상체를 숙여 먼저 아내에게 키스했다. 피부가 약간 오렌지 빛을 띤 것을 보니 화장을 한 모양이었다. 루스가 그의 팔을 살짝 두드렸다.

"뉴욕은 어땠어요?"

"대단했어. 나에게 걸프스트림 4호기를 내주더군. 알지? 침대에 샤워실까지 있는 대륙 횡단기 말이야. 안녕, 아멜리아. 안녕, 제프."

그가 나를 보았다.

"안녕, 그런데 누구더라?"

"각하의 유령입니다."

나는 그 말을 하는 순간 후회하고 말았다. 재치 있고, 겸손하게 보일 뿐 아니라 어색함을 깨기 위한 최선의 선택이라고 생각해 런던을 떠나기 전에 거울 앞에 서서 연습까지 한 인사였다. 그런데 이곳 공항의 분위기가 황량하고 음울하고 고요하기 짝이 없다 보니 완전히 역효과를 내고 만 것이다. 그가 움찔했다.

"그렇군." 그가 떨떠름한 어투로 대답했다.

나와 악수를 하면서도 좀 더 안전한 거리를 확보하려는 듯 고개까지 뒤로 젖혔다.

맙소사. 이 사람 날 미친놈으로 생각하고 있어.

"걱정 말아요. 저 사람, 똑똑한 구석도 있으니까."

루스가 그를 안심시켰다.

다섯
수상과의 만남

유령은 고객이 편하게 대할 수 있도록
만전에 만전을 기해야 한다.

《유령 작가》

"멋진 인사말이었어요. 유령 학교에서 그런 것도 가르치나요?"

집으로 돌아오는 길에 아멜리아가 다시 한 방을 먹였다. 우리는 미니밴 뒷좌석에 함께 앉았다. 이제 막 뉴욕에서 날아온 비서 루시와 세 명의 경호경찰이 앞자리를 차지했다. 차창을 통해 랭 부부를 실은 재규어가 보였다. 벌써 날이 상당히 어두워진 터라 헤드라이트에 비친 거대한 참나무들이 몸을 비틀어댔다.

"당신이 죽은 남자 대신이라는 점에서도, 아주 적절한 말이에요." 그녀가 계속 말했다.

"좋아요. 그러니 그만하죠." 나는 신음을 내뱉었다.

"하나는 명확히 해야겠어요. 저 깐깐한 루스 랭이 지구상에서 유일하게 당신만은 믿고 있는 것 같던데, 왜 그렇죠? 이유가 뭐라고 생각해요?"

"취향을 설명할 방법은 없습니다."

"그래요. 당신이 어쩌면 시키는 대로 고분고분 따를 사람이라고 생각한 것일 수도 있죠."

"어쩌면요. 그냥 직접 물어보지그래요?"

이런 고양이 싸움에 끼는 거야말로 딱 질색이었다.

"이봐요, 아멜리아. 이렇게 불러도 괜찮죠? 내가 아는 한 내가 여기
온 이유는 회고록 집필을 돕기 위한 겁니다. 궁전의 음모에 휘말릴 생
각은 추호도 없어요."

"물론 그럴 거예요. 일이나 하고 후닥닥 빠져나가고 싶겠죠."

"또 시작입니까?"

"재미있잖아요."

한동안 나는 입을 다물고 가만히 있었다. 루스가 이 여자를 싫어하는
이유를 알 것 같았다. 아멜리아는 영리한 그림자이지만, 아내의 입장에
서 보면 그림자에 머물기엔 너무나 매혹적인 여자였다. 사실 이렇게 가
까이 앉아 무차별한 샤넬 향수의 공격을 받고 있자니, 문득 아멜리아가
애덤과 부적절한 관계를 가졌을지도 모르겠다는 생각이 들었다. 그렇
다면 많은 것이 설명된다. 공항에서 그가 아멜리아를 눈에 띌 정도로
홀대했는데, 그거야말로 백발백중 확실한 증거가 아니겠는가? 만약 내
짐작이 사실이라면 그들이 회고록의 보안에 광적으로 집착하는 것도
이해가 갔다. 그 안에는 몇 주 동안 타블로이드를 행복하게 해줄 이야
깃거리가 넘쳐날 것이다. 자동차가 숲길 중간쯤 다다랐을 때 아멜리아
가 다시 입을 열었다.

"원고에 대해 어떻게 생각하는지 아직 말해주지 않았어요?"

"솔직하게요? 레오니드 브레즈네프(러시아의 정치가─옮긴이)의 회고
록을 읽은 후로 이렇게 재미있었던 적이 없어요."

아멜리아는 미소를 짓지도 않았다.

"어떻게 이런 원고로 책을 낼 생각을 했는지 이해할 수가 없어요. 당신들은 얼마 전까지만 해도 나라를 다스렸어요. 물론 영어가 모국어이긴 하겠죠?"

"마이클은……." 아멜리아는 무슨 말인가 하려다가 얼른 입을 다물었다. "어쨌든 고인에 대해 왈가왈부하고 싶지 않아요."

"죽은 사람들이 열외가 되어야 하는 법이라도 있나요?"

"좋아요, 알았어요. 마이클의 문제는, 애덤이 처음부터 모든 걸 그에게 넘겼다는 데 있어요. 불쌍한 마이클, 결국 질식하고 만 거죠. 조사할 게 있다며 케임브리지로 사라졌는데 1년 동안 거의 본 적도 없어요."

"케임브리지?"

"예, 케임브리지요. 애덤의 모든 서류들을 보관해둔 곳이죠. 이미 조사해보지 않았나요? 200박스 분량의 문건. 250미터에 달하는 책장. 100만 개의 서류철 등등. 세상에, 그걸 누가 다 세고 있겠어요?"

"맥아라가 그 모두를 조사했다는 말인가요?"

믿기지 않았다. 소위 엄격한 연구 스케줄에 대한 내 생각은, 고객 앞에 앉아 1주일간 테이프 녹음을 뜨고, 구글이 뱉어내는 토사물 중에서 먹을 만한 부위를 발라내는 게 고작이었다.

"아뇨. 모든 건 아니죠. 하지만 이곳에 돌아왔을 때 그는 이미 탈진한 상태였어요. 자신이 무슨 일을 해야 하는지조차 잊어버린 것 같았죠. 당시엔 아무도 눈치채지 못했지만, 그때 이미 우울증에 걸린 상태였을 거예요. 애덤과 앉아서 원고를 검토하기 시작한 것은 겨우 크리스마스 바로 전이었으니까요. 물론 때는 이미 늦었죠." 아멜리아는 안타까운 어투로 말했다.

"그러니까 2년 동안 회고록을 완성하는 조건으로 1,000만 달러를 받기로 한 남자가 책을 만드는 데 아무것도 모르는 사람에게 프로젝트 전체를 넘겼다는 건가요? 그가 12개월 동안 제멋대로 방황하도록 허락한 사람은 또 누구죠?"

나는 몸을 돌려 아멜리아를 똑바로 바라보았다. 그녀는 손가락을 입술에 대고 눈짓으로 차 앞쪽을 가리켰다.

"유령치고는 목소리가 크네요."

"하지만 애덤도 자신의 회고록이 얼마나 중요한지는 알았을 것 아닙니까?" 나는 목소리를 낮춰 거의 속삭이듯 말했다.

"진실을 원하세요? 애덤은 사실 2년 안에 책을 출간할 생각이 조금도 없었어요. 그러고도 아무 일 없을 거라고 자신했던 거죠. 그래서 지금껏 내내 그의 수발을 들던 마이클에게 일종의 포상금을 주고 제 멋대로 놀게 내버려둔 거예요. 하지만 그러다가 마틴 라인하트가 계약대로 가겠다는 의도를 분명히 했고, 출판사에서 마이클이 지금껏 해놓은 일을 보게 된 거죠……." 아멜리아가 말꼬리를 흐렸다.

"그냥 돈을 돌려줄 수도 있지 않았나요? 모든 걸 원점으로 돌리는 거죠."

"그 질문에 대해서는 저보다 더 잘 알고 계실 것 같은데요?"

"그에게 그렇게 큰 선금이 필요하지는 않았을 것 아닙니까?"

"공직을 떠난 지 벌써 2년이에요. 아마 그 반이라도 받으려 했을 거예요."

"그런데도 이렇게 될 줄 아무도 몰랐다는 겁니까?"

"기회가 있을 때마다 문제를 제기하긴 했죠. 하지만 역사가 그의 관심사는 아니었어요. 한 번도 그런 적이 없었죠. 자기 자신의 역사라고 다를 바 있겠어요? 요즘 그의 관심은 오직 재단을 설립하는 것뿐이에요."

나는 의자에 등을 기댔다. 그런 일들이 얼마나 우습게 일어나는지 너무나 잘 아는 터였다. 맥아라, 당의 최고 일꾼은 문서실의 스타하노프 (옛 소련의 노동 영웅으로 기준 노동량의 14배를 채석한 그의 이름을 딴 생산력 독려 운동이 벌어질 정도로 스탈린의 치하를 받았다-옮긴이)로 전락해 광대하고 무익한 서류들을 뒤지고 다녔고, 항상 더 큰 그림의 사나이로 군림했던 애덤 랭은 ('과거보다는 미래', 그게 그의 슬로건이 아니었던가?) 미국 강연에 흠뻑 취해 있었다. 그에게 인생이란 당연히 해방의 대상이 아니라 삶의 대상이었다. 그러다가 마침내 위대한 회고록 프로젝트가 위기에 처하게 되고, 거기에 보복이라도 하듯 오랜 우정의 붕괴와 자살 사건이 잇달아 터지고 만 것이다.

"모두에게 힘든 시간이었겠군요."

"그래요. 마이클의 시신을 찾아낸 후로는 더 했죠. 내가 신원확인을 하겠다고 했지만 애덤은 그의 책임이라고 생각했어요. 끔찍했죠. 자살은 모든 사람에게 죄의식을 심어주니까요. 그러니 미안하지만 유령 농담은 사양하고 싶어요."

일요 신문에 나온 범인 인도에 대해 막 물어보려는 찰나 재규어의 브레이크 등이 켜지고 우리도 멈춰 섰다.

"다시 돌아왔군요. 우리의 고향으로." 아멜리아가 말했다.

그녀의 목소리에서 처음으로 지쳤다는 기색이 묻어나왔다. 태양과 함께 기온도 곤두박질치고 있었다. 5시 반쯤 됐으려나? 나는 미니밴 옆에 서서 애덤이 경호원과 수행원들에게 둘러싸인 채 저택 안으로 들어가는 모습을 가만히 지켜보았다. 그들은 재빨리 움직였다. 누가 보면 숲 속에 망원 조준기를 겨냥한 암살자가 숨어 있다는 제보라도 받은 모양이라고 생각했을 것이다. 그들이 모두 들어가자 저택의 창마다 불이 켜지기 시작했다. 잠깐이나마 이곳이 권력의 잔재가 아니라 권력의 진정한 핵심이라는 착각이 들기도 했다. 모든 것이 낯설어 어떻게 대처해야 할지 판단이 서지 않았다. 게다가 공항에서의 실언을 어떻게 수습해야 할지 여전히 난감했다. 나는 잠시 추위 속에서 어슬렁거렸다. 그런데 놀랍게도 놓쳤다고 생각한 바로 그 사람이 밖으로 나와 나를 찾았다. 애덤 랭.

"이런, 세상에. 도대체 밖에서 뭐 하고 있나? 다른 사람들이 걱정하잖아. 어서 들어와 한잔하자고."

그가 문가에 서서 나를 불렀다.

집 안에 들어가자 애덤은 내 어깨를 툭툭 치며 복도로 안내했다. 아침에 커피를 마셨던 그 방이었다. 그는 재킷을 벗고 넥타이를 풀어버린 뒤 두꺼운 회색 스웨터로 갈아입고 있었다.

"공항에선 제대로 인사할 기회가 없었네. 사과하지. 뭘 들겠나?"

"뭘 드실 겁니까?"

오, 하느님, 제발 알코올 성분이 든 액체이기를.

"홍차."

"저도 홍차로 하겠습니다."

"정말로? 나는 좀 더 강한 것으로 하고 싶지만 그랬다가는 루스가 난리를 칠 거야. (비서를 향해) 루시, 데프에게 차 한 잔 부탁해주겠어?"

그는 소파 가운데 털썩 주저앉아 두 팔을 등받이에 걸쳤다.

"자네도 한 달 동안 나처럼 살아보라고. 영 죽을 맛이야."

그는 오른쪽 발목을 왼쪽 무릎에 얹었다. 그러고도 한참 동안이나 손가락을 두드리고 발을 흔들며 딴청을 부린 다음에야 더 이상 피할 수 없다는 듯 어두운 시선을 내게 돌렸다.

"힘들지 않은 과정이기를 빌겠습니다. 저희 모두에게요."

나는 이렇게 말하고는 잠시 머뭇거렸다. 그를 어떻게 불러야 할지 난감했다.

"애덤. 애덤이라고 부르게." 그가 말했다.

유명한 사람과 대면하면 이따금 꿈을 꾸는 것 같은 기분이 들 때가 있다. 내게는 이때가 그랬다. 나는 유령처럼 천장을 부유하며, 출판계의 억만장자 집에서 세계적인 정치인과 아주 느긋한 자세로 대화를 나누고 있는 자신의 모습을 내려다보고 있었다. 그는 내게 너무나도 잘 대해주었다. 정말로 내가 절실한 거야. 이 사람, 간절히 원하고 있어. 세상에, 이런 일이!

"감사합니다. 전 수상 각하를 만나 뵌 게 처음이라서요."

내 말에 그는 만족스럽다는 듯 미소 지었다.

"나도 유령을 만나는 게 처음이니 공평한 것으로 하지. 시드니의 말이 자네가 이 일에 최적임자라더군. 루스도 그렇고. 그래, 이제 앞으로 어떻게 할 셈인가?"

"각하와 인터뷰를 하고 그 대답을 바탕으로 산문을 만듭니다. 필요하다면 각하의 목소리를 흉내 내서 관련 인용문을 덧붙일 수도 있을 겁니다. 물론 제가 쓴 글들은 각하께서 얼마든지 수정하실 수 있습니다. 원하시지 않는 단어를 강요하는 건 저도 바라는 일이 아니니까요."

"그래, 얼마나 걸릴까?"

"대형 출간물일 경우, 50에서 60시간 정도 인터뷰를 땁니다. 대충 40만 단어 정도인데 결국 10만 단어 정도로 축소, 편집되죠."

"하지만 원고가 이미 있지 않나?"

"예, 하지만 솔직히 말해서 그걸 그대로 출간할 수는 없습니다. 그건 책이 아니라 연구 메모일 뿐입니다. 누구의 목소리도 담겨 있지 않은…….”

애덤이 인상을 찌푸렸다. 문제가 뭔지 전혀 이해를 못 하고 있는 것 같았다. 나는 재빨리 덧붙였다.

“그렇다고 해서 원고가 전혀 쓸모없다는 말씀은 아닙니다. 사실과 인용문을 발췌할 수는 있죠. 16장으로 된 구조도 상관없습니다만 적어도 내용은 다르게 시작하고 싶습니다. 좀 더 친근한 방식으로 말입니다.”

베트남 가정부가 차를 들고 왔다. 그녀는 온통 검은색 옷으로 차려입고 있었다. 검은 실크 바지에 칼라 없는 검은 셔츠. 차를 가져왔을 때 인사라도 할 참이었으나 그녀는 의도적으로 시선을 피했다.

“마이클에 대해서는 들었나?”

“예. 유감스럽게도.”

“그에 대해서도 좋은 글을 넣었으면 하네. 그 친구 어머니가 좋아할 거야.”

“그건 어렵지 않을 겁니다.”

“오랫동안 나와 함께했지. 내가 수상이 되기 전부터였으니까. 당과 생사고락을 같이한 사람이야. 그를 소개 받은 것도 전임 당 총재로부터였다네. 자네도 자신을 누구보다 잘 안다고 생각하는 사람이 있겠지? 그렇다면…….”

애덤은 어깻짓을 하더니 창밖의 어둠으로 시선을 돌렸다.

난 뭐라 할 말이 없었다. 그래서 아무 말도 하지 않았다. 내 일 자체가 고해성사와 비슷한 면이 있는 터라 일을 시작한 지 몇 년 만에 정신과 의사처럼 행동하는 법을 배우게 됐다. 조용히 앉아 고객에게 시간을 주는 것이다. 도대체 그가 어둠 속에서 무엇을 보는지 궁금했다. 30초쯤 지나자 내가 아직 방 안에 있다는 사실을 깨달은 모양이었다.

"좋아. 그럼 내게서 빼앗아갈 시간이 얼마나 되나?"

"모두 말입니까? 정말로 열심히 일한다면 한 주 내에 고비를 넘길 수 있을 겁니다."

나는 차를 마셨다. 어찌나 뜨거운지 하마터면 그대로 뱉어낼 뻔했다.

"일주일?"

애덤의 얼굴 표정이 위험신호를 울려댔다. 나는 1,000만 달러가 우리나라의 최저 임금은 아니지 않느냐고 따지고 싶었지만 참기로 했다.

"메울 구멍이 생길 때마다 각하의 도움이 필요합니다. 하지만 일단 금요일까지 시간을 내주신다면 어떻게든 초고를 다시 작성할 수 있을 겁니다. 중요한 건 내일부터 당장 시작하고…… 어린 시절은 대충 피해 가겠습니다."

"좋아. 빨리 끝날수록 나도 좋으니까."

갑자기 그가 상체를 숙였다. 두 팔꿈치를 무릎에 대고 두 손으로 잔을 감싼 모습이 솔직하게 털어놓을 말이 있다는 뜻인 것 같았다.

"루스는 이곳을 끔찍이도 싫어해. 책을 끝낼 때까지 런던에 돌아가서 지내라고 누차 말하고 있지만 도무지 꿈쩍하지 않는단 말이야. 솔직히 말해서, 난 자네 글이 맘에 드네."

이번에는 기어이 차가 목에 걸리고 말았다.

"제 책을 읽으셨다는 말씀이십니까?"

나는 도대체 수상의 관심을 끈 사람이 축구선수인지, 록 스타나 마술 사인지, 그도 저도 아니면 가상현실 게이머인지 궁금했다.

"물론. 함께 휴가를 보낸 친구가 있었지. 그의 별장……."

그가 자신 있게 대답을 시작했다.

"크리스티 코스텔로?"

"크리스티 코스텔로! 똑똑한 친구로군그래. 맞아. 그의 인생을 이해한다면 내 인생 역시 이해할 수 있을 것이라고 생각했어."

그는 갑자기 일어나 악수를 청했다.

"이봐, 자네를 만나서 기뻐. 당장 내일부터 시작하기로 하지. 아멜리아에게 얘기해서 자네를 호텔로 데려다줄 차를 준비하라고 하겠네."

그러더니 갑자기 노래를 부르기 시작했다.

인생에 단 한 번
그대는 모든 것을 가졌지.
하지만 그대가 죽어 모든 걸 잃을 때까지
그대는 까맣게 모르고 있었어.

그가 나를 가리켰다.

"크리스티 코스텔로, 〈인생에 단 한 번〉, 197……."

그는 기억이 가물거리는지 고개를 갸웃하며 두 눈을 반쯤 감았다.

"……7년?"

"8년."

"1978년! 대단한 시절이었지. 그때로 다시 돌아간 것 같은 기분인데."

"내일을 위해 저축해두시죠."

—

"그래, 어땠나요?" 아멜리아가 현관까지 배웅하며 물었다.

"좋았어요, 내 생각엔. 분위기도 부드러웠고 절 줄곧 '이봐'라고 부르더군요."

"예. 이름을 기억 못 할 때면 늘 그렇게 불러요." 그녀가 말했다.

"내일 인터뷰할 조용한 방이 필요합니다. 인터뷰 내용을 기록할 비서도 한 명 필요하고요. 쉬는 시간마다 새로 녹음한 테이프들을 그녀에게 가져다 줄 겁니다. 그리고 현재 원고의 복사본을 디스크에 담아주세요. 아, 예, 압니다. (나는 두 손을 들어 그녀의 반대를 거부했다.) 건물 밖으로 가져가지 않을게요. 하지만 내용을 복사해서 새로운 원고에 따 붙여야 해요. 그래야 그걸 수정해서 대충이라도 사람의 말답게 바꿀 수 있으니 까요."

아멜리아는 내 말을 모두 노트에 옮겨 적었다.

"그 밖에는요?"

"저녁 식사는 어떻습니까?"

"안녕히 가세요."

아멜리아는 단호하게 내뱉고 문을 닫아버렸다.

경찰관이 에드거 타운까지 태워주었다. 정문을 지키는 동료만큼이나 무뚝뚝한 사람이었다.

"원고를 빨리 끝내시기를 빕니다. 나도 그렇고 동료들도 그렇고. 여기 처박혀 있느라 엉덩이에 뾰두라지가 날 지경이거든요." 그가 말했다.

그는 나를 호텔에 떨어뜨려놓고 아침에 다시 데리러오겠다고 했다. 막 방문을 열고 들어서는데 휴대폰이 울렸다. 케이트였다.

"자기 괜찮아? 메시지 받았어. 목소리가 조금 이상하던데?"

"내가? 그랬다면 사과하지. 아무튼 지금은 괜찮아."

새벽에 전화했을 때 어디 있었는지 묻고 싶었지만 간신히 참았다.

"그래? 그 사람은 만났어?"

"응, 지금 막 헤어지고 오는 참이야."

"어땠어?"

케이트는 내 대답을 듣기도 전에 얼른 말했다.

"아냐, 말하지 마. 물론 매력적이었겠지."

나는 잠깐 귀에서 전화기를 떼어내고 가운뎃손가락을 치켜올렸다.

"자기도 좋은 시절 다 갔나 봐. 어제 신문 봤어? 자긴 이제 침몰하는 배에 올라탄 최초의 쥐가 된 꼴이라고."

"그래, 물론 봤어. 그것에 대해서도 물어볼 생각이야." 내가 변명하듯 대답했다.

"언제?"

"때가 되면."

케이트가 갑자기 괴성을 터뜨렸다. 그건 그녀가 환희와 격분과 경멸과 불신을 한꺼번에 담아 표현할 때 내는 소리였다.

"좋아, 물어봐. 다른 나라에서 불법으로 영국 시민을 납치해 고문을 받게 한 이유가 뭔지 물어보라고. CIA가 익사를 연출하기 위해 어떤 기술을 사용했는지도 물어보고 심장마비로 죽은 사람의 미망인과 아이들에게 뭐라고 했는지도 물어보라고."

"잠깐만. 이 배가 침몰하면 자긴 어떻게 할 건데?"

"다른 남자를 찾아봐야지."

"잘해봐."

그렇게 말하고는 전화를 끊어버렸다. 아래층 술집으로 내려가 술에 취하는 데 또 다른 이유가 필요해지지는 않았다.

에이햅 선장(《모비딕》의 주인공—옮긴이)이 하루 종일 힘들게 작살 놀이를 한 후 술독에 빠지기 위해 찾았을 법한 분위기의 술집이었다. 의자와 테이블을 모두 낡은 술통으로 만들어놓았고, 오래된 예인망과 통발 따위가 조잡한 널빤지 벽에 매달려 있었다. 범선이 들어가 있는 술병들이 선반에 놓여 벽을 장식하고 있었는데, 전리품 옆에 자랑스럽게 서 있는 심해 낚시꾼들의 빛 바랜 사진들도 함께 걸려 있었다. 저 어부들도 물고기와 마찬가지로 이젠 죽었겠지 하는 생각이 들었다. 바 위에 놓인 커다란 TV에서는 아이스하키 시합이 한창 중계되고 있었다. 나는 맥주와 대합 스튜를 주문하고 TV가 보이는 자리를 찾아 앉았다. 아이스하키에 대해서는 아무것도 모르지만 한동안 아무 생각 없이 지내기에 스포츠만 한 벗이 있을 리 없었다. 게다가 시간을 때우기 위해 난 뭐든지 볼 생각이었다.

"영국인이오?"

구석에 놓인 테이블에 앉아 있던 남자가 말을 걸었다. 내가 주문하는 목소리를 들은 모양인데 나 외에 손님이라곤 그뿐이었다. 귀찮았지만 가볍게 응대하고 얼른 혼자만의 시간을 가지려고 했다.

"그쪽도 그런가요?" 내가 되물었다.

"물론 영국인이지. 휴가차 온 건가?"

그는 헤이, 친구 우리 골프나 한 라운드 떨까? 하는 식으로 말끝을 얼버무렸다. 줄무늬 셔츠, 닳고 닳은 칼라, 더블 블레이저코트, 변색된 청동 단추들, 웃옷 주머니에 꽂힌 파란 비단 손수건. 그 모든 것이 에드거타운의 등대만큼이나 지루해, 지루해, 지루해 하고 외쳐대고 있었다.

"아뇨, 업무차 왔습니다."

나는 다시 시합을 보기 시작했다.

"그래, 어떤 일이오?"

그의 잔에는 말간 액체가 들어 있었는데 얼음과 레몬 조각이 곁들여져 있었다. 보드카와 토닉? 진과 토닉? 나는 그와의 대화에 빠지지 않기 위해 안간힘을 썼다. 그는 생각보다 훨씬 더 지루하거나 무척 끈질긴 사람임이 분명했다.

"그냥 이것저것 합니다. 잠깐 실례하겠습니다."

나는 자리에서 일어나 화장실로 가 손을 씻었다. 거울 속의 얼굴은 40시간 중 여섯 시간밖에 못 잔 남자의 얼굴 그대로였다. 얼굴은 창백하게 질려 있었고, 눈밑의 보랏빛 그림자도 감출 수 없었다. 테이블로 돌아갔을 때에는 대합 스튜가 나와 있었다. 나는 술 한 잔을 더 주문했지만 그 남자를 위해서 한 잔을 더 주문하는 에티켓을 발휘할 생각은 없었다. 그의 시선이 느껴졌다.

"그 섬에 애덤 랭이 있다고 들었소." 그가 말했다.

나는 그때서야 그를 제대로 바라보았다. 50대 중반. 야윈 듯하지만 넓은 어깨. 강한 사내로군. 철회색 머리칼은 이마 뒤로 깔끔하게 빗어 넘겼다. 왠지 모르게 군인 분위기를 풍겼으나 상이군인 구호 단체의 식사에 호구를 의존하는 사람처럼 꾀죄죄하고 지쳐 보였다. 나는 무슨 대수냐는 식으로 가볍게 받아넘겼다.

"그런가요?"

"그렇다고 들었지. 당신은 그의 근황을 모르는 거요?"

"글쎄요, 잘 모르겠군요. 그럼 실례하겠습니다."

나는 스튜를 먹기 시작했다. 커다란 한숨 소리와 잔을 내려놓으면서 나는 땡그랑거리는 얼음 소리가 들렸다.

"더러운 놈."

그가 내 옆을 지나치며 으르렁거렸다.

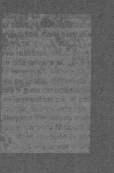
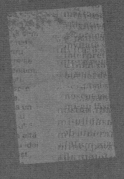

여섯

유령의 후임자

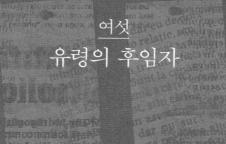

탐구와 인터뷰가 끝날 즈음이면,
고객들은 이따금 마치 정신치료를 받은 기분이라고 말하곤 한다.

《유령 작가》

다음 날 아침 식사를 하기 위해 내려갔을 때 남자는 보이지 않았다. 종업원도 이곳에 머무는 손님은 오직 나뿐이며, 더욱이 블레이저 차림의 영국인은 본 적이 없다고 힘주어 말했다. 난 새벽 4시부터 깨어 있었다. (새벽 2시쯤 잠시 눈을 떴으나 금세 다시 잠들었다.) 게다가 숙취에 지친 상태였기 때문에 그와의 만남 자체가 꿈인지 생시인지 긴가민가했다. 커피를 마시자 기분이 조금 좋아졌다. 나는 정신을 차리기 위해 길 건너편의 등대 주변을 한두 바퀴 산책했다. 호텔에 오니 어느새 나를 일터로 데려갈 미니밴이 이미 도착해 있었다.

　일을 시작한 첫날 내가 생각한 가장 큰 문제는 애덤 랭을 물리적으로 가두고 오랫동안 붙들고 있는 것이었는데, 저택에 도착하자 뜻밖에도 그가 먼저 와서 기다리고 있었다. 아멜리아는 라인하트의 서재를 내주겠다며 나를 전 수상에게 안내했다. 그는 암녹색 트레이닝복 차림으로 책상 맞은편에 놓인 커다란 의자에 편한 자세로 앉아 책장에서 막 꺼낸 듯한 제2차 세계대전 관련 서적을 뒤적이는 중이었다. 머그잔이 바로 옆에 놓인 테이블 위에서 김을 내뿜고 있었다. 그의 발목에는 모래주머니가 매달려 있었다. 아침 일찍 해변을 한바탕 뛰고 온 모양이었다.

"안녕. 이봐, 시작할 준비는 됐나?" 그가 나를 올려다보며 말했다.

"안녕하세요? 먼저 준비할 게 조금 있습니다. 조금 기다리셔야 할 것 같은데요."

"좋아. 그렇게 하라고. 난 신경 쓰지 말고."

그가 책을 읽는 동안 나는 숄더백에서 대필하는 데 필요한 연장들을 꺼내기 시작했다. 소니 워크맨, 디지털 테이프 레코더, MD-R 74 미니 디스크 한 세트, 전원 공급선(고객과 인터뷰를 할 때 배터리에만 의존해선 안 된다는 사실을 비싼 대가를 주고 깨달았다), 메탈실버 색의 파나소닉 터프북 랩톱 컴퓨터(하드커버 소설책보다 별로 크지도 않고 훨씬 가볍다), 까만색의 작은 몰스킨 노트 두 권, 미쓰비시 연필 회사의 최신형 제트스트림 롤러볼펜 세 자루, 그리고 마지막으로 흰색 플라스틱 어댑터 두 개. 하나는 영국제 멀티플러그 다른 하나는 미국 소켓에 맞도록 하기 위한 컨버터. 늘 같은 물건을 쓰고 항상 같은 순서대로 배열하는 이 지루하고도 단순한 작업은 내게 종교의식 같은 경건한 일이다. 아, 그 외에도 질문 목록이 있다. 런던에서 구입한 책과 어제 맥아라의 초안을 읽으면서 따낸 항목들이다.

"1944년 독일에 이미 제트전투기가 있었다는 사실을 알고 있나? 이것 좀 보라고. (그가 사진 하나를 들어 보여줬다.) 우리가 이긴 건 기적이야."

"여긴 플로피 디스크가 없고 USB 드라이브뿐이에요. 원고는 이 안에 넣어놨어요. 당신 컴퓨터에 복사하는 건 좋은데 그렇게 되면 랩톱 컴퓨터도 여기서 가지고 나갈 수 없어요. 잠금장치도 해야 하고."

아멜리아가 작은 플라스틱 라이터만 한 물건을 건네주었다.

"그러니까 독일이 미국에 전쟁을 선포할 수 있었던 거야. 그 반대가 아니고."

"그래서 과대망상이라는 것 아닙니까?"

"그 책에는 내각성의 승인을 받아야 할 비밀 문건들이 다수 포함되어 있거든요. 구체적으로 말하자면 그 자료를 손에 넣기 위해 부적절한 수단을 사용할 몇몇 뉴스 매체 때문이에요. 자료가 새어나가면 우리의 계약 전체가 위험에 빠지게 돼요."

"그래? 그 조그만 것에 내 책 전부가 들어간다고?"

"그거 하나면 책 100권도 더 들어가요. 애덤."

아멜리아가 끈기를 갖고 대답했다.

애덤은 탁 하고 책을 덮은 다음 책장에 집어넣었다.

"놀랍군. 이봐, 내 인생에서 최악의 문제가 뭔지 아나? 완전히 꼼짝 말라는 것이네. 가게에도 갈 수 없지. 모든 걸 대신 해주니까 말이야. 돈도 갖고 다닐 필요가 없어. 지금도 그렇다네. 돈이 필요하면 비서나 경호원 아무에게나 말하면 가져다주거든. 어쨌거나 내가 직접 할 수는 없어. 심지어 내…… 그걸 뭐라고 하더라? 난 그 번호조차 모른다고."

"주민번호?"

"봤지? 도무지 아는 게 없어. 이런 일도 있었다네. 언젠가 루스와 함께 뉴욕 사람들과 저녁식사를 할 때였어. 내게 무척 잘해주는 사람들이야. 그래서 내가 이렇게 말했지. '좋아요, 오늘 밤은 내가 내겠소.' 그리고 매니저에게 신용카드를 건넸는데 그가 몇 분 후에 다시 온 거야. 모두가 당황하고 있는데 그 친구가 뭐가 잘못됐는지 얘기해주더군. 사인이 있어야 할 자리에 아직 테이프가 그대로 붙어 있다고 말이야. 아직 등록도 하지 않은 카드였다는 거지."

그가 두 팔을 허공으로 던지며 미소 지었다.

"그런 것이 각하의 책에 들어가야 할 세세한 에피소드들입니다. 그런 건 아무도 모르거든요." 내가 신이 나서 말했다.

애덤이 놀란 표정을 지었다. "그건 말이 안 돼. 사람들이 날 완전히 바보라고 생각할 거야."

"하지만 사람 냄새가 나는 얘깁니다. 각하가 정말로 어떤 분인지 사람들이 알게 될 겁니다."

지금이 기회였다. 우리에게 필요한 게 정확히 무엇인지 그에게 인식시켜줄 필요가 있다. 나는 의자에서 일어나 그를 마주 보았다. 그리고 자신감 있는 어조로 힘을 주어 말했다.

"지금까지 수도 없이 쏟아져 나온 지루한 정치 회고록처럼 만들 필요가 있습니까? 좀 더 솔직하게 접근하는 것도 한 방법입니다."

그가 웃었다. "그럼 내 책이 시초가 되겠군."

"제 말이 그 말입니다. 사람들에게 수상이 되는 게 어떤 기분인지 알려줘야 합니다. 정책 나부랭이가 아니라 말입니다. 그런 건 늙은 꼰대나 하는 일이죠."

하마터면 맥아라를 거론할 뻔했지만 마지막 순간에 초점을 바꾸었다.

"오직 각하께서만 알고 있는 사실에 매달려야 합니다. 한 나라를 실제로 이끌면서 겪는 하루하루의 경험과 감정들 말입니다. 아침에 일어나면 어떤 기분이었죠? 긴장감은 어땠습니까? 평범한 일상생활로부터 완전히 고립된 느낌은요? 사람들의 증오를 받는 기분은 어떤 것이었죠?"

"이런, 고맙구먼."

"사람들을 매료시키는 건 정책이 아닙니다. 누가 정책에 신경 쓰기나 하나요? 사람들을 감동시키는 건 언제나 사람이죠. 타인의 세세한 삶의 모습. 하지만 그런 모습은 너무나 익숙하기 때문에 독자가 알고 싶어 하는 게 뭔지 찾아내는 것이 매우 어렵습니다. 누군가 대신 뽑아줘야 해요. 그래서 제가 있는 겁니다. 요컨대 정치 지망생이 아니라 만인을 위한 책이어야 한다는 겁니다."

"만인의 회고록요?"

아멜리아가 심드렁하게 되물었으나 난 그녀를 무시해버렸다. 중요한 건 애덤이다. 그는 이제 완전히 다른 시선으로 나를 보고 있었다. 마치 '관심'이라고 적힌 전구가 머리 위에서 깜빡거리는 것 같았다.

"대부분의 전직 지도자들은 그럴 수 없었습니다. 너무 뻣뻣했고, 너무 성급했고, 또 너무 구닥다리였기 때문이죠. 그분들이 만일 재킷과 넥타이를 벗고, 대신, (그의 복장을 가리키며) 예를 들어 트레이닝복 같은 것을 입는다면 아마도 엉터리처럼 보였겠지만 각하께서는 다릅니다. 바로 그래서 색다른 느낌의 정치 회고록을 쓰실 수 있는 겁니다. 새로운 시대에 걸맞은."

애덤은 내게서 눈을 떼지 않았다.

"당신 생각은 어때, 아멜리아?"

"두 분이 죽이 잘 맞는 것 같은데요. 전 꿔다 놓은 보릿자루가 된 기분이에요."

"녹음을 시작해도 괜찮겠습니까? 이런 데서 뭔가가 나오거든요. 아, 보안에 대해 걱정하실 필요는 없습니다. 테이프들은 모두 각하 재산이니까요."

애덤은 어깻짓으로 소니 워크맨을 가리켰다. 내가 녹음 버튼을 누르자 아멜리아가 조용히 빠져나가면서 문을 닫았다. 나는 책상에서 의자를 가지고 와 그와 마주 앉았다.

"처음 뵈었을 때 저는 각하께서 전통적인 의미의 정치인과 거리가 멀다는 생각을 했습니다. 놀라운 성공을 거두시기는 했지만요. 외람된 말씀이지만, 각하께서 어린 소년이었을 무렵 후에 정치인이 되실 거라고 생각한 사람은 아무도 없었을 겁니다."

이런 종류의 직설적인 질문이 바로 내 전문이다.

"세상에, 맞아. 아무도 없었지. 어렸을 때도, 10대 시절에도 정치엔 전혀 관심이 없었어. 정치에 미친 사람들을 이해하지도 못했고. 사실 지금도 그렇다네. 그땐 축구를 좋아하고 연극과 영화를 좋아했지. 좀 더 자란 후에는 여자애들과 데이트를 즐겼지만 그래도 정치가가 될 거라는 생각은 꿈에서도 해본 적 없었어. 학생운동가 애들이 완전히 병신 취급할 정도였으니까."

빙고! 이제 2분 정도 일했을 뿐인데 우린 벌써 책의 잠재적 방향을 설정하고 있었다.

어린 시절에는 정치에 전혀 관심이 없었다. 정치에 미친 사람들을 이상하다고 생각했을 정도였으니까.

그리고 지금도 그건 마찬가지다.

"그런데, 왜 마음을 바꾸신 건가요? 정치에 입문하신 이유가 뭡니까?"

"계기는 '정의'라고 해야겠군. (그가 웃었다.) 케임브리지를 졸업한 후 1년 동안 방황했지. 내가 참여한 연극이 런던 극장에 오르기를 기다렸지만 결국 그런 일은 일어나지 않았어. 그래서 은행에 취직해야 했네. 램버스의 더러운 지하 단칸방에서 신세 한탄이나 하면서 말이야. 왜냐하면 케임브리지 연극 동기들은 모두 BBC에서 일하거나 광고 더빙을 하는 식으로, 주특기를 살리며 돈을 벌고 있었거든. 그러던 중 어느 일요일 오후였어. 하루 종일 비가 주룩주룩 내린 날이었는데, 그때까지도 난 침대를 벗어나지 않고 있었지. 그런데 누군가 문을 두드리더군."

이미 수천 번도 더 한 이야기이겠지만, 그날 아침 그 얘기를 꺼내는 모습은 정말로 상상을 초월했다. 그는 의자에 편안히 기대앉아 미소를 짓고 있었다. 사실 애덤은 똑같은 기억을 수천 수백 번을 반복 연습한 똑같은 단어와 제스처를 써서 설명하고 있는 중이었다. 심지어 문을 두드리는 동작을 마임 연기로 표현하기까지 했다. 그는 정말 노련한 배우였다. 그러니까 좋은 모습만을 보여주기 위해 노력하는 프로였다. 그리고 그런 모습은 관중이 100만 명일 때나 한 명일 때나 마찬가지였다.

"……그런데 누구인지 몰라도 그 사람은 도통 떠날 기미를 보이지 않는 거야. 똑 똑 똑. 전날 술을 과하게 마신 터라 나는 죽을 맛이었지. 온 지구가 흔들리는 것처럼 생각될 정도였다네. 신음을 내뱉으며 베개로 머리를 덮어버렸지만 그래도 노크는 끝나지 않았어. 똑 똑 똑. 그 끈질긴 방문객을 쫓아내기 위해서는 결국 침대에서 나올 수밖에 없었네. 물론 짐작하겠지만, 내 입에서는 상소리가 줄줄 새어나왔어. 대충 가운을 걸치고 문을 열었는데, 뜻밖에 여자가 서 있더라고. 그것도 기가 막히게 매력적인 여자였어. 비에 흠뻑 젖은 채였지만. 그 여자는 전혀 개의치 않고 서서 이윽고 지방선거와 관련된 연설을 시작했네. 신기하더군. 지방선거가 있는 줄도 몰랐다고 솔직하게 고백해야 했지만 난 안 그랬어. 오히려 관심이 있는 척했지. 난 그 여자를 안으로 들어오게 해 따뜻한 차를 한 잔 내주었네. 그 여자는 젖은 몸을 말렸고. 그래, 그렇게 된 거야. 난 사랑에 빠진 거지. 그 여자를 다시 만나기 위한 최선의 방법은 그 홍보물을 들고 그다음 화요일 저녁에, 아니 그다음 날이었는지도 모르겠군. 하여튼 그 여자를 찾아가 당원이 되는 거였네. 난 그렇게 했다네."

"그분이 루스군요."

"그래, 루스."

"그분이 다른 당의 당원이었다면?"

"그래도 난 쫓아가서 입당했을 거야. 어차피 오래 있을 생각은 없었으니까. 그래, 그때가 기나긴 정치 인생의 시작인 셈이지. 늘 그곳에 존재하지만 그때까지 동면 상태로 남아 있던 가치와 신념이 깨어나기 시작한 거야. 아니, 그냥 아무 당에나 머물러 있을 수는 없었을 걸세. 하지만 그날 오후 루스가 노크를 하지 않았거나 쉽게 포기하고 돌아갔더라면 모든 것이 달라졌을 테지."

"그리고 비가 내리지 않았다면."

"비가 내리지 않았다면 그녀를 들어오게 할 핑계를 만들어낼 수 없었을 테니까, 그래. 이봐, 그건 내게 희망이 없었을 거란 뜻이기도 하다고." 그가 씩 웃어 보였다.

나도 씩 웃으며 고개를 저었다. 그리고 노트에 '시작'이라고 적어두었다.

—

우리는 하루 종일 쉬지 않고 일했다. 녹음테이프를 갈기 위해 멈추는 것이 전부였다. 그러면 난 재빨리 아멜리아와 다른 비서들의 임시 사무실로 달려 내려가 테이프를 넘겼다. 그런 일은 하루에 두 번 정도 있었는데, 돌아와 보면 그때마다 애덤은 내가 떠날 때와 똑같은 자리에 앉아 기다리고 있었다. 처음엔 이것이야말로 그의 집중력에 대한 증거라고 생각했다. 하지만 시간이 지나면서 그가 달리 할 일이 없기 때문이었음을 깨닫기 시작했다.

나는 그의 어린 시절을 빠른 속도로 되짚어나갔다. 사실과 날짜에 집착하는 대신에 (그런 자료들은 맥아라가 충실하게 모아두었다) 어린 시절의 기억과 물리적 대상을 물고 늘어지는 식이었다. 레스터 주택 단지의 반쯤 고립된 집, 건축가인 아버지와 교사인 어머니의 성격. 1960년대 영국 지방의 조용하고 비정치적 분위기(일요일에 들리는 소리라고는 교회와 아이스크림 트럭의 종소리뿐이었다), 일요일 아침 진창으로 변한 공원에서 벌어지는 축구 시합, 기나긴 여름 오후 강 옆에서 울어대는 귀뚜라미, 아버지의 오스틴 애틀랜틱 자동차와 그가 처음으로 얻은 롤리 자전거(영국의 대표적인 자전거 상표-옮긴이). 만화책과 라디오 코미디 프로그램. 1966년의 월드컵 결승, 〈전격 Z작전〉, 〈마음을 가다듬고〉, 〈나바론의 총잡이〉, 지방 ABC에서 하던 〈의사 대행진〉, 어머니의 댄시테 카프리 전축에서 45회전으로 들었던, 밀리의 〈마이 보이, 롤리 팝〉과 비틀스의 싱글 앨범들.

라인하트의 서재에 앉아 듣는 50년 전 영국의 세세한 과거사는 빅토리아의 트롱프 뢰유(눈속임 기법으로 그리는 그림-옮긴이)로 그린 골동품만큼이나 비현실적이고 아련했다. 그리고 그만큼 적절했다. 나는 은밀하게 하나의 방향으로 이야기를 유도해나갔으나 눈치가 빠른 애덤은 내 음모를 알아챈 듯 보였다. 우리가 하나하나 캐고 있는 건 단지 그의 어린 시절이 아니라 1950년대에 태어나 1970년대에 어른이 된 모든 사람들의 삶이었다.

"우리에게 필요한 건 애덤 랭과 정서적으로 동일시하도록 독자들을 설득하는 겁니다. 방탄차에 탄 위대한 인물의 이면을 보고, 그를 통해 그들의 가슴속에 간직되어 있는 향수를 자극하는 것. 다른 건 몰라도 이 일에 대해 제가 확신하는 건 하나뿐입니다. 일단 각하께서 독자의 마음을 사로잡기만 한다면 그들은 어디든 따라올 겁니다."

"알겠네. 내가 보기에도 탁월한 접근법인 것 같군."

그가 공감하듯 고개를 끄덕였다.

우리는 몇 시간 동안 쉬지 않고 기억을 캐나갔다. 하지만 그건 내가 애덤의 어린 시절을 조합해낸다는 뜻은 결코 아니다. 오히려 난 자료에서 벗어나지 않기 위해 최선을 다하는 스타일이다. 내가 하는 일은 우리의 경험을 한데 모아 내 기억의 일부가 그의 기억의 일부와 섞이도록 하는 것이다. 그 방법은 언제나 놀라운 결과를 낳았는데, 그건 어떤 의미에서 내게도 충격적이었다. 언젠가 고객 하나가 TV에 출연해 슬픈 목소리로 과거의 혹독한 삶에 대해 얘기했는데, 내가 듣고 있는 건 바로 내 자신의 과거였다. 어쩌면 당연한 일일 수도 있지만 성공한 사람들이 삶을 반추하는 경우는 거의 없다. 그들의 시선은 늘 미래를 향해 열려 있다. 그래야 성공하기 때문이다. 어떻게 느꼈고, 무엇을 입었고, 누구와 함께 있었는지 기억하는 건 그들의 본성과 거리가 멀다. 결혼식 날 교회 마당의 깔끔하게 깎인 잔디 냄새나 첫 아이가 그들의 손가락을 어찌나 단단히 잡고 있었는지에 대해 기억하고 있을 리 없다. 유령이 필요한 건 그 때문이다. 우스운 얘기지만 우린 그들을 피와 땀이 흐르는 인간으로 만들어준다.

애덤은 내가 생각한 그대로였다. 그와 일한 시간은 얼마 되지 않았지만 솔직히 말해서 그만큼 책임감 있는 고객은 맹세코 처음이었다. 우리는 그의 가장 오래된 기억을 세 살 때 집을 가출하려고 했던 사건으로 결정했다. 뒤에서 발소리가 들리더니 어느 틈엔가 아버지에게 붙잡혀

집으로 가야 했다. 그때 아버지의 딱딱한 근육에서 느껴지는 힘이라니. 어머니에 대한 기억은 다림질 하는 모습과 석탄 난로 앞에 세워둔 나무 판에서 말라가는 옷 냄새로 정했다. 그는 빨래통 안에 들어가 집 놀이 하는 것을 좋아했다. 아버지는 조끼 차림으로 테이블에 앉아 훈제 청어를 먹었고 어머니는 때때로 셰리 와인을 마시며 적색과 금색으로 장식된 《미의 본질》이라는 책을 읽었다. 어린 애덤은 몇 시간 동안 그림들을 보곤 했는데, 극장에 관심을 갖게 된 것도 그 시절의 경험 때문이다. 우리는 그가 참여했던 크리스마스 팬터마임과 학교 성탄 연극을 통해 처음으로 무대에 오른 기억도 찾아냈다.

"내가 너무 똑똑하게 보일까?"

"그럼 좀 밉살맞지 않을까요?"

"순둥이?"

"그건 재미없죠."

"범생이?"

"예, 바로 그거예요!"

점심 식사를 하기 위해 일을 멈췄을 때 우린 열일곱 살까지의 기억을 헤치웠다. 크리스토퍼 말로의 〈파우스트〉에서 타이틀 롤을 맡은 것이 계기가 되어 배우가 되겠다는 결심을 굳힌 때였다. 맥아라는 전형적인 완벽주의자답게 1971년 12월 〈레스터 머큐리〉의 리뷰를 발굴해놓았다. 그가 영혼의 저주를 목격하고 행한 최후의 연설이 '어떻게 관객들을 경악하게 했는지'에 대한 찬사였다.

애덤이 경호원 한 명과 테니스를 치러 간 뒤 나는 필사 원고를 확인하기 위해 아래층 사무실로 내려갔다. 한 시간 동안 인터뷰 한 것을 정리하면 대개 7,000~8,000단어 정도의 원고가 만들어지는데, 애덤과 내가 뽑아낸 건 무려 9,000~1만 단어에 달했다. 아멜리아는 그 일에 비서 둘을 배정해주었는데 두 사람 모두 헤드폰을 쓰고 열심히 컴퓨터 자판을 두드려대고 있었다. 부드러운 타이핑 소리가 방 안을 가득 채웠다. 이 섬에 상륙한 뒤 처음으로 일말의 희망이 보였다.

"전 하나도 모르는 얘기뿐이군요. 전엔 이런 얘기 한 번도 한 적이 없었는데." 아멜리아가 말했다.

그녀는 루시의 어깨 너머로 모니터에 나타난 애덤의 고백을 읽고 있었다.

"인간의 기억은 보물창고예요, 아멜리아. 문제는 열쇠를 어떻게 찾느냐죠." 내가 무뚝뚝하게 내뱉었다.

나는 그녀가 엿보도록 내버려두고는 부엌으로 들어갔다. 런던의 내 집만큼이나 큰 부엌이었다. 그곳은 가족묘를 장식할 만큼 많은 화강암으로 꾸며져 있었다. 샌드위치 접시가 보여서 그중 하나를 집어들고 저택 뒷마당을 어슬렁거렸다. 내가 걸음이 멈춘 곳은 일광욕실이었다. (그런 이름이었던 것으로 기억된다.) 커다란 미닫이 유리문이 바깥의 수영장과 연결되어 있었다. 수영장은 회색 방수포로 덮여 있었는데, 그동안 내린 빗물이 고여 중간중간 움푹 들어가 있었고 그 위에는 썩어가는 갈색 낙엽들이 둥둥 떠 있었다. 정원 저편으로 은색 목재로 지은 직육면체의 건물 두 채가 보였다. 그 너머는 참나무 숲과 하얀 하늘이었다. 그리고 누군가 있었다. 추위에 몸을 잔뜩 웅크려 작고 검은 공처럼 보이는 사람. 그는 낙엽을 긁어모아 수레에 담고 있었다. 베트남 정원사 더크가 분명해 보였다. 여름에 보면 정말로 멋진 곳이겠어.

나는 벤치 하나를 골라 앉아 가벼운 염산 냄새와 선탠로션 냄새를 맡으며 뉴욕의 릭에게 전화를 넣었다. 그는 여전히 바빴다.

"어떻게 돼가?"

"오늘 아침엔 죽였지. 그 친구 아주 프로야."

"잘됐군. 매덕스에게 전화할게. 그 얘기 들으면 좋아할 거야. 첫 번째 5만 달러는 입금됐어. 그쪽으로 송금해줄게. 나중에 봐."

그가 전화를 끊었다.

나는 샌드위치를 마저 해치우고 위층으로 올라갔다. 휴대폰은 여전히 손에 들고 있었다. 생각을 해둔 게 있었는데 드디어 행동에 옮길 용기를 얻은 것이다. 나는 서재로 들어가 문을 걸어 잠갔다. 그리고 아멜리아의 메모리카드를 랩톱 컴퓨터에 넣고 컴퓨터 케이블을 휴대폰과 연결시킨 후 인터넷에 연결했다. 매일 밤 호텔 방에서 작업을 할 수 있다면 일이 얼마나 편할까 (그리고 얼마나 빨리 끝날까) 하는 생각을 한 것이다. 해를 끼칠 생각은 없었다. 위험할 일도 없을 것 같았다. 필요하다면 잠잘 때도 베개 밑에 넣어둘 생각이니 컴퓨터가 내 옆을 떠날 염려도 없으리라. 라인에 연결되는 순간 난 내 이메일 주소를 치고 첨부파일을 덧붙이고 전송버튼을 눌렀다.

업로드는 느리기 짝이 없었다. 아멜리아가 아래층에서 부르기 시작했다. 나는 문을 힐끗 쳐다보았다. 갑작스러운 불안감에 손이 굳어 자꾸 헛손질을 했다.

"파일 전송을 완료했습니다."

여자 목소리가 들렸다. 인터넷 서비스 업체가 좋아하는 목소리인 모양이다. 그리고 잠시 후 "이메일이 도착했습니다"라는 메시지가 들렸다.

그때 갑자기 어딘가에서 경보음이 들리더니 '부' 하는 소리와 덜그럭거리는 소리가 들리기 시작했다. 난 화들짝 놀라 랩톱 컴퓨터의 케이블을 뽑고 USB 드라이브를 빼냈다. 돌아보니 두꺼운 철제 셔터가 천장에서 내려오고 있었다. 무척이나 빠른 속도였다. 셔터는 먼저 하늘을 가리고, 바다와 모래사장을 가리고, 겨울의 오후를 어스름으로 덮어버리고, 이윽고 마지막 남은 은색 건물의 불빛마저 까맣게 덧칠해버리고 말았다. 나는 문을 향해 달려갔다. 그리고 문을 여는 순간 뱃속을 흔들 정도로 커다란 사이렌 소리가 터져 나왔다.

똑같은 일이 다른 방에서도 진행되고 있었다. 셔터 하나, 셔터 둘, 셔터 셋. 셔터들이 강철 커튼처럼 떨어져 내리고 있었다. 나는 어둠 속에서 넘어져 날카로운 모서리에 무릎을 찧었고 그 바람에 휴대폰을 놓치고 말았다. 허리를 굽혀 휴대폰을 주울 때쯤에야 경보음이 조금씩 잦아들기 시작했고, 곧이어 계단을 올라오는 바쁜 발소리가 들렸다. 칼날 같은 빛줄기가 방 안을 휘저으며 어색한 자세로 웅크리고 있는 내 전신을 갈라버렸다. 나는 얼른 두 팔로 얼굴을 가렸다. 영락없는 도둑고양이 신세.

"죄송합니다. 이 위에 사람이 있다는 생각을 못 했습니다."

어둠 속에서 경찰관의 당혹스러운 목소리가 들렸다.

—

그건 훈련이었다. 일주일에 한 번씩 시행한다고 했는데 작전명이 '폐쇄'라고 했다. 테러, 납치, 허리케인, 노동운동, 증권감독위원회 등등, 포천 500(세계 500대 기업-옮긴이)의 편안한 잠을 방해하는 잠정적 악몽들로부터 라인하트를 보호하기 위한 조치라는 것이다. 셔터가 올라가면서 불빛이 다시 집 안으로 돌아오기 시작했다. 아멜리아는 거실로 들어와 내게 경고하지 않은 데 대해 사과했다.

"많이 놀랐겠어요."

"그걸 말이라고 해요?"

"하지만 어디 있는지 알 수 없었어요."

나긋나긋한 목소리였지만 웬지 까칠한 의심이 묻어나왔다.

"여긴 큰 집이고 난 성인이에요. 내내 날 감시할 수는 없지 않습니까?"

나는 가볍게 농담조로 말했으나 역시 의심을 완전히 걷어낼 수는 없었다.

"충고 하나 해드리죠. 함부로 혼자서 돌아다니지 마세요. 경호원들이 좋아하지 않으니까요."

아멜리아는 반짝거리는 핑크빛 입술에 가벼운 미소를 지었으나 두 눈은 여전히 수정처럼 차갑기만 했다.

"알아서 모십죠."

나도 미소로 답해주었다.

이윽고 잘 닦인 나무 바닥을 두드리는 가벼운 운동화 소리가 들리더니 애덤이 한 번에 두세 단씩 계단을 뛰어오르는 모습이 보였다. 그의 목에는 수건이 걸려 있었다. 얼굴은 벌겋게 상기되어 있었고 머리카락은 땀에 젖어 번들거렸다. 뭔가 단단히 틀어진 표정이었다.

"이기셨어요?" 아멜리아가 물었다.

"테니스는 결국 못 쳤어. 대신 체육관에 갔지."

그는 숨을 크게 내쉬고 가까운 소파에 몸을 던졌다. 그리고 상체를 숙이고는 열심히 머리를 수건으로 문지르기 시작했다. 체육관? 나는 놀라서 그를 바라보았다. 내가 도착하기 전에 이미 조깅을 하지 않았던가? 도대체 뭣 때문에 저렇게 강훈련을 하는 거지? 올림픽?

"다시 일하실 준비는 되셨습니까?"

나는 일부러 쾌활한 목소리로 말했다. 그건 내가 전혀 당황하지 않았음을 아멜리아에게 알리기 위한 제스처이기도 했다. 애덤은 화가 난 표정으로 나를 올려다보고는 퉁명스럽게 내뱉었다. 그의 말은 충분히 나를 당혹스럽게 했다.

　"일? 자넨 우리가 일을 하고 있다고 생각하나?"

　그가 불쾌감을 드러낸 건 그때가 처음이었다. 그 순간 그의 조깅과 푸시업과 역기 등이 체력 단련과는 아무런 관계가 없음을 깨달을 수 있었다. 아니, 심지어 재미로 하는 것도 아니었다. 그건 단지 그의 물질대사가 원하기 때문이었다. 그는 심해에서 건져 올린 희귀어종이나 다름없었다. 극도의 스트레스하에서만 생존이 가능한 괴물. 해변에 상륙해 정상적인 인간처럼 탁 트인 공기를 마시면서 살 준비가 전혀 되어 있지 않은 존재. 그는 이 철저한 따분함으로부터 언제든지 폭발할 준비가 되어 있었던 것이다.

　"예, 그건 분명히 일입니다. 우리 둘 모두에게 말입니다. 하지만 각하께 지적인 만족감을 주지 못한다면 지금 당장 그만둘 수도 있습니다."

　나는 단호하게 선을 긋기로 했다. 사실 지나치게 몰아붙였다는 생각이 들기는 했다. 하지만 그때 그 역시 극도의 인내심을 발휘하기 시작했다. 어찌나 힘이 들어갔는지 얼굴 근육이 꿈틀거리는 게 보일 정도였다. 곧 레버와 도르래가 돌기 시작했다. 그리고 끝내 피곤에 지친 미소를 되찾는 데 성공했다.

　"좋아, 자네가 이겼네. 그냥 농담해본 거야. 그러니 어서 시작하자고."

　그가 담담한 어투로 내뱉었다.

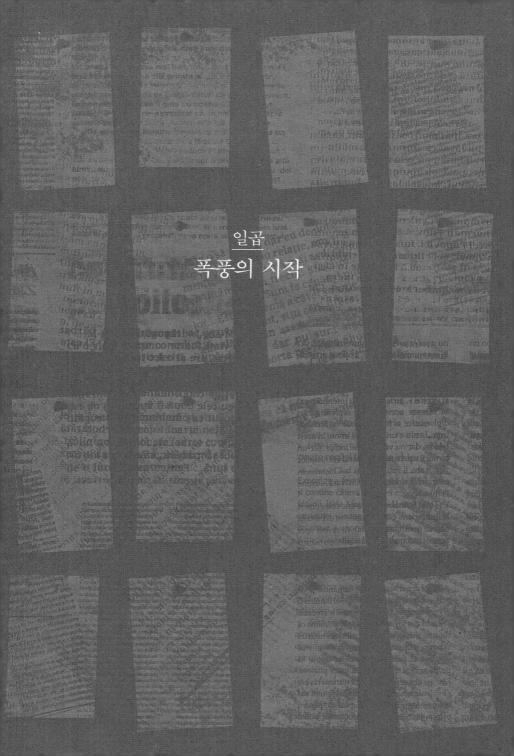

일곱
폭풍의 시작

회고록이나 자서전 집필을 도울 경우,
이야기하는 도중 고객이 눈물을 터뜨리는 경우가 적지 않다.
그때 당신이 할 일은 손수건을 건네고,
조용히 녹음을 계속하는 것뿐이다.

〈유령 작가〉

"부모님께서도 정치에 관심이 많으셨나요?"

우리는 다시 서재로 돌아가 각자의 자리를 차지했다. 그는 팔걸이의 자에 축 늘어진 자세로 앉았는데, 여전히 트레이닝복 차림에 수건으로 목을 감은 채였다. 그에게서 가벼운 땀 냄새가 났다. 나는 맞은편에 자리를 잡고 노트북과 질문 목록을 꺼냈다. 미니레코더는 내 옆 책상에 두었다.

"아니, 전혀. 아버지가 투표했는지조차 기억에 없네. 정치가들 중에 제대로 된 놈이 하나도 없다고 생각하셨던 분이니까."

"그분 얘기 좀 해보시죠."

"건축가셨지. 자영업이고. 어머니를 만나셨을 땐 벌써 50대셨어. 아버진 첫 번째 아내와의 사이에서 낳은 아들이 둘이나 있었는데, 이복형들은 그때 이미 10대였다네. 그런데 첫 번째 부인이 달아나는 바람에 혼자 남으시게 된 거야. 어머닌 교사셨고 아버지보다 스무 살이나 어렸네. 매우 미인이셨어. 또 매우 소심하셨고. 두 분의 인연은 아버지가 학교 지붕을 고치러 가면서 시작됐다더군. 두 분은 이야기를 했고, 이렇게 저렇게 일이 진행되다가 끝내 결혼까지 하게 된 거야. 아버지가 집을 지어 네 식구가 모두 이사를 했고, 난 그다음 해에 태어났다네. 아마 아버지도 생각지 못했던 일이었을 거야."

"왜죠?"

"생식능력이 끝났다고 생각하셨으니까."

"알 것 같습니다. 전에 어딘가에서 아버지와 가깝지 않으시다는 글을 읽은 적이 있거든요."

애덤은 한참 뜸을 들이고 나서야 입을 열었다.

"아버진 내가 열여섯 살 때 돌아가셨어. 건강이 나빠 이미 은퇴를 하신 후였지. 이복형들은 모두 결혼을 해서 출가했고. 아버지와 줄곧 같이 있었던 건 그때가 전부였네. 그런데 조금 알아가려는 참에 심장마비가 온 거야. 하지만 굳이 말하자면, 난 어머니와 더 가까웠어. 그땐 그랬어. 정말로."

"이복형들은요? 그분들과도 가까웠습니까?"

"맙소사, 말도 안 돼. 솔직히 그 이야기는 뺐으면 좋겠네. 그 사람들 얘긴 안 해도 되지 않을까?"

점심 때 이후로 애덤이 웃음을 터뜨린 건 그때가 처음이었다.

"각하의 책입니다."

"그럼 없는 셈치자고. 둘 다 건설업에 종사했는데 기회가 있을 때마다 나에게 표를 주지 않겠다고 신문지상에 떠들어대곤 했네. 몇 년간 본 적도 없어. 지금 나이가 70쯤 되었을 거야."

"그분이 정확히 어떻게 돌아가셨죠?"

"응?"

"죄송합니다. 아버님 말씀입니다. 어떻게 어디에서 돌아가셨는지 알고 싶습니다."

"정원에서였어. 도로 포장석을 옮기다가. 무거운 돌이었는데 옛날 방식이지."

그가 시계를 보았다.

"누가 발견했습니까?"

"나야."

"그때 상황을 설명해주시겠습니까? 힘드시겠지만. 오전보단 훨씬 어려운 얘기가 많죠?"

"학교에서 돌아왔을 때였어. 정말 아름다운 봄날이었다네. 어머니는 자선단체 봉사 일로 외출 중이셨지. 나는 부엌에서 물을 마시고 뒤뜰로 나갔어. 교복을 입고 있었는데 아마도 공놀이 같은 걸 할 생각이었던 것 같아. 그런데 거기 계시더군. 잔디밭 한가운데. 시선은 당신이 떨어진 곳을 보고 계셨는데 의사 말로는 땅에 닿기도 전에 숨을 거두셨을 거랬어. 의사들은 늘 그렇게 말하잖아. 가족들 편하라고. 하지만 죽음이라는 게 어떻게 가족들에게 편한 일일 수 있겠나, 응?"

"그리고 어머님은요?"

"아들은 모두 자기 어머니가 천사라고 믿어."

그가 확인이라도 구하려는 듯 나를 올려다보았다.

"그래, 하지만 내 어머닌 정말로 천사였네. 내가 태어나자 교직을 포기하셨는데 누군가를 돕기 위해 뭐든 하셨지. 아주 독실한 퀘이커(17세기에 등장한 기독교 종파―옮긴이) 가문 출신이셨어. 정말로 철저하게 이타적인 분이셨지. 내가 케임브리지에 들어가자 너무나 자랑스러워하셨다네. 그게 혼자 사셔야 한다는 뜻임에도 그러셨어. 아무리 아파도

한 번도 내색하지 않으셨고. 내 시간을 망칠까 봐 그러셨는데, 연기를 시작해서 바삐 돌아다닐 때부턴 더욱 그랬네. 그분은 그런 분이셨어. 결국 2학년 말이 되어서야 상황을 알 수 있었네."

"그 얘기 좀 해보세요."

"그래. 어머니의 건강이 안 좋다는 사실은 알고 있었어. 하지만, 자네도 알잖나? 열아홉 살이 자기 외에 다른 사람을 챙기는 나이는 아니라고. 연극도 하고 있었고 여자 친구도 한둘 있었으니까. 케임브리지는 내게 천국이었다네. 어머니께는 한 달에 한 번 정도 전화를 걸었는데 늘 잘 있다고 하셨어. 혼자 살고 계시면서도 말이야. 그리고 집에 갔는데, 세상에나, 어머닌…… 정말로 해골만 남으셨더군. 간암이셨어. 그래, 지금이야 뭐든 할 수 있었겠지만, 그땐…… 결국 한 달 만에 돌아가셨네."

그가 무기력한 제스처를 해보였다.

"그래서 어떻게 했죠?"

"졸업반이 되자마자 케임브리지로 돌아갔네. 그리고 열심히 생활했어. 그래, 정말로 그랬다네."

그는 아무 말도 하지 않았다.

"저도 비슷한 경험이 있습니다." 내가 말했다.

"그런가?"

그의 목소리엔 힘이 하나도 없었다. 그는 창밖에서 파도가 굽이치는 모습을 멍하니 지켜보고 있었다. 모르긴 몰라도 그의 상념도 저 수평선 너머 어디론가 날아가고 있을 것이다. 정상적인 경우라면 일을 할 때이든 아니든 나 자신의 개인적인 얘기는 하지 않는다. 하지만 이따금 자기고백이 고객의 고백을 끌어내는 데 도움이 될 때가 있다.

"예, 저도 그 나이쯤 해서 부모님을 잃었죠. 그런데 이상한 점 못 느끼셨습니까? 그렇게 슬픈 일을 겪고 더 강해졌다는 사실을?"

"더 강해져?"

그가 창밖에서 천천히 시선을 거두고는 찌푸린 표정으로 나를 쳐다보았다.

"자기 신뢰라는 뜻에서 말이죠. 자신에게 있을 수 있는 최악의 비극이 일어났고 또 극복한 겁니다. 그리고 그 대가로 스스로 움직일 수 있게 된 거죠."

"자네 말이 옳을지도 모르겠군. 그런 생각은 해본 적이 없어. 이해하기 힘들지만 적어도 최근까지는 아니었네. 얘기 하나 해줄까? 10대 때 두 구의 시체를 보았는데, 53년이 지나서야 겨우 시체를 하나 본 거야. 수상이 되어 오만 가지 일을 다 겪고, 날마다 갖가지 위협에 시달리고, 사람들을 전투에 내보내고, 폭격 현장을 방문했지만 시체는 보지 못했거든."

"그게 누구였죠?"

바보 같은 질문이었다.

"마이클 맥아라."

"신원 확인 때문이라면 경찰관을 보낼 수도 있었잖습니까?"

"아니, 아니, 그럴 순 없지. 절대로. 다른 사람을 보내다니, 말도 안 되는 일이야."

그가 고개를 흔들고는 다시 입을 닫았다. 그러다가 수건을 잡더니 얼굴을 문지르기 시작했다.

"세상에, 정말 우울한 대화로군. 주제를 바꿔야겠어."

나는 질문 목록을 내려다보았다. 맥아라에 대해 물어볼 말은 한두 가지가 아니었다. 반드시 책에 쓰기 위해서만은 아니었다. 측근의 시신을 확인하기 위해 직접 시체실까지 찾아간 전 수상의 에피소드가 '희망의 미래' 장과 잘 어울릴 것 같지도 않았다. 그건 내 호기심을 위한 질문이었다. 하지만 어쨌든 거기에 매달릴 시간이 충분치 않다는 사실 또한 너무나 잘 알고 있었다. 그래서 난 그의 요구에 따라 주제를 바꾸기로 했다.

"케임브리지. 그 시절 얘기로 넘어가겠습니다."

내 입장에서는, 케임브리지 시절이 가장 쉬운 부분이 될 거라고 생각했다. 나 역시 그곳 출신인 데다 학교에 다닌 기간이 그와 몇 년 차이 나지 않기 때문이다. 그게 매력이기도 하지만 대학은 시간이 흘러도 별로 달라지는 것이 없다. 나도 당연히 케임브리지의 상투적인 절차를 그대로 따랐다. 자전거, 스카프, 가운, 카누, 케이크, 가스난로, 합창단, 강변의 술집, 퇴역 군인 출신의 짐꾼들, 좁은 거리, 뉴턴과 다윈이 걸었던 길을 걸을 때의 짜릿함 등등. 사실 그 시절에 대한 것들은 맥아라의 원고를 보는 것만으로도 충분했다. 왜냐하면 내 기억이 애덤의 기억과 일부 겹치기 때문이다. 그는 경제학을 배웠고, 후보였지만 잠깐 축구도 했으며, 학생 배우로서 명성을 얻기도 했다. 하지만 맥아라가 성실하게 전 수상의 출연작을 정리해두고, 그가 참가한 몇몇 연극 장면을 인용해두었다 해도 여전히 뭔가 부족하고 서두른 측면이 없지 않았다. 부족한 건 물론 그의 열정이었다. 그건 당연히 맥아라의 잘못이다. 아마추어 연극쟁이들이 만들어낸 어설픈 브레히트와 이오네스코를, 이 뻣뻣한 당직자가 얼마나 무감각하게 다뤘을지는 보지 않아도 알 수 있었다. 문제는, 이유는 몰라도, 애덤 자신도 그 시기에 대해 발을 빼고 싶어 하는 분위기라는 것이었다.

"오래전 얘기야. 기억나는 것도 거의 없고 솔직히 좋은 시절도 아니었네. 연기는 그저 여자애들을 만날 기회일 뿐이었지. 아무튼 그때 얘긴 빼자고." 그가 말했다.

"하지만 잘하셨잖습니까? 런던에 있을 때 인터뷰 기사를 본 적이 있습니다. 그 사람들 말로는 전문 배우 뺨칠 정도로 훌륭했다고 하더군요." 내가 항변했다.

"글쎄, 무대에서라면 그랬을 수도 있지. 하지만 배우가 된다고 해서 세상을 바꿀 수는 없어. 자네도 잘 알겠지만 그런 건 정치가들이나 가능한 일이라네."

"그래도 케임브리지는 각하의 인생에 중요한 전환기였습니다. 출신 배경으로 따져도 그렇죠."

나는 고집을 꺾지 않았다.

"그래, 좋은 시절이긴 했지. 훌륭한 사람들도 많이 만났고. 하지만 그곳은 진짜 세계가 아니야. 환상의 땅에 불과했다고."

"인정합니다. 그래서 제가 좋아하는 거죠."

"나도 좋아해. 우리 둘 사이의 얘기지만, 케임브리지를 사랑했네. 무대 위에 올라가 다른 누군가가 된다는 건 정말 멋진 일이지. 그 일을 잘하면 사람들의 박수갈채가 쏟아졌어. 세상에, 그 기분이란!"

"멋지잖습니까? 이 책이 원하는 게 바로 그런 겁니다. 그러니까 넣죠."

나는 분위기가 반전된 데 힘을 얻어 다시 한 번 밀어붙였다.

"안 돼."

"왜죠?"

"왜냐고? 이 책이 수상의 회고록이기 때문이야. 정치를 하는 동안 내 내 정적들이 집요하게 물고 늘어진 게 바로 내가 그 얼어죽을 배우였다는 거야. '이봐, 자네 그 친구 상대가 바뀔 때마다 목소리까지 바뀌는 것 눈치챘나?', '웅, 물론이지', '그 빌어먹을 인간의 말을 어떻게 믿겠어, 놈은 연기자라고, 개소리에 정장을 입힌 꼴이란 말이야', '배우처럼 맡은 역할만큼만 훌륭히 할 수 있다는 게 랭 수상의 비극이라고, 그런데 결국 그 인간도 대사가 동나고 만 거야' 어때, 자네도 조사를 했으니까 그 정도는 알고 있을 것 아닌가?"

그는 이야기를 하는 도중, 손으로 의자 옆을 때리기도 하고 갑자기 일어나 어슬렁거리기도 했다. 그리고, 그러면서도 상류사회 영국인들의 점잔 빼는 목소리와 그들의 손놀림까지 기막히게 재현해냈다. 나는 고개를 저었다. 그의 장광설에 놀라 할 말을 잃은 것이다.

"내 사임이 발표된 날 《타임스》에 실린 사설을 봤나? 제목이 '결국 무대를 떠나다'였지. 아니, 싫어. 자네만 괜찮다면 학생 배우 시절을 되짚고 싶은 생각은 없네. 그러니까 그건 마이클이 쓴 대로 넘어가자고."

그는 조심스럽게 자세를 바꾸고는 머리카락을 뒤로 넘겼다. 한동안 우리는 둘 다 아무 말도 하지 않았다. 나는 노트를 정리하는 척했다. 창밖의 모래언덕 위에선 경찰관 한 명이 바람과 사투를 벌이고 있었는데, 끝내주는 방음장치 덕분에 마치 마임 연기자처럼 보였다. 문득 루스 랭이 남편에 대해 한 얘기가 기억났다. '그 이유는 지금 그에게 뭔가 문제가 있고 그래서 그 사람 곁을 떠날 수가 없기 때문이에요.' 이제 그녀의 말뜻을 이해할 수 있었다. 애덤에겐 뭔가 문제가 있었다. 그때 딸깍 하는 소리가 들렸다. 나는 테이프를 확인해보았다.

"테이프를 갈아야겠군요. 아멜리아에게 내려갔다 오겠습니다. 금방 돌아올 겁니다."

달아날 빌미가 생긴 것이 너무나 기뻤다.

애덤은 다시 창밖을 내다보며 생각에 잠겨 있었다. 그는 작고 어정쩡한 손짓으로 가도 좋다는 뜻을 표시했다. 나는 비서들이 타이핑을 하고 있는 아래층으로 내려갔다. 아멜리아는 파일캐비닛 옆에 서 있었다. 문을 열자 나를 돌아보았는데 내 얼굴에 문제 발생이라고 쓰여 있는지 의아한 시선을 보냈다.

"무슨 일이죠?" 조용히 물었다.

"아무 일도 없어요."

하지만 그때 내게도 곤경을 공유할 사람이 필요하다는 생각이 들었다.

"조금 신경이 날카로워지셨어요."

"그래요? 그분답지 않으시네요. 아무튼 정확히 어떻게요?"

"괜한 성질을 부리시네요. 점심시간에 운동이 과하셨던 모양이에요. 몸이 힘드니 뭔들 안 지겹겠습니까?"

나는 일부러 농담처럼 흘려버리려 했다. 그리고 비서에게 (아마도 루시였으리라.) 테이프를 건네고 최근 원고를 집어 들었다. 아멜리아는 여전히 고개를 갸웃거리며 나를 바라보았다.

"뭐죠?" 내가 물었다.

"당신 말이 맞아요. 뭔가 힘든 일이 있는 게 분명해요. 오늘 오전 녹음이 끝나고 바로 전화가 왔었어요."

"누구 전화입니까?"

"휴대폰이었어요. 나에게도 말해주지는 않았지만, 아무래도…… 앨리스, 잠깐만……."

앨리스가 일어나고 아멜리아가 대신 컴퓨터 앞에 앉았다. 키보드 위에서 그렇게 빨리 움직이는 손은 맹세코 본 일이 없다. 딱딱거리는 키보드 소리가 마치 수백만 개의 플라스틱 도미노가 무너지는 소리처럼 들렸다. 차르르르르. 모니터의 이미지도 정신없이 바뀌더니 이윽고 아멜리아가 원하는 걸 얻었는지 타이핑 소리가 딱딱 끊어지기 시작했다.

"오, 세상에!"

그녀는 모니터를 내 쪽으로 돌리고는 믿을 수 없다는 듯 의자에 등을 기댔다. 나는 상체를 숙였다.

웹페이지의 제목은 '속보'였다.

1월 27일. 오후 2시 57분. (동부 기준)

뉴욕(AP) 전 영국 외무상 리처드 라이카트는, 전 영국 수상 애덤 랭이 용의자들을 불법적으로 CIA에 인계해 고문을 받도록 했다는 소문에 대해, 헤이그의 ICC(국제형사재판소)에 정식으로 수사를 요청했다.

라이카트는 4년 전 랭 전 수상에 의해 내각에서 해고된 후, 현재 인권 관련 UN 특사로 재직 중이며 미국 외교정책에 대한 적대적인 비평가로 활동 중이다. 라이카트는 그가 랭 행정부를 떠났을 당시 부당하게 친미주의자 낙인을 얻었다고 주장한 바 있다.

뉴욕 사무실에서 발표한 성명을 통해 라이카트는 며칠 전 ICC에 관련 자료들을 넘겼다고 했는데, 지난주 영국 신문이 입수한 자료의 세부 기록으로 알려진 그 자료들에는 랭 전 수상이 5년 전 파키스탄에 거주 중인 영국 시민 4명의 체포령을 개인적으로 승인했다고 주장하는 내용들이 담긴 것으로 알려져 있다.

"나는 개인적으로 영국 행정부에 그 불법행위를 수사할 것을 계속 요청했으며, 어떤 신문에도 기꺼이 증언할 것임을 공언해왔습니다. 하지만 정부는 일관되게 태풍 작전의 존재에 대한 확인을 거부하고 있습니다. 이에 따라 보관 중인 증거를 모두 ICC에 제출하는 것 외에 다른 방법이 없다고 판단하는 바입니다."

라이카트는 성명을 통해 이렇게 덧붙였다.

"오, 세상에." 아멜리아가 중얼거렸다.

책상 위에 놓인 전화기가 울렸다. 문 옆의 작은 책상 위에 있는 전화기도 울리기 시작했다. 그러나 아무도 움직이지 않았다. 루시와 앨리스는 아멜리아를 보며 지시를 기다렸다. 그리고 그때 허리띠에 매단 작은 가죽 주머니에서도 아멜리아의 휴대폰이 전자음을 토해내기 시작했다. 순식간에 그녀는 패닉 상태가 되고 말았다. 어찌 할 바를 모르는 것은 그녀에게 아마도 평생 처음 있는 일인 것 같았다. 기다리다 못한 루시가 지시도 받지 않고 책상 위의 전화기를 향해 손을 뻗었다.

"안 돼!"

아멜리아가 고함을 지른 다음 좀 더 작은 목소리로 덧붙였다.

"그냥 놔둬. 먼저 대응 창구를 하나로 정해야 해."

그때 집 안쪽에 있는 두 개의 전화기마저 울리기 시작했다. 마치 정오를 맞은 시계 공장 같았다. 아멜리아가 휴대폰을 꺼내 번호를 확인했다.

"미확인 번호야."

아멜리아는 이렇게 말하곤 휴대폰을 꺼버렸다. 그녀는 잠시 손가락으로 책상을 두드렸다. 아멜리아가 다시 입을 열었을 때 그녀의 목소리에는 자신감이 돌아와 있었다.

"좋아. 전화 코드를 모두 뽑아버려. 그리고 주요 사이트를 다 뒤져서 라이카트가 또 뭐라고 했는지 있는 대로 찾아내. 루시, TV를 가져와서 뉴스 채널을 모두 모니터 해. (시계를 보며) 루스는 아직 산책 중인가? 젠장! 지금이 어떤 시기라고."

아멜리아는 노트를 집어 들고 복도를 따라 내려갔다. 어떻게 해야 할지, 또 정확히 어떤 일이 일어난 건지 모르는 나로서는 그녀를 따라가는 게 낫겠다는 판단을 내렸다. 아멜리아는 파견 경찰관 한 명을 불렀다. 그가 부엌 밖으로 고개를 삐쭉 내밀었다.

"베리, 가능한 한 빨리 랭 부인을 찾아서 이리로 모셔와요."

그리고 거실 계단을 오르기 시작했다.

애덤은 여전히 꼼짝도 않고 앉아 있었다. 내가 떠날 때와 같은 자리, 같은 자세였다. 차이가 있다면 그도 작은 휴대폰을 들고 있다는 것이었다. 우리가 들어가자 그가 아무렇지도 않은 듯 휴대폰 플립을 닫았다.

"성명을 발표했다고 그 친구가 직접 전화를 해왔더군."

아멜리아는 화가 난 듯 두 손을 펼쳤다.

"왜 말씀하시지 않으셨어요?"

"루스에게도 말 안 했는데 왜 당신한테 말 해? 별로 좋은 정책 같아 보이지 않는데, 안 그래? 게다가 잠시라도 혼자만 알고 싶었어. (나를 보며) 아무튼, 자네한텐 미안하군. 신경질을 부려서."

나는 그의 사과에 감동했다. 역경 속에서도 품위를 잃지 않는 모습.

"아닙니다. 개의치 마십시오." 내가 말했다.

"그래서, 부인께 말씀드리셨습니까?" 아멜리아였다.

"직접 보고 말하고 싶었어. 아무튼 소용없게 됐지. 지금 막 통화를 했으니까."

"어떻게 받아들이시던가요?"

"어떻게 생각해?"

"짜증에 성질에."

아멜리아의 대답이었다.

"지금 당장 들이닥칠 수도 있어."

애덤은 자리에서 일어나 두 손을 엉덩이에 대고 창밖을 내다보았다. 그에게서 시큼한 땀 냄새가 났다. 문득 궁지에 몰린 노루 같다는 생각이 들었다.

"그 친구는 개인적인 감정은 없다고 거듭거듭 강조하더군. 인권에 관한 그의 입장 때문에 더 이상 입을 다물 수가 없었다고 말이야. 인권에 대한 입장이라…… 맙소사……."

그 말을 하면서 애덤은 창에 비친 자신의 모습을 향해 코웃음을 쳤다.

아멜리아가 물었다. "그가 통화 내용을 녹음했을까요?"

"누가 알겠어? 어쩌면, 어쩌면 그 내용을 방송할 생각인지도 모르지. 그자에게 불가능한 건 없어. 내가 말했지. '고맙군, 리처드. 알려줘서 고마워.' 그리고 전화를 끊었어."

그가 인상을 쓰며 우리를 돌아보았다.

"그런데 저 아래는 왜 이렇게 조용한 거야?"

"전화 코드를 모두 뽑아놨어요. 우선 대응 방법을 정해야 되니까요."

"토요일엔 뭐라고 말했었지?"

"《선데이 타임스》를 보지 못했기 때문에 논평할 계획이 없다고 했죠."

"최소한 그들이 얘기를 어디서 들었는지는 알게 됐군."

애덤이 고개를 저었다. 정말로 경탄해 마지않는다는 그런 표정이었다.

"그가 내 뒤를 캔 거야. 일요일 신문에 흘려서 화요일 성명에 대비한 거지. 하루가 아니라 3일을 잡는 식으로 클라이맥스를 더욱 강화하는 건 교과서적 전술이야."

"각하의 교과서죠."

그는 가벼운 고갯짓으로 칭찬을 받아들이곤 다시 창으로 시선을 돌렸다.

"아, 골치 아파."

그가 한숨을 내쉬었다. 그때 청색 파카 차림의 그림자가 모래언덕 아래로 내려오고 있었다. 어찌나 빠르고 단호한 걸음걸이인지 오히려 뒤에 오는 경찰관이 따라잡기 위해 애를 쓰는 것 같았다. 루스였다. 얼굴과 턱을 보호하기 위해 뾰족한 모자를 깊이 눌러쓴 데다 턱을 가슴에 밀착시키고 있었는데, 그 모습이 마치 폴리에스테르 면 갑옷을 입고 전투에 나선 중세 기사 같았다.

"애덤, 우리도 나름대로 성명을 발표해야 해요. 아무 말도 안 하거나 때를 놓치는 날엔 당신 입장이……" 아멜리아가 잠시 망설였다. "사람들은 제 멋대로 결론을 내리고 말 거예요."

"좋아. 이런 건 어때. 리처드 라이카트의 성명에 대해 애덤 랭은 다음과 같이 논평했다. '테러와의 국제전에 대해 미국에 전폭적인 지지를 보내야 한다는 여론이 영국에 비등할 당시, 라이카트는 그 입장에 동의한 바 있다. 그 정책이 인기를 잃자 이제 와서 반기를 들고 나선 것이다. 게다가 행정적 무능력으로 인해 외무장관직을 사임하게 되었을 때 그는 갑자기 소위 테러 용의자들의 인권을 지지하는 데 열정적인 관심을 표방하기 시작하였는 바, 국민들의 환심을 사기 위한 그의 유아적 전술은 세 살짜리 아이가 봐도 유치하기 짝이 없을 뿐이다.' 마침표 찍고, 문단 닫고."

아멜리아는 그 말을 옮겨 적다 말고 가만히 전 수상을 바라보았다. 그리고 불행하게도 난 보고 말았다. 차갑게만 보이던 그녀의 한쪽 눈에 눈물이 맺혀 있는 것이 아닌가! 그도 아멜리아를 돌아보았다. 그때 조용히 문을 두드리는 소리가 들리더니 앨리스가 들어왔다. 그녀의 손엔 종이 한 장이 들려 있었다.

"죄송해요, 애덤. 지금 막 AP에 올라온 거예요."

랭은 아멜리아에게서 시선을 떼고 싶지 않은 사람처럼 보였다. 그리고 난 그때 고래가 포유류라는 사실만큼이나 두 사람의 관계가 단지 업무적인 것이 아님을 확신할 수 있었다. 애덤은 당혹스러울 정도로 뜸을 들이고 나서야 앨리스로부터 종이를 받아 읽기 시작했다. 루스가 서재로 들어온 것은 그때였다. 나는 연극 중간에 화장실에 가기 위해 자리를 떴다가 실수로 무대 위에 올라간 관객이라도 된 기분이었다. 주연배우들은 마치 내가 없는 것처럼 행동했고 나도 떠나야 한다는 사실을 알고 있었지만 도무지 출구를 찾을 수가 없었다.

애덤은 다 읽은 다음에 서류를 루스에게 넘겼다.

"AP는 헤이그 인사의 말을 빌려, (그게 누구든) 국제형사재판소 검사실이 내일 아침에 성명을 발표할 거래." 그가 선언했다.

"오, 애덤!"

아멜리아가 이렇게 외치고는 손으로 입을 가렸다.

"왜 아무도 이 사실을 경고하지 않은 거지? 다우닝 스트리트는 어때? 대사관에선 왜 아무 연락을 안 한 거냐고?" 루스가 따지고 들었다.

"전화를 끊어놨어. 아마 지금 우리에게 연락하려고 애쓰고 있을 거야."

"누가 지금 얘기해요? 지금이 무슨 소용이라고! 이런 건 벌써 일주일 전에 알았어야죠! 도대체 당신들은 뭐하는 사람들이야?"

그녀는 아멜리아에게 화풀이를 하기 시작했다.

"당신 하는 일은 내각성과 연락을 유지하는 것 아니었어? 설마 그 사람들도 이렇게 될 줄 몰랐다고 잡아떼려는 건 아니겠지?"

"국제형사재판소는 수사 중인 용의자나, 용의자의 소속국에 상황을 통보하는 데 인색하기로 유명한 곳이에요. 증거를 인멸할 우려가 있기 때문이죠."

아멜리아의 변명이었다. 그 말은 루스를 더욱 경악하게 했다. 그녀는 현기증이 이는 사람처럼 비틀거렸다.

"그러니까, 애덤이 그렇다는 거야? 용의자?"

루스가 남편을 돌아보았다.

"어서 시드니와 상의해요, 당장."

"아직 국제형사재판소가 어떤 말을 할지 몰라. 먼저 런던과 상의해야 겠어." 애덤이 지적했다.

"애덤, 수사가 시작되는 날엔 놈들은 당신을 매달아 말려죽이고 말 거예요. 당신한테는 지금 변호사가 필요해요. 어서 전화하라니까요!"

루스는 남편이 사고로 의식을 잃기라도 한 듯 또박또박 말을 해나갔 다. 애덤은 잠시 망설이다가 아멜리아를 돌아보았다.

"시드니에게 전화 넣어봐."

"매체는 어떻게 하죠?"

"보류 성명을 내. 한두 문장으로."

아멜리아는 휴대폰을 꺼내 전화번호부를 뒤졌다.

"제가 초안을 작성해서 보여드릴까요?"

"저분에게 맡기는 게 좋지 않아? 어쨌든 작가 아냐?" 루스가 나를 가 리키며 말했다.

"좋아요. 지금 당장 시작하죠." 아멜리아가 말했다.

그녀는 불쾌감을 감출 생각도 하지 않았다.

"잠깐만요." 내가 황급히 나섰다.

"확신 있는 목소리여야 해. 수세에 몰린 사람처럼 보여선 안 돼. 그게 중요해. 거만하거나 빈정거리는 투도 안 되고, 화를 내서도 안 돼. 그리고 이 일을 명예 회복의 기회로 삼겠다는 따위의 말은 하지 말라고."

"수세에 몰렸다는 인상은 안 되지만 오만하게 보여서도 안 된다. 그리고 화를 내지도 빈정거리지도 말라는 말씀입니까?"

"바로 그래."

"그게 정확히 어떤 거죠?"

놀랍게도 그런 상황에서도 모든 사람들이 웃었다.

"웃기는 사람이라고 말했잖아요." 루스가 말했다.

아멜리아가 갑자기 손을 내밀고는 우리에게 조용히 할 것을 주문했다.

"애덤 랭이 시드니 크롤과 통화를 원해요. 아니, 못 기다려요."

———

나는 앨리스와 함께 아래층으로 내려가 그녀가 컴퓨터 앞에 앉아 있는 동안, 등 뒤에 서서 내 입에서 흘러나오게 될 전 수상의 말을 고심해보았다. 정말로 중요한 질문을 하지 않았음을 깨달은 것은 그의 성명을 작성하기 위해 이것저것 맞춰보기 시작했을 때였다. 정말로 그 4명의 체포를 명령하셨습니까? 그리고 그게 사실임을 깨달은 것 역시 그때였다. 만일 아니라면 주말에 처음 얘기가 터졌을 때 그 사실을 전면 부인했을 것이다. 문득 너무나 버겁다는 생각이 들었다. 나는 연설을 시작했다.

"저는 지금껏 국제형사재판소의 노고에 열성적인……. 아니 지워버려요. 항상 전폭적인, 아니 헌신적인 지원과 지지를 보냈습니다. (정말로 그랬던가? 아무튼 난 그랬다고 가정했다. 최소한 그런 척이라도 하지 않았겠는가?) 국제형사재판소가 이 불행한 정치적 소란에 대해 적절한 판단을 내려줄 것이라고 믿어 의심치 않습니다."

나는 잠시 멈췄다. 아무래도 한 줄이 더 필요할 것 같았다. 좀 더 포괄적이고 정치가다운 한 줄이. 내가 그라면 뭐라고 말했을까?

"테러에 대한 국제적인 노력은, 사적 복수의 수단으로 이용되기에는 너무나 숭고한 명분임을 믿습니다."

마지막 문장은 거의 폭발적인 영감이 빚어낸 명문이었다.

루시가 연설 내용을 프린트해주었다. 결과물을 들고 2층으로 돌아갔을 때 난 마치 숙제를 제출하는 학생처럼 수줍음과 자긍심을 동시에 느껴야 했다. 나는 아멜리아가 내민 손을 못 본 척하고 곧바로 루스에게 보여주었다. (마침내 이 망명자 궁궐의 에티켓을 배워가고 있는 것이다.) 루스는 고갯짓으로 마음에 든다는 의사를 표시하곤 책상 너머의 애덤에게 건넸다. 전화에 귀를 기울이고 있던 그는 아무 말 없이 메모를 살펴보다가 눈짓으로 내게 펜을 달라고 해 한 단어를 삽입했다. 그가 연설문을 돌려주며 내게 엄지손가락을 세워 보였다. 그가 전화에 대고 말했다.

"좋아, 시드니. 그럼 그 판사 세 명에 대해 우리가 아는 게 뭐지?"

"내가 좀 봐도 되겠어요?"

아래층으로 내려가며 아멜리아가 말했다.

종이를 건네며 보니 애덤이 집어넣은 단어는 마지막 문장의 '국내의'였다. '테러에 대한 국제적인 노력은, 국내의 사적 복수 수단으로 이용되기에는 너무나 숭고한 명분임을 믿습니다.' '국제적인'과 '국내의'가

드러내는 냉혹한 대비가 라이카트를 훨씬 더 초라하게 만들어주었다.

"멋지군요. 제2의 마이클 맥아라도 될 수 있겠어요." 아멜리아가 말했다.

나는 그녀를 바라보았다. 물론 칭찬으로 한 말일 것이다. 도대체 의중을 헤아리기가 난감하기 짝이 없는 여자다. 그렇다고 신경 쓸 필요야 없지만……. 나는 평생 처음으로 정치의 아드레날린을 경험하고 있었다. 은퇴 후 애덤이 초조해하는 것도 이젠 어느 정도 이해가 갔다. 스포츠와 비슷한 기분이었다. 그러니까 윔블던의 중앙 코트에서 치르는 테니스처럼, 가장 어렵고 속도감 있는 시합을 끝낸 기분. 라이카트가 네트 너머로 살짝 공을 넘겼고 우린 그 공을 받아넘기기 위해 일제히 돌진하고 있는 형국이었다. 그것도 스핀까지 먹여서.

전화 코드가 하나씩 제자리를 잡자 그 즉시 여기저기서 전화벨이 울리기 시작했다. 저것도 신경 쓰이는군. 나는 비서가 굶주린 기자들에게 내 성명서를 먹이는 모습을 지켜보았다. 저는 지금껏 국제형사재판소의 노고에 대해 헌신적인 지원과 지지를 보냈습니다. 루시가 내 글을 뉴스 대행사의 이메일로 전송 중이었다. 그리고 잠시 후 컴퓨터와 TV 스크린을 통해 그 글을 다시 읽고 들을 수 있었다. ("지금 막 발표된 성명서를 통해 전 수상은…….") 전 세계가 우리의 말로 메아리쳤다.

그 와중에 내 휴대폰도 울렸다. 나는 상대의 목소리를 듣기 위해 한쪽 귀에 리시버를 끼우고 다른 쪽 귀는 손가락으로 막아야 했다. 희미한 목소리가 들렸다.

"내 말 잘 들리나?"

"누구시죠?"

"존 매덕스야. 뉴욕의 라인하트에서 전화하는 걸세. 도대체 지금 어디 있나? 무슨 정신병원 같은 소리가 나는군그래."

"전에도 그렇게 말한 사람이 있기는 했죠. 잠깐만 기다려주시겠습니까? 좀 더 조용한 장소를 찾아보겠습니다."

나는 복도를 통해 집 뒤까지 걸어 나왔다.

"이제 잘 들리십니까?"

"지금 막 뉴스 들었네. 우리한텐 좋은 일이지. 그래, 출발이 마음에 들어." 매덕스의 말이었다.

"예?"

나는 여전히 걷는 중이었다.

"이건 전쟁범죄라고. 그 친구에게 이번 사건에 대해 물어봤나?"

"솔직히 기회가 없었습니다, 존. 지금 정신이 없으셔서요."

나는 그 말이 냉소적으로 들리지 않기를 바랐다.

"오케이. 지금까지 얼마나 캐낸 거지?"

"초기 시절입니다. 어린 시절, 대학……."

"아니, 아니. 그런 쓰레기는 다 잊어버려. 진짜는 이거야. 이 사건에만 집중하도록 만들라고. 다른 사람에게 말하게 해서는 안 돼. 이번 건은 회고록이 완전히 독점해야 한단 말일세."

매덕스가 짜증스러운 목소리로 다그쳤다.

전화는 일광욕실에서 끝이 났다. 점심시간에 릭과 통화한 곳이다. 문을 닫았는데도 저택에서 울리는 전화벨 소리가 어렴풋이 들려왔다. 책이 출간될 때까지 불법 납치와 고문에 대해 애덤의 입을 막는다는 생각은 완전히 정신 나간 소리다. 물론 세계에서 세 번째로 큰 출판사 사장에게 이런 말을 들이대지는 못했다.

"존, 얘기해보겠습니다. 그런데 제 생각엔 시드니 크롤과 통화해볼 필요가 있을 것 같습니다. 그 변호사가 애덤에게 말하지 말라고 주문할 수도 있으니까요."

"좋은 생각이야. 지금 시드니하고 통화해보겠네. 자네는 시간을 좀 더 당겨볼 방법을 강구해보지그래?"

"시간을요?"

텅 빈 방에서 듣는 내 목소리는 가늘고 공허하기 짝이 없었다.

"그래, 앞당겨봐. 화끈하게 몰아붙이자고. 지금이 적기 아냐? 랭도 몸이 달아 있으니까. 사람들이 다시 그 친구에게 관심을 갖기 시작했잖아, 안 그래? 이 기회를 놓칠 수는 없지."

"한 달 이전에 책을 끝내라는 말씀이십니까?"

"어렵다는 건 알아. 하지만 원고 전체를 뜯어고치는 대신 대충 다듬는 식으로 처리해봐. 그런 쓸데없는 옛 얘기는 읽을 사람도 없으니까 상관없잖아. 더 빨리 끝낼수록 더 많이 팔 수 있다고. 할 수 있지?"

못 합니다라고 해야 했다. 안 돼, 이 대머리 영감탱이 미치광이 사기꾼 놈아. 이 쓰레기 원고를 읽어보기나 한 거야? 그런데도 그따위 정신 나간 소리가 나와?

"예, 존, 아무튼 노력은 해보겠습니다." 나는 순순히 대답했다.

"똑똑한 친구로군. 그리고 자네 거래에 대해서는 신경 쓰지 말게. 4주간의 계약금은 2주에 몰아줄 테니까 말이야. 장담하지, 이 전쟁물이 나오기만 한다면, 그건 우리 기도에 대한 신의 답변이 될 거야."

그가 전화를 끊을 때쯤, 그놈의 2주는 허공에서 아무렇게나 뽑아낸 수치가 아니라 난공불락의 마감일로 굳어지고 말았다. 이제 더 이상 애덤의 인생 전반을 포괄하는 40시간 인터뷰는 불가능했다. 오로지 테러와의 전쟁에 초점을 맞추고 거기에서부터 회고록을 시작해야 하는 것이다. 나머지는 나 혼자서 능력이 닿는 데까지 수정하고 개작해야 할 일이다.

"애덤이 이 문제에 시큰둥하면 어쩌죠?" 내가 물었다.

그건 우리 둘 간의 최종거래와도 같은 질문이었다.

"그러지 못할 거야. 만일 그러면 자네가 상기시켜주라고. 테러와의 전쟁에 대한 전적이고 전체적인 설명을 수록해야 한다는 계약 조항을 말이야, 알겠지? 우린 자네만 믿겠네."

마치 우리가 붉은 피의 미국인을 강탈할 음모를 꾸미는 한 쌍의 추악한 영국인이라도 된다는 듯한 말투였다.

우울하기 짝이 없는 장소였다. 햇빛이 하나도 없는 일광욕실이라니. 정원사는 어제와 똑같은 장소에서 똑같은 모습으로 일을 하고 있었다. 두꺼운 옷차림에 둔탁하고 어색한 몸짓으로 수레에 낙엽을 쓸어 담는 것도 똑같았다. 그가 한 수레 가득 낙엽을 치우고 나자 바람이 더 많은 낙엽을 몰고 들어왔다. 나는 잠깐 동안 절망감을 허락하기로 하고는 벽에 기댄 채 천장을 올려다보았다. 여름날과 인간 행복의 덧없음을 절감하는 중이었다. 릭에게 전화를 걸었으나 비서는 그가 오후 내내 외출 중이라고 말했다. 나는 답신을 부탁하고는 아멜리아를 찾아 나섰다.

그녀는 사무실에 없었다. 비서들은 열심히 전화를 받고 있었다. 아멜리아는 복도에도 부엌에도 없었다. 경찰관에게 물었더니 놀랍게도 밖에 나갔다는 것이다. 이미 오후 4시가 넘었고 밖은 너무나도 추웠다. 아멜리아는 저택 앞의 터닝서클(자동차가 돌아갈 수 있도록 만든 둥그런 찻길-옮긴이) 위에 서 있었다. 1월의 어스름한 햇빛 속에서 담뱃불이 화르르 타오르다가 명멸해갔다.

"담배를 피우는 줄은 몰랐습니다."

"가끔 내킬 때만 피워요. 주로 스트레스나 만족감이 클 때죠."

"지금은 어느 쪽인가요?"

"재미있는 질문이군요."

아멜리아는 혹독한 추위에 재킷 단추를 모두 채운 채 여자 특유의 오묘한 '날 건드리지 마' 분위기를 풍기며 담배를 피우고 있었다. 한 팔로는 여유롭게 허리를 감싸고 담배를 든 다른 손으로 가슴에 대각선을 그린 그런 자세 말이다. 탁 트인 대기를 떠도는 담배 향기에 나도 갑자기 담배 생각이 간절했다. 만일 담배를 피워 물었다면 10여 년 만에 처음 피우는 담배가 될 것이고 그로 인해 하루 40개비의 줄담배 인생으로 돌아가고 말았을 것이다. 그리고 만일 아멜리아가 권했다면 난 정말로 받아들였을 것이다. 하지만 그녀는 권하지 않았다.

"존 매덕스가 전화했어요. 4주가 아니라 2주 안에 책을 끝내라더군요."

"맙소사, 행운을 빌어요."

"아무래도 오늘 애덤과 앉아 인터뷰 딸 기회는 거의 없겠죠?"

"어떻게 생각해요?"

"그렇다면 호텔로 돌아갈까 하는데요. 거기서 다른 일이라도 해야죠."

그녀는 코로 담배연기를 내뿜고는 나를 찬찬히 바라보았다.

"설마 원고를 가져가겠다는 건 아니죠?"

"물론 아닙니다. 그냥 오늘 한 일을 정리할 생각이에요."

거짓말을 할 때면 늘 목소리가 한 옥타브 올라간다. 아무래도 정치가가 되기는 틀린 모양이다. 도널드 덕 같은 놈.

"일이 얼마나 심각해졌는지 실감은 하는 건가요?"

"물론이죠. 원하면 랩톱 컴퓨터를 검사해도 좋아요."

아멜리아는 의혹을 푼 것이 아님을 보여주듯 한참을 기다렸다가 담뱃불을 껐다.

"좋아요. 당신을 믿을게요. 짐을 챙겨요. 사람을 불러 에드거 타운까지 모셔다드리도록 할 테니."

아멜리아는 진입로에 꽁초를 버리고 뾰족한 구두 끝으로 우아하게 비벼 끈 다음, 허리를 숙여 다시 주워 들었다. 여학생 같다는 생각이 들었다. 증거를 교묘하게 숨겨 한 번도 담배 피우는 장면을 들킨 적이 없는 모범생.

우리는 집으로 돌아가 복도에서 헤어졌다. 그녀는 한참 울어대는 전화기들 쪽으로 향했고 나는 계단 위의 서재로 돌아갔다. 루스와 애덤이 서로에게 외쳐대는 목소리가 점점 크게 들렸다. 하지만 잔뜩 억누른 목소리라 확실하게 알아들은 건 루스의 폭언 끄트머리뿐이었다. "여기서 내 인생을 통째로 썩히고 있잖아!"라는 말이었다. 문은 조금 열려 있었다. 나는 망설였다. 방해하고 싶은 생각은 없었지만 주위를 어슬렁거리다가 괜히 엿듣고 있는 것 같은 오해를 받고 싶지도 않았다. 결국 나는 가볍게 노크를 했다. 잠시 후 애덤의 피곤한 목소리가 들렸다.

"들어와."

그는 책상에 앉아 있었고 루스는 방 맞은편에 서 있었다. 둘 다 숨을 몰아쉬고 있었기 때문에 한바탕 했음은 누가 보아도 뻔했다. 오랫동안 참아두었던 울분. 아멜리아가 밖으로 달아난 것도 그 때문일 것이다.

"방해해서 죄송합니다. 전 다만……."

나는 내 소지품을 가리키며 더듬거렸다.

"괜찮아." 애덤이 말했다.

"아이들에게 전화하겠어요. 당신이 했을 리 없으니까." 루스가 톡 쏘아붙였다.

애덤은 그녀가 아니라 나를 보고 있었다. 오, 저 녹회색 눈 속에 담겨 있는 엄청난 이야깃거리라니! 그는 그 지난한 순간에 나를 초대해 현재의 꼬락서니를 보라고 외치고 있었다. 권좌에서 쫓겨나고, 정적들에게 휘둘리고, 쫓기고, 버려지고, 아내와 정부 사이에 옴짝달싹 못하게 된 거인. 그 짧은 시선에 대해 100페이지를 쓴다 해도 여전히 할 말이 남을 것만 같았다.

"실례해요."

루스는 찬바람을 일으키며 나를 지나쳐버렸다. 그녀의 작고 단단한 몸이 내 몸에 부딪혔다. 그 순간 아멜리아가 손에 전화기를 든 채 문 앞에 나타났다.

"애덤, 백악관이에요. 미국 대통령이 기다리고 있다는군요."

아멜리아는 내게 미소를 지어 보였다. 어서 꺼지라는 눈짓이었다.

"죄송합니다. 중요한 전화라서요."

—

호텔에 도착할 때쯤엔 무척 깜깜해졌다. 차파퀴딕으로 몰려들고 있는 폭풍 구름의 검은 윤곽을 비추는 햇빛도 버거워 보이기만 했다. 레이스 모자를 쓴 접수 데스크 여직원이 험악한 날씨가 될 거라고 귀띔해주었다.

나는 방으로 올라가 한동안 어둠 속에 서 있었다. 낡은 간판이 삐걱거리는 소리와, 도로 저편에서 쉬지 않고 해변을 때리는 파도소리가 들려왔다. 등대의 불빛이 정확히 호텔을 겨냥한 채로 켜지는 바람에 갑자기 방이 붉은색으로 물들었다. 덕분에 나는 깜짝 놀라 몽환에서 벗어나고 말았다. 나는 책상의 스탠드를 켜고 숄더백에서 랩톱 컴퓨터를 꺼냈다. 나와 함께 오랜 세월을 이겨낸 컴퓨터다. 이 행성을 구하기 위해 내려온 메시아라고 주장하는 록 스타도 물리쳤고, 셰익스피어를 암송하는 늙은 고릴라처럼 콧방귀를 뀌는 축구선수도 견뎠다. 게다가 손톱만 한 자존심밖에 남지 않은, 곧 잊힐 퇴물 배우들도 겪어냈다. 나는 위로하듯 기계를 다독여주었다. 한때는 반짝거렸던 금속 케이스가 지금은 긁히고 움푹 파여 흉물스럽기 짝이 없었다. 10여 건의 전투를 치러낸 영광의 상처들인 셈이다. 우리는 함께 그 모든 것을 해냈다. 물론 이 일도 해낼 수 있을 것이다.

나는 컴퓨터를 호텔 전화에 연결하고 인터넷 서비스 업체의 다이얼을 돌렸다. 연결되기를 기다리는 동안 물 한 잔 마실 양으로 욕실로 들어갔다. 거울 속에 비친 얼굴은 전날 저녁의 유령보다 형편없었다. 나는 손가락으로 눈 아래쪽을 눌러 누렇게 뜬 흰자위를 살피고, 다시 잿빛의 치아와 머리카락과 붉은 핏줄이 선명한 뺨과 코까지 살펴보았다. 한겨울의 바인야드는 나를 10년은 더 늙게 만들었다. 이곳은 몽환 속의 지상낙원일지니…….

저쪽 방에서 익숙한 말소리가 들려왔다.

"이메일이 도착했습니다."

난 곧이어 뭔가 잘못되었음을 깨달았다. 그날도 보통 때처럼 10여 개의 스팸메일이 나를 기다리고 있었다. 성기 확대 수술에서 《월 스트리트 저널》까지. 그리고 릭의 사무실에서 최초의 급여를 지급했음을 알리는 이메일도 하나 와 있었다. 목록에 없는 유일한 메일은 그날 오후 나를 수신인으로 하여 발송한 이메일이었다.

한동안 멍하니 모니터만 바라보았다. 그리고 정신을 차려 수신 및 발신 이메일을 자동 저장해주는 파일들을 일일이 열어 보았다. 다행히 '발송 이메일'의 목록 꼭대기에 '제목 없음'이라고 적힌 파일이 하나 보였다. 애덤 랭의 회고록 원고를 첨부한 이메일이었다. 하지만 이메일을 열어 '다운로드'라고 적힌 박스를 클릭했을 때 내가 받은 메시지라고는 '파일을 찾을 수 없습니다'는 경고 문구뿐이었다. 몇 번을 시도해봐도 결과는 마찬가지였다.

나는 휴대폰을 꺼내 인터넷 업체에 전화를 걸었다. 이후 30분 동안의 피 말리는 과정을 일일이 설명할 생각은 없다. 선택 번호를 끝도 없이 누르고, 기다리고, 배경음악을 듣고, 우타르프라데시의 회사 담당자들과 답답하기 이를 데 없는 대화를 이어가고, 썩은 호박에 이도 안 들어갈 설명을 듣고……. 결론은 원고가 증발했으며 회사엔 그 기록조차 남아 있지 않았다. 나는 침대 위에 뻗어버리고 말았다.

첨단기술에 대한 지식은 거의 없지만 상황은 대충 짐작할 수 있었다. 애덤의 원고가 인터넷 서비스 업체의 컴퓨터 기억장치에서 소거된 것이다. 애초에 업로드가 잘못되었을 가능성도 있지만 그건 아니었다. 왜냐하면 사무실에 있을 때 '파일 전송이 완료되었습니다'와 '메일이 도착했습니다'라는 메시지 두 개를 받았기 때문이다. 다른 가능성은 파일이 그 후에 삭제되었다는 가정이다. 하지만 어떻게 그런 일이 가능하지? 그것은 누군가가 세계 최대의 인터넷 기업 컴퓨터에 직접 접속해서 흔적을 남기지 않고 마음대로 휘젓고 다녔다는 뜻이며, 또 내 이메일이 내내 모니터 되고 있었다는 뜻이다.

릭의 목소리가 머릿속을 울렸다. 와우. 지금 무슨 첩보 놀이 하나? 이런 건 너무 엄청나서 신문에도 못 내. 정부가 개입되지 않는 한 도저히……. 그리고 아멜리아의 말도 동시에 떠올랐다. 일이 얼마나 심각해졌는지 실감은 하는 건가요?

"하지만 쓰레기 원고잖아! 이렇게 고민할 만한 내용은 하나도 없었단 말이야!"

난 절망감에 휩싸인 채, 침대 맞은편의 빅토리아 시대의 포경선 사진을 향해 큰 소리로 외쳤다. 사진 속의 무뚝뚝한 노수부가 미동도 않은 채 나를 노려보았다. 넌 약속을 어겼어. 그의 표정은 그렇게 말하고 있었다. 그리고 그 사실은 저 너머의 정체 모를 존재도 알고 있으리라.

여덟

죽은 자의 방

바쁜 고객들을 붙들고 있는 건 쉬운 일이 아니다.
게다가 가끔은 성질이 더러운 경우도 있다.
때문에 출판사들은 발간 일정에 차질이 없게 해줄 것을
끊임없이 유령들에게 주문한다.

《유령 작가》

그날 밤 더 이상 일을 하는 건 불가능했다. 심지어 TV도 켜지 않았다. 모든 걸 잊어버릴 수 있다면 좋으련만. 나는 휴대폰을 끄고 술집으로 내려갔다. 술집은 닫혀 있었다. 결국 내 방에서 밤이 깊도록 스카치병을 비워야 했다. 그리고 그 바람에 곯아떨어지고 말았다.

잠에서 깨어난 건 침대 맡에서 울리는 전화 소리 때문이었다. 거친 금속성 소리가 귓볼을 잡아 뜯는 것만 같았다. 전화를 받기 위해 옆으로 돌아눕는데 뱃가죽이 울리는 느낌이 전해졌다. 유독하고 유해한 액체로 가득 찬 풍선 같은 위장이 떨어져 나가 매트리스를 구르다가 바닥에 떨어지기라도 한 것 같은 기분이었다. 방은 너무나도 덥고 빙글빙글 돌기까지 했다. 히터가 최고 온도로 높여져 있었다. 불도 끄지 않고 옷을 잔뜩 껴입은 채 곯아 떨어진 모양이었다.

"지금 차를 보냈으니 당장 체크아웃해요. 상황이 바뀌었어요."

아멜리아였다. 그녀의 날카로운 목소리가 두개골을 짜깁기하듯 쑤셔댔다. 그 말뿐이었지만 난 대꾸조차 못 했다. 할 수도 없었다. 이미 전화가 끊어진 것이다. 고대 이집트인들이 파라오를 미라로 만들기 위해 두뇌를 갈고리로 걸어 코를 통해 빼냈다는 얘기를 들은 적이 있는데, 누군가 잠자는 동안 내게 비슷한 수술을 한 것 같았다. 나는 카펫을 건너가 창문 커튼을 젖혔다. 하늘과 바다가 잿빛으로 죽어 있었다. 아무것도 움직이지 않았다. 갈매기의 울음소리로도 깨지지 않는 절대적인 침묵이 세상을 지배하고 있었다. 태풍이 오고 있었다. 그건 분명했다.

막 돌아서려는데 멀리서 엔진 소리가 들렸다. 창문을 내다보니 자동차 두 대가 멈춰 서고 있었다. 첫 번째 차의 문이 열리며 두 남자가 빠져나왔다. 스키복에 부츠 그리고 청바지를 차려입은 젊고 건장한 사내들. 운전사가 내가 있는 방의 창문을 올려다보기에 난 본능적으로 한 발짝 뒤로 물러섰다. 다시 내려다보니 그는 뒷좌석에 상체를 밀어 넣고 있었다. 그리고 그가 허리를 폈을 땐 손에 기관단총이 들려 있었다. 아니, 아니, 그건 내 불안한 심리가 만들어낸 환각이었다. 그건 TV 카메라였다.

나는 재빨리 움직이기 시작했다. 물론 컨디션이 허락하는 한에서일 뿐이다. 문을 활짝 열자 살을 에는 돌풍이 밀어닥쳤다. 우선 옷을 벗고 미지근한 물에 샤워를 하고 면도도 했다. 그리고 깨끗한 옷으로 갈아입고 짐을 챙겼다. 접수대에 내려간 시간은 8시 45분. 육지에서 떠난 첫 번째 페리 호가 바인야드 항에 도착하고도 한 시간이 지난 후였다. 호텔은 국제 메디아 컨벤션이라도 유치한 듯 보였다. 애덤 랭이 어떤 욕을 먹는지는 몰라도 적어도 지역 경제에는 기적을 내린 셈이다. 차파퀴딕 사건(1969년 에드워드 케네디가 젊은 여성과 차를 타고 가다가 다리에서 떨어진 사건, 그는 이 사건으로 대통령 꿈을 접는다—옮긴이) 이후로 에드거 타운이 이렇게 분주한 적은 없었을 것이다. 적어도 서른 명의 사람들이 호텔 주변을 어슬렁거리고 있었다. 커피를 마시는 사람들, 최소 6개 국어로 된 기사를 검토하는 각국의 특파원들, 휴대폰으로 전화를 하는 사람들, 장비를 점검하는 사람들. 오랫동안 기자들 주변을 돌아다닌 탓에 그들을 구분하는 건 어렵지 않았다. TV 기자들은 장례식에 참석하는 사람 같은 옷을 입었고 뉴스 대행사는 밤새 무덤이라도 판 사람들처럼 보였다.

나는 《뉴욕 타임스》 한 부를 사서 식당으로 향했다. 그리고 오렌지 주스 세 잔을 연거푸 마신 다음에 신문을 펼쳤다. 그는 제1면을 장식하고 있었다.

국제형사재판소
전 영국 수상을 제소하기로 결정

화요일 공시 예정

전 외무장관,
CIA의 고문에 대한 랭의 승인이 사실이라고 주장

신문에는 애덤이 '단호한' 성명을 발표했다고 적혀 있었다. (그 점에 대해선 나도 뿌듯했다.) 기사에 따르면 그는 '올해 초 측근의 사고사'로 시작되는 '일련의 타격에 대응하기 위해' 진용을 정비했다. 사건은 영국과 미국 행정부 모두에게 '당혹감'을 불러일으켰다. '하지만 익명을 요구한 백악관의 한 고급 관료'는, 백악관이 과거에 가장 가까웠던 동지를 등지는 일은 없을 것이라고 단언하며, '그가 우리의 친구였듯이, 이제 우리도 그를 지켜줄 것이다'라고 밝혔다고 덧붙였다. 커피가 얹힐 뻔할 정도로 놀란 건 마지막 문단 때문이었다.

　6월 출간 예정이던 랭의 회고록이 4월 말로 앞당겨 나올 것으로
알려졌다. 1,000만 달러라는 천문학적 계약을 한 것으로 알려진, 라
인하트 출판그룹 대표 존 매덕스는, 어제 《뉴욕 타임스》와의 전화 인
터뷰에서 현재 마지막 손질작업이 진행 중이며, 회고록의 출간은 '세
계적인 대사건'이 될 것이라고 선언했다. 그는 또다시, '애덤 랭은 테
러와의 전쟁에 대해 전적이고 전반적인 고백을 한 최초의 서방 지도
자가 될 것'임을 강조했다.

　나는 신문을 접고 일어나 조심스럽게 로비를 가로질렀다. 카메라 가
방들을 요리조리 피하고, 2인치 줌 렌즈들과 회색 방풍 백에 담긴 무선
마이크도 조심해야 했다. 제4계급(언론권력을 빗대어 일컫는 개념-옮긴
이) 시민들은, 파티를 즐기러 온 사람들처럼 쾌활하고 밝은 분위기였
다. 18세기 교수형장에 놀러온 귀족들을 보는 기분이었다.
　"헤이그 기자회견이 동부시간으로 10시에 시작한답니다! 뉴스룸 공
고예요!" 누군가 소리쳤다.
　나는 누구의 방해도 받지 않고 베란다로 걸어가 릭에게 전화를 넣었
다. 그의 조수(브래드, 브래트? 브레트?)가 전화를 받았다. 릭은 여자를
갈아치우듯 직원들을 바꾸는 스타일이다. 난 리카델리 씨와 통화가 가
능한지 물었다.
　"지금 사무실에 안 계십니다."
　"어디 있죠?"
　"낚시여행 중이세요."

"낚시?"

"때때로 전화하셔서 메시지를 확인하기는 하십니다."

"다행이군. 어디 간 겁니까?"

"보마 국립 민속촌입니다."

"맙소사, 도대체 그게 어디죠?"

"그냥 충동적으로 떠나신 거라서……."

"그게 어디냐니까?"

브래드, 브레트, 또는 브래트가 머뭇거렸다.

"피지입니다."

—

에드거 타운을 떠난 미니밴이 언덕 위로 올라갔다. 서점도 지나고 작은 극장도 지나고 커다란 교회도 지났다. 마을 가장자리에 이르자 이정표를 따라 왼쪽의 웨스트 티즈베리로 꺾어졌다. 바인야드 항과는 반대 방향이니 최소한 그건 저택으로 향하고 있음을 뜻했다. 국가 비밀 보호법을 어긴 죄로 추방당하는 건 아닌 모양이다. 나는 옷가방을 옆에 놓은 채 차를 운전하는 경찰관 뒤에 앉았다. 경찰관은 내가 본 사람들 가운데 젊은 축에 속하는 사람으로, 지퍼가 달린 회색 재킷과 검은색 넥타이 차림이었다. 이른바 정복에 준하는 사복인 셈이다. 그가 백미러를 통해 내 눈을 바라보았다. 심각한 일이냐고 묻는 듯했다. 난 그렇다고 짧게 눈짓을 해보이곤 대화를 피하기 위해 창밖을 내다보았다. 심각한 일이고말고. 미치고 싶을 정도로.

자동차는 평평한 시골길로 접어들었다. 도로 옆으로 버려진 자전거

길이 있고, 그 너머로는 우중충한 갈색 숲이 보였다. 내 덧없는 육신은 마사 바인야드에 있을지 몰라도 마음만은 남태평양을 향하고 있었다. 릭이 피지에서 돌아오면 해고 선언과 함께 퍼부을 온갖 치졸하고 비열한 욕지거리들. 실제로는 절대 그러지 못할 거라는 사실을 알면서도 (그가 낚시 가지 말라는 법이 어디 있겠는가?) 마음은 이미 칼을 뽑아들고 있었다. 두렵기 때문이리라. 공포심은 알코올이나 탈진보다 훨씬 강력하게 판단력을 흐리는 법이다. 바보 같은 놈, 멍청한 놈, 덜 떨어진 놈.

"선생님을 모셔다드린 다음엔 공항에 가서 크롤 씨를 모셔와야 합니다. 일이 좋지 않게 돌아가긴 하나 봐요. 변호사들이 나타나는 건 언제나 상황이 나쁘다는 얘기죠."

그는 내가 외면했음에도 기어이 한마디 던지고 말았다. 순간 차가 멈춰서더니 그가 몸을 앞으로 기울이며 말했다.

"오 이런, 골치 아프게 생겼군."

앞에서 사고가 생긴 모양이었다. 순찰차 두 대의 파란색 헤드라이트가 음침한 하늘을 화려하게 수놓고 있었다. 인근 숲을 뒤덮은 불빛이 바그너 오페라의 막전 조명 같았다. 가까이서 보니 길 양옆으로 10여 대의 승용차와 세단이 세워져 있고 사람들이 여기저기 웅성거리며 돌아다니고 있었다. 막연하게 연쇄 충돌 사고가 났나 보다 하고 생각하는데, 미니밴이 천천히 지나가며 좌회전하겠다는 신호를 보내자 구경꾼들이 길 옆에서 무언가를 집어 들고는 우리를 향해 달려오기 시작했다.

"랭! 랭! 랭! 거짓말쟁이! 사기꾼!"

한 여자가 핸드마이크에 대고 외쳤다.

피 묻은 손으로 철창을 붙들고 있는 오렌지색 죄수복 차림의 애덤 사진이 차 앞에서 춤을 추기 시작했다.

"전범! 애덤 랭을 체포하라!"

라인하트 저택으로 가는 길에는 플라스틱 원뿔이 세워져 도로를 봉쇄하고 사람들을 통제하고 있었다. 에드거 타운 경찰관이 재빨리 시위대를 끌어내고 길을 터주었다. 하지만 이미 늦었다. 그들은 우리 차를 둘러싸고는 일제히 옆구리를 때리고 걷어차기 시작했다. 그때 밝은 조명 속에서 유독 한 사람이 내 시선을 사로잡았다. 수사처럼 두건을 뒤집어쓴 남자. 그는 인터뷰하던 기자에게서 시선을 돌려 우리를 쳐다보았다. 분명 어딘가에서 본 사람이었는데, 그는 그 순간 무리들의 일그러진 얼굴과 험악한 손, 그리고 욕설을 뒤로하고 순식간에 사라져버렸다.

"저자들이야말로 정말로 폭력적이에요. 이름만 평화 시위대죠."

경찰관이 투덜대면서 액셀을 밟았다. 뒷바퀴가 한참을 헛돌더니 자동차는 결국 고요한 숲 속으로 빨려 들어갔다.

———

아멜리아가 복도에서 나를 맞이했다. 그녀는 여자답게 내 허술한 짐가방을 어처구니없다는 듯한 눈초리로 흘겨보았다.

"그게 전부예요?"

"가벼운 여행을 좋아해서요."

"가볍다고요? 그런 건 빈손이라고 하지 않나요? ……아무튼 따라오세요." 아멜리아가 한숨을 내쉬었다.

내 여행 가방은 긴 손잡이와 작은 바퀴가 달린 전천후 스타일이었다. 나는 대리석 바닥에 드르륵거리는 바퀴 소리를 내며 아멜리아의 뒤를 쫓아갔다.

"어젯밤 여러 번 전화했는데 안 받으시더군요." 아멜리아가 돌아보지도 않고 말했다.

드디어 시작이로군.

"휴대폰을 충전하는 것을 깜빡 했습니다."

"객실 전화는요? 그 전화로도 해봤어요."

"밖에 나가 있었죠."

"한밤중까지?"

나는 아멜리아의 등을 노려보았다.

"도대체 무슨 말을 듣고 싶은 거죠?"

"여기예요."

아멜리아는 어느 방 앞에 멈추더니 방문을 열고 옆으로 물러섰다. 들어가라는 신호였다. 방은 어두웠으나 커튼이 제대로 닫히지 않은 덕에 더블침대 정도는 구분할 수 있었다. 방 안에서는 건조한 천 냄새와 늙은 여자들이나 쓸 법한 비누 냄새가 났다. 아멜리아가 방을 가로질러가더니 커튼을 활짝 젖혔다.

"이제부터는 여기에서 주무세요."

평범한 방이었다. 여닫이 유리문은 곧바로 잔디밭으로 통해 있었다. 침대에서 조금 떨어진 곳에 스탠드가 있는 책상이 있고 베이지색 팔걸이의자도 보였다. 그리고 거울 문이 달린 입식 벽장과 흰색 타일로 장식된 욕실도 있었다. 깔끔하고 기능적이며 음침한 욕실. 나는 애써 농담을 걸었다.

"할머니가 묵던 방인가 보죠?"

"아뇨, 맥아라가 지내던 곳이에요."

그녀는 벽장 문 한쪽을 열어 옷걸이의 재킷과 셔츠 몇 벌을 보여주었다.

"아직 정리를 못 했어요. 그분의 모친은 양로원에 계시기 때문에 아들의 물건을 받을 형편이 못 되거든요. 짐이 단출해서 다행이군요. 가벼운 여행을 좋아한다고 했죠? 출간 날짜도 앞당겨졌으니 얼마 계시지도 않을 테고."

특별히 미신을 믿는 건 아니지만 그래도 장소마다 나름대로 느끼는 기분은 있다. 난 발을 들이는 순간부터 그 방이 맘에 들지 않았다. 맥아라의 옷을 만져야 한다는 생각도 소름 끼치기는 마찬가지였다.

"고객의 집에서 자지 않는 게 제 나름대로의 철칙입니다. 하루 일과가 끝나면 완전히 손을 뗄 필요가 있기 때문이죠." 내가 말했다.

물론 애써 가볍고 대수롭지 않은 목소리를 가장했다.

"하지만 어느 때든 원고를 만질 수 있잖아요? 그걸 원한 게 아니었나요? 게다가 기자들의 등쌀에 못 견딜 거예요. 조만간 그들도 당신의 정체를 알아낼 거고, 그럼 끝없는 질문 공세로 괴롭힐 테니까요. 끔찍하지 않겠어요? 여기에서야 편안하게 작업하실 수 있겠지만."

그녀는 미소를 짓고 있었는데 재미있어 죽겠다는 표정이 역력했다.

"다른 방은 없습니까?"

"본관엔 침실 여섯 개가 전부예요. 애덤과 루스가 하나씩 쓰고 내가 하나 쓰죠. 그리고 비서들이 함께 쓰는 방하고 야간 근무하는 경찰관들이 쓰는 방이 있어요. 별관은 모두 특수부대가 차지하고 있고. 너무 겁먹지 말아요. 그래도 시트는 갈았으니까. 이제 곧 시드니가 도착할 테고 국제형사재판소의 발표도 30분이 채 안 남았어요. 여기 있을래요, 아니면 함께 올라갈래요? 어떻게 결정하든 당신한테도 영향이 있을 거예요. 이제 당신도 우리 식구니까."

아멜리아는 그렇게 말하고 시간을 확인했다.

"내가요?"

"물론이죠. 어제 초안을 작성했잖아요. 마침내 공범이 된 거예요."

그녀가 떠난 후에도 한참 동안 짐을 풀 수 없었다. 용기가 나지 않았다. 나는 침대 끝에 걸터앉아 유리문 밖의, 바람에 쓰러진 잔디와 낮은 관목 숲과 광활한 하늘을 내다보았다. 하얀 빛줄기 하나가 잿빛 하늘을 가로지르며 빠른 속도로 커지고 있었다. 헬리콥터. 고개를 처박은 채 달려오는 헬리콥터의 소음에 두꺼운 유리문이 흔들리기 시작했다. 놈은 크게 선회를 하더니 1~2분 후 지평선 바로 위로 불길한 전조 같은 모습을 드러냈다. 특종에 굶주리고 빠듯한 예산에 허덕이는 기자가 전 영국 수상의 옆얼굴이라도 찍을 욕심으로 헬리콥터까지 빌린 것이라면, 그건 상황이 얼마나 심각한지를 보여주는 단적인 예가 될 것이다. 나는 케이트를 떠올려보았다. 지금 런던 사무실에서 생중계를 지켜보고 있다면 당장이라도 뛰쳐나가 덩실덩실 춤이라도 추고 싶을 것이다. 〈사운드 오브 뮤직〉 초반부에 나오는 줄리 앤드루스처럼 말이다. 그래, 자기야, 내 팔자도 꼬였어. 전범의 공범자가 되어 여기 이렇게 갇혀 있다고!

한참을 그러고 앉아 있는데 미니밴이 멈춰 서는 소리가 들리고, 곧이어 복도에서 웅성거리는 소리와 나무 계단을 쿵쿵거리며 오르는 발소리들이 연이어졌다. 시간당 1,000달러를 호가하는 걸어 다니는 정액 수임료께서 오신 모양이었다. 나는 크롤과 고객이 악수와 위로와 자신감을 나눌 시간을 준 다음 죽은 자의 방을 떠나 힘없이 2층으로 올라갔다.

———

크롤은 워싱턴에서 개인 제트기를 타고 날아왔다. 두 명의 변호사 보조와 함께였는데, 엥카르나시옹이라는 이국적 외모의 멕시코 미녀와 조시라는 이름의 뉴욕 출신 흑인이었다. 그들은 바다를 등진 채 놓여 있는 소파에 앉아 주인의 양옆에서 랩톱 컴퓨터를 켜고 있었다. 애덤과 루스는 맞은편 소파에 앉았고 아멜리아와 내가 팔걸이의자를 하나씩 차지했다. 벽난로 옆에 놓인 극장 크기의 평면 TV에서는 이 집의 항공사진이 찍혀 나오고 있었다. 방음 장치를 뚫고 아련하게 들리는 저 헬리콥터의 생중계인 모양이었다. 방송사는 때때로 기자회견이 예정된 헤이그의 기자들을 불러내기도 했다. 그때마다 화면에는 텅 빈 연단과 UN 특유의 푸른색으로 그려진 국제형사재판소 로고가 나왔고(연단 중앙에 그려진 월계관과 정의의 저울) 그때마다 나는 더욱더 초조해졌다. 하지만 애덤은 초연해 보였다. 그는 재킷을 벗은 채 흰색 셔츠에 푸른색 넥타이를 매고 있었다. 그런 복장은 긴박한 사건이 벌어졌다는 뜻이다.

우리가 자리를 잡자 크롤이 먼저 입을 열었다. "현재 상황은 이렇습니다. 각하는 기소되지 않을 겁니다. 물론 체포될 일도 없습니다. 이런 건 아무것도 아니라고 감히 말씀드릴 수 있습니다. 지금 검사들이 원하는 건 공식 수사에 대한 허가일 뿐입니다. 아시겠죠? 여기서 나가시더라도 당당하게 걷고 자신감 있게 행동하세요. 맹세하죠. 아무 일도 없을 테니 마음 푹 놓으셔도 됩니다."

"대통령의 말도 그들이 수사조차 허락하지 않을 거라더군." 애덤이 말했다.

"자유세계의 두목 격인 그분을 좋아한 적은 없지만, 오늘 아침 워싱턴의 전반적인 분위기는 당연히 그래야 한다, 였습니다. 우리의 마담 검사는 노련한 베테랑으로 보입니다. 영국 정부는 일관되게 태풍 작전에 대한 수사를 거부해왔는데, 오히려 그것이 그 여자에게 법적인 구실을 제공한 셈이죠. 검사는 사전심리 법정에 들어가기 전에 사건에 대한 이야기를 흘리는 식으로, 세 명의 판사로 하여금 적어도 수사 단계까지는 허락해야 하지 않느냐는 무언의 압력을 행사하는 데 성공했습니다. 만일 청원을 기각한다면, 판사들이 권력의 꽁무니를 캐는 데 겁을 먹은 거라고 입방아들을 찧어댈 겁니다. 그 여자는 그 점을 너무나 잘 알고 있는 겁니다."

"조잡한 여론몰이예요." 루스가 말했다.

검은색 각반에 평범한 셔츠 차림이었다. 루스는 소파 위에 맨발로 안짱다리를 하고 앉아 남편을 돌아보았다.

"그게 정치요." 애덤의 말이었다.

"제 생각도 그렇습니다. 이 사건은 법적 문제가 아니라 정치적 문제로 다뤄야 합니다." 크롤이 동의했다.

"상황에 대한 우리 나름의 해석이 필요해요. 논평을 거부하는 것만으론 한계가 있어요." 루스였다.

난 어떻게든 기회를 잡고 싶었다.

"존 매덕스가……."

"예, 존과도 얘기했는데 그의 말이 옳습니다. 이에 관한 이야기를 모두 회고록에 실어야 합니다. 각하께서 대응하기 위한 가장 완벽한 방법이니까요. 저들은 지금 무척 흥분해 있습니다."

그가 내 말을 끊고 끼어들었다.

"알았소."

"가능한 한 빨리 여기 이 친구와 앉아서 (내 이름을 잊은 게 분명했다) 세부사항을 정리할 필요가 있습니다. 물론 그전에 저에게 먼저 있는 그대로 알려주셔야겠죠. 각하께서 피고석에서 듣게 되실 단어 하나하나가 사람들에게 어떤 영향을 미칠지 미리 점검해봐야 하니까요."

"그건 왜죠? 지금 이 일로 인해 기소고 뭐고 없을 거라고 하지 않았나요?" 루스가 지적했다.

"그럴 겁니다. 우리가 그들에게 여분의 실탄을 지급하지 않는 한은요." 크롤이 부드럽게 대답했다.

"재판에 대처하기 위해 우리가 선택할 방법이 우리에게 필요한 방법이오. 그 문제에 대해 질문을 받을 때마다 회고록을 언급하면 되겠군. 누가 아나? 그 덕분에 책이 몇 권 더 팔릴지?"

그가 주변을 둘러보았고 우리는 모두 미소를 지었다.

"좋아, 오늘 다시 시작하자고. 내가 실제로 어떤 죄목으로 기소되는 거지?" 크롤이 엥카르나시옹에게 신호를 보냈다.

"반인권 범죄나 전쟁 관련 범죄가 될 겁니다." 그 여자가 조심스럽게 말했다.

그 순간 우리 얼굴에서 미소가 걷히고 침묵이 이어졌다. 그 단어들의 힘이 그만큼 컸던 것이다. 어쩌면 그 말을 한 사람이 하필 그 여자였기 때문일 수도 있었다. 그녀는 너무나 순진해 보였다.

"미국이 상황을 인지하지 못한 이유도 정확히 그 때문입니다. 우리는 여러 번 영국 정부에 경고했죠. 국제형사재판소는 겉으로 보기엔 무척이나 고결한 것 같지만, 일단 제3세계의 대량학살 문제가 결부되면 예외 없이 미친개처럼 달라붙어요. 아니면 인종차별로 비쳐지기 때문이죠. 그들이 우리 쪽 3,000명을 죽이고 우리가 그들 중 한 사람을 죽인다 해도 우린 어느 순간 모두 전범이 되고 마는 겁니다. 최악의 도덕 방정식인 셈이죠. 그렇다고 그 법정에 아멜리아를 끌어들일 수는 없습니다. 그럼 누구를 끌어들이겠습니까? 우리의 가장 강력한 맹방 바로 각하입니다. 말씀드렸듯이, 이건 법이 아니라 정치입니다."

"정확히 그 점을 지적하셔야 해요, 애덤."

아멜리아가 이렇게 말하고는 자신의 노트에 뭔가를 적었다.

"걱정 마. 그렇게 할 테니까." 그가 단호하게 말했다.

"이 시점에서 저들이 어떤 방법을 택할지 확신할 수 없는 까닭은, 1998년 로마 규약 7조의 반인권범죄 조항뿐 아니라 전쟁범죄 항목인 8조에서도 고문을 금하고 있기 때문입니다. 8조는 또한 (컴퓨터를 들여다보며) '전쟁 포로와 같은 수감자들에게서 정당하고 적절한 재판을 받을 권리를 의도적으로 박탈하는 전쟁범죄'이자 '불법 추방, 강제이주 및 불법 감금'에 대해서도 규정하고 있습니다."

"하지만 난 사람을 고문하라고 지시한 적은 없어. 게다가 정당한 재판권을 박탈한 적도 없고 불법 감금을 지시한 적도 없다고. 정말로 그런 문제로 고발하려면 그건 미국이어야 해. 영국이 아니라." 애덤이 말했다.

그의 목소리는 도무지 믿기지도 않고 화도 나서 미치겠다는 투였다.

"사실입니다. 하지만 개인의 범죄 책임을 다루는 25조는, 개인이 직권 남용으로 그런 범죄를 초래했을 경우, 개인에게 형사 책임을 묻고 또 처벌을 받을 수 있도록 규정하고 있습니다."

엥카르나시옹은 컴퓨터 모니터에서 그 검고 초롱초롱한 눈을 한 번도 떼지 않고 말했다. 다시 침묵. 하지만 이번의 침묵은 아련한 헬리콥터 소리로 금세 지워지고 말았다.

"그야말로 무차별 난사로군." 애덤이 조용히 내뱉었다.

"사실, 모두 헛소리입니다. 그렇게 따진다면 CIA가 피의자를 개인 비행기에 태워 어딘가로 보내버린다 해도, 기술적으로는 그 개인 비행기의 주인이 반 인권범죄를 조장한 셈이 되고 맙니다." 크롤이 다시 끼어들었다.

"하지만 법적으로는……."

"애덤, 법하고는 상관없습니다. 이건 정치입니다." 크롤이 다소 과장된 어투로 치고 들어왔다.

그때까지 이마를 찌푸린 채 카펫만 내려보던 루스가 얼른 고개를 들었다. "아니에요, 시드니. 그건 법 문제이기도 해요. 그 둘을 떼어놓을 수는 없어요. 지금 당신 아가씨가 읽은 내용만으로도 판사들이 왜 수사를 허락해야 하는지 이유가 너무나 명백하지 않나요? 리처드 라이카트는 애덤이 실제로 그 모든 일을 했다는 증거 자료를 제출했어요. 그게 소위 법적 위험 아니에요? 그런 이름 맞죠? 그리고 그건 필연적으로 정치적 위험으로 이어질 수밖에 없어요. 결국 여론이 문제가 될 테니까요. 게다가 이 사건이 아니더라도 국내에서의 우리 인기는 바닥이라고요."

"위로가 되지 않겠지만 적어도 애덤이 이곳에서 친구들과 함께 머무는 한 위험은 없습니다."

방탄유리가 조금 흔들렸다. 헬리콥터가 근접 취재를 위해 다가오고 있었다. 불빛이 방을 가득 채웠지만 TV 화면에 비친 것은 거대한 창문에 비친 바다의 모습뿐이었다.

"잠깐만. 지금 내가 미국을 떠날 수 없다고 말하는 거요?"

애덤은 한 손으로 자기 머리를 쥐어짰다. 이제야 상황의 심각성을 깨달은 모양이었다.

"조시." 크롤이 다른 보조원에게 지시했다.

"괜찮으시다면, 58조의 도입부를 읽어드릴까 합니다. 체포영장과 관련된 조항입니다. 수사가 개시된 후 예비심리부는 검사의 신청에 의거해 언제라도 개인에 대한 체포 영장을 발부할 수 있다. 단, 검사가 제출한 청구서 및 증거 자료들을 검토한 결과 그 개인이 법정의 사법권 내에서 범죄를 저질렀다고 믿을 만한 합리적 근거가 있고, 또 개인의 체포가 그의 법정 출두를 정당화할 수 있어야 한다."

"맙소사, 그 '합리적 근거'라는 게 뭐요?" 애덤이 물었다.

"그런 일은 없을 겁니다."

"계속 그 소리만 하시는데 그럴 수 있어요." 루스가 짜증 섞인 목소리로 항변했다.

"그런 일은 없겠지만 그럴 수는 있습니다. 그 두 개의 명제가 양립 불가능한 건 아니니까요."

그는 특유의 미소를 지어 보이곤 애덤을 돌아보았다.

"하지만 각하의 변호인으로서 적어도 이 사건이 모두 해결될 때까진 국제형사재판소의 재판권을 인정하는 어느 나라도 여행하지 마실 것을 강력하게 권하고 싶군요. 행여 판사 세 명 중 두 명이 인권을 주장하는 군중들에게 추파를 던질 셈으로 영장을 발부하는 날엔 어디서든 체포가 가능하니까요."

"거의 모든 국가가 국제형사재판소를 인정하고 있지 않소?"

"미국은 아닙니다."

"그 밖에는?"

"이라크, 중국, 북한, 인도네시아가 있습니다."

조시였다.

우리는 그의 말을 기다렸지만 그것으로 끝이었다.

"그게 다야? 그 밖에는 모두 인정하고?" 애덤이 물었다.

"아닙니다, 각하. 이스라엘도 해당되고, 아프리카 오지 몇 곳도 그렇습니다."

"잠깐만요, 시작하나 봐요."

아멜리아가 리모컨으로 TV를 가리켰다.

—

우리는 스페인 검사장의 연설을 들었다. 숱 많은 검은 머리칼에 밝은 색 립스틱 그리고 카메라 세례 속에서 영화배우만큼이나 매혹적으로 보이는 여자였다. 그녀는 국제형사재판소의 1998년 로마규약 7조와 8조에 입각하여 전 영국 수상 애덤 피터 베넷 랭에 대한 수사권한을 오늘 아침 부여받았다고 발표하고 있었다.

다른 사람들이 모두 그녀를 보는 동안 나는 애덤을 지켜보고 있었다. 'AL, 지극한 관심.' 나는 노트에 이렇게 갈겨썼다. 검사장의 말을 받아 적는 것처럼 보였겠지만 사실 고객을 연구한 것이다.

R에게 팔을 내밀지만 여자는 무반응. R을 본다. 외롭고 당혹스러운 표정. 손을 거둠. 시선을 다시 TV로. 고개를 젓는다. 검사장의 말. '이 일이 단일 사건입니까, 아니면 제도적인 범죄행위입니까? (AL 움질. 분노) 정의는 빈부와 권력의 차이와 관계없이 평등해야 합니다.' 스크린을 향해 분노 폭발. "테러리스트들은 도대체 어디 간 거야?"

이런 식의 치명적인 위기에 처한 고객을 본 적은 한 번도 없었다. 애덤을 살펴보는 동안, 나는 조금씩 깨닫기 시작했다. 결국 "어떤 기분이었죠?"로 대변되는 내 다목적용 질문은 사실 조잡하다 못해 하등 쓸모없는 도구에 불과했다. 법적 절차가 설명되는 이 짧은 시간에도 애덤의 울퉁불퉁한 얼굴에선 마치 이른 봄날 언덕을 넘어가는 구름의 그림자만큼이나 오만가지 감정이 교차하고 있었다. 충격, 분노, 상심, 반감, 우울, 수치심…… 도대체 이런 감정들을 어떻게 분리해낼 수 있단 말인가? 심지어 그 감정들을 느끼는 당사자도 그 순간 자신이 어떤 기분인지 모르는 마당에 어떻게 10년 후에 그런 감정을 이해하게 될 거라고 기대하라는 건가? 그 반응조차 내가 대신 구성해야 할 판에 말이다. 결국 모든 걸 나 자신의 상상력에 의존할 수밖에 없다. 그건 어떤 의미에서, 새빨간 거짓말이 아닐 수 없다.

검사장은 성명 발표를 마친 뒤 소란스러운 기자들의 질문 두어 가지에 짧은 답변을 해주고 연단을 떠났다. 그리고 방 가운데쯤에서 카메라를 향해 다시 포즈를 취했다. 그녀가 세상을 향해 자신의 환상적인 옆얼굴을 제공하자 여기저기서 카메라 플래시의 융단폭격이 터졌다. TV 화면은 다시 숲과 연못과 바다를 배경으로 한 라인하트 저택의 항공 촬영으로 되돌아갔다. 세상이 애덤의 등장을 기다리고 있는 것이다.

아멜리아가 볼륨을 죽였다. 아래층에서 전화벨이 일제히 울리기 시작했다.

"자, 어차피 특별한 건 없습니다. 모두 예상했던 일이니까요."

크롤이 침묵을 깨뜨리고 나섰다.

"그래요? 잘됐군요."

루스가 빈정거렸고, 크롤은 애써 모른 척했다.

"애덤, 아무래도 워싱턴으로 가야겠습니다. 지금 당장. 제 비행기가 공항에서 대기 중입니다."

애덤은 여전히 TV 화면만 노려보았다.

"마틴이 이 별장을 사용하라고 했을 때 이 정도로 고립된 곳인 줄 몰랐어. 처음부터 오지 말았어야 했는데……. 결국 숨은 꼴이 되고 말았군그래."

"제 생각도 그렇습니다. 이곳에서 이러고 있을 수는 없습니다. 적어도 오늘은 안 됩니다. 오기 전에 몇 군데 전화를 해두었습니다. 오늘 오후에 하원 다수당 원내총무와 점심 약속을 할 수도 있고, 국무장관과 사진 촬영을 할 수도 있습니다."

애덤이 마침내 TV에서 시선을 돌렸다.

"그게 무슨 소용이 있는지 모르겠군. 기껏해야 내가 발광을 하는 걸로 보일 거요."

"아닙니다. 이미 그쪽과 얘기가 있었습니다. 다들 최고 수준의 응원을 보냈고, 도울 수 있다면 무엇이든 하겠다고 약속도 했습니다. 모두들 몇 주 전에 잡힌 회담이라고 말해줄 겁니다. 물론 애덤 랭 재단 건립과 관한 건이죠."

"하지만 빤한 사기처럼 들릴 거요. 도대체 만나서 뭘 상의한다는 거지?" 애덤이 인상을 썼다.

"무슨 상관입니까? 에이즈, 기아. 기후 변화. 극동의 평화. 아프리카. 아무 거나 상관없습니다. 중요한 건 대화죠. 평소대로 말입니다. 내게도 일정이 있고 그건 중요한 일이다, 헤이그의 판사연하는 광대 나부랭이들 때문에 그 일들을 망칠 생각은 추호도 없다, 그런 모습을 보여주는 겁니다."

"경호는 어쩌죠?" 아멜리아가 물었다.

"재무부 비밀 검찰국이 알아서 할 거요. 비어 있는 스케줄은 움직이면서 채우기로 하고. (애덤을 보며) 마을 전체가 각하를 환영하러 나올 겁니다. 그리고 부통령의 회신을 기다리고 있긴 한데 그건 비밀 회담이 될 예정입니다."

"그럼 매체는? 아무래도 신속히 대응해야 하지 않겠소?"

"공항으로 가는 길에 하죠. 차에서 내려 몇 마디 하면 될 겁니다. 원하신다면 제가 성명을 발표하는 식으로 할 수도 있습니다. 각하께서는 제 옆에 서 계시고요."

"아니, 그건 절대로 안 되오. 정말로 죄인처럼 보일 거요. 내가 직접 말하겠소. 루스, 내가 워싱턴으로 가는 게 좋은 생각 같소?"

"말도 안 돼요. 미안해요, 시드니. 우리를 위해 열심히 노력하시는 건 알지만 먼저 이 일이 영국에 어떤 파장을 가져다줄지 먼저 생각해야 해요. 애덤이 워싱턴으로 가는 날엔 정말로 미국의 마마보이로 비칠 거예요. 그러니까 울면서 미국에 고자질하러 달려가는 셈이 되는 거죠."

"그럼 어떻게 하는 게 좋겠소?"

"런던으로 가요."

크롤이 반대하려 했지만 루스의 의지는 단호했다.

"영국 국민들의 감정이 당장은 좋지 않겠지만, 그래도 애덤보다 더 싫어하는 게 있다면, 외국인들이 감초처럼 나서서 그에게 이래라 저래라 하는 거예요. 그리고 정부도 남편을 지원해줄 테고요."

그때 아멜리아가 나섰다.

"영국 정부도 수사에 전적으로 협조할 수밖에 없을 겁니다."

"오, 그래? 왜 그렇게 생각하지?" 루스가 말했다.

청산가리만큼이나 달콤한 목소리였다.

"생각이 아니에요, 루스. 읽은 거죠. TV에 나오고 있으니까 직접 보세요."

우리는 TV를 보았다. 화면 아래로 자막이 지나가고 있었다.

<u>속보</u> 영국 정부는 '전범 수사에 전적으로 협조할 것' 임을 발표.

"어떻게 저럴 수가. 저들을 위해 우리가 어떻게 했는데!" 루스가 비명을 질렀다.

"존중의 문제입니다, 부인. 국제형사재판소의 조인국인 한 영국 정부는 선택의 여지가 없습니다. 국제법하에서 '전적인 협조'는 의무 조항이죠. 86조에 그 용어가 그대로 들어 있습니다." 조시였다.

"그래서 국제형사재판소가 내 체포를 결정한다면 영국 정부가 그것까지도 전적으로 협조한다는 건가?" 애덤이 조용히 물었다.

조시는 이미 랩톱 컴퓨터에서 적절한 조항을 찾아둔 터였다.

"그건 59조의 내용입니다, 각하. 잠정적인 체포, 또는 체포 및 인도를 요구받은 국가 기구는 해당자의 신병 확보를 위해 즉각적인 조처를 취해야 한다."

"선택의 여지가 없군. 워싱턴으로 갈 수밖에." 애덤의 말이었다.

루스가 팔짱을 꼈다. 케이트를 떠올리게 하는 자세. 임박한 폭풍의 예고.

"그래도 마음에 들지 않아요."

"히스로에서 수갑을 찬 채 끌려가는 것보단 낫겠지."

"그러면 적어도 배짱은 있다고 생각하겠죠."

"그럼 당신 혼자서 날아가면 되잖아." 애덤이 딱 잘라 말했다.

전날 오후의 폭주와 마찬가지로, 그가 화를 내는 자체가 아니라 갑자기 폭발하는 방식이 더 끔찍했다.

"영국 정부가 나를 저 캥거루 법정에 넘기려 한다면, 맘대로 하라고 해! 난 국민들이 원하는 곳에 있을 테니까. 아멜리아, 사람들에게 5분 후 떠난다고 말하고 비서에게 1박용 가방을 챙기라고 해줘. 당신도 떠날 준비 하고."

"오, 아예 여행 가방을 함께 쓰지그래요? 훨씬 더 간편할 텐데."

루스가 참지 못하고 한마디 던졌다. 그 말에 방 안의 공기는 딱딱하게 굳어버리고 말았다. 크롤 특유의 열은 미소조차 그 끝이 얼어버렸다. 아멜리아는 잠시 망설이다가 스커트를 한 번 매만지고는 노트를 집어 들었다. 계단을 향해 걸어가는 동안에도 그녀는 똑바로 앞만 바라보았다. 목덜미가 매혹적인 핑크빛으로 물들었고 두 입술은 단단히 다문 채였다. 루스는 아멜리아가 떠날 때까지 기다렸다가 소파에서 두 발을 내리곤 주섬주섬 바닥에 놓인 구두를 신기 시작했다. 그녀 역시 아무 말 없이 방을 떠났다. 그리고 30초 후 아래층 문이 쾅 하고 닫히는 소리가 들렸다.

애덤이 움찔하고는 다시 한숨을 내쉬었다. 그도 자리에서 일어나 의자 등받이에 걸어놓은 재킷을 빼내 대충 걸쳐 입었다. 그건 우리 모두에게 움직이라는 신호였다. 변호사 보조들은 랩톱 컴퓨터를 닫았다. 크롤은 자리에서 일어나 기지개를 펴고 손가락들을 꺾었다. 나는 그가 고양이 같다는 생각을 했다. 등을 잔뜩 구부린 채 몰래 발톱을 드러내는 야수. 나도 노트를 접었다.

"자넨 내일 보지. 그동안 푹 쉬고 있게나. 함께 못 가서 유감이네만 최소한 이 모든 특종이 매상에는 도움이 될 거야."

애덤이 내게 악수를 청했다.

"그렇겠죠. 제 생각엔 이 모든 게 라인하트 출판 그룹의 음모 같습니다."내가 말했다.

어떻게든 분위기를 부드럽게 하기 위해 뭐든 말해야 할 것 같았다.

"그럼 당장 집어치우라고 전해주겠나?"

그가 미소 지었다. 하지만 그의 눈빛은 버림받고 상처 받은 자의 것이었다.

"매체에는 뭐라고 하실 생각이십니까?"

크롤이 애덤의 두 어깨를 감싸며 물었다.

"글쎄, 그건 차 안에서 상의합시다."

애덤이 등을 돌리자 크롤이 내게 윙크를 해보였다.

"작업, 즐겁기를 빌겠소."

아홉

유령의 선물

고객이 거짓말을 하면?
아니, '거짓말'은 너무 강한 표현이다.
우리는 누구나 세상에 보여주고 싶은 자신의 모습을
만들어내기 위해 기억을 장식하는 경향이 있다.

〈유령 작가〉

아래로 내려가 애덤 일행을 배웅할 수도 있었지만, 대신 TV를 통해 지켜보기로 했다. 정말로 진솔하고 직접적인 경험을 얻고 싶다면 TV 모니터 앞에 앉아라. 내 철학이다. 예를 들어, 헬리콥터 촬영이 순수한 행동을 어떤 식으로 위험천만한 범죄 행각으로 둔갑시키는지 눈여겨보라. 운전사 제프가 방탄 재규어를 집 앞으로 몰고 왔을 때, 그건 마치 경찰관이 오기 전에 마피아 두목의 탈출구를 확보하는 행동처럼 세상에 비춰졌다. 혹독한 뉴잉글랜드 날씨 속에서 대형 승용차가 배기가스의 바다 위에 떠 있는 것처럼 보였다.

　전날과 마찬가지로 모든 것이 헷갈리기 시작했다. 그러니까 애덤의 성명이 라디오 여기저기서 터져 나오던 때와 같은 느낌이었다. TV에서는 공안요원 하나가 차 뒤쪽 문을 열어놓고 부동자세를 취하고 있었는데 그동안 복도 아래서는 애덤과 다른 사람들이 떠날 준비를 하는 소리가 들렸던 것이다. 계단 위에서 제일 먼저 들려온 목소리는 크롤의 것이었다.

"좋아요, 다들 준비되었습니까? 오케이. 명심하세요. 행복한 표정입니다. 행복한 표정."

현관문이 열리고 잠시 후에는 자동차를 향해 걸음을 재촉하는 전 수상의 머리가 잠깐 화면에 비쳤다. 변호사가 황급히 쫓아가 그를 재규어 반대편으로 이끌자 그는 이내 화면에서 사라져버렸다. 그리고 화면 밑으로 '애덤 랭, 마사 바인야드 저택을 떠나다'라는 자막이 흘렀다. 저 위성 팀은 모든 걸 보지만 아무 얘기도 들을 수 없겠지? 문득 그런 생각이 들었다.

이윽고 수행원들이 한 줄로 빠져나와 미니밴을 향해 바삐 움직였다. 아멜리아가 선두였다. 그녀는 헬리콥터 바람에 금발머리가 날리지 않도록 한 손으로 움켜쥐고 있었다. 그다음은 비서 둘, 변호사 보조 둘 그리고 마지막으로 경호원 둘 순이었다.

길고 검은 자동차의 행렬이 헤드라이트를 부라리며 별장을 빠져나가 잿빛의 참나무 숲을 지나 웨스트 티즈베리 도로로 향하고 있었다. 그들을 쫓는 헬리콥터 바람에 겨울 낙엽이 날리고 성긴 잔디가 쓸렸다. 이윽고 헬리콥터의 소음이 조금씩 잦아들면서 저택은 조금씩 평화를 되찾아갔다. 마치 거대한 폭풍이 휩쓸고 지나가기라도 한 분위기였다. 문득 루스가 어디 있는지 궁금했다. 그 여자도 나처럼 뉴스를 보고 있을까? 나는 자리에서 일어나 계단 위에 서서 귀를 기울였으나 사방은 온통 고요할 따름이었다. 다시 TV 앞으로 돌아왔을 때 화면은 항공 촬영에서 지상 촬영으로 바뀌어 있었다. 애덤의 리무진이 숲을 빠져나왔다.

도로 끝에는 훨씬 더 많은 경찰관이 대기 중이었다. 매사추세츠의 배려이리라. 그들은 시위대들을 도로 맞은편에 가둬두고 있었다. 그때 공항을 향해 속도를 낼 것 같았던 재규어가 갑자기 브레이크 등을 켜더니 도로 한가운데 멈춰 섰다. 미니밴도 그 뒤쪽으로 살짝 비켜서 멈췄다. 그리고 애덤의 모습이 보였다. 코트를 벗은 채였는데 그는 소리 지르는 군중만큼이나 추위를 의식하지 못하는 것처럼 보였다. 그는 경찰관 세 명의 보호를 받으며 카메라 쪽으로 성큼성큼 걸어갔다. 나는 아멜리아가 앉았던 의자에서 (그 여자의 체취가 아직 주변을 맴돌고 있었다) 리모컨을 집어 TV를 겨냥한 다음 볼륨을 마구 올렸다.

"이 추위에 오래 기다리게 해드린 점 깊이 사과드립니다. 우선 헤이그로부터의 뉴스에 대한 답변 겸 몇 말씀 드리고자 합니다."

애덤은 이렇게 서두를 꺼내곤 잠시 땅바닥을 바라보았다. 그가 종종 취하는 태도이다.

저게 진짜 그의 모습일까, 아니면 즉석연설임을 보여주기 위한 의도적인 제스처일까? 랭에 대해서라면, 누구도 진짜 모습을 모를 것 같았다. "랭! 랭! 랭! 사기꾼! 사기꾼! 사기꾼!"이라는 합창 소리가 선명하게 들려왔다.

"이해하기 어려운 시대군요."

그는 잠시 머뭇거리다가, 다시 한 번 '이해 불가의 시대'를 거론하고는 마침내 고개를 들었다.

"평생을 자유와 평화와 정의를 위해 싸워온 사람이 범죄자로 고발당하고, 노골적으로 증오를 부추기고 살인마를 찬양하고 민주주의의 파괴를 획책한 자가 법에 의해 피해자로 군림하다니 말입니다."

"사기꾼! 사기꾼! 사기꾼!"

"어제 성명에서도 밝힌 바와 같이, 저는 늘 국제형사재판소의 든든한 후원자였습니다. 전 그들의 노고를 믿고 판결의 고결함을 믿습니다. 제가 이번 수사를 두려워하지 않는 이유도 거기에 있습니다. 왜냐하면 하늘을 우러러 한 점의 부끄럼도 없음을 저 자신이 잘 알고 있기 때문입니다."

그는 시위대를 건너다보았다. 마치 흔들리는 플래카드를 처음 본 사람 같았다. 그의 얼굴, 철창, 오렌지색 수의. 피 묻은 손. 애덤은 입을 굳게 다물었다.

"전 협박에 단호히 맞설 것입니다. 결코 희생양이 될 생각은 없습니다. 에이즈와 기아와 지구 온난화와 맞서 싸워온 제 평생의 신념을 포기하지도 않을 것입니다. 지금 워싱턴으로 가는 이유도 바로 그 때문입니다. 물론 예정된 일정을 계획대로 실행하기 위해서죠. 제 사랑하는 조국 영국과 전 세계에서 이 장면을 지켜보는 여러분께 적어도 하나만은 확실히 해두고 싶습니다. 제가 이 땅에서 숨을 쉬는 한, 필요하다면 언제든 테러와 싸워나갈 것입니다. 그곳이 전쟁터이든 아니면 법정이든 말입니다. 감사합니다."

그는 "미스터 랭, 영국에는 언제 돌아가실 생각입니까?", "미스터 랭, 고문을 지지하십니까?" 따위의 질문을 등지고 당당히 걷기 시작했다. 넓은 어깨 근육이 맞춤 양복 안에서 꿈틀거렸다. 경호원 삼총사가 그의 뒤에서 부채꼴 대형으로 따라갔다.

일주일 전이라면, 런던의 자살폭탄 직후 뉴욕에서 행한 연설만큼이나 충분히 감동했을 터였다. 하지만 놀랍게도 지금은 아무 감흥이 없었다. 그건 마치 전성기의 끄트머리에 선 대배우를 보는 기분이었다. 기교 외에는 아무것도 남아 있지 않은 껍데기 배우.

나는 그가 화생방과 실탄으로부터 100퍼센트 안전하다는 이동식 온실에 들어가는 것까지 기다렸다가 TV 스위치를 껐다.

애덤과 수행원들이 떠나자 집은 텅 빈 정도가 아니라 황량하고 무의미해 보이기까지 했다. 나는 계단을 내려가 에로티카 부족의 조명 진열장을 지나쳤다. 현관 옆의 의자도 비어 있었다. 경호원 한 명이 늘 진을 치고 앉았던 의자이다. 나는 발걸음을 돌려 비서들이 사무실로 쓰던 방으로 향했다. 언제나 깔끔했던 작은 방은 적에게 포위당해 황급히 기밀 문서를 소거한 어느 외국 대사관 암호실만큼이나 어지러웠다. 수많은 서류, 컴퓨터 디스크 그리고 철 지난 핸사드(하원 일일보고서―옮긴이)와 연방의회 의사록 등이 책상 위에 어질러져 있었다. 문득 나에게 애덤의 원고 사본이 없다는 생각이 들었지만 캐비닛은 잠겨 있었고, 그 옆에 놓인 휴지통은 쓰레기들로 넘쳐흘렀다.

부엌을 들여다보았다. 번쩍거리는 부엌칼이 도마 위에 놓여 있었는데, 칼날엔 피가 묻어 있었다. 난 망설이듯 "여보세요?"라고 불러보고는 식료품실 안으로 고개를 삐쭉 들이밀었다. 아무도 보이지 않았다.

내 방을 찾을 수가 없었다. 결국 복도를 따라가며 방문을 하나하나 열어볼 수밖에 없었다. 첫 번째 방은 잠겼고 두 번째는 열려 있었다. 짙고 풍부한 애프터셰이브 향으로 가득한 방. 침대 위에 트레이닝복이 한 벌 놓여 있었다. 경찰관들이 야간 근무를 위해 사용하는 방이 분명했다. 세 번째 방도 잠겨 있었다. 네 번째 방을 열어보려는데 훌쩍거리는 여자 울음소리가 들렸다. 물론 루스일 것이다. 그녀는 울음소리조차 호전적으로 들렸다. "본관엔 침실 여섯 개가 전부예요. 애덤과 루스가 하나씩 쓰고……." 아멜리아는 그렇게 말했다. 기막힌 배치로군. 전 수상과 그의 부인이 서로 다른 방에서 잠을 자고, 정부의 방이 같은 층에 자리 잡고 있다니. 거의 삼류 에로영화 수준이었다.

나는 자신 있게 다음 방문을 잡아당겼다. 잠겨 있지 않았다. 낡은 옷
냄새, 라벤더 비누 냄새. 서류 가방을 확인하기도 전에 그곳이 맥아라
의 옛 침실임을 알 수 있었다. 나는 안으로 들어가 조용히 문을 닫았다.
벽장의 대형 거울이 내 방과 루스의 방 사이의 벽을 가득 채우고 있었
다. 유리문을 조금 열자 루스의 먹먹한 흐느낌이 들려왔다. 문소리를
완전히 안 낼 수는 없었으니 그녀도 당연히 들었을 것이다. 아니나 다
를까, 울음소리가 뚝 그쳤다. 축축한 베개에서 고개를 들어 벽을 바라
보는 루스의 놀란 얼굴이 떠올랐다. 침대 위에는 A4 용지 상자가 놓여
있었다. 누군가 두고 간 모양인데 내용물이 많은 탓에 뚜껑이 조금 열려
있었다. 노란 메모지 위에 '행운을 빌어요, 아멜리아'라고 적힌 글이 보
였다. 나는 침대에 앉아 뚜껑을 들어보았다. '회고록. 애덤 랭 저' 그렇
게 당혹스럽게 떠나야 했음에도 끝까지 자기 임무를 완수하는 여자. 블
라이 여사에 대해 씹어댈 수야 있겠지만, 적어도 그 여자는 프로였다.

결국 갈림길이었다. 이런 식으로, 침몰해가는 프로젝트의 난간을 붙
든 채 누군가 구해주기를 바라며 버티든지, 아니면 (대안을 고민할 때에
는 척추까지 뻣뻣해지는 기분이다) 그들이 원하는 대로 어떻게든 대충 마
무리 지어야 하리라. 이 621페이지짜리 날림 원고를 출판할 수 있을 정
도로 뜯어고쳐 2만 5,000달러를 챙긴 다음 한 달 동안 머나먼 해변에
숨어 애덤 랭과 이 모든 혼란에 대한 기억을 지워버리는 것이다.

그렇게 나누고 보니 그건 선택의 문제가 아니었다. 나는 단단히 마
음을 먹고, 내 방을 떠도는 맥아라의 유령도, 좀 더 현실적인 루스의 존
재도 마음속에서 몰아냈다. 그리고 상자에서 원고를 꺼내 창 옆의 책상
에 올려놓고, 숄더백의 랩톱 컴퓨터와 어제의 인터뷰 원고도 꺼냈다.

일할 공간이 충분치 않았으나 상관없었다. 인간의 행동 중에서도 저술 행위야말로 일 못 할 핑계를 만들어내기가 가장 쉬운 대상이 분명하다. 책상이 너무 길거나 좁아도 안 되고, 너무 시끄럽거나 조용해도 안 되며, 덥거나 추워도 곤란하다. 나는 수년 동안 그런 조건들을 철저히 무시하고 막무가내로 시작하는 방법을 터득했다. 나는 랩톱 컴퓨터의 전선을 연결하고 스위치를 켰다. 그리고 검은 모니터와 깜빡거리는 커서를 멍하니 바라보았다.

아직 쓰이지 않은 책은 무한한 가능성이 열린 유쾌한 우주와 같다. 하지만 하나의 단어를 적는 순간 그건 지상의 소유물이 되며, 한 문장을 완성하게 되면 지금까지 쓰인 모든 책들과 똑같이 완성품으로 봐야 한다. 최고가 아니라고 해서 최선을 포기할 수는 없다. 천재성이 부족하다 해도 기교는 남는다. 최소한 독자들의 관심을 사로잡을 책으로 만들 수는 있다는 뜻이다. 첫 번째 문장을 읽고, 두 번째, 세 번째 문장을 훑어보는 것만으로 독자의 마음을 사로잡을 그런 책. 나는 맥아라의 원고를 집어 들고, 1,000만 달러짜리 자서전을 어떻게 시작해야 할지 잠시 고민해보았다.

제1장 어린 시절

랭의 가문은 스코틀랜드 출신이며 그는 그 사실을 자랑스러워한다. 랭이라는 성은 '키가 크다'는 뜻의 'long'의 파생어이자 고어이다. 그 이름은 우리 선조들이 밭을 일궈온 국경의 북쪽에 뿌리를 두고 있다. 16세기에 이르러, 랭 가문의 시조는……

오, 맙소사! 나는 펜을 휘둘러 랭의 조상 얘기 위에 마구 선을 그어놓았다. 가계도를 원하면 표구상에게 일을 맡겨라. 고객들에게 늘 하는 얘기다. 가문에 관심을 갖는 사람은 없다. 매덕스는 전쟁 범죄의 피소 사실로 도입부를 장식하라고 했다. 그건 나도 좋다. 일종의 기다란 프롤로그로 삼으면 그만이니까 말이다. 그래도 시작해야 할 본문은 남는다. 나는 어떻게든 신선하고 독창적인 목소리로 출발하고 싶었다. 요컨대 애덤을 평범한 사람으로 만들고 싶었다. 그가 평범한 사람이 아니라는 사실은 책 속에서도 현실 속에서도 누구나 잘 알고 있으니까 말이다.

루스의 방에서 발소리가 나더니, 곧이어 문을 여닫는 소리가 들렸다. 옆방에서 움직이고 있는 사람이 누구인지 확인하려는 모양이라고 생각했으나 그녀의 발소리는 점점 멀어졌다. 나는 맥아라의 원고를 내려놓고 인터뷰 자료를 살펴봤다. 내가 무엇을 원하는지는 알고 있었다. 그리고 그건 첫 인터뷰에 들어 있었다.

　그러던 중 어느 일요일 오후였어. 하루 종일 비가 주룩주룩 내린 날이었는데 그때까지도 난 침대를 벗어나지 않고 있었지. 그런데 누군가 문을 노크하더군.

문장만 조금 다듬는다면, 루스가 찾아와 지방선거 홍보를 했고 그 바람에 정치에 발을 들여놓게 되었다는 이야기는 완벽한 오프닝이 되어줄 것이다. 맥아라는 인간적 관심에 대해 완전히 귀를 닫고 산 뻣뻣한 인간이라 아예 그 사실에 대한 언급조차 하지 않았다. 나는 랩톱 컴퓨터의 키보드에 손을 얹어놓고 타이핑을 하기 시작했다.

제1장 어린 시절

내가 정치가가 된 건 사랑 때문이다. 물론 그건 특정 당이나 이데올로 기가 아니라 한 여성을 향한 사랑이다. 어느 비오는 일요일 오후 내 집 방문을 노크했던 여인⋯⋯.

너무 감상적이라고 생각하는 사람도 있을 것이다. 하지만 (a) 감상적 인 게 잘 팔리는 법이며, (b) 원고의 개작에 주어진 시간이 2주뿐이고, (c) 최소한 랭이라는 이름의 기원을 더듬는 것보다 훨씬 산뜻한 출발이 라는 점을 잊어서는 안 된다. 나는 독수리 타법이 허락하는 한 최대한 빠르게 자판을 두드려대기 시작했다.

그녀는 퍼붓는 폭우에 흠뻑 젖어 있었으나 전혀 개의치 않는 것같 이 보였다. 아니, 그 정도가 아니라 지방선거에 대해 열정적인 웅변을 토해내는 것이 아닌가! 창피한 일이지만 그때까지만 해도 지방선거가 있다는 사실조차 알지 못했던 나였다. 하지만 난 교활하게 아는 척을 하기로⋯⋯.

고개를 들어보니, 루스가 거센 바닷바람을 가르며 모래언덕을 오르 고 있었다. 그건 고독한 사색의 산책이었다. 경호원 한 명이 멀찌감치 에서 쫓아가고 있었다. 나는 그녀가 보이지 않을 때까지 지켜보다가 다 시 일을 시작했다.

두 시간 정도는 정신없이 일한 것 같았다. 누군가 조심스럽게 문을 두드리는 바람에 나는 깜짝 놀라 정신을 차렸다. 그때가 대충 오후 1시쯤.

"선생님? 점심 드릴까요?"

가냘픈 여자 목소리였다. 검은 비단 유니폼의 베트남 가정부 데프였다. 쉰 살 정도의 새처럼 조그마한 여자, 재채기만으로도 집 저 끝까지 날려버릴 수 있을 것 같았다.

"그래주시면 고맙겠군요. 감사합니다."

"여기, 아니면 부엌에요?"

"부엌이 좋겠어요."

그녀가 슬리퍼를 끌면서 사라졌다. 나는 내 방을 훑어보았다. 사실 이런 식으로 마냥 미룰 수만은 없었다. 이건 글 쓰는 것과 같은 거야. 일단 덤벼들 것. 이렇게 머릿속으로 뇌까리고는 여행 가방의 지퍼를 열고 침대 위에 올려놓았다. 그리고 깊이 심호흡을 한 다음 벽장문을 활짝 열어젖히고 옷걸이에서 맥아라의 옷들을 빼내 팔에 걸기 시작했다. 싸구려 셔츠, 기성복 재킷, 할인점 바지, 공항에서 구입한 듯한 넥타이들. 도대체 제대로 된 옷은 하나도 없는 거요, 마이클? 엑스라지의 셔츠와 넓은 바지 허리를 보니 체구가 큰 사람이었던 것 같았다. 나보다도 훨씬 더 컸다. 기분은 우려했던 그대로였다. 낯선 감촉의 옷감, 크롬색 철봉에 옷걸이가 부딪히며 내는 금속성 소리까지, 그 상황은 4반세기 동안 쌓아온 방어기제를 뚫고 나를 곧바로 부모님의 침대로 내팽개치기에 충분했다. 어머니가 죽은 후에도 3개월이나 지나서야 간신히 치울 수 있었던 그 침대.

죽은 자의 소유물은 언제나 나를 괴롭혔다. 그들이 남긴 혼란보다 더 슬픈 것이 어디 있겠는가? 우리에게 남겨진 게 사랑이라고? 개소리! 맥아라가 남긴 것은 쓰레기였다. 나는 그 쓰레기들을 팔걸이의자에 걸어놓고 철봉 위의 선반 위로 손을 내밀어 그의 여행 가방을 꺼냈다. 텅 비어 있을 거라고 생각했는데 손잡이를 드는 순간 안쪽에서 뭔가가 미끄러지는 소리가 들렸다. 아, 드디어, 비밀 문건이 등장하도다.

빨간 플라스틱 가방은 크고 못생겼으며 다루기 힘들 만큼 무거웠다. 쿵 하고 바닥에 떨어질 때에는 그 소리에 온 집 안이 울릴 정도였다. 나는 잠시 기다렸다가 가방을 바닥에 눕히고 그 앞에 무릎을 꿇고 앉아 걸쇠를 눌렀다. 잠금 장치가 딸깍 하고 큰 소리를 내며 열렸다.

알바니아 촌 동네 제품이 아니라면, 아마도 10년도 더 전에 만든 가방이리라. 가방의 안감은 조잡한 패턴의 천으로 되어 있고 부드러운 술 장식이 매달려 있었다. 내용물은 커다란 봉투 하나였다. 겉봉에는 '바인야드 항 사서함 번호 M. 맥아라 귀하'라고 적혀 있었다. 뒤쪽에 붙은 딱지로 보아 영국 케임브리지의 애덤 랭 아카이브 센터에서 보낸 것이었다. 나는 봉투를 열어 사진과 사진 인쇄물 몇 장을 꺼냈다. 기관장인 줄리아 크로퍼드 존스 박사가 보낸 인사말 쪽지도 한 장 들어 있었다.

사진 한 장은 나도 아는 장면이었다. 닭으로 분장한 애덤, 1970년대 초 푸트라이트 극단 시절의 사진이었다. 모든 단원이 모여 찍은 프로덕션 스틸사진들이 10여 장 더 들어 있었다. 밀짚모자에 줄무늬 블레이저 차림으로 노를 젓는 사진 두 장, 리버사이드 공원에서 찍은 사진 서너 장, 노를 저은 그날 찍은 사진 같았다. 인쇄물은 푸트라이트 프로그램과 케임브리지의 연극 논평들에서 오려낸 사진들, 1977년 5월 광역 런던 시의회 선거에 대한 지방 신문기사들과 애덤이 받은 첫 번째 당원

명함도 한 장 들어 있었다. 내가 후닥닥 자료를 다시 뒤지기 시작한 이유는 명함의 연도를 보았기 때문이다. 1975년.

나는 그 후 선거 기사를 비롯한 내용물들을 더 자세히 살펴보았다. 처음엔 런던《이브닝 스탠더드》기사인 줄 알았는데, 그건 정당 그러니까 애덤의 당보였다. 그는 실제로 선거 자원봉사자들 사이에 포즈를 잡고 있었다. 사진이 흐려 잘 알아볼 수는 없었지만 지저분한 옷차림의 장발 청년은 분명 애덤이었다. 시의회 지구(시의회 보유 토지에 주택을 지은 지역—옮긴이)의 문을 두드리는 팀원 중 한 명. '선거운동원: A. 랭.'

무엇보다도 당혹스러웠다. 딱히 충격을 받거나 한 건 아니었다. 누구나 자신의 현실을 미화하려는 경향이 있다. 처음에는 자기 삶에 사적인 환상을 덧씌우다가 어느 날 재미 삼아 아예 일화로 만들어버리는 것이다. 해될 건 없다. 문제는 세월이 지나고 일화가 반복되다 보면 그 일화 자체를 부인하기가 어려워진다는 데 있다. 요컨대 결국 그 모든 것을 사실로 믿어버리게 되고, 산호초가 만들어지는 과정만큼이나 완만한 신화 창조의 과정 속에서 비로소 역사로서의 형체를 갖추기 시작하게 된다. 애덤이 우연히 정치에 입문하게 되었음을 강조하기 위해 한 소녀를 만들어내는 것이 얼마나 쉽고 적절한 일이었는지 충분히 알 수 있었다. 그를 덜 야심적으로 보이게 만듦으로써 그에게도 이득이 되고, 루스의 영향력도 실제보다 커보이기 때문에 그녀에게도 도움이 되었다. 물론 유권자들은 그런 이야기를 좋아한다. 다들 행복해진 셈이다. 결국 내 문제만 남았다. 이제 난 어떻게 해야 하지?

이런 일은 유령 세계에서 드문 일이 아니다. 해결책도 뻔하다. 고객의 의도대로 불일치를 그려주고 판단 또한 그들에게 맡겨라. 유령 작가의 책임은 절대 진실을 주장하는 것이 아니다. 그렇게 된다면 출판 산업은 엄정한 리얼리티의 무게를 못 이기고 붕괴하고 말 것이다. 미용사가 고객의 얼굴을 보고 두꺼비 껍질 같다고 하지 않듯이, 유령 역시 고객의 소중한 기억 태반이 사기라고 들이밸 수는 없다. 우리는 집필하지 않는다. 다만 집필을 도와줄 뿐이다. 그것이 우리의 모토다. 맥아라는 이 황금 법칙을 외면한 것이 분명했다. 그는 애덤의 말에 의심을 품고 문서실에 조사를 의뢰한 다음, 전 수상의 회고록에서 가장 잘 빚어진 에피소드 하나를 제거해버렸다. 아마추어 같으니! 나는 그 사실이 어떻게 받아들여졌는지 상상할 수 있었다. 게다가 그건 여타의 관계들이 왜 그렇게 부자연스러웠는지를 설명해주기도 했다.

나는 케임브리지 자료들을 다시 살펴보기 시작했다. 이 빛바랜 귀공자들에게서는 묘한 종류의 순수함이 느껴졌다. 히피와 펑크 문화 사이 어딘가에 처박혀 있을 잃어버린 낙원에 갇혀 있는 섣부른 젊은이들. 정신적으로 보면 그들은 1970년대보다는 1960년대에 가까웠다. 여자들은 하나같이 목선이 깊이 파인 블라우스에 레이스가 달린 꽃무늬 치마를 입었고, 밀짚모자로 햇빛을 가리고 있었다. 남자들의 머리는 모두 여자들만큼이나 길었다. 하나뿐인 컬러사진 속의 애덤은 한 손에 샴페인 병을 들고, 다른 손에는 마리화나 비슷한 것을 들고 있었다. 한 소녀가 그에게 딸기를 먹이는 것 같았다. 뒤쪽에 선 상의를 벗은 채 맨 가슴을 드러낸 사내가 엄지손가락을 들어 보이고 있었다.

극단의 단원들을 찍은 사진 중 제일 큰 것에는 여덟 명의 젊은이가 모여 있었다. 마치 무대 위에서 마무리 춤과 노래를 막 끝낸 듯 모두가 조명 밑에서 두 팔을 활짝 벌린 자세였다. 애덤은 오른쪽 제일 끝에 있었고, 줄무늬 블레이저에 보타이와 밀짚모자를 쓰고 있었다. 여자 둘은 꽉 끼는 타이츠 차림이었다. 망사 스타킹에 하이힐. 한 명은 짧은 금발이고 다른 여자는 짙은 곱슬머리였는데 빨간 머리일 것 같았다(흑백사진이라 구분하는 것은 불가능하다). 두 여자 모두 미인이었다. 애덤과 조금 떨어진 곳에 서 있는 두 남자는 나도 아는 사람들이었다. 하나는 유명한 코미디언이고 다른 한 사람은 배우였다. 세 번째 남자는 다른 사람들보다 늙어 보였는데 아마도 대학원 연구생인 것 같았다. 그들은 모두 장갑을 끼고 있었다.

사진 뒤쪽에 연기자의 이름과 출신 단과대학을 적어놓은 쪽지가 붙어 있었다. G. W. 사임(가이우스), W. K. 인스(펨브로크), A. 파크(뉴넘), P. 에미트(세인트존스), A. D. 마틴(킹스), A. D. 복스(크리스츠), H. C. 마티뉴(거튼), A. P. 랭(지저스).

왼쪽 하단 모퉁이엔 저작권 도장도 찍혀 있었다. 《케임브리지 이브닝 뉴스》. 그 옆에 대각선으로 갈겨쓴 청색 글씨는 영국 국가 접속 코드까지 붙은 전화번호였다. 지칠 줄 모르는 사냥꾼 맥아라가 그중 한 명을 추적해낸 게 분명했다. 그게 누구일까? 그(혹은 그 여자)가 과연 사진에 기록된 사건을 기억하고는 있을까? 나는 순전히 충동적으로 휴대폰을 꺼내 그 번호를 눌렀다.

영국식 2비트 신호음 대신에 내 귀에 들린 것은 길게 이어지는 미국 신호였다. 난 한동안 전화가 울리게 놔두었다. 그리고 막 포기하려는 참에 한 남자가 조심스럽게 전화를 받았다.

"리처드 라이카트입니다."

그 목소리. 살짝 식민지 억양이 가미된 "리처드 라이카트입니다"의 주인공은 분명 전 외무상이었다. 그는 못내 의심스럽다는 어투로 "누구시죠?"라고 물었다. 나는 곧바로 전화를 끊었다. 솔직히 너무 무서워 휴대폰을 침대에 내던지기까지 했다. 휴대폰은 30초가량 그대로 있다가 울리기 시작했다. 나는 달려가 휴대폰을 집어 들었다. 번호는 '발신자 미확인'으로 나타났다. 난 얼른 스위치를 꺼버렸다. 등 뒤에서 식은땀이 흘러내렸다. 어찌나 놀랐는지 또 30초 동안 꼼짝도 할 수 없었다.

마음속으로 성급한 결론을 내려서는 안 된다고 타일렀다. 맥아라가 그 번호를 적었고 또 실제로 걸기까지 했는지는 확실치 않다. 나는 그 소포가 언제 배달되었는지 확인했다. 물건이 영국을 떠난 건 1월 3일, 그러니까 맥아라가 죽기 9일 전이었다.

문득 그 방에서 선임자가 남겨둔 흔적을 모두 없애야겠다는 생각이 들었다. 서둘러 벽장에서 남은 옷을 벗겨내고 서랍에 든 양말과 내의를 모두 가방 속에 집어넣었다. 온통 무릎 길이의 두꺼운 양말과 펑퍼짐한 트렁크뿐이었다. 철두철미한 구닥다리 인간. 개인 서류는 하나도 찾지 못했다. 일기, 주소록, 편지, 심지어 책도 한 권 없었다. 그가 죽은 뒤 경찰관이 모두 압수해간 것이리라. 욕실에서 청색 휴대용 면도기, 칫솔, 빗 등을 없애는 것으로 일은 끝이 났다. 마이클 맥아라, 애덤 랭 수상 각하의 전임 최측근은 결국 여행 가방 속에 처박혀 내버려지는 신세가 되고 만 것이다. 나는 가방을 끌고 복도를 통해 일광욕실로 향했다. 여름이 와서 사람들이 몰려올 때까지는 그곳에 그대로 있게 될 것이며, 더 이상 신경 쓸 일은 없다. 그의 짐이 눈에 보이지 않게 되자 호흡을 회복하는 데는 채 1분도 걸리지 않았다. 하지만 고개를 돌려 그의, 아니 내 방을 돌아보자 여전히 그의 존재가 느껴졌다. 어설프게 내 발꿈치를 쫓고 있는 맥아라.

"꺼져버려, 맥아라. 이 망할 놈의 책을 끝내고 여기서 빠져나갈 수 있게 그냥 놔두란 말이야."

나는 사진과 사진 인쇄물을 원래의 봉투에 집어넣고는 숨길 곳을 찾아보았다. 그러다가 멈춰 서서 왜 그걸 숨기려 하는지 되물어보았다. 일급비밀도 아니지 않는가? 전쟁범죄와도 아무런 관련이 없었다. 그건 다만 한때 배우였던 한 청년의 사진일 뿐이다. 30년 전 햇빛 찬연한 강둑에서 친구들과 샴페인을 마시는 장면일 뿐이었다. 라이카트의 전화번호가 그 사진의 뒤에 적혀 있는 이유는 얼마든지 있을 수 있다. 하지만 그럼에도 왠지 감춰야 할 것 같았다. 게다가 특별한 이유는 없지만 매트리스 아래 처박아두는 상투적인 방법을 쓰고 싶지는 않았다.

"점심입니다, 선생님."

복도에서 들리는 데프의 목소리에 얼른 돌아보았다. 그녀가 나를 봤는지는 잘 모르겠으나 상관없을 것 같았다. 지난 몇 주 동안 이 집에서 일어난 일에 비한다면, 내 행동이 이상하게 보일 것 같지는 않았다. 나는 그녀를 따라 부엌으로 들어갔다.

"랭 부인도 안에 계시나요?"

"아뇨, 선생님. 쇼핑하러 바인야드 항에 가셨어요."

그녀가 만들어준 것은 클럽 샌드위치(세 겹으로 된 토스트에 고기, 채소 따위를 끼운 빵–옮긴이)였다. 나는 바의 스툴 의자에 앉아 꾸역꾸역 먹기 시작했다. 그동안 그녀는 남은 음식들을 포일에 싸서 라인하트의 스테인리스 냉장고 여섯 개 중 한 곳에 집어넣었다. 나는 앞으로 어떻게 해야 할지 곰곰이 생각해보았다. 대개의 경우라면 어떻게든 책상으로 돌아가 오후 내내 집필을 계속했을 것이다. 하지만 유령 작가로서 생전 처음으로 난관에 부딪힌 것이다. 나는 오전의 절반을 실제 있지도, 있을 수도 없는 일에 대한 매혹적인 회상을 지어냈다. 실제로 루스 랭은 1976년이 지나서야 런던 무대에 등장하고 그 여자의 미래 남편은 이미 1년 전부터 당원으로 있었다.

한때 보석으로 여겼던 케임브리지 시절조차 지금은 막다른 골목에 부딪혔다. 도대체 어떤 사람이었지? 여자 꽁무니나 쫓아다니는, 낙천적이고 비정치적인 배우 지망생? 루스 때문이 아니라면, 갑자기 열성 당원이 되어 시의회 지역을 싸돌아다니게 된 이유가 뭐란 말인가?

애덤에게 근본적인 문제가 있음을 깨달은 건 바로 그때였다. 그는 심리학적으로 신뢰할 만한 인물이 못 되었다. 현실이든 TV 화면이든, 정치가의 역할을 수행할 때엔 그도 확실한 성격을 지닌 것으로 보였다. 하지만 가만히 앉아 그에 대해 생각을 하노라면 그는 어디론가 증발해버렸고, 그로 인하여 일을 해나가는 것 자체가 불가능해졌다. 과거 함께 일했던 수많은 연기자나 스포츠 스타들과 달리, 애덤에 관해서라면 도대체 파악 자체가 안 되는 것이다.

라이카트에게 전화를 걸어볼까 하는 생각에 휴대폰을 꺼냈다. 하지만 대화 내용을 생각해볼수록 더욱더 망설여지기만 했다. 정확하게 뭐라고 말할 거지? "오, 여보세요. 잘 모르시겠지만 전 마이클 맥아라 대신에 애덤 랭의 회고록을 대필하는 사람입니다. 맥아라 씨가 해변에서 시체로 발견되기 하루나 이틀 전에 두 분이 통화를 했다는 생각이 들어 이렇게 전화했습니다." 나는 전화기를 다시 주머니에 집어넣었다. 문득 파도에 이리저리 휩쓸리고 있는 맥아라의 육중한 시신이 머릿속에 떠오르더니 도무지 떨쳐지지 않았다. 암초에 부딪혔을까? 아니면 부드러운 백사장으로 곧바로 쓸려 들어온 것일까? 그가 발견된 장소의 이름이 뭐더라? 런던 클럽에서 점심식사를 할 때 릭이 말해주었는데. 램버트 뭐라고 했지?

"데프, 부탁 좀 해도 될까요?"

가정부가 냉장고에서 몸을 일으켰다. 매우 정이 많을 것 같은 얼굴이었다.

"예, 선생님?"

"이 섬 지도를 빌릴 방법이 있을까요?"

열

수장된 비밀

그냥 얘기를 듣는 것만으로도
타인의 책을 쓰는 것은 얼마든지 가능하다.
하지만 좀 더 조사를 한다면 더 많은 자료와
구체적인 생각을 얻을 수 있을 것이다.

《유령 작가》

그곳은 저택에서 약 15킬로미터 떨어진 마사 바인야드의 북서 해안이었다. 램버트 협곡. 바로 그 이름이었다. 그 주변의 지명들에서는 왠지 기만적인 냄새가 났다. 검은 물의 개울, 세스 아저씨의 못, 원주민 언덕, 청어계곡 옛길 등등, 마치 모험 동화에 나오는 지도 같았다. 내가 일을 꾸민 방법도 딱 그 꼴이었다. 그러니까 가벼운 동네 탐험으로 보이고 싶었던 것이다. 데프는 자전거 나들이를 제안했다. (예, 라인하트 씨, 자전거 많이 있어. 손님들 타라고 많이많이 사놔요.) 몇 년 동안 자전거를 타본 적이 없지만 그 제안은 이런저런 이유로 마음에 꼭 들었다. 그렇다고 그 여행에서 뭔가 건질 것이라는 기대 따위를 한 것은 아니다. 시체가 발견된 이후 3주도 더 지났다. 도대체 뭐가 더 남아 있겠는가? 하지만 호기심이란 원래 섹스와 탐욕 다음으로 강한 욕망이 아니던가. 난 그저 호기심을 꺾지 못했을 뿐이다.

가장 큰 장애 요인은 날씨였다. 에드거 타운의 접수원은 태풍이 올 거라고 경고했다. 그리고 아직 터지지만 않았지 하늘은 태풍의 조짐으로 부풀 대로 부풀어 있었다. 당장이라도 폭발해버릴 것 같은 고무풍선. 그렇지만 모험에 대한 기대는 압도적이었고, 맥아라의 옛 방으로 돌아가 컴퓨터 앞에 앉을 생각은 추호도 없었다. 나는 드레스룸에서 애덤의 방풍 재킷을 꺼낸 다음 정원사 더크를 따라 앞마당을 가로질러 갔다. 다 낡은 목재 시설물인데, 하인들의 숙소 겸 헛간으로 사용하는 곳이었다.

"건물이 깨끗한 걸 보니 관리를 아주 열심히 하셨네요."

더크는 내 말엔 대답도 하지 않고 땅만 내려다봤다.

"흙 나빠. 바람 나빠. 비 나빠. 소금 나빠. 빌어먹을."

그 욕 말고 정원사는 더 이상 할 말이 없는 것 같았다. 나는 입을 다물었다. 우리는 두 개의 건물을 지나 세 번째 건물 앞에 멈춰 섰다. 우리는 커다란 이중문을 열고 안으로 들어갔다. 안에는 여섯 대의 자전거가 진열되어 있었다. 내 시선은 곧바로 포드 이스케이프 SUV로 향했다. 차는 창고의 반을 차지하고 있었다. 그 차에 대해 너무 많은 얘기를 들은 데다 페리 호를 타고 오면서 온갖 상상을 했던 탓에 이렇게 갑자기 맞닥뜨리자 당혹스럽기까지 했다. 더크도 내 시선을 눈치챘다.

"빌리고 싶어요?" 그가 물었다.

"아니, 아니에요. 자전거면 됩니다. 충분해요." 나는 얼른 대답했다.

처음에는 죽은 자의 일거리 그리고 그의 침대, 이제 그의 차를 탄다? 오, 그럼 그다음엔 뭐가 되겠는가? 정원사는 몹시 걱정스럽다는 표정으로 내가 떠나는 모습을 지켜보았다. 라인하트의 값비싼 산악자전거를 타고 비틀거리는 게 믿음직스럽지 못한 것이리라. 어쩌면 미쳤다고 생각했을지도 모른다. 아니, 진짜로 미친 건지도. 뭐라고 하더라? 아일랜드 매드니스? 나는 숲 속에 반쯤 숨겨진 작은 나무 초소에 있는 경찰

관에게 손을 들어 보이다가 하마터면 중심을 잃고 잡목 숲에 처박힐 뻔
했다. 다행히 겨우 자세를 잡았다. 1단 기어 다루는 방법을 터득해 길
한가운데로 되돌아간 다음에는 (내가 탄 자전거는 겨우 3단 기어였지만
그중 두 개는 작동하지 않았다) 딱딱한 모랫길 위를 그럭저럭 달릴 수 있
었다.

숲은 기이할 정도로 고요했다. 마치 화산이라도 터져 나무들이 탈색
되고 야생 동물들은 모두 중독되어버린 죽음의 숲 같았다. 이따금 먼
곳에서 산비둘기 한 마리가 텅 빈 경적 같은 울음을 터뜨리기는 했지
만, 그건 침묵을 깨뜨리기는커녕 더욱더 깊게 만들어줄 뿐이었다. 가벼
운 경사 길을 오르자 T자형 갈림길이 나왔다. 간선도로와 이어진 지점
이었다.

도로 반대편에 모여들었던 애덤을 성토하던 시위대는 모두 흩어지
고 한 남자만 남아 있었다. 지난 몇 시간 동안 뭔가를 설치하느라 열심
히 일한 모양이었다. 수백 개의 끔찍한 이미지들로 가득한 나무 게시
판. 모두가 잡지, 신문에서 오려낸 사진들로, 불에 탄 아이들, 고문당한
시체들, 참수당한 인질들과 폭탄에 날아간 집들이 담긴 것이었다. 그
죽음의 콜라주 사이로 기다랗게 이어진 사람 이름들과 손으로 쓴 시,
편지 따위가 여기저기 섞여 있었다. 게시판 전체는 폴리에틸렌으로 덮
여 있었는데, 그 위에는 교회 바자회가 열리는 창고에서나 볼 법한 기
다란 슬로건이 하나 걸려 있었다. '애덤 안에서 모두가 죽었듯이 이제
예수 안에서 모두 부활할지어다.' 그 아래 버팀목과 폴리에틸렌으로 어
설프게 만든 대피소가 있었는데, 그 안에서는 카드 테이블과 의자 비슷
한 물건들이 보였다. 한 남자가 테이블에 앉아 있었다. 그날 아침 언뜻
보았으나 기억이 나지 않았던 바로 그 남자. 지금은 너무나 확실하게

기억이 났다. 술집에서 나를 더러운 놈이라고 부른, 군인처럼 보이던 남자였다.

나는 어정쩡하게 멈춰 서서 양쪽으로 차가 오는지 살폈다. 불과 5~6미터 앞에서 그가 나를 노려보는 시선이 느껴졌다. 물론 그도 나를 알아본 게 틀림없었다. 세상에, 그자가 갑자기 일어나더니, 특유의 단발적인 목소리로 "잠깐만!"이라고 소리치는 것이 아닌가! 난 소름이 끼쳤다. 더 이상 그의 광기에 얽혀들고 싶지 않았다. 때문에 차가 오고 있음에도, 도로 위로 올라가 열심히 페달을 밟기 시작했다. 그도 속도를 내며 달려왔다. 자동차가 경적을 울리더니 곧이어 어지럽게 얽힌 빛과 소음이 바람을 가르며 내 곁을 스쳐 지나갔다. 내가 돌아보았을 때 남자는 추적을 포기한 채 도로 가운데 서서 나를 바라보고 있었다. 두 손은 허리에 댄 채였다.

그 후로는 열심히 자전거를 몰았다. 곧 어두워질 것 같았다. 얼굴을 스치는 바람은 차고 습했으나 열심히 페달을 밟은 탓에 온몸은 열기로 후끈거렸다. 나는 공항 입구를 지나쳐서 산림청이 관할하는 숲의 울타리를 따라갔다. 대성당의 중앙 통로만큼이나 넓고 어두운 소방도로가 숲을 관통하고 있었다. 맥아더도 이렇게까지는 못 했을 것이다. 자전거를 탈 사람으로 보이지도 않았다. 도대체 물에 빠진 생쥐 꼴이 되는 것 말고 또 뭘 얻을 수 있을 거라고 이러는 건지. 자전거는 하얀 미늘벽 주택들을 지나고, 뉴잉글랜드의 깔끔한 들판을 지났다. 아직도 검은색 전통 보닛을 고수하는 여자들과 일요일을 정장 입는 (벗는 날이 아니라) 날쯤으로 여기는 남자들이 살고 있을 것 같은 그런 마을이었다.

웨스트 티즈베리를 지나 오솔길 옆에 잠깐 멈춰 방향을 확인해보았다. 하늘은 일그러질 대로 일그러졌고 바람도 점점 거세졌다. 길을 잃어버릴 뻔했지만 되돌아갈 생각은 들지 않았다. 여기까지 와서 포기하는 건 아무래도 현명한 짓은 못 될 것이다. 나는 다시 딱딱한 안장에 올라타 길을 재촉했다. 3킬로미터쯤 더 가자 길이 갈라졌다. 난 주도로에서 빠져나와 바다가 있는 왼쪽으로 핸들을 꺾었다. 협곡까지의 내리막 길은 라인하트 저택의 진입로와 비슷해 보였다. 참나무 숲, 연못, 모래 언덕. 차이가 있다면 이곳에 집에 더 많다는 정도였다. 거의 모두 내년 휴가철을 위해 잠가둔 별장들이었지만, 굴뚝 두 곳에서는 실오라기 같은 갈색 연기가 피어오르기도 했다. 어느 집의 창문을 통해 라디오 소리가 들렸다. 첼로 협주곡. 그때 기어이 비가 떨어지기 시작했다. 수분을 뭉쳐놓은 차고 딱딱한 돌멩이들. 거의 우박에 가까운 물 폭탄이 두 손과 얼굴을 때리기 시작했다. 빗속에서 바다 냄새가 났다. 비는 잠시 연못 위에 간헐적인 물보라를 일으키며 주변의 숲을 가볍게 두들기더니, 다음 순간 거대한 댐이 무너지기라도 한 것처럼 퍼붓기 시작했다. 비로소 내가 자전거를 싫어한 이유가 기억났다. 젠장, 자전거엔 지붕이 없다. 창문도 히터도 없다.

키 크고 헐벗은 참나무 밑에서 비를 피할 수는 없었다. 그렇다고 자전거를 계속 타는 것도 불가능했다. 도대체 방향조차 가늠이 안 되는 판에 어떻게 운전을 하겠는가. 나는 자전거에서 내려서 끌기 시작했다. 이윽고 낮은 울타리에 다다라 그곳에 기대놓으려 했으나 자전거는 덜그럭거리는 소리를 내며 넘어지고 말았다. 뒷바퀴가 빙글빙글 돌았다. 나는 일으켜 세울 생각도 하지 않고 신더패스(석탄재를 깔아 다진 보도─옮긴이)를 따라 높은 깃대가 있는 집 베란다까지 달려갔다. 나는 비에서 벗어나자마자 상체를 숙이고 머리를 세차게 흔들어 빗물을 털어 냈다. 그때 등 뒤에서 개가 짖으며 문을 긁어대는 소리가 들렸다. 빈집

일 거라고 생각했는데 (분명히 그렇게 보였는데) 흐린 달덩이 같은 얼굴이 모기장이 달린 더러운 창 너머로 나타나더니 곧이어 문이 열리고 개가 달려들었다.

개들이 나를 싫어하는 만큼이나 나도 개를 싫어한다. 하지만 그때만은 그 끔찍한 털북숭이에게 잘 보이기 위해 최선을 다했다. 물론 궁극적으로 주인의 마음에 들기 위해서였다. 기미, 굽은 허리, 얇은 살가죽을 뚫고 나올 듯한 잘생긴 두개골 등으로 미루어보건대 거의 90줄에 가까운 노인이었다. 그는 단추가 달린 카디건에 몸에 꼭 맞는 스포츠 재킷을 덧입고 목에는 격자무늬 스카프를 두르고 있었다. 나는 더듬거리며 휴식을 방해한 데 대해 사과하려 했으나 그는 곧바로 내 말을 끊어버렸다.

"영국인인가?" 그가 흘겨보며 말했다.

"예, 그렇습니다."

"상관없어. 들어오라고. 비 피하는 건 공짜니까."

억양만으로 그가 어디 출신이고, 직업이 무엇인지 알아낼 정도로 미국에 대해 잘 알지는 못했지만, 그가 은퇴한 전문가이며 상당한 부자라는 생각은 들었다. 그럴 수밖에 없었다. 실외 화장실이 딸린 초가집조차 50만 달러나 되는 지역에 살고 있지 않은가.

"영국인이라고? 랭이라는 친구와 무슨 관계라도 있나?"

그가 반복해서 묻고는 무테안경 너머로 나를 살펴보았다.

"약간은 그렇습니다."

"머리가 좋아 보이던데, 도대체 뭣 때문에 백악관의 그 멍청한 인간하고 섞이려는지 모르겠군."

"다른 사람들도 다들 알고 싶어 하는 수수께끼입니다."

"전쟁 범죄라니! 그렇게 따지면 그 죄로 안 걸릴 사람들이 어디 있겠나? 지금쯤 다들 감옥살이를 하고 있겠지. 모르겠군. 하늘에 계신 저분의 판단을 믿어보는 수밖에. 어차피 곧 알게 되겠지만 말이야."

그는 그렇게 말하곤 허탈하게 웃었다. 그가 무슨 말을 하는지는 모르겠으나, 아무튼 비를 피할 수 있는 곳에 들어왔다는 사실만은 너무나도 기뻤다. 우리는 낡은 난간에 기대 함께 비를 구경했다. 개는 미친 듯이 베란다 주변을 뛰어다녔다. 숲 사이로 어렴풋이 바다가 보였다. 광활한 잿빛 광야. 밀려오는 파도가 마치 낡은 흑백 TV의 잡음처럼 백사장을 하얗게 수놓고 있었다.

"그래, 무슨 일로 바인야드 이쪽까지 들어온 겐가?" 노인이 물었다.

거짓말할 필요까지는 없을 것 같았다.

"아는 사람이 저쪽 해변으로 쓸려 들어왔습니다. 그래서 현장을 한번 봐야겠다고 생각했죠. 그게 도리일 듯해서요."

마지막 말은 그가 나를 식인귀로 생각할까 봐 덧붙인 것이었다.

"그래, 웃기는 일이었어. 몇 주 전의 그 친구 얘기하는 거지? 해류가 이렇게 서쪽 멀리까지 시체를 데려오는 건 불가능해. 더욱이 이런 계절엔 말이 안 되지." 그가 말했다.

"예?"

나는 그를 돌아보았다. 엄청나게 늙어 보임에도 날렵한 체구와 세련된 매너에서는 어딘가 찬란한 젊음이 느껴졌다. 성긴 백발을 이마 뒤로 빗어 넘긴 모양새가 늙은 보이스카우트를 연상시켰다.

"평생을 바다와 함께 살았네. 그래, 세계은행에 있을 땐 어떤 인간이 빌어먹을 페리 호에서 날 던져버리려 한 적도 있었지. 이것 하나만은 분명해. 그때 그자가 성공했다 해도, 내가 이곳 램버트 협곡까지 떠내려 올 가능성은 제로라는 것."

귓속에서 북소리가 들리기 시작했다. 하지만 그게 혈압 때문인지 아니면 지붕을 때리는 폭우 때문인지는 알 수 없었다.

"경찰관에게도 그런 말씀을 하셨습니까?"

"경찰관? 이런, 이보게, 내 나이가 되어보라고. 기껏해야 얼마 남지도 않은 인생을 경찰관에게 바치라고? 세상에! 어쨌든 애너베스에겐 다 얘기했지. 경찰관하고 잘 싸우는 여자니까."

그가 내 멍한 표정을 쳐다보았다. 그러곤 내 아둔함에 질렸다는 듯 통명스럽게 덧붙였다.

"애너베스 범브랜트. 애너베스를 모르면 간첩이야. 마스 범브랜트의 미망인이니까. 지금은 해안 별장에 살고 있는데 경찰관에게 불빛 얘기를 한 것도 그녀였어."

"불빛?"

"시체가 쓸려온 날 밤 해변에 비친 불빛. 이 근처에서 애너베스가 모르는 일은 없다네. 어머니를 폭포에 남겨두어도 걱정 하나 안 된다고 케이도 그랬어. 애너베스가 겨울 내내 지켜보고 있을 테니까 말이야."

"어떤 불빛이었습니까?"

"플래시였을 거야."

"그 얘기가 뉴스에 왜 보도되지 않았을까요?"

그가 또다시 키득거렸다. 철판을 긁는 소리 같았다.

"뉴스? 애너베스는 죽어도 기자들하곤 얘기 안 해!《인테리어의 세계》편집장만 예외지. 케이와 어울리는 데만도 10년이나 걸렸는걸.《포스트》출신이라는 이유로."

그리고 그는 램버트 협곡 위에 있는 케이의 대저택에 대해 늘어놓기 시작했다. 빌과 힐러리가 좋아했고 다이애너 비도 머물렀던 곳인데 지금은 굴뚝밖에 남은 것이 없다는 등등의 얘기였다. 하지만 난 다른 곳에 신경을 쓰고 있었다. 때마침 비도 어느 정도 멈췄다. 나는 노인의 말을 끊었다.

"범브랜트 부인께서 사시는 곳을 가르쳐주시겠습니까?"

"그러지. 하지만 거기 가봐야 뾰족한 수는 없을 거야."

"왜죠?"

"2주 전에 계단에서 굴러 떨어져 지금 혼수상태야. 불쌍한 애너베스. 테드 말로는 다시는 의식을 회복하지 못할 거라더군. 그렇게 또 한 명이 떠나는 거야. 이봐!"

그가 외쳤으나 그때 난 베란다 계단을 반쯤 내려가고 있었다.

"비 피하게 해주셔서 감사합니다. 말씀도요. 이제 그만 가봐야겠습니다."

나는 어깨 너머로 외쳤다. 그는 너무나 쓸쓸해 보였다. 빗물이 뚝뚝 떨어지는 지붕 밑에, 반드르르한 깃대에 내걸린 성조기처럼 홀로 서 있는 노인. 난 하마터면 돌아설 뻔했다.

"그래, 자네 친구 랭에게 기운 내라고 전해주게나! 자네도 조심하고."

그는 떨리는 손으로 거수경례를 보내고 손까지 흔들어주었다. 나는 자전거를 세워 길 아래쪽으로 출발했다. 더 이상 비가 오는 것도 개의치 않았다. 비탈길을 500미터쯤 내려오니, 모래언덕과 호수 근처의 공터에 서 있는 커다란 단층집이 보였다. 집을 둘러싼 철망에는 그곳이 사유지라는 공손한 표지판이 붙어 있었다. 폭우 때문에 어두웠으나 불은 모두 꺼진 채였다. 때문에 난 그곳이 혼수상태의 과부가 사는 곳이라는 판단을 내렸다. 그게 사실일까? 불빛을 본 게? 최소한 2층 창문으로 보면 해변이 잘 보일 것 같았다. 나는 나무에 자전거를 기대놓고 작은 샛길을 기어 올라갔다. 노랗게 물든 풀과 레이스 모양의 고사리들. 모래언덕에 오르니 바람이 어찌나 센지 다시 아래로 굴러 떨어질 것만 같았다. 마치 이곳도 사유지이니 당장 꺼지라고 호통을 치기라도 하는 듯했다.

노인의 집에서 모래언덕 너머의 광경을 대충 살펴보기는 했다. 자전거를 타고 길 아래로 내려오면서 파도의 굉음이 점점 거세진다는 생각도 했다. 하지만 이렇게 기어 올라와 그 광경을 마주 보는 건 엄청난 충격이었다. 노도처럼 밀려드는 먹구름과 용솟음치는 바다. 세상을 뒤덮을 듯 해변으로 쏟아져 들어와 끊임없이 폭발해버리는 집채만 한 파도. 백사장은 오른쪽으로 커브를 돌며 1.5킬로미터 이상 달려가 뽀얀 물안개가 자욱한 매코니키 헤드(마사 바인야드 북쪽 해안의 얕은 물―옮긴이)의 용머리에 가서야 멈춰 섰다. 나는 더 자세히 보기 위해 두 눈에 흘러내리는 빗물을 닦아냈다. 문득 이 광활한 해변에 홀로 버려진 맥아라의 모습이 떠올랐다. 소금물을 먹어 딱딱해진 차가운 겨울옷 차림에 퉁퉁 불은 얼굴을 모래 속에 처박고 있는 맥아라. 나는 그가 새벽의 어둠 속에서 떠오르는 모습을 상상할 수 있었다. 그는 바인야드의 거친 파도에 쓸려 들어왔으리라. 파도는 그의 커다란 두 발에 묻은 모래를 씻어내고 물러났다가 다시 돌아오기를 반복했을 것이다. 플래시를 든 사람들이 그를 구명보트 밖으로 내던진 다음 해안으로 질질 끌고 오는 광경도 떠올릴 수 있었다. 이제 그자들은 며칠 후 다시 돌아와 말 많고 나이도 많은 목격자를 최고급 디자인의 계단 아래로 던져버릴 것이다.

해변 저쪽으로 몇백 미터쯤 떨어진 모래언덕 위에서 그림자 한 쌍이 떠오르더니 나를 향해 걸어왔다. 광포한 자연에 비해 너무나도 어둡고 작고 나약해 보이는 사람들. 나는 다른 방향을 보았다. 바람이 파도 끝에서 물보라를 뜯어내 해변으로 내던지고 있었다. 마치 수륙양용 침략군들이 일렬횡대로 쳐들어오는 것 같았다. 군인들은 해변을 반쯤 점령하고는 어느덧 소리도 없이 스러져버리기를 반복했다.

이제 할 일은 이 모든 얘기를 신문사에 넘기는 것뿐이야. 나는 바람 속에서 비틀거리며 이런 생각을 했다. 《워싱턴 포스트》의 집요한 기자이자, 우드워드와 번스타인의 전통을 그대로 이어받은 고결한 후손들에게 말이다. 그럴듯한 제목이 생각났다. 머릿속에는 훌륭한 기사까지 떠올랐다.

워싱턴(AP) 애덤 랭 전 영국 수상의 최측근 마이클 맥아라의 죽음은 추악한 음모에 의한 살인 행각이었다고 정보부 내의 한 소식통이 확인해주었다.

과연 개연성 없는 기사일까? 나는 해변의 두 사람을 다시 한 번 바라보았다. 그들은 분명 나를 향해 다가오고 있었다. 걸음이 점점 빨라지고 있었다. 바람이 빗물을 얼굴에 퍼붓는 통에 난 열심히 손으로 훔쳐내야 했다. 달아나야 해. 내가 다시 보았을 때 그들은 백사장 위를 성큼성큼 걸어오고 있었다. 하나는 작고 다른 하나는 키가 큰 사람이었다. 키 큰 자는 남자이고 작은 쪽은 여자다. 작은 그림자는 루스 랭이었다.

—

그녀가 나타난 건 정말로 의외였다. 나는 정말로 그녀가 루스임을 확신할 때까지 기다렸다가 그녀를 맞이하기 위해 해변으로 반쯤 내려갔다. 바람과 바다의 소음이 우리의 인사를 삼켜버렸다. 루스는 내 팔을 가볍게 끌어당기며 내 귀에 대고 외쳤다.

"이쪽으로 갔다고 데프가 알려줬어요."

얼어붙은 피부에 닿은 루스의 숨결은 놀랍도록 뜨거웠다. 그때 바람이 루스의 얼굴에서 청색 비닐 후드를 벗겼다. 루스는 황급히 붙잡으려다가 이내 포기해버렸다. 루스가 다시 뭐라고 외쳤으나 그 순간 등 뒤에서 커다란 파도가 터지고 말았다. 그녀는 맥없이 웃으며 소음이 잦아들 때까지 기다렸다가 다시 두 손을 말아 입에 대고 소리쳤다.

"여긴 왜 왔어요?"

"그냥 바람이나 쏘일까 해서요."

"말도 안 돼."

"마이클 맥아라가 발견된 장소를 보고 싶었습니다."

"왜요?"

나는 그저 어깨를 한번 으쓱했다.

"호기심이죠."

"하지만 그 사람을 알지도 못하잖아요."

"아는 사람처럼 느껴졌거든요."

"자전거는 어디 있죠?"

"언덕 너머에요."

"폭풍이 닥치기 전에 데려가려고 온 거예요."

루스가 손짓으로 경찰관을 불렀다. 그는 5미터 뒤에 서서 우리를 보고 있었다. 불만과 불평으로 가득한 물에 빠진 생쥐.

"배리, 차를 몰고 도로 쪽으로 와. 우리도 자전거를 찾은 다음에 그쪽으로 갈 테니까."

루스는 마치 하인 대하듯 그에게 명령했다.

"안 됩니다, 랭 부인. 규칙상 부인을 한시도 떠날 수 없습니다."

그가 큰 소리로 대답했다.

"오, 맙소사! 세스 아저씨 연못에 테러리스트 조직이라도 있다는 거
야? 폐렴에 걸리기 전에 빨리 차나 가져 와." 루스는 꾸중하듯 말했다.

그의 불만 섞인 표정은, 그가 온기에 대한 열망과 지켜야 할 의무 사
이에서 갈등하고 있음을 보여주었다.

"알겠습니다, 10분 후에 뵙도록 하죠. 하지만 길을 벗어나거나 다른
사람과 대화를 하시면 안 됩니다."

그는 결국 포기하는 쪽으로 마음을 정했다.

"안 할 거야. 약속할게."

루스는 공손하게 대답했다. 그는 잠시 머뭇거리다가 왔던 길로 달려
가기 시작했다.

"날 아예 어린애로 안다니까. 가끔 저 사람들이 우리를 보호하는 게
아니라 감시하러 왔다는 생각이 들어요."

해변을 오르며 루스가 불평을 했다. 언덕 위에 오르자마자 우리는 자
동적으로 돌아서서 바다를 바라보았다. 난 얼른 루스를 훔쳐보았다. 여
린 피부는 빗물에 젖어 반짝였고, 흠뻑 젖은 검은 머리카락은 착 달라붙
어 수영 모자처럼 번들거렸다. 루스의 몸은 냉장고에 넣은 석고만큼이
나 단단해 보였다. 사람들은 도대체 애덤이 왜 이 여자에게 빠졌는지
모르겠다고 하지만 난 알 수 있었다. 이 여자에겐 늘 긴장감 같은 것이
있었다. 자동적이고 자발적인 에너지. 이 여자 자체가 하나의 세력이
었다.

"솔직히 말하면 나도 두 번쯤 와봤어요. 꽃을 조금 가져와 돌 밑에 괴어두기도 했죠. 불쌍한 마이클. 그 사람, 도시를 떠나지 않으려 했어요. 시골길을 싫어했거든요. 심지어 수영도 못 했어요." 루스가 말했다.

그러곤 손으로 재빨리 두 뺨을 훔쳤다. 얼굴이 온통 젖은 터라 그녀가 울고 있는지 아닌지 판단할 수가 없었다.

"인생을 끝내기엔 말 그대로 끝내주는 곳이죠."

분위기를 바꾸기 위해 내가 가볍게 말을 건넸다.

"오 아니에요, 그렇지 않아요. 해가 비칠 때면 아름답기도 한 걸요. 마치 콘월(영국 남서부의 주─옮긴이) 같다니까요."

루스는 작은 오솔길을 내려가기 시작했다. 나는 그녀의 뒤를 쫓았다. 놀랍게도 루스는 자전거를 타고 페달을 밟더니 100미터쯤 가서 길 위의 숲 가장자리에 멈춰 섰다. 가까이 다가가자 그녀가 나를 뚫어져라 노려보았다. 저물어가는 오후의 어스름 속에서 보니 흑갈색 눈동자가 까만색으로 보였다.

"그의 죽음에 의심스러운 게 있나요?"

그렇게 단도직입적인 질문은 예상 밖이었다.

"잘 모르겠습니다. 어쨌든 경찰관이 철저히 조사했겠죠 뭐."

노인에게 들은 얘기를 곧이곧대로 나불댈지 않기 위해서라도 그렇게 말할 수밖에 없었다. 지금은 때도 장소도 적절치 않았다. 게다가 나 자신도 확신이 없었다. 애도하는 친구를 향해 정체불명의 미확인 소문을 퍼뜨리는 것도 문제지만 솔직히 대화 상대가 루스인 것도 약간 겁이 났다. 그 여자의 무자비한 대질신문의 희생자가 되고 싶은 생각은 추호도 없었다.

"예, 그럴 거예요."

루스는 자전거를 내게 넘겼다. 우리는 참나무 숲을 지나 도로 쪽으로 나갔다. 바다에서 멀어지자 훨씬 더 조용해졌고 그러는 사이에 폭우도 거의 멈췄다. 이제 빗물에서는 대지와 나무와 풀의 풍부하고도 차가운 냄새가 배어나왔다. 자전거 뒷바퀴가 달그락거리며 돌아갔다.

"처음엔 경찰도 매우 능동적이었죠. 하지만 나중에는 모두 미적지근해졌어요. 검시 판결도 미루어진 모양이더군요. 어쨌든 그들이 알 바는 아니었으니까요. 마이클의 시신은 지난주에 영국으로 돌아갔어요. 대사관의 조치였죠."

"오, 굉장히 신속한 것 같네요."

나는 지나치게 놀란 것처럼 보이지 않으려고 애썼다.

"별로요. 벌써 3주나 지난걸요. 부검도 끝났고요. 그는 취해서 물에 빠졌고 그걸로 상황 끝이에요."

"그가 페리 호에 탄 이유는 뭐죠?"

루스가 내게 날카로운 시선을 던졌다.

"그건 나도 몰라요. 그 사람은 어른이에요. 모든 행동을 보고할 의무는 없겠죠."

우리는 아무 말 없이 한참을 걸었다. 문득 어쩌면 맥아라가 뉴욕의 리처드 라이카트를 만나기 위해 섬을 떠났을 수도 있었겠다는 생각이 들었다. 그렇다면 그가 라이카트의 전화번호를 적은 이유와 랭 부부에게 어디 가는지 얘기하지 않은 이유가 설명이 된다. 어떻게 그럴 수 있겠는가? '잘 있어요, 난 지금 당신의 최고 정적을 만나러 미국에 가는 중이에요.'

폭우를 피한 집을 지날 때에도 난 아예 눈길조차 주지 않았다. 노인을 지키기 위해서였다. 흰색 미늘벽 별장은 처음 봤을 때만큼이나 황량해 보였다. 얼어붙고 잠겨 있고 그래서 버려진 집. 사실 그와의 만남 자체가 환각이었을지도 모른다는 생각이 들었다. 이윽고 루스가 입을 열었다.

"장례는 월요일 런던에서 치러져요. 매장지는 스트레텀이에요. 그의 어머니는 몸이 안 좋아 참석하지 못한다더군요. 나라도 가야 한다고 생각해요. 누군가 참석해야 할 텐데 남편이 할 것 같지는 않으니까."

"그분 곁을 떠나고 싶지 않다고 하셨잖습니까?"

"오히려 그가 날 떠난 것 같지 않나요? 안 그런가요?"

루스는 아무 말도 않고 옷을 가다듬었다. 사실 그럴 필요는 없었지만 나는 한 손으로 모자 끝을 찾아주었다. 루스는 아무 인사도 없이 대충 머리 위로 뒤집어썼다. 그녀는 나보다 조금 앞선 채 땅만 바라보며 걸어갔다.

미니밴은 길 끝에서 기다리고 있었다. 배리는 차 안에서《해리포터》를 읽는 중이었다. 자동차의 엔진과 헤드라이트가 켜져 있었다. 커다란 와이퍼가 이따금 차 앞유리를 닦아내는 소리가 들려왔다. 그는 마지못해 책을 내려놓고는 차에서 내려 뒷문을 열고 좌석을 앞으로 꺾었다. 우리는 함께 자전거를 밴 뒤쪽에 밀어 넣었다. 그는 운전석으로 돌아갔고 나는 루스 옆자리에 올라탔다.

자전거를 타고 온 길과는 다른 방향이었다. 미니밴은 바다를 등진 채 굽이치는 언덕을 올라갔다. 어스름한 저녁 하늘은 습한 데다 우울하기 짝이 없었다. 거대한 폭풍 구름이 발작을 포기하는 대신 고장 난 우주선처럼 천천히 섬 전체에 착륙하기로 결정한 것 같았다. 루스가 왜 콘월을 연상했는지 알 것 같았다. 미니밴의 헤드라이트가 거친 황무지 길을 훑으며 달렸다. 사이드미러를 통해, 바인야드의 바다 위를 뛰어다니는 하얀 파도의 말들이 어렴풋이 보였다. 히터가 최대로 켜진 덕분에 유리창이 뿌옇게 변해 방향을 알기 위해서는 계속해서 창에 서린 김을 문질러 닦아야 했다. 옷이 마르기 시작해 맨살에 달라붙으면서 맥아라의 방에서 맡았던 땀 냄새와 드라이클리닝 한 옷 같은 불쾌한 냄새를 뿜어댔다.

　루스는 돌아가는 내내 입을 열지 않고 등을 살짝 내 쪽으로 돌린 채 창밖만 바라보았다. 하지만 불이 켜진 공항을 지날 때쯤 그녀의 차고 단단한 손이 시트를 가로질러 오더니 내 손을 꼭 잡았다. 그녀가 어떤 생각을 하는지 정확히 몰랐지만 대충 짐작은 할 수 있었다. 나도 그 손을 힘주어 잡았다. 아무리 유령이라도 때때로 인간의 감수성을 드러낼 수는 있다. 백미러를 통해 배리와 눈이 마주쳤다. 자동차가 숲 속으로 우회전하면서 죽음과 고문의 이미지들과 '애덤에게서 모두가 죽었듯이'라는 플래카드의 문구가 얼핏 지나갔다. 하지만 그 작은 폴리에틸렌 오두막은 비어 있었다. 우리는 덜컹거리며 집을 향해 달아났다.

열하나
피할 수 없는 유혹

고객은 지금까지 해온 것과 상반되거나 또는
유령이 알고 있는 내용과 모순되는 얘기를 할 때가 있다.
그 경우 당사자에게 즉시 그 사실을 지적해줄 필요가 있다.

〈유령 작가〉

집에 돌아가서 제일 처음 한 일은 뜨거운 목욕물을 욕조 가득 채우는 것이었다. 나는 욕실 캐비닛에서 유기농 목욕 오일(솔잎, 생강 등으로 만든)을 찾아내 반병을 쏟아부었다. 물이 차는 동안 나는 침실 커튼을 치고 젖은 옷가지들을 벗었다. 물론 라인하트 저택 같은 최첨단 저택에 라디에이터 따위의 조잡한 난방 기구가 있을 리 없었다. 나는 흠뻑 젖은 옷가지를 아무렇게나 내버려두고 커다란 욕조 안에 들어갔다.

음식 맛을 제대로 즐기기 위해 때때로 아사 직전까지 굶을 필요가 있듯이, 뜨거운 목욕의 즐거움은 빗속에서 몇 시간 동안 덜덜 떨어봐야 알 수 있다. 나는 행복한 신음을 내뱉으며 김과 목욕 오일의 향기가 모락모락 나는 물속으로 콧구멍만 남을 때까지 미끄러져 들어가 일광욕하는 악어처럼 가만히 누워 있었다. 침실 문을 두드리는 소리를 못 들은 것은 그 때문이었다. 욕조 밖으로 고개를 내밀었을 때 방에서 누군가 움직이는 소리를 들었다.

"누구세요?"

루스였다.

"미안해요. 나예요. 노크했는데……. 마른 옷가지 몇 개 가져왔어요."

"괜찮습니다. 제가 알아서 할게요."

"마른 옷으로 갈아입어요. 아니면 감기로 생고생을 하게 될지도 모르니까. 젖은 옷들은 데프에게 세탁해놓으라고 할게요."

"정말, 그럴 필요 없는데."

"저녁식사는 한 시간 후쯤 준비될 텐데, 괜찮죠?"

"좋습니다. 감사합니다."

결국 항복하고 말았다. 이윽고 루스가 나가는지 딸깍 하는 문소리가 들렸다. 나는 욕조에서 일어나 수건을 집어 들었다. 침대 위에는 깨끗하게 세탁된 셔츠(애덤의 것이다. 주머니에 그의 이니셜인 APBL이 박혀 있었다)와 스웨터 그리고 청바지가 놓여 있었다. 옷을 집어 던진 바닥엔 젖은 자국만 남아 있었다. 매트리스를 들어 보니 꾸러미는 여전히 그곳에 있었다.

루스 랭에 대해서는 아직도 뭔가 불편한 구석이 있었다. 그 여자와 함께 있으면 도무지 종잡을 수가 없다. 이따금 아무 이유 없이 공격적이고(처음 대화했을 때 그녀의 행동을 잊을 수가 없다. 그때 그녀는 애덤과의 은밀한 사생활을 회고록에 쓰려 한다는 이유로 날 비난했다), 때로는 지나치게 온화해져서 손을 잡거나 어떤 옷을 입을지까지 지시하고 나선다. 왠지 머릿속에서 나사 하나가 살짝 풀린 사람 같았다. 타인과 자연스럽게 지내는 방법을 가르쳐주는 나사 말이다.

나는 수건을 온몸에 감고 허리께를 묶은 다음 책상에 앉았다. 그 여자가 남편의 자서전에 거의 나오지 않는다는 사실로 의아해한 적이 있었다. 그 책의 시작을 두 사람의 만남에서 시작하려고 했던 이유도 그 때문이었다. 적어도 그것이 애덤의 조작이라는 사실을 알기 전까지는 그랬다. 물론 헌정 페이지에 루스의 이름이 들어 있기는 했다.

이 책을
루스와 아이들,
그리고 영국 국민들에게 바칩니다.

하지만 그 후로 실제로 루스가 등장하려면 50페이지나 넘겨야 했다. 나는 원고를 넘겨 그 부분을 찾았다.

　루스 케리플을 처음 알게 된 것은 런던 선거 때였다. 루스에게 매료 된 이유가 그 여자의 정치적 견해 때문이었다고 말할 수도 있으나 사실 루스는 눈부시도록 매력적인 여자다. 검은 단발머리에 작고 강렬한 눈동자. 루스는 런던 북부 출신이며, 대학 강사 부부의 무남독녀였다. 루스는 말을 시작하면서부터 정치에 흠뻑 빠져 살았다. 그야말로 나와는 정반대가 아닌가! 루스는 또한 친구로서 끊임없이 내 결함을 지적해주었다. 루스는 나보다 훨씬 총명하다! 옥스퍼드에서 정치, 철학, 경제학 우등생이었으며, 대학원으로 진학해서는 풀브라이트 장학생으로 탈식민 정부에 대해 1년간 연구했다. 하지만 그것만으로 내기를 죽이기에 충분치 않다는 듯, 루스는 외무부 입사 시험에 수석으로 합격하고 말았다. 그녀는 후에 당의 외교팀으로 의회에 남아 일을 했다.

　랭 집안의 가훈은 '도전이 없으면 성취도 없다'이다. 나는 우리가 선거운동을 함께 다닐 수 있도록 상황을 조작하기로 했다. 당시 선거

운동은 지금보다 쉬운 편이었다. 저녁시간을 이용해 문을 두드리고
전단을 나눠주면서 선술집에서 가볍게 한잔하자고 제안하면 그만이
었던 것이다. 처음에는 다른 선거운동원들도 우리의 소풍에 동행했
으나 그들은 곧 루스와 내가 둘이서만 시간을 보내고 싶어 한다는 사
실을 눈치챘다. 선거가 끝나고 1년 후 우리는 같은 아파트에서 살게
되었으며 루스가 첫 아이를 가졌을 때 난 그녀에게 청혼했다. 우리는
1979년 6월 말리번 호적등기소에서 결혼식을 올렸다. 푸트라이트
의 옛 친구이자 내 절친한 친구 역을 맡았던 앤디 마틴이 증인이었다.
우리는 헤이온와이에 있는 처가의 오두막으로 신혼여행을 떠나 2주
간 달콤한 시간을 보낸 다음 런던으로 돌아왔다. 마거릿 대처의 선거
로 인한 정치적 혼란에 대비하기 위해서였다.

루스에 대한 실질적인 언급은 그뿐이었다. 나는 천천히 그다음 장들
을 읽어 내려가며 그녀가 언급된 곳에 밑줄을 긋기 시작했다. '당에 대
한 평생의 지식'은 애덤이 의석을 차지하는 데 '무한한' 도움을 주었다.
'루스는 나보다도 훨씬 오래전에 내게서 당수가 될 가능성을 보았다'는
3장의 야심만만한 도입부였으나, 그녀가 어떻게 그런 예지적인 결론에
다다랐는지에 대한 설명은 없었다. 루스가 수면으로 떠오른 것은, 그가
동지를 해고할 수 있도록 '예리하기 그지없는 조언'을 하기 위해서였
다. 그녀는 당 총회가 있을 때마다 그와 호텔 스위트룸을 함께 썼고, 수
상이 된 밤에는 그의 넥타이를 바로잡아주었으며, 공식 방문한 세계 지
도자들의 영부인들과 함께 쇼핑을 했다. 루스는 심지어 아이를 낳기까
지 했다. (아이들은 언제나 내게 든든한 힘이 되어주었다.) 하지만 그 모든
내용에도, 회고록에 나타난 그녀는 여전히 허깨비에 불과했다. 난 그

점을 이해할 수 없었다. 왜냐하면 그의 인생에서 루스는 결코 허깨비가 아니었기 때문이다. 어쩌면 그래서 루스가 나를 강력히 추천한 것인지도 모르겠다.

시계를 보니 벌써 한 시간째 원고를 뒤적이고 있었다. 벌써 저녁시간이 된 것이다. 나는 루스가 침대에 두고 간 옷을 바라보았다. 나 같은 사람을 일컬어 영국인들은 '까탈스럽다'고 하고 미국인들은 '꼬장꼬장하다'고 한다. 다른 사람의 접시에 담긴 음식을 먹는 것도, 잔을 돌리는 것도 싫고, 당연히 남의 옷을 입는 것도 마뜩잖다. 하지만 그 옷들은 내가 갖고 있는 어느 옷보다도 깨끗하고 따뜻한 데다 또 루스가 일부러 가져온 것들이었다. 때문에 난 그 옷을 입고 위층으로 올라갔다. 커프스단추가 없어서 소매는 말아 올려야 했다.

—

벽난로에선 불이 활활 타오르고 있었으며 누군가 (데프이겠지만) 방 주변에 온통 촛불을 켜놓았다. 마당의 보안등들도 켜져 바람에 잔뜩 휘어진 숲의 나무들과 황록색 식물들의 유령처럼 뿌연 윤곽을 보여주었다. 방 안으로 들어갈 때엔 빗줄기가 거대한 유리창을 사선으로 두들겨대고 있었다. 단 두 명의 손님을 위해 준비된 방은 철 지난 고급 호텔의 라운지 같은 분위기였다.

루스는 그날 아침과 똑같은 소파에 똑같은 자세로 앉아 있었다. 편안하게 책상다리 자세로 앉아《뉴욕 도서 비평선》을 읽는 중이었다. 그 앞에 놓인 앉은뱅이 테이블엔 잡지들이 부채꼴로 진열되어 있고, 그 뒤로는 화이트와인이 담긴 기다란 유리잔이 하나 (미래의 예언자처럼) 놓여 있었다. 루스가 나를 올려다보며 고개를 끄덕였다.

"잘 맞네요. 당신도 한잔하세요."

그녀는 그렇게 말하고 목을 젖히더니 소파 뒤 계단을 향해 데프를 불렀다. 언제나처럼 남자 같은 목소리였다. 목덜미 혈관이 잔뜩 도드라져 있었다.

"뭘 드실래요?"

"지금 드시는 것으로 하겠습니다."

"바이오다이내믹 화이트와인이에요. 나파 밸리의 라인하트 포도원에서 나온 거죠." 루스는 친절하게 설명해주었다.

"증류 시설까지 갖추고 있다는 말씀인가요?"

"맛있으니까 마셔봐요. 데프! 병을 가져오겠어? 잔도 하나 더."

루스는 계단 위에 나타난 가정부에게 지시했다. 나는 그녀의 맞은편에 앉았다. 루스는 빨간 롱드레스를 입고 있었는데, 평소와 달리 화장기도 조금 있었다. 어떠한 경우에도 자세를 흐트러뜨리지 않으려는 이 여자의 결심은 상상 이상으로 단단했다. 주변에 폭탄이 떨어진다 해도 꿈쩍도 하지 않을 것이다. 이제 우리에게 필요한 것은 태엽식 축음기뿐이었다. 그러면 우리는 노엘 코워드(영국의 극작가 겸 배우─옮긴이)의 연극에 나오는 대담한 영국 커플이 되어 온 세계가 박살나는 와중에도 흠 하나 없는 외모를 유지할 수 있을 것이다. 데프가 내게 와인을 한 잔 따라주고는 병을 그대로 놔두고 나갔다.

"식사는 20분 후에 할 거예요. 그 전에 먼저 뉴스를 봐야 하니까요. 건배!"

루스는 잔을 들어보이고는 리모컨을 집어 무자비하게 TV를 겨냥했다.

"건배."

나는 그 동작을 따라 재빨리 잔을 비웠다. 화이트와인. 목적이 뭘까? 나는 병을 들어 라벨을 살펴보았다. 수사슴의 오줌으로 발효시킨 암소 뿔과 서양톱풀 꽃술로 퇴비하고 달의 주기에 맞춰 김을 맨 토양에서 재배된 포도라고 적혀 있었다. 마치 마녀를 화형하는 절차 같았다.

"마음에 들어요?"

"섬세하고 풍부하군요. 오줌 냄새도 조금 나고."

나는 가벼운 농담을 던졌다.

"그럼 좀 더 따라봐요. 아, 저기 애덤이 나오는군요. 맙소사, 톱뉴스예요. 기분 전환을 위해서라도 조금 취해야 할 것 같네요."

뉴스 앵커의 어깨 너머로 '랭, 전쟁범죄'라는 자막이 보였다. 이제 아예 의문부호도 사용하지 않는다는 사실이 마음에 걸렸다. 먼저 아침의 광경이 펼쳐졌다. 헤이그의 기자회견, 바인야드 저택을 떠나는 애덤, 웨스트 티즈베리 도로에서의 성명 발표. 그리고 워싱턴에 도착한 애덤이 등장했다. 카메라의 플래시가 수없이 터지는 가운데 국회의원들의 따뜻한 환영이 이어지고, 다소 맥 빠진 국무장관과의 해후도 있었다. 애덤의 뒤로 아멜리아 블라이의 모습이 또렷이 보였다. 공식적인 아내. 루스를 바라보기가 민망했다.

"애덤 랭은 테러와의 전쟁을 통해 끝까지 우리를 지지해주었습니다. 오늘 오후 이렇게 그의 옆에서 미합중국 국민을 대표해 우정의 악수를 건넬 수 있음을 영광으로 생각하는 바입니다. 애덤, 만나서 반가워요."

"제발 실실거리지 마."

국무장관의 예의 바른 인사말에 루스가 냉소를 지었다.

"감사합니다. 대단히 감사합니다. 여러분을 만나 무척이나 반갑습니다."

애덤이 씩 웃으며 그와 악수를 했다. 그리고 카메라를 향해 활짝 웃어 보였는데 마치 웅변대회에서 상을 탄 철부지 학생처럼 보였다.

"오, 저런 멍청한 놈!" 루스가 소리쳤다.

그녀가 리모컨을 들어 누르려는 찰나에 리처드 라이카트가 나타났다. 그는 평소처럼 관료들에게 둘러싸인 채 UN 로비를 지나고 있었다. 그리고 마지막 순간, 예정된 행로를 벗어나더니 카메라 쪽으로 다가왔다. 애덤보다 조금 더 나이가 많아 이제 막 60을 넘긴 듯 보였다. 그는 호주나 로디지아, 또는 영국 연방에서 태어나 10대 때 영국으로 건너왔다. 철회색 머리카락이 셔츠 칼라 위로 폭포수처럼 흘러내렸는데, 위치를 잡는 것으로 보아 자신의 어느 부분이 (왼쪽 얼굴인 듯싶었다) 제일 그럴듯해 보이는지를 알고 있는 사람 같았다. 보기 좋게 그을린 매부리코의 옆얼굴이 원주민 추장을 연상케 했다.

"오늘 헤이그의 발표를 봤습니다."

나는 상체를 앞으로 내밀었다. 그건 분명히 전화로 들었던 그 목소리였다. 노래 부르듯 묘하게 춤을 추는 억양.

"충격적이고도 안타까운 심정이군요. 애덤 랭은 전에도 그렇지만 지금도 가까운 친구인데……."

"저 망할 위선자 놈." 루스가 으르렁거렸다.

"……아무튼 이 문제를 개인적인 차원으로 깎아내린 건 유감입니다. 이건 개인의 감정 문제가 아니라 정의의 문제입니다. 근본적으로 서양의 부유한 백인 나라를 위한 법과 나머지 세계를 위한 법이 따로 존재해야 하는지 여부를 묻는 사건이니까요. 오늘 아침의 결정은, 정치와 군사 지도자들은 누구를 막론하고 그들 역시 국제법에 의해 심판받을 수 있음을 염두에 두어야 함을 각인시킨 당연한 조처라고 생각합니다. 감사합니다."

기자가 외쳤다. "증언을 요청 받으면 나가실 겁니까?"

"물론 그럴 겁니다."

"당연히 하겠지, 개자식." 루스가 이를 갈았다.

뉴스 화면은 극동의 자살폭탄 사건으로 넘어갔다. 루스는 TV를 꺼 버렸다. 그리고 거의 동시에 그녀의 휴대폰이 울렸다. 루스가 전화기를 쳐다보았다.

"애덤이에요. 내 의견을 묻고 싶은 거겠죠."

루스는 휴대폰도 꺼버렸다.

"잘해보라죠."

"항상 부인의 의견을 묻습니까?"

"항상. 그리고 항상 내 의견을 받아들였어요. 적어도 최근까지는."

나는 그녀와 내 잔에 와인을 더 따랐다. 아주 천천히, 서서히 술기운 이 오르기 시작했다.

"부인 말이 옳았습니다. 워싱턴에 가시는 게 아니었어요. 보기가 좋 지 않군요."

"처음부터 여기 오는 게 아니었어요. 내 말은…… 이 꼴을 봐요. 애덤 랭 재단이 어쩌고 하는데 그게 도대체 뭐죠? 그건 단지 최근에 실업자 가 된 사람을 위한 상류층의 구호 운동일 뿐이라고요. 정치의 제1규칙 이 뭔지 알아요?"

루스가 상체를 기울여 자기 잔을 집어 들었다.

"뭡니까?"

"기반을 잃지 말라."

"저도 노력해야겠네요."

"농담하지 말아요. 심각한 얘기니까. 물론 기반을 넘어설 수는 있어요. 이기기 위해 넘어서야 할 때도 있고. 하지만 절대로, 절대로 놓쳐서는 안 돼요. 놓치는 즉시 끝장이니까. 오늘 밤 그가 런던에 도착하는 그림을 상상해봐요. 멍청한 사람들의 얼빠진 주장에 맞서기 위해 비행기를 타고 돌아가는 거예요. 얼마나 대단해 보일까요? 그런데 저건……맙소사!"

루스는 고개를 저으며 분노와 좌절의 한숨을 뱉었다.

"가요, 식사나 합시다."

루스는 소파를 박차고 일어서다가 와인을 조금 엎질렀고, 그 바람에 붉은 드레스의 앞자락이 젖고 말았다. 그녀는 개의치 않는 듯 보였다. 그 순간 그녀가 기어이 취하고 말 거라는 끔찍한 예감이 들었다. (술 취한 남자보다 더 볼썽사나운 일은 취한 여자뿐이라는 주당들의 일반적 편견에 동의하는 바이다. 그들은 그걸 '확 깬다'는 속어로 표현한다.) 잔을 채워주려 하자 루스는 손으로 잔을 가렸다.

"이제 그만. 많이 마셨어요."

창문 옆에 긴 식탁이 놓여 있었다. 두꺼운 유리창 너머로 조용히 폭주하는 자연 풍경은 친밀감을 더욱더 부추겼다. 촛불, 꽃, 타닥거리는 난롯불. 아니, 조금 과하다는 생각이 들 정도였다. 데프가 깨끗한 수프 그릇을 들고 왔다. 우리는 어색한 침묵 속에서 열심히 라인하트의 자기를 두드려댔다.

"어떻게 되어가죠?"

루스가 마침내 이렇게 물었다.

"책 말입니까? 솔직히 아직 큰 진전은 없습니다."

"왜 그렇죠? 드러난 이유 말고 또 뭐가 있나요?"

선뜻 대답할 수 없어 나는 머뭇거렸다.

"솔직히 말해도 되겠습니까?"

"물론이에요."

"그분을 이해하기가 쉽지 않습니다."

"어떤 점에서?"

얼음물을 마시던 루스는 잔 너머로 이중 총열이 달린 산탄총 같은 눈초리를 쏘아 보냈다.

"정치엔 하등의 관심도 없이 연극과 술과 여자 친구들에게 시간을 쏟던 케임브리지의 18세 미남 청년이 왜 갑자기 모든 걸 그만두고……."

"나하고 결혼했느냐?"

"아니, 그게 아닙니다. (그래요, 바로 그거예요. 물론 그 얘기이고말고요.) 내가 이해할 수 없는 건, 스물둘이나 셋쯤 그가 갑자기 당원이 되어 있었다는 겁니다. 도대체 이유가 뭐죠?"

"그 사람에게 안 물어봤어요?"

"부인 때문에 가입했다고 했습니다. 선거운동을 다니시는 부인 모습에 반했다더군요. 그러니까 본질적으로 사랑 때문에 정치에 입문하셨다는 얘기입니다. 사랑하는 여자와 좀 더 가까이 있기 위해서 말입니다. 그런데 그걸 인용하려면 그게 사실이어야 하죠."

"그런데 아니다?"

"잘 아시지 않습니까? 각하께서는 최소한 부인을 만나기 1년 전에도 당원이셨습니다."

"그래요? 하지만 그건 정치를 시작하게 된 이유를 말할 때 늘 꺼내는 일화예요. 나도 그 에피소드에 대한 어렴풋한 기억이 있고. 그러니까

1977년에 나는 런던 선거에서 운동원으로 활동했고, 분명히 그의 집 문을 두드렸어요. 그가 당 모임에 정기적으로 나타난 것도 그때부터였 죠. 그러니까 어느 정도는 맞아 떨어지는 거 아닌가요?"

루스는 인상을 찌푸리며 물을 조금 마셨다.

"어느 정도는요. 어쩌면 각하께서 1975년에 가입했다가 2년간 전혀 관심을 두지 않으셨을 수도 있겠죠. 그러다가 부인을 만나 열성적으로 일하게 되신 겁니다. 하지만 그렇다고 해도 최초에 정당에 가입하시게 된 동기는 여전히 의문으로 남습니다."

"그게 그렇게 중요한 문제예요?"

데프가 다가와 수프 접시를 치웠다. 나는 그동안 잠시 루스의 질문에 대해 생각해보았다. 데프가 조용히 그릇을 가지고 갔다.

"예, 이상하게 들리겠지만 전 중요하다고 봅니다."

"왜요?"

"비록 작은 것이긴 해도, 그건 그분의 알려진 모습과 실체가 일치하 지 않는다는 사실을 뜻하기 때문입니다. 아니, 더 나아가 그분이 생각 하는 당신의 모습과 실제 모습이 일치하는지도 확신이 서지 않습니다. 회고록을 쓸 때 그건 정말로 중요한 문제일 수밖에 없습니다. 그분을 전혀 모르고 있다는 느낌 때문이죠. 도무지 목소리를 잡아낼 수가 없으 니까요."

루스는 인상을 쓴 채 테이블을 노려보더니 자신의 나이프와 포크를 가지런히 정리했다. 그러곤 고개도 들지 않고 말했다.

"1975년도에 가입했다는 건 어떻게 알았죠?"

순간 너무 많이 말했다는 생각이 들었으나 그렇다고 거리낄 이유까 지는 없었다.

"마이클 맥아라가 케임브리지 문서실에서 애덤의 첫 번째 당 회원증을 찾아냈습니다."

"맙소사. 그 자료실! 거기엔 학교 성적표에서 세탁 영수증까지 없는 게 없죠. 마이클답군요. 너무 많은 조사로 좋은 이야기를 망쳐버리는."

"애덤이 1977년에 선거운동을 하는 모습을 찍은 당 회보도 찾아냈더군요."

"그건 나를 만나고 나서일 거예요."

"그럴 수도 있겠죠."

나는 뭔가 이 여자를 괴롭히고 있다는 느낌을 받았다. 강한 빗줄기가 다시 창문을 때렸다. 루스가 손끝을 유리창에 갖다 댔는데 마치 빗방울들의 궤적을 쫓기라도 하는 듯 보였다. 그 순간 번개가 정원을 환하게 밝혔다. 손을 흔드는 풀잎, 가느다란 녹회색 나무들이 침몰하는 배의 돛대처럼 보였다. 데프가 메인 요리를 들고 들어왔다. 생선찜, 파스타, 갈대를 닮은 정체 모를 연두색 채소(어쩌면 진짜 갈대였을 수도). 나는 여봐란듯이 나머지 와인을 잔에 따르고 병을 바라보았다.

"더 드릴까요, 선생님?" 데프가 물었다.

"위스키는 없는 모양이죠?"

가정부가 어떻게 해야 할지 모르겠다는 듯 루스를 바라보았다.

"독한 술로 한 병 갖다드려." 루스가 말했다.

데프는 50년 묵은 시바스리갈 로열 솔루트 병과 고급 텀블러 잔을 들고 왔다. 루스는 식사를 시작했고 나는 스카치에 물을 섞었다.

"맛있어, 데프!"

루스가 탄성을 질렀다. 그러곤 냅킨 가장자리로 입을 꾹꾹 눌러 닦고는 하얀 린넨에 묻은 빨간 립스틱을 놀란 표정으로 쳐다보았다. 마치 피라도 본 사람 같았다.

"다시 질문으로 돌아가볼까요? 내 생각엔 있지도 않은 미스터리를 찾아다닐 필요는 없을 것 같은데요. 애덤은 사회적 양심을 지닌 사람이에요. 어머니의 영향이죠. 그리고 내가 알기론 케임브리지를 떠나 런던으로 온 후로는 무척 불행했어요. 실제로 우울증에 걸리기도 했죠."

"우울증? 정말입니까? 그럼 처방도 받았겠군요?"

나는 흥분을 가라앉히려 애쓰며 말했다. 그 말이 사실이라면 오늘 들은 뉴스 중 최고일 수밖에 없었다. 불행의 에피소드야말로 회고록 매상의 첨병이다. 성폭력, 극단적인 빈곤, 사지 마비 등은 제대로만 먹힌다면 그야말로 금광이 따로 없다. 솔직히 말해서 서점에는 샤덴프로이데(남의 불행이 나의 행복이라는 뜻―옮긴이)라는 독립 코너가 있어야 한다.

"그의 입장이 되어봐요. 어머니와 아버지는 돌아가시고 사랑하는 대학도 떠난 거예요. 극단 동료 대부분은 에이전트가 있어서 일거리를 물어다주었지만 그는 그것도 아니었죠. 상심했을 거예요. 그래서 그에 대한 보상 심리로 정치 활동으로 돌아선 게고. 물론 이런 식으로 설명하고 싶지 않았겠죠. 어차피 자기반성에 능한 사람도 아니니까요. 하지만 내가 보기엔 그랬어요. 얼마나 많은 사람들이 최초의 선택에 실패했다는 이유로 정치에 뛰어드는지 알면 당신도 놀랄 거예요."

"아무튼 부인을 만난 건 그분께도 매우 중요한 전환점이 되었을 겁니다."

"왜 그렇게 생각하죠?"

"부인이야말로 진정한 정치 열정의 소유자이기 때문이죠. 게다가 지식도 있고, 당의 배분도 있고요. 각하께 전진할 목표를 제공해주신 게 부인일 겁니다. 아, 이걸 기록해도 되겠습니까?"

안개가 걷히는 것 같은 기분이었다.

"그러세요. 도움이 된다면."

"되고말고요."

나는 나이프와 포크를 내려놓았다. 솔직히 생선과 갈대를 좋아하는 것도 아니었다. 노트를 꺼내 새 페이지를 펼쳤다. 다시 애덤의 편이 되기로 한 것이다. 20대 초반의, 야심도 재능도 있는 (특출한 정도는 못 되지만) 외로운 고아. 그는 얼떨결에 정치에 입문하게 되고 갑자기 미래를 열어줄 여인을 만나게 된다.

"부인을 만난 건 커다란 전환점입니다."

"조커스터니, 판도라니 하는 케임브리지 여자 친구들하곤 질적으로 다르겠죠. 어린 소녀 때부터 교과서보다 정치에 더 관심이 있었으니까."

"스스로 진짜 정치인이 되겠다는 생각을 해본 적은 없나요?"

"물론 했었죠. 그럼 당신은 진짜 작가가 되겠다는 생각을 해본 적 없어요?"

갑자기 얼굴을 정면으로 한 대 두들겨 맞은 기분이었다. 나도 모르게 노트를 내려놓고 말았다.

"미안해요. 무례할 생각은 없어요. 하지만 당신도 한 배에 탔다는 걸 알아야 해요. 우리 둘 다요. 물론 나는 애덤보다 정치에 대한 이해력이 좋아요. 언제나 그랬죠. 그리고 당신도 글에 대해서는 그보다 잘 알 거예요. 하지만 결국 스타는 그 사람이 아닌가요? 우리 둘 다 스타에게 봉사하는 게 직업이고. 사람들이 팔겠다고 덤벼드는 책에 쓰이는 이름은 당신이 아니라 그 사람이에요. 그건 나도 마찬가지였죠. 정치에서 끝장을 볼 사람이 그 사람이라는 사실을 깨닫는 데는 오랜 시간이 필요하지 않았어요. 그는 잘생겼고 매력 있어요. 언변도 대단하죠. 사람들은 그를 좋아했어요. 하지만 아시다시피 난 정치에 천재적인 감각을 지닌 미운 오리새끼에 불과했죠."

루스가 내 손을 잡았다. 지금은 따뜻하고 부드러웠다.

"미안해요. 기분을 건드려서. 물론 유령이라도 감정은 있겠죠? 나도 그러니까."

"바늘로 찔러보세요. 피도 나온답니다."

"다 드신 거예요? 어때요, 마이클이 파냈다는 금광이나 보여주지 않을래요? 내 기억을 환기시킬 수도 있고 또 재미도 있을 것 같네요."

———

나는 내 방으로 돌아가 맥아라의 꾸러미를 꺼냈다. 위층으로 올라왔을 때 루스는 다시 소파에 앉아 있었다. 난로에 새 장작을 넣었는지, 거센 바람에 공기를 빼앗긴 굴뚝에서 오렌지색 불꽃이 일었다. 데프가 접시들을 치우고 있었다. 나는 간신히 텀블러 잔과 스카치 병을 구해냈다.

"디저트 드실래요? 커피?" 루스가 물었다.

"전 괜찮습니다."

"이제 됐어, 데프. 고마워."

루스는 조금 옆으로 옮겨 앉아 내가 앉을 자리를 마련해주었으나 난 못 본 척 맞은편의 원래 자리로 돌아가 앉았다. 솔직히 진짜 작가가 아니라는 그 여자의 논평에 마음이 상한 터였다. 물론 그 말이 사실일 수도 있다. 시를 지어본 적도 없고 청소년기의 고뇌를 감각적인 문체로 풀어쓴 적도 없으니 말이다. 모르는 게 약이라는 것 말고는 인간의 실존에 대해 특별히 할 말도 없다. 나는 선반 기계공이나 바구니 세공업

자의 문학적 등가물 정도로 내 자신을 생각하며 살았다. 옹기장이처럼 편안하게 사람들이 원하는 물건들을 만드는 존재.

나는 봉투에서 애덤의 멤버십카드 사본과 런던 선거에 대한 기사들을 꺼내 밀어주었다. 그리고 그때 루스의 깊고 어두운 가슴 굴곡에 두 눈이 멈추고 말았다.

"이건 논쟁의 여지가 없어요. 분명히 그 사람 사인이니까."

루스는 멤버십카드를 한쪽으로 밀치고는 1977년 선거운동 관련 기사를 두드렸다.

"여기 몇 사람은 알겠네요. 난 비번이거나 다른 그룹에서 일하고 있었나 봐요. 그렇지 않았다면 그 사람하고 같이 사진을 찍었을 거예요. 다른 것도 있나요?"

루스가 나를 올려다보았다. 숨기려고 해봐야 소용없겠다는 생각에 꾸러미 전체를 건네주었다. 루스는 이름과 주소, 그리고 우편 소인을 확인한 다음 나를 봤다.

"마이클이 문제 삼은 건 뭐죠?"

루스는 봉투 입구를 뜯고 엄지손가락과 검지손가락으로 벌리더니 조심스럽게 안을 엿보았다. 그 안에서 뭔가가 튀어나와 자신을 물까 봐 겁을 먹기라도 한 눈치였다. 이윽고 봉투를 뒤집어 내용물을 테이블 위에 쏟아부었다. 나는 그녀가 사진과 프로그램을 분류하는 모습을 신중하게 지켜보였다. 이 물건이 맥아라에게 그렇게 중요했던 이유가 루스의 창백한 얼굴에 부지불식간에 드러날지도 모를 일이었다. 내용물을 한참 뒤지던 그녀는 이윽고 줄무늬 블레이저 차림의 애덤이 얼룩진 강둑에 서 있는 사진을 집어 들었다.

"오, 이 사람 좀 봐요. 정말 잘생겼죠?"

루스가 감탄한 듯 말하더니 그 사진을 자기 볼 옆에 갖다 댔다.

"한 미모 하셨더군요."

그녀는 들은 척도 하지 않고 사진을 좀 더 자세히 살폈다.

"맙소사, 이 사람들 좀 봐요. 이 사람 머리카락도. 그땐 완전히 다른 세상이었어요, 안 그래요? 그러니까 이 사진을 찍었을 때 도대체 무슨 일이 일어나고 있던 거죠? 베트남전쟁? 냉전? 1926년 이후 최초의 광부 폭동이 있었고, 칠레에서는 군부 쿠데타가 있었을 거예요. 그런데 이 사람들은 뭘 하고 있는 건가요? 샴페인 병을 들고 뱃놀이를 하잖아요!"

"그분들을 위해 건배하죠."

루스는 사진 인쇄물 하나를 집어 들었다.

"이것 좀 들어봐요."

그리고 그녀가 읽기 시작했다.

기차가 떠나기 시작하면
소녀들은 우리를 그리워할 거야.
키스를 날리며, "언젠간 돌아와요,
케임브리지 마을로"라고 외치겠지.
우리는 장미 한 송이 무심히 던지고 돌아서서
작별의 한숨을 내쉬네.
어차피 그들에게 기회는
지옥 불에 던져진 얼음조각 정도인 것.
힘내라, 케임브리지여! 범프여, 메이여!
트리너, 퍼너, 크리켓, 테니스.
푸트라이트 쇼와 연극.

우리는 친애하는 케이피를 따라
마지막 고별 공연을 보고
캠의 마지막 노질을 구경한 다음
차 한잔하러 그랜드체스터로 간다네.

루스는 미소를 지으며 고개를 저었다.
"절반도 이해 못 하겠군요. 케임브리지 암호인가 보죠?"
"범프는 대학 보트 대회입니다. 옥스퍼드에도 있는데 부인께서는 광부의 파업에 신경 쓰느라 모르셨을 거예요. 메이는 메이볼(케임브리지 대학의 전통 축제의 일종-옮긴이), 7월 초에 시작하죠."
"그래요?"
"트리너는 트리니티 칼리지, 퍼너는 대학 크리켓 운동장이에요."
"그럼 케이피는?"
"킹스 퍼레이드(킹스 칼리지 본관 앞의 대로-옮긴이)."
"대학 찬가인 모양인데 지금 읽으니 향수병에 걸린 사람이나 부를 법한 노래처럼 들리는군요."
"가혹한 평가십니다."
"이 전화번호는 뭔가요?"
그녀의 눈에서 벗어날 수 있는 게 아무것도 없음을 처음부터 알았어야 했다. 루스는 뒤에 전화번호가 적힌 사진을 보여주었고 난 얼굴이 빨개지는 것을 느꼈다. 처음부터 이실직고하지 않은 데 대한 죄의식 때문이었다.
"네?"
루스가 재촉했다. 나는 조용히 대답할 수밖에 없었다.

"리처드 라이카트의 전화번호입니다."

적어도 그녀의 표정을 얻어내는 수확은 있었다. 루스는 말벌이라도 씹은 것 같은 표정을 짓더니 손을 정말로 목으로 가져갔다.

"리처드 라이카트와 통화했어요?"

"전 아닙니다. 맥아라가 했으면 몰라도."

"그건 불가능해요."

"그럼 그 번호를 누가 적어놓았겠습니까? 전화를 해보시겠어요?"

나는 휴대폰을 내밀었다. 루스는 진실 게임을 하는 사람처럼 한동안 나를 노려보았다. 그러고는 마침내 손을 내밀어 내 휴대폰을 잡더니 14자리 숫자를 누르기 시작했다. 루스는 휴대폰을 귀에 대고 다시 나를 보았다. 30초 후 얼굴에 온통 경계의 표정을 지은 채 황급히 종료버튼을 누른 다음 테이블 위에 휴대폰을 내려놓았다.

"전화를 받았습니까?"

"식당에 있는 것 같았어요." 루스는 고개를 끄덕이며 말했다.

그때 전화벨이 울렸다. 휴대폰은 테이블 위에서 살아 있는 생명체처럼 바들바들 떨었다.

"어떻게 할까요?"

"마음대로 하세요. 당신 전화니까."

나는 전화기를 껐다. 잠시 침묵이 이어졌다. 벽난로의 장작이 탁탁거리며 타오르는 소리만이 들릴 뿐이었다.

"언제 찾아낸 거죠?"

마침내 루스가 입을 열었다.

"오늘 아침, 맥아라의 방으로 이사한 다음에요."

"그래서 램버트 협곡에 간 거군요. 그의 시신이 쓸려온 장소를 확인

246

하기 위해."

"그렇습니다."

"그런데 왜 그랬죠? 솔직하게 말해줘요."

너무나도 차분한 목소리였다.

"잘 모르겠습니다. 우연히 누군가를 만났습니다. 노인인데 바인야드의 조류에 대해 잘 알고 있더군요. 그의 말에 따르면 그 시기에 우즈홀의 페리 호에서 떨어진 시신이 램버트 협곡으로 떠내려 올 가능성은 전혀 없답니다. 또 다른 말도 했어요. 모래언덕 바로 뒤에 사는 노파가 맥아라가 실종된 날 밤 해변에서 불빛을 봤다는 겁니다. 그런데 그 여자는 계단에서 굴러 떨어져 식물인간이 되었고 그래서 경찰관에 신고할 수 없었다더군요. 내가 아는 건 이게 전부입니다."

나는 두 팔을 들어 보였다. 어차피 혼자 간직할 수만은 없는 내용들이었다. 루스는 입을 조금 벌린 채 나를 바라보고 있었다.

"그게 전부라고요? 맙소사!"

루스는 두 손으로 소파 주변을 더듬다가 다시 테이블에 있는 사진을 들춰보더니 마침내 손으로 나를 가리켰다.

"세상에, 이런! 전화 좀 줘 봐요."

"왜요?" 나는 휴대폰을 건네며 물었다.

"왜긴 왜겠어요? 애덤에게 전화할 거예요."

루스는 휴대폰을 들고 잠시 바라보다가 재빨리 번호를 누르기 시작했다. 그리고 반쯤 누르다가 멈췄다.

"왜요?" 내가 물었다.

"아무것도 아니에요."

루스는 잠시 내 어깨 너머를 바라보며 입술을 씹었다. 손가락은 여전히 휴대폰에 놓인 채였다. 그녀는 그렇게 한참을 망설이다가 마침내 휴대폰을 테이블에 내려놓았다.

"전화 안 하실 겁니까?"

"어쩌면. 당분간은. 우선 산책이나 해야겠어요."

루스가 자리에서 일어났다.

"지금요? 밤 9시에? 비까지 퍼붓고 있습니다."

"머리를 식힐 수는 있겠네요."

"함께 가겠습니다."

"아뇨. 고맙지만 혼자서 정리해야 할 일이에요. 여기서 한 잔 더 하고 계세요. 술이 필요할 것 같아 보이니까. 기다릴 필요는 없어요."

—

내가 미안한 건 그 불쌍한 경찰관이었다. 그는 아래층의 TV 앞에서 무릎을 끌어안고 휴식의 밤이 오기만을 기다리고 있었을 것이다. 그런데 갑자기 맥베스 여사가 나타나 난데없이 산책을 하겠다고 하는 것이 아닌가? 게다가 대서양의 폭풍 한가운데로 말이다. 나는 창가에 서서 두 사람이 잔디를 가로질러 폭주하는 나무들을 향해 걷는 모습을 지켜보았다. 언제나와 마찬가지로 루스가 선두였다. 그녀는 무언가 소중한 물건을 찾는 사람처럼 고개를 숙인 채 느릿느릿 걸었다. 바닥의 조명이 루스의 그림자를 사방으로 찢어놓았다. 경찰관은 연신 코트를 여미고 있었다.

갑자기 너무나도 피곤했다. 자전거 페달을 밟았던 다리도 뻣뻣했고, 열이 있는지 온몸에 오한이 일었다. 라인하트의 위스키에도 이젠 흥미가 없었다. 루스는 기다리지 말라고 했고 나도 그러지 않기로 했다. 나는 사진과 인쇄물을 봉투에 넣고 아래층 내 방으로 향했다. 옷을 벗고 불을 끄자마자 잠이 쏟아졌다. 거대한 파도가 탈진한 사람을 삼켜버리듯 잠은 매트리스와 어두운 바다 속으로 나를 빨아들였다. 그리고 어느 순간 물 밖으로 나오자 내 옆에 맥아라가 있었다. 그의 크고 뻣뻣한 몸이 돌고래처럼 빙빙 돌고 있었다. 그는 두꺼운 검은색 레인코트를 입고 무거운 고무창 구두를 신는 등 온몸을 꽁꽁 감싼 채였다. *난 더 이상 못 하겠어. 자네 혼자 하게나.* 그가 말했다. 나는 화들짝 놀라 잠에서 깨어났다. 얼마나 잠을 잔 것인지 모르겠지만 방 한구석을 어슴푸레하게 밝히는 취침등 말고는 방 안은 완전한 어둠이었다. 그때 문득 문을 두드리는 소리가 들렸다.

"자요?" 루스가 조용히 물었다.

"아뇨, 이제 깼습니다."

"미안해요."

"괜찮습니다. 잠깐만 기다리세요."

나는 욕실로 들어가 문 뒤에 걸어놓은 흰색 가운을 걸쳐 입고 다시 침실로 나갔다. 루스도 나와 똑같은 옷을 입고 있었는데, 그녀에게는 많이 큰 것 같았다. 그런데 그 모습이 놀랍도록 작고 연약해 보였다. 머리는 온통 젖어 있고 발도 맨발이었는데 그 여자의 방에서 내 방까지 축축한 발자국이 선명하게 이어져 있었다.

"몇 시죠?" 내가 물었다.

"나도 몰라요. 지금 막 애덤하고 통화했어요."

루스는 당혹스러운 표정이었다. 그 여자는 떨고 있었다. 두 눈은 놀란 토끼처럼 동그랗게 뜨고 있었다.

"그래서요?"

루스는 복도를 힐끔 돌아보았다.

"들어가도 되죠?"

나는 여전히 정신이 몽롱한 상태에서 침대 옆에 놓인 스탠드를 켜고 비켜서서 그녀를 들어오게 했다.

"마이클이 죽기 전날, 그와 애덤이 한바탕 했어요."

루스는 예고편도 없이 불쑥 얘기를 꺼냈다.

"아무에게도 하지 않은 이야기예요. 심지어 경찰관에게도……."

나는 정신을 차리기 위해 관자놀이를 눌렀다.

"무엇 때문이었죠?"

"나도 몰라요. 하지만 대단했어요. 그 후론 서로 얘기도 안 했으니까. 애덤에게 물었지만 얘기해주지 않더군요. 그 후로도 여러 번 물어봤지만 소용없었어요. 오늘 당신이 한 얘기를 듣고 아무래도 그 사람하고 담판을 지어야겠다는 생각을 한 거예요."

"뭐라고 말씀하시던가요?"

"부통령하고 식사 중이라고 했어요. 처음엔 그 미친년이 아예 전화를 바꿔주려 하지도 않더라고요."

루스는 침대 끝에 앉아 두 손으로 얼굴을 감쌌다. 나는 어찌할 바를 몰랐다. 하지만 계속 그렇게 멍청하게 내려다보는 것도 어색하다는 생각이 들어 루스의 옆에 앉았다. 루스는 머리에서 발끝까지 떨고 있었다. 두려움 때문일까? 아니면 분노? 아니, 어쩌면 그저 추운 건지도 모를 일이다.

"처음엔 통화할 상황이 아니라고 했어요. 하지만 내가 통화해야겠다고 우기니까 전화기를 들고 화장실로 가겠다고 하더군요. 마이클이 죽기 전에 라이카트와 접촉했다고 말했더니 놀란 기색도 보이지 않았어요. 이미 알고 있었던 거예요."

루스가 나를 돌아보았다. 여전히 충격에 휩싸인 표정이었다.

"그렇게 말씀하셨습니까?"

"그럴 필요도 없었어요. 목소리만으로도 아니까. 그는 그저 전화로 할 만한 얘기가 아니라면서 돌아가서 말하겠다고 하더군요. 맙소사, 도대체 그 사람이 무슨 일을 벌이고 있는 거죠?"

갑자기 맥이 빠졌는지 루스가 두 팔을 내밀고 내 쪽으로 무너져 내렸다. 그녀의 머리가 내 가슴에 닿았다. 나는 잠깐 동안 루스가 기절한 모양이라고 생각했으나, 그녀는 내게 매달리더니 한발 더 나아가 열정적으로 끌어안기까지 했다. 두꺼운 가운을 통해 루스의 단단한 손힘을 느낄 수 있었다. 내 손은 그녀의 어깨 몇 센티미터 위를 떠돌기만 했다. 마치 어떤 힘이 작용해 내 손을 밀어내기라도 하는 것 같았다. 결국 나는 그녀의 머리를 다독여주었다.

"무서워요. 평생 한 번도 무서워해본 적이 없었는데 지금은 정말로 무서워요." 루스가 꽉 잠긴 목소리로 말했다.

"머리가 젖었어요. 아니, 온몸이 흠뻑 젖었군요. 수건을 가져올게요."

나는 부드럽게 말하며 몸을 빼내고는 욕실로 가서 거울을 들여다보았다. 어둡고 낯선 슬로프 위에 홀로 있는 스키어라도 된 기분이었다. 침실로 돌아왔을 때 루스는 가운을 벗고 침대에 들어가 시트를 가슴까지 덮고 있었다.

"괜찮죠?"

"물론입니다."

나는 불을 끄고 그녀 옆으로 올라가 누웠다.

루스가 돌아누워 한 손을 내 가슴에 대고 히프를 밀착시켜왔다. 마치 일생일대의 키스라도 하려는 사람처럼.

열둘

시작되는 수수께끼

책은 결코 유령이 자신의 견해를 발표하는 장이 될 수 없다.

《유령 작가》

다음 날 아침 깨었을 때 루스가 없을 줄 알았다. 그런 상황의 전형적인 그림이란 바로 그런 것이 아니겠는가? 밤의 사업이 끝나면, 참여자들은 무자비한 새벽 햇살을 두려워하는 흡혈귀처럼 여지없이 숙소로 물러나야 하는 법. 하지만 루스 랭은 아니었다. 어스름한 새벽빛 속에서 나는 루스의 벗은 어깨와 짧게 자른 검은 머리칼을 볼 수 있었다. 그리고 불규칙적이고 조용한 숨소리, 그녀도 나와 마찬가지로 깨어 있는 게 분명했다. 그렇게 누워 내 기척에 귀를 기울이고 있는 것이다.

나는 똑바로 누워 두 손을 배꼽 위에 올려놓고, 무덤가에 세워진 십자군기사의 돌조각처럼 꼼짝도 하지 않았다. 그리고 이 혼란의 새로운 국면을 실감하고는 두 눈을 꼭 감고 말았다. 나쁜 상황 쪽으로 리히터 규모를 잰다면 능히 진도 10은 기록할 일이었다. 어리석음과 경솔함의 유성이 대규모로 떨어진 꼴이다. 한참 후 나는 한 손으로 침대 테이블을 더듬어 시계를 찾아 얼굴 가까이 갖다 댔다. 7시 15분.

나는 루스가 깨어 있다는 사실을 모르는 척하면서 침대를 빠져나와

살금살금 욕실로 향했다,

"깼어요?"

루스가 움직이지도 않고 물었다.

"잠을 깨웠나 보네요. 미안해요, 샤워를 할 참이었는데."

나는 문을 잠그고 견딜 수 없을 정도로 뜨겁고 세게 물을 틀어놓고 샤워기 밑으로 들어갔다. 등, 배, 두 다리, 머리. 작은 공간은 금방 수증기로 가득 찼다. 면도를 할 땐 얼굴을 보기 위해 계속 거울을 닦아내야 할 정도였다. 샤워를 마치고 침실로 돌아왔을 때 루스는 옷을 입고 책상에 앉아 원고를 들춰보고 있었다. 커튼은 걷지 않은 그대로였다.

"가족사를 삭제했네요. 그가 싫어할 텐데…… 랭 가문에 대해서 자긍심이 대단하거든요. 그런데 왜 내 이름마다 밑줄을 그은 거죠?"

"부인이 얼마나 언급되었는지 확인하고 싶었습니다. 존재감이 거의 없어서 의아했거든요."

"포커스 그룹의 유물일 거예요."

"예?"

"다우닝 스트리트에 있을 때, 내가 입을 열 때마다 애덤의 표가 1만 표는 떨어져 나갈 거라고 말했죠."

"그건 말도 안 돼요."

"아니, 말 돼요. 사람에게는 욕먹을 대상이 필요해요. 내가 그에게 쓸모가 있다면, 그건 피뢰침 역할이라고 생각하곤 했어요. 그러니까 그가 먹을 욕을 내 쪽으로 끌어당기는 거죠."

"그렇다고 해도 역사에서 삭제돼야 한다는 건 말이 안 됩니다."

"왜 안 돼요? 대개의 여자들이 다 그런데. 결국 아멜리아 블라이조차 그의 세계에서 배제되지 않았나요?"

"그렇다면 제가 부인을 복원시켜드리겠습니다. 시간이 있을 때 함께 앉아서 진짜 인터뷰를 하고 그분이 잊고 계신 사건들을 발굴해내겠습니다."

나는 쾅 소리가 날 정도로 세게 벽장문을 열어젖혔다. 집 밖으로 나가야 했다. 저 사람들처럼 미쳐버리기 전에 이 빌어먹을 삼각관계로부터 탈출해야 했다.

"친절하시네요. 주인을 대신해서 부인의 생일을 챙겨주는 비서라도 되겠다는 건가요?" 루스가 퉁명스럽게 내뱉었다.

"그런 셈이죠. 부인 말대로 아무래도 제대로 된 작가가 되기는 틀린 모양입니다."

나를 바라보는 루스의 시선이 부담스러웠다. 나는 가운을 입은 채 트렁크 팬티를 주워 입기 시작했다.

"지금 어젯밤의 사고를 수습 중인 건가요?"

"그러기에는 조금 늦었죠."

가운을 벗고 셔츠를 찾았다. 옷걸이가 부딪쳐 내는 실로폰 소리를 들으며 이래서 야반도주라는 것이 필요한 거로구나 하는 생각도 했다. 이 처참한 상황이라니! 이 일이 뭘 뜻하는지 모르는 것도 전형적인 그녀의 모습이다 싶었다. 간밤의 일이 그림자처럼 우리 사이에 누워 있었다. 루스의 침묵은 가볍고 딱딱해서 철의 장벽만큼이나 단호한 반감이 느껴질 정도였다. 그 여자에게 다가가 인사를 하는 것조차 처음 만난 날보다 어렵게만 느껴졌다.

"뭘 하려는 거죠?"

"떠나려고 합니다."

"나 때문이라면 그럴 필요 없어요."

"불행하게도 저 때문입니다."

나는 바지를 챙겨 입었다.

"애덤에게 이 얘기도 할 건가요?"

"오, 세상에! 그래 당신 생각은 대체 어떤 거죠?"

나는 옷가방을 침대 위에 올려놓고 지퍼를 열었다.

"어디로 갈 거예요?"

루스는 다시 울 것처럼 보였다. 안 돼. 그것만은 안 돼.

"호텔로 돌아가겠습니다. 그곳이 더 일하기 편할 것 같군요."

나는 옷가지들을 아무렇게나 쑤셔 넣었다. 한시라도 빨리 달아나고 싶은 욕망에 옷가지를 개키는 건 상상도 할 수 없었다.

"죄송합니다. 고객의 집에서 머무는 게 아니었어요. 그건 항상……."

"고객의 여편네하고 붙어먹는 것으로 끝나나요?"

"아니, 그런 게 아닙니다. 제 말은 전문적인 거리를 유지하기 어렵다는 뜻입니다. 아무튼, 아시겠지만, 처음부터 제 의지는 아니었잖습니까?"

"남자답지 못한 대답이군요."

나는 대답 없이 짐을 꾸리기만 했다. 루스의 눈동자가 내 일거수일투족을 좇았다.

"어젯밤에 내게 했던 얘기들은? 그 일은 어떻게 처리할 거죠?" 루스가 물었다.

"글쎄요. 제가 뭘 할 수 있겠습니까?"

"그냥 모른 척하고 있을 수는 없어요."

"루스, 전 유령 작가예요. 르포 기자가 아니라. 그가 사건의 진실을 말하고 싶다면 저도 도울 수 있습니다. 하지만 그렇지 않다 해도…… 상관없습니다. 전 도덕적으로 중립이니까요."

"불법적인 행동이 자행되었다는 사실을 알면서도 감추는 건 도덕적 중립이 될 수 없어요. 범죄행위죠."

"하지만 전 아무것도 모릅니다. 무슨 불법이 있었다는 거죠? 제가 가진 거라고는 사진 뒤에 적힌 전화번호 하나하고 노망 든 영감의 수다뿐이에요. 증거를 가진 사람이 있다면 그건 바로 루스 당신이죠. 그러니까 정확한 질문은 이렇게 되어야 할 겁니다. 루스, 그 일을 어떻게 처리할 생각이죠?"

"모르겠어요. 어쩌면 내 회고록을 쓸 수도 있겠죠. 전 수상의 아내, 드디어 입을 열다."

나는 다시 짐을 싸기 시작했다.

"정말로 그럴 생각이 있으면 나중에 전화하세요."

그녀는 특유의 폭발적인 웃음을 터뜨렸다.

"설마, 내가 책을 쓰는 데 당신 같은 사람이 필요할 거라고 생각하는 거예요?"

그때 루스가 일어나 가운의 허리끈을 풀었다. 옷을 벗으려는 줄 알았는데 그녀는 끈을 잡아당겨 가운을 더욱 단단히 여몄다. 그녀는 그 동작 하나로 나에 대한 우위를 완전히 회복했고 그로써 그 여자에 대한 나의 접근권은 파기된 셈이었다. 그녀의 결심이 어찌나 단호한지 조금 전의 난감한 관계조차 아쉬울 정도였다. 만일 루스가 두 팔을 내밀었다면 난 당장이라도 달려가 그녀에게 안기고 말았을지도 모른다. 하지만 루스는 그대로 등을 돌리고는 나일론 끈을 잡아당겨 커튼을 열었다. 전 수상의 부인으로서의 실용적이고 형식적인 관계 회복.

"오늘이 공식적으로 개시됨을 선언하노라. 오늘과 오늘을 살아가는 모든 이에게 축복이!" 루스가 말했다.

"그야말로 개벽의 아침이로군요." 나는 창밖을 내다보며 말했다.

비는 어느새 진눈깨비로 바뀌어 있었다. 잔디는 태풍의 잔해로 어지러웠다. 작은 나뭇가지들, 옆으로 넘어진 등나무 의자. 대문 여기저기 엉겨 붙은 진눈깨비가 기다란 얼음띠로 굳어 마치 갈가리 찢겨나간 폴리에틸렌 조각같이 보였다. 어둠 속을 비추는 유일한 불빛은 우리 침실의 조명뿐이었다. 불빛은 비행접시처럼 모래언덕 위를 떠돌았다. 유리창으로 깊은 생각에 잠긴 듯한 루스의 표정이 선명하게 박혀 나왔다.

"당신하고 인터뷰할 생각은 없어요. 그의 개떡 같은 책에 등장하고 싶은 생각도 없고, 그를 대신해 당신에게 격려나 치하를 받을 생각도 없어요."

루스는 돌아서서 내 곁을 스쳐 지나가다가 침실 문 앞에서 다시 멈춰 섰다.

"이제 그 사람은 자유예요. 이혼할 생각이니까. 그럼 그 여자가 교도소 사식을 챙겨주겠죠."

문이 열렸다 닫히는 소리가 들렸다. 그리고 잠시 후 화장실에서 물이 쏟아지는 소리가 희미하게 들려왔다. 나는 짐을 마저 싼 다음 전날 밤 빌려준 옷을 개어 의자 위에 올려놓고 랩톱 컴퓨터를 숄더백에 넣었다. 이제 남은 건 원고뿐이다. 원고는 테이블 위에 그대로 있었다. 두께가 7.5센티미터에 이르는 육중한 원고 뭉치. 나의 딜레마이자 골칫거리이며, 먹거리인 그대. 원고 없이는 아무 일도 할 수 없었으나 그렇다고 그집에서 들고 나갈 생각은 없었다. 문득 전범 수사가 애덤의 인생을 송두리째 바꿔버린 탓에 계약이 완전히 무용지물이 되었다고 주장할 수도 있겠다는 생각이 들었다. 최소한 변명으로 써먹을 수는 있을 것이다. 이 집에 계속 죽치고 있으면서 매일 루스와 만날 생각을 하면 모골

이 송연해졌다. 나는 문서실의 자료 꾸러미와 원고를 함께 가방 속에 넣고 지퍼를 채운 후 복도로 나갔다.

공안요원 배리는 현관문 옆에 놓인 의자에 앉아 《해리 포터》를 읽고 있었다. 그가 베니어판 같은 얼굴을 들더니 혐오와 반감과 비릿한 경멸의 눈초리를 쏘아 보냈다.

"안녕히 주무셨습니까, 선생님? 대단한 밤이었죠?"

알고 있군, 그래. 물론 알고 있겠지. 저 친구가 하는 일이 뭔데, 멍청한 놈아.

놈이 비아냥거리며 동료들에게 입방아를 찧어대고, 어젯밤 일을 세세하게 적은 공식 감시보고서가 런던으로 보내지는 장면이 순간적으로 뇌리를 때렸다. 분노와 반감이 치밀어 올랐다. 아니 그에게 윙크를 보내고 남자 간의 은밀한 음모의 눈빛을 교환했어야 했다. '이봐, 배리, 옛사람들 말이 맞더라고, 낡은 바이올린이 더 소리가 좋다는 얘기 말이야'라고 아무렇지도 않게 농담을 던졌어야 했다. 하지만 대신 내 입에서 나온 말은, "꺼져"였다.

오스카 와일드는 아니지만 난 어쨌든 저택을 빠져나왔다. 문을 열고 나와 샛길을 향해 걷는 동안 머릿속을 채우는 것은 고고한 도덕적 분노조차 살을 에는 진눈깨비 돌풍을 막아주지 못한다는 불행하고도 때늦은 후회뿐이었다. 겨우 몇 미터 정도 당당하게 걷다가 결국 건물 처마 밑으로 뛰어들고 말았다. 빗물받이에서 떨어지는 빗물이 모래땅을 파내고 있었다. 나는 재킷을 벗어 머리 위에 받쳤다. 도대체 어떻게 에드거 타운까지 가야 하는 건지. 그때 문득 포드 SUV를 빌려야겠다는 생각이 뇌리를 스쳤다.

만일 그때 한 손으로 재킷을 받쳐 들고 다른 손으로 여행 가방을 든 채 진창을 철벅거리며 차고를 향해 뛰어가지 않았던들, 내 인생은 얼마나, 얼마나 달라졌을까? 지금의 나는 그때의 모습을 영화나 아니면 TV 범죄 재연 드라마를 보듯 돌이켜볼 수 있다. 아무것도 모르는 채 운명을 향해 저택을 빠져나가는 범인, 가뜩이나 불길한 분위기를 더욱더 고조시키는 음울한 배경음악. 문은 잠겨 있지 않았고 포드의 열쇠도 점화장치에 꽂혀 있었다. 사실 3킬로미터나 되는 샛길의 끝인 데다 여섯 명의 경호원이 지키고 있는 마당에 어느 정신병자가 강도 걱정을 하겠는가? 나는 짐을 앞좌석에 놓고 재킷을 걸쳐 입은 다음 운전석으로 미끄러져 들어갔다.

차 안은 시체실만큼이나 추웠고 오래된 다락처럼 먼지가 많았다. 두 손으로 낯선 제어판을 쓸어내리자 손가락마다 잿빛 먼지가 묻어났다. 사실 나는 차를 가져본 적이 없었다. 런던에 혼자 살면서 별로 필요성을 느끼지 못했기 때문이다. 가뭄에 콩 날 정도로 빌려 쓴 것이 고작이라 차를 탈 때마다 제어판에 새로운 기능이 하나씩 추가되는 것 같다. 이제는 가족용 살롱조차 점보기 조종실 기기처럼 보일 판이었다. 스위치를 넣자 핸들 오른쪽의 흐릿한 모니터에 불이 들어오고, 녹색 포물선 모양의 파동이 우주 궤도 정거장을 향해 수직 상승하기 시작했다. 이윽고 파동이 방향을 틀고 하늘에서 포물선이 쏟아져 내리더니, 화면에 커다란 빨간색 화살표와 노란 통로와 커다란 파란색 들판이 나타났다. 등 뒤에서 미국 여인의 간드러진 목소리가 들려왔다. 부드러우면서도 단호한 목소리. "가능한 한 빨리 도로에 진입하세요."

나는 화면을 꺼버리려고 했으나 방법을 알 수 없었다. 게다가 배리가 엔진 소리를 듣고 집에서 뛰쳐나올까 봐 걱정되기도 했다. 놈의 깔보는 듯한 눈총에서 벗어나기 위해서라도 멀리 달아나야 한다. 나는 포드를 후진시켜 차고에서 빠져나왔다. 그리고 사이드미러를 조정한 뒤 헤드라이트를 켜고 와이퍼를 작동시킨 다음 바퀴를 움직여 정문으로 향했다. 초소를 지날 즈음엔 작은 위성 내비게이션의 화면이 아케이드 게임처럼 경쾌하게 움직였고 붉은 화살표도 노란색 통로 중간에 자리 잡았다. 탈출에 성공한 것이다.

혼자 운전을 하니 묘하게 마음이 놓였다. 화면 위쪽에서 깔끔하게 도형화된 작은 통로와 개울들이 내려와 어느덧 사라져버리는 내비게이션 화면도 세상이 안전하고 온순한 곳이라는 기분을 느끼게 해주었다. 삼라만상의 거리를 재고 라벨을 붙여 천상의 조종실에 저장해둔 다음 부드러운 목소리의 천사들이 지상의 운전사들에게 안전운전을 지시하고 있었다.

"200미터 앞에서 우회전입니다."

천사가 지시했다.

"150미터 앞에서 우회전입니다."

"우회전하세요."

고독한 시위꾼은 천막 안에서 신문을 읽고 있었다. 그는 교차로에 있는 나를 보고 밖으로 빠져나왔다. 근처에 세워둔 그의 차가 보였다. 낡은 폴크스바겐 캠프용 대형 밴. 도대체 저 차에서 지내지 않는 이유가 뭐지? 오른쪽으로 핸들을 꺾으며 그의 수척한 잿빛 얼굴을 자세히 볼 수 있었다. 그는 미동도 하지 않았고 표정의 변화도 없었다. 비에 젖는 것을 개의치 않는 모습이 마치 약국 밖에 세워놓는 나무 조각상 같았다. 나는 외국에서 운전할 때의 가벼운 모험심과 흥분을 느끼며 액셀러레이터를 밟아 에드거 타운으로 향했다. 무형의 안내자는 다음 몇 킬로미터를 달리는 동안 조용히 있었다. 마을 변경에 다다를 때까지 나도 그 존재를 완전히 잊고 있었다.

"200미터 앞에서 좌회전하세요."

갑자기 들리는 목소리에 나는 깜짝 놀랐다.

"50미터 앞에서 좌회전하세요."

"좌회전하세요."

교차로에 도달할 때까지 여자의 목소리가 계속 반복됐다. 그 목소리에 나도 서서히 짜증이 나기 시작했다.

"미안해요."

나는 멍청하게 중얼거리고는 메인 스트리트 쪽으로 우회전해버렸다.

"가능한 곳에서 유턴하세요."

"이거 완전히 사이코로군."

나는 큰 소리로 외치며 차를 세웠다. 그리고 내비게이션 설정 버튼을 이것저것 눌러보았다. 가능하다면 꺼버릴 참이었다. 그때 화면이 변하더니 메뉴가 나타났다. 지금 와서 옵션 모두를 기억할 수는 없다. 하나는 '목적지'였다. 다음 메뉴는 '집으로'였을 것이다. 그리고 세 번째는? 불이 켜져 있는 그 메뉴는, '이전 목적지'였다. 나는 한참동안 그 버튼을 노려보았다. 그 잠재적이면서도 불길한 의미가 머릿속을 헤집고 있었다. 나는 잠시 머뭇거리다가 기어이 '선택'을 누르고 말았다.

화면이 사라졌다. 기계가 오작동을 일으킨 모양이었다. 나는 엔진을 끄고, 차 안에 남아 있을지도 모를 정보를 뒤지기 시작했다. 심지어 밖으로 나가 진눈깨비를 맞으며 트렁크를 살펴보기도 했다. 하지만 결국엔 빈손으로 돌아와 다시 차의 시동을 걸었다. 내비게이션에 불이 들어왔다. 나는 기계가 모선과 연락을 취하는 과정을 지켜보면서 기어를 넣고 언덕 아래로 출발했다.

"가능한 곳에서 유턴하세요."

나는 손가락으로 운전대를 톡톡 두드렸다. 평생 처음으로 말이 씨가 되는 경우를 실제로 경험하게 된 것이다. (죽은 자의 일 그리고 그의 침대, 이제 그의 차를 탄다? 오, 그럼 그다음엔 뭐가 되겠는가?) 빅토리아풍의 늙은 고래잡이 교회를 지나자 눈앞에 보이는 언덕이 항구 쪽으로 급경사를 이루었다. 쏟아지는 비의 장막 사이로 하얀 돛대 몇 개가 희미하게 보였다. 내가 묵던 호텔의 19세기풍 접수원 여자와 벽에 걸린 범선과 나를 노려보던 존 코핀 선장과도 멀지 않은 곳이었다. 아직 아침 8시도 되지 않은 시간이라 길에는 차도 없었고 보도도 텅 비어 있었다. 나는 경사로를 내려갔다. 주위의 상점들은 모두 '내년 휴가 때 다시 만나요!' 같은 표지판이 내걸려 있었다.

"가능한 곳에서 유턴하세요."

결국 나는 운명에 굴복하기로 했다. 좁은 주택가 거리에서 좌회전 깜빡이를 켜고 유턴한 후 브레이크를 밟았다. 도로의 이름은 아이러니컬하게도 '여름길'이었다. 빗줄기가 포드의 지붕을 두들기고 와이퍼는 부지런히 좌우로 움직였다. 검은 점이 있는 하얀 테리어 한 마리가 낙수 물통에서 물을 마시고 있었다. 지혜로운 듯 보이면서도 잔뜩 긴장한 인상의 늙은 개였다. 개 주인이 무심코 나를 돌아보았는데 추위와 비에 대비해 꽁꽁 싸맨 데다 한 손에는 오물 수거용 부삽을, 다른 손엔 개똥을 담는 비닐봉투를 들고 있는 폼이 영락없이 아폴로 11호의 우주인처럼 보였다. 성과 나이를 짐작하는 건 불가능했다. 차는 다시 메인 스트리트로 빠져나가려고 했다. 운전대를 너무 세게 꺾는 통에 잠시 인도 위로 올라서기도 했으나 이윽고 차는 타이어 찢어지는 소리를 내며 다시 언덕을 오르기 시작했다. 화살이 황급히 맴을 돌다가 노란 길 위에 편안하게 자리를 잡았다.

무슨 짓을 하고 있는지 솔직히 확신은 없었다. 맥아라가 주소를 입력한 장본인인지조차 모르고 있지 않은가? 사실, 라인하트 식솔들 중 누구일 수도 있는 법이다. 데프나 더크가 아니라는 법도 없고 경찰관 중하나일 가능성도 충분하다. 진실이 무엇이든, 내 머릿속에는 일이 잘못될 낌새가 있으면 언제든 그만두면 되지 하는 안이한 생각뿐이었다. 그리고 그 생각은 안전에 대한 완전히 잘못된 판단을 초래했다.

일단 에드거 타운을 벗어나 바인야드 로에 올라타자 친절한 안내자도 몇 분간은 입을 다물었다. 나는 검은 숲과 작고 하얀 집들을 지나쳤다. 이따금 나타난 차들이 헤드라이트를 켠 채 질퍽거리는 도로를 천천히 움직였다. 나는 상체를 잔뜩 내밀고 암울한 아침 하늘을 올려다보았다. 고등학교와 옆 도로의 신호등들은 (마치 이 겨울엔 그런 곳들도 구경할 만하다는 듯 모두 지도에 표시되어 있었다) 아침 준비를 서두르고 있었다. 잠시 후 도로는 급하게 꺾어져 마치 숲이 앞을 막아서는 것처럼 보였다. 화면에는 또다시 독특한 이름들이 나오기 시작했다. 디어 헌터의 도로. 범선의 가로수길.

"200미터 앞에서 우회전하세요."

"50미터 앞에서 우회전하세요."

"우회전하세요."

나는 핸들을 꺾어 바인야드 항으로 이어진 언덕길을 내려갔다. 스쿨버스가 덜컹거리며 올라오고 있었다. 왼쪽으로 잠깐 황량한 쇼핑가가 나오더니 다시 항구의 평평하고 지저분한 거리가 나타났다. 모퉁이를 돌자 카페가 보였다. 나는 대형 주차장에 차를 댔다. 100미터 앞에 있는 질펀한 아스팔트길을 따라 차들이 열을 지어 페리 호에 오르고 있었다. 붉은 화살이 그 뒤를 쫓으라고 지시하고 있었다.

포드의 실내가 따뜻한 데다 내비게이션 모니터에 나타난 길 또한 아이들이 여름방학 숙제로 그린 그림만큼이나 매혹적으로 보였다. 바인야드의 푸른 바다로 뛰어드는 노란 길. 하지만 차창을 통해 본 현실은 실로 끔찍하기 짝이 없었다. 가장자리에서 녹물이 뚝뚝 떨어지는 페리호의 무저갱 같은 아가리. 그리고 그 너머로 용솟음치는 바다와 채찍처럼 내리치는 섬뜩한 빗줄기.

누군가 운전석 창을 두드려 나는 허겁지겁 창문을 내렸다. 검은색 방수복 차림의 남자가 모자가 벗겨지지 않도록 한 손으로 단단히 잡고 있었다. 그의 안경에서 빗물이 쉴 새 없이 흘러내렸다. 배지를 보니 페리호 사무실에서 일하는 사람이었다.

"서두르세요. 8시 15분에 출발하니까. 날씨가 안 좋아서 한동안 배가 떠나지 못할 거예요. 저기에 돈을 내면 금방 승선하실 거라고 배에다 연락해두겠습니다."

그는 바람을 등진 채 소리를 지르더니 나를 매표소 쪽으로 밀어내다시피 했다. 나는 엔진을 켜둔 채 차에서 내려 작은 건물로 달려 들어갔다. 카운터에 서 있는 동안에도 여전히 마음은 오락가락했다. 창문을 통해 마지막 차가 페리 호에 오르는 것이 보였다. 주차 담당자가 포드 옆에서 발을 동동 구르고 있었다. 엄청나게 추운 날씨였다. 그는 내가 자신을 보고 있음을 깨닫고는 서두르라고 손짓을 했다. 표를 파는 중년 여자는 금요일 아침 8시 15분에 이곳에 나와 있다는 게 못내 원망스럽다는 표정이었다.

"탈 거예요, 말 거예요?" 그 여자가 물었다.

나는 한숨을 내쉬고는 지갑에서 10달러짜리 지폐 다섯 장을 꺼내주고 티켓과 거스름돈을 받았다.

—

덜컹거리는 철제 다리를 건너 페리 호의 어둡고 끈적거리는 뱃속으로 들어가자 방수복 차림의 다른 남자가 주차 공간으로 인도했다. 나는 상체를 내밀고 그가 정지 신호를 보낼 때까지 조금씩 안으로 전진했다. 주변의 운전자들이 차에서 내려 좁은 계단 쪽으로 몰려들고 있었다. 나는 그 자리에 앉아 내비게이션 시스템이 어떤 식으로 작동하는 건지 곰곰이 생각해보았다. 1분쯤 후 승무원이 차창을 두드리더니 손짓으로 엔진을 끄라는 신호를 보냈다. 엔진을 끄자 내비게이션도 꺼졌다. 등 뒤로 페리 호의 뒷문이 닫히고 있었다. 배의 엔진이 툴툴거리고 있었다. 잠시 후 선체가 뒤뚱거리고 금속이 쏠리는 듯한 굉음이 들리더니 드디어 배가 바다를 향해 나아가기 시작했다.

춥고 어둑어둑한 화물칸에 앉아 있자니 갑자기 디젤과 배기가스 냄새 속에 갇힌 기분이 들었다. 그건 폐쇄공포증 때문은 아니었다. 그건 맥아라 때문이었다. 나는 바로 옆에서 그의 존재를 느낄 수 있었다. 그의 집요하고도 무거운 집착이 이제 온전히 내 몫이 된 것만 같았다. 그는 여행 중 실수로 말을 건 사람을 집요하게 물고 늘어지는 덩치 좋고 머리도 좋은 이방인이었다. 나는 차에서 내려 문을 잠근 다음 계단을 올라갔다. 커피를 마시고 싶었다. 나는 위층 바에 줄을 서 있는 사람들 뒤로 붙어 섰다. 《USA 투데이》를 읽고 있는 앞사람의 어깨 너머로 애덤과 국무총리가 함께 찍은 사진이 보였다. '전범 재판에 맞선 랭. 지지 의지를 보여주고 있는 워싱턴'. 카메라는 그가 씩 웃는 모습을 잡아냈다.

나는 커피를 모퉁이 자리로 가져가 여기까지 오게 만든 이놈의 호기심을 되짚어보았다. 먼저 난 자동차 도둑이다. 최소한 저택에 전화를 걸어 차를 가지고 있다고 알려야겠지만 그렇게 하려면 적어도 루스와 얘기를 해야 할 터였다. 그녀는 분명히 내가 있는 곳을 알려고 할 것이다. 난 내 행방을 알리고 싶지 않았다. 솔직히 내가 하는 짓이 현명한지 어리석은지도 알 수 없었다. 내가 쫓고 있는 게 정말로 맥아라의 여정이라면 그가 살아서 돌아오지 못했다는 사실을 염두에 두어야 한다. 여행의 끝에 어떤 일이 있을지 어찌 알겠는가? 최소한 누군가에게 내 생각을 알리거나, 증인을 동반하는 조치를 취해야 할 것이다. 아니, 우즈홀에서 내린 다음 술집에서 죽치고 있다가 다음 페리 호를 타고 섬으로 돌아가는 것이 더 현명한 선택일 수도 있겠다. 이런 식으로 아무 정보도 준비도 없이 뛰어드는 대신 먼저 상황을 정확히 점검하고 볼 일이었다.

하지만 이상하게도 특별히 위험하다는 생각은 들지 않았다. 아마도 주변이 너무나 일상적으로 보였기 때문이리라. 승객들의 얼굴을 돌아보았다. 작업복과 구두로 보아 대개 노동자들인 모양이다. 이제 막 아침 배달을 마쳤거나, 생활용품을 사기 위해 미국으로 건너가는 사람들도 있었다. 커다란 파도가 옆구리를 때리는 바람에 페리가 파도에 흔들리는 미역처럼 한쪽으로 쏠렸다. 소금물 자국이 길게 이어진 창을 통해 개성이라곤 눈곱만치도 찾아볼 수 없는 잿빛 해안선과 요동치는 혹한의 바다가 보였다. 발틱이라고 해도, 솔렌트(영국 본토와 와이트 섬 사이의 해협-옮긴이)나 백해라고 해도 상관없을 그런 바다. 황량하게 이어진 평범한 해안선, 그곳, 이 세상의 땅 끝에서도 사람들은 생계를 이어갈 방법을 찾기 위해 머리를 싸매고 있는 것이다.

누군가 담배를 피우기 위해 추위와 돌풍이 몰아치는 갑판으로 나갔다. 그렇게 하고 싶은 생각은 없었다. 차라리 커피 한 잔을 더 마시며 술집의 온화하고 습하고 느긋한 분위기를 만끽하는 편이 좋을 것이다. 30분쯤 후 배는 노브스카 포인트 등대를 지났다. 확성기에서 모두 자기 차에 타라는 안내방송이 나왔다. 거센 파도에 갑판이 크게 흔들렸고 그 바람에 나는 계단 아래 철제문에 부딪히고 말았다. 자동차 두 대의 경보기가 미친 듯이 울려대기 시작했다. 내 느긋함의 종지부를 알리는 경종. 누군가 포드에 침입했을까 봐 불안했다. 하지만 다행히 차는 깨끗했고 애덤의 회고록도 가방 안에 얌전히 들어 있었다.

나는 엔진을 켜고 우즈홀의 회색 빗줄기와 바람 속으로 빠져나왔다. 위성화면이 낯익은 황금 길을 보여주었다. 그때만 해도 늦지는 않았다. 어딘가에 차를 세우고 가까운 술집에 들어가 아침 시간을 때웠다 해도 문제는 훨씬 간단히 해결됐을 것이다. 하지만 난 다른 차들과 함께 도로 위에 내려섰고 결국 내비게이션이 가자는 데까지 가보기로 했다. 뉴잉글랜드의 더러운 겨울, 우즈홀 그리고 로커스와 메인 스트리트. 연료 탱크는 반이나 차 있고 도로만큼이나 기나긴 하루가 내 앞에 뻗어 있었다.

"200미터 앞에서 두 번째 출구로 나가세요."

난 시키는 대로 했다. 그리고 그다음 45분 동안 넓은 간선도로 두 곳을 갈아타며 계속해서 북쪽으로 향했다. 보스턴으로 가는 길을 거의 그대로 되밟는 행로였다. 적어도 의문 하나에 대한 대답은 나왔다. 맥아라가 죽기 전에 도대체 어디에 다녀왔는지에 대한 의문. 그는 뉴욕의 라이카트를 만나러 간 것이 아니었다. 도대체 보스턴으로 가야 했던 이유가 무엇일까? 공항? 어쩌면. 그가 공항에서 막 착륙한 누군가를 만나는 장면을 상상해보았다. 영국 비행기였을까? 기대감에 가득 찬 표정으로 하늘을 바라보는 그의 진지한 표정, 입국장에서의 황급한 인사, 그리고 은밀한 곳에서의 은밀한 대화. 아니, 그가 직접 비행기를 타고 어딘가로 떠난 것은 아닐까? 하지만 그 상상의 시나리오가 형체를 갖추기 시작할 때쯤 자동차는 서쪽의 95번 주간도로로 빠져나왔다. 비록 매사추세츠의 지리에는 약했으나, 그래도 지금 로건 공항과 보스턴 시내로부터 멀어지고 있다는 정도는 눈치챌 수 있었다.

넓은 도로를 따라 25킬로미터가량 천천히 차를 몰았다. 비는 약해졌지만 사방은 여전히 깜깜했다. 온도계는 외부 온도가 영하 4도라고 말해주었다. 나는 지금도 그곳의 거대한 벌목지들을 기억하고 있다. 군데군데 박혀 있는 호수들, 공공건물과 공장 단지들이 컨트리클럽이나 공동묘지만큼이나 교묘하게 자리 잡고 지평선 위로 밝은 빛을 토해내고 있었다. 맥아라가 캐나다 국경을 향해 달아나고 있었을지도 모른다는 생각이 들 때쯤, 등 뒤의 스피커에서 다음 출구에서 빠져나가라는 지시가 떨어졌다. 화면에 따르면 그 길은 6차선 고속도로이고 이름은 콩코드였다.

나뭇가지들이 헐벗었음에도 빽빽한 숲 사이로는 거의 아무것도 보이지 않았다. 내 느린 속도에 짜증이 난 거대한 트럭들이 으르렁거리며 달라붙더니, 헤드라이트를 깜빡이고 경적을 울려대다가 기어이 진창 세례를 퍼부으며 추월해버렸다.

다시 여자의 목소리가 들렸다.

"200미터 앞에서 다음 출구로 빠져나가세요."

나는 오른쪽 차선으로 빠져 좁은 출구를 타고 내려갔다. 모퉁이에 다다르니 전원 마을이 보였다. 커다란 저택들, 이중 주차장, 넓은 진입로, 시원한 잔디밭. 부유하면서도 이웃끼리 사이도 좋은 그런 마을 같았다.

집과 집 사이는 나무들로 경계 표시가 되어 있고 거의 모든 우편함에 군에 대한 경의를 뜻하는 노란 리본이 매달려 있었다. 정말로 기쁨의 거리라고 불릴 만한 마을이었다.

벨콘트 센터라는 간판이 보였다. 내가 가는 방향은 대충 그쪽일 것 같았다. 들어갈수록 땅값이 비싸지고 그에 따라 주택 단지의 분위기도 조금씩 한가로워지는 그런 곳. 차는 골프 코스를 지나 어느 숲 속으로 우회전했다. 붉은 다람쥐가 앞쪽 도로를 가로질러 달리다가 캠프파이어를 금한다는 경고판 위로 깡충 뛰어올랐다. 그리고 인적도 인가도 없는 그곳에서 내 수호천사가 냉정한 말투로 최종선고를 내렸다.

"목적지에 도착했습니다."

열셋
드러나는 비밀

대필 직업에 대해 너무 열정적이라면
그 일이 쉽고 수입도 상당하다는 인상을 줄 우려가 있다.
그럴 경우 조금 말조심을 할 필요가 있다.

《유령 작가》

나는 도로변에 차를 대고 엔진을 껐다. 빗물이 뚝뚝 떨어지는 숲 속을 돌아보니 처절한 실망감밖에 남는 게 없었다. 정확히 어떤 것을 기대한 것은 아니지만 분명한 건 지하주차장에서 내부 고발자를 만나는 정도 이상은 되어야 했다. 맥아라는 이 점에서도 나를 놀라게 했다. 나보다 훨씬 더 시골을 싫어하는 인물이라고 했건만 그의 흔적이 끌고 온 곳은 인적 하나 없는 등산로에 불과했던 것이다.

나는 차에서 내려 문을 잠갔다. 두 시간 가까이 운전을 한 뒤였다. 비록 축축한 뉴잉글랜드이지만 그래도 시원한 공기로 폐를 채울 필요가 있었다. 나는 기지개를 펴고 축축한 길을 따라 내려가기 시작했다. 다람쥐가 길 맞은편에 쪼그려 앉아 나를 훔쳐보고 있었다. 나는 한두 걸음 다가가 손뼉을 쳤다. 녀석은 가까운 나무 위로 쪼르르 달아나더니 나를 향해 통통 불은 가운뎃손가락 같은 꼬리를 들어 올렸다. 나는 던질 만한 나무 쪼가리를 찾다가 그만두었다. 이미 숲 속에서 너무 많은 시간을 낭비한 터였다. 수만 그루의 나무가 느끼게 하는 깊디깊은 침묵에 너무 오랫동안 빠지지 않기를 빌며 나는 길 아래로 움직이기 시작했다.

50미터쯤 걷자 숲 속으로 거의 보이지 않는 틈이 나타났다. 길에서 상당히 들어간 곳에 빗장이 다섯 개나 걸린 문이 진입로의 접근을 차단하고 있었다. 길은 몇 미터 이어지다가 다시 숲 속으로 꺾어졌으나 집은 보이지 않았다. 문 옆의 회색 철제 우편함에는 이름 대신 숫자가 기록되어 있었다. 3551. 그리고 인터콤과 비밀번호 입력판이 부착된 돌기둥이 보였다. '이 사유지에는 사이클롭스 보안 시스템이 설치되어 있습니다.' 눈동자 모양의 로고 가운데에 무료 전화번호가 적혀 있었다. 나는 망설이다가 버저를 눌렀다. 기다리는 동안 주변을 둘러보니 가까운 나뭇가지에 매달린 작은 비디오카메라가 눈에 들어왔다. 다시 버저를 눌러보았다. 대답이 없었다.

나는 어찌 할지 모른 채 한 걸음 뒤로 물러섰다. 문을 넘어가 불법 침입이라도 해볼까 하는 생각도 들었다. 문제는 저놈의 비디오카메라도, 사이클롭스 경보 장치도 마음에 들지 않는다는 사실이었다. 그때 나는 우편함이 닫히지 않을 정도로 가득 차 있다는 사실을 눈치챘다. 집 주인의 이름 정도를 알아본다고 해서 크게 해될 일은 없으리라. 나는 카메라를 향해 양해의 어깻짓을 해보인 다음 우편물을 한 줌 꺼냈다. 봉투에는 폴 에미트 부부, 폴 에미트 교수 부부. 에미트 교수, 낸시 에미트 등 다양한 방식의 수신인 표기가 되어 있었다. 소인으로 보아 최소 이틀 정도는 우편물을 수거하지 않은 모양이었다. 에미트 부부는 출타 중이거나 아니면, 아니면 뭐지? 안에 누워 있어? 죽은 채? 머릿속에선 온갖 병적인 상상이 스멀거렸다. 편지 몇 통은 원래 주소에 스티커가 붙은 채 반송된 것들이었다. 나는 엄지로 문질러 라벨 하나를 벗겨냈다. 워싱턴 소재 아카디아 재단의 명예회장 에미트……

에미트…… 에미트…… 왠지 몰라도 익숙한 이름이었다. 나는 우편함에 편지들을 쑤셔 넣고 자동차로 돌아와 가방에서 맥아라의 꾸러미를 꺼냈다. 그리고 10분 후 기억을 회복해냈다. P. 에미트(세인트존스)는 애덤과 함께 사진을 찍은 푸트라이트 희극단의 배우이자 대학원생으로 추정되는 연장자였다. 다른 사람들보다 짧은 머리에 보수적인 인상으로, 당시의 표현을 빌린다면 철두철미한 구닥다리 스타일이었다. 맥아라가 이곳까지 온 이유가 이건가? 케임브리지에 대해 조사하기 위해? 문득 에미트가 회고록에 언급되어 있다는 기억이 났다. 나는 원고를 뒤져 애덤의 대학 시절 얘기를 찾았다. 하지만 그의 이름은 그곳이 아니라 11장의 첫 페이지에 나와 있었다.

하버드 대학의 폴 에미트에 의해 작성된 논문에는 전 세계에 민주주의를 전파하기 위해 영어권 민족이 갖는 독특한 중요성에 대한 글이 있다. '이들 국가가 힘을 합치는 한 자유는 안전하다. 하지만 그들이 비틀거릴 때면 여지없이 독재가 힘을 얻을 것이다.' 난 그의 견해에 전적으로 동감한다.

다람쥐가 도로변으로 돌아와 나를 씹어 먹을 듯 노려봤다. 기이하군. 그 순간 내 기분은 바로 그것이었다. 기이하다. 내가 얼마나 그곳에 앉아 있었는지는 모르겠다. 너무나 깊이 생각에 잠긴 탓에 포드의 히터를 켤 생각도 하지 못했다. 몸이 꽁꽁 얼어붙었음을 깨달은 것은 다른 차가 다가오는 소리를 들었을 때였다. 백미러를 통해 두 개의 헤드라이트가 보였다. 일제 소형차가 옆을 지나갔는데, 검은 머리의 중년 여인이 운전대를 잡고 있었다. 그녀의 옆에는 60세가량의 남자가 앉아 있었다. 안경, 재킷 그리고 타이. 그가 고개를 돌려 나를 보았다. 나는 그가 에미트임을 직감할 수 있었다. 이런 한적한 도로까지 차를 몰고 올 사람이 또 누가 있겠는가. 차는 진입로 입구에 섰다. 에미트가 차에 앉은 채로 우편함을 뒤지다가 다시 한 번 내 쪽을 바라보았다. 난 그가 차에서 내려 다가올 것이라고 생각했으나 차는 그대로 출발했다. 그리고 금방 시야에서 사라져버렸다.

나는 사진들과 회고록을 숄더백에 집어넣었다. 우선은 에미트 부부가 집에 들어가 안정을 찾을 때까지 10분을 기다려줄 생각이었다. 이윽고 나는 기어를 넣고 정문을 향해 차를 몰았다. 이번엔 버저 소리에 재빨리 대답이 나왔다.

"여보세요?"

여자 목소리.

"에미트 부인이십니까?"

"누구시죠?"

"에미트 교수님과 잠깐 말씀 좀 나누고 싶습니다만."

"지금 너무 피곤하신 상태라 안 될 것 같군요."

무척이나 새침한 목소리였다. 영국 귀족과 남부 사교계 사이의 말투였는데 인터콤 때문에 더욱 그 특징이 두드러졌다. *치검 너무 피곤하씬 쌍태라 앙 델 것 가꾼여.*

"오래 걸리지 않을 겁니다."

"약속하셨나요?"

"애덤 랭에 대한 이야기입니다. 전 그의 회고록 작성을 돕는 사람이에요."

"잠시만 기다리세요."

그들은 분명 비디오카메라로 나를 살펴보고 있으리라. 나는 적당히 예의 바른 자세를 유지했다. 다시 인터콤에서 지글거리는 소리가 들리더니 이번엔 남자 목소리가 들렸다. 풍부하고 낭랑하고 귀족적인 목소리.

"폴 에미트요. 아무래도 사람을 잘못 찾아온 것 같소만."

"케임브리지에서 랭 전 수상과 수학하지 않으셨습니까?"

"같이 학교를 다녔지. 그래요. 하지만 그를 안다고 할 수는 없소."

"두 분이 푸트라이트 극단에 몸담고 있을 당시 함께 찍은 사진을 갖고 있습니다."

기나긴 침묵이 뒤를 이었다.

"안으로 들어오시오."

부 하고 전기 모터 돌아가는 소리가 들리며 대문이 천천히 열렸다. 진입로를 따라가자 숲 사이로 거대한 3층 저택이 조금씩 모습을 드러냈다. 중앙 건물은 잿빛 석재로 이뤄졌고 흰색 페인트를 칠한 목재 건물이 양쪽에 버티고 있었다. 대부분의 창은 아치형이었고 판금 셔터가 달린 작은 물결무늬 유리가 끼워져 있었다. 도무지 연륜을 짐작할 수 없는 건물이었다. 6개월에서 1세기까지 어느 연도를 대더라도 고개를 끄덕일 수 있을 것 같았다. 짧은 계단 위의 현관 앞에 에미트가 직접 나와 있었다. 대지도 그렇고, 사방을 둘러싼 숲도 그렇고, 은둔 생활을 하기엔 제격인 곳이었다. 문명을 나타내는 소리라고는 비행기 한 대가 공항 쪽으로 내려가는 소리뿐이었지만, 그나마 낮은 구름에 가려 보이지 않았다. 나는 차고 앞에 주차된 에미트의 차 옆에 멈춰 선 다음 가방을 들고 내렸다.

"다소 피로해 보여도 용서하기 바라겠소. 지금 막 워싱턴에서 날아와 조금 지쳐 있으니까. 약속 없이는 아무도 만나지 않지만 사진 얘기 때문에 호기심이 동한 모양이오."

에미트가 악수를 청하며 말을 건넸다. 그의 옷차림은 말투와 잘 어울렸다. 최신형 안경에 암회색 재킷, 연한 청색 셔츠 그리고 꿩을 테마로 한 밝은 적색 타이. 가슴께의 주머니에는 옷과 어울리는 색깔의 비단 손수건이 꽂혀 있었다. 가까이에서 보니 그의 눈동자는 젊은이 못지않게 총명해 보였다. 요컨대 세월이 가져간 건 그의 외모뿐이라는 얘기다. 그는 내 가방에서 눈을 떼지 않았다. 현관 계단에서 곧바로 사진을 보여달라는 무언의 시위인 셈이겠으나 그럴 수는 없었다. 나는 기다리고 기다렸다. 결국 그가 항복했다.

"좋소, 안으로 들어와요."

반짝이는 무늬목으로 장식된 실내의 바닥에선 왁스와 마른 꽃 냄새가 났다. 오랫동안 집을 비운 탓인지 약간의 냉기도 느껴졌다. 층계참에 세워놓은 괘종시계의 똑딱거리는 소리가 무척이나 시끄러웠다. 다른 방에서 그의 아내가 전화하는 소리가 들려왔다.

"예, 지금 왔어요."

그녀가 곧 자리를 옮겼는지 목소리가 불분명해지더니 마침내 하나도 들리지 않았다. 에미트가 현관문을 닫았다.

"이제 봐도 되겠소?"

나는 배우들의 사진을 꺼내 그에게 건넸다. 그는 안경을 은발 위로 밀어올리고는 사진들을 뒤적였다. 나이에 비해 건장한 체격인 것을 보니 규칙적으로 운동을 하는 모양이었다. 골프는 당연하고 스쿼시도 할 줄 알 것이다.

"이런, 이런, 이 사진은 전혀 기억이 나지 않는군."

그는 흐린 겨울 빛에 흑백사진을 비춰보기도 하고, 이리저리 뒤집기도 하고, 코 밑에 대고 자세히 들여다보기도 했다. 마치 그림의 진본 여부를 점검하는 전문가 같은 모습이었다.

"하지만 교수님이 맞으시죠?"

"오, 그래요. 1960년대 드라마트 위원회에 있었소. 아시겠지만 대단한 시절이었지."

그는 편안한 미소를 지어 보였다.

"드라마트?"

"아, 이런 실례했소. 예일 드라마 협회를 그렇게 부른다오. 박사 논문을 위해 케임브리지에 갔을 때만 해도 연극에 대한 관심이 남아 있었지. 아쉽게도 푸트라이트에서 한 학기를 버티곤 결국 학업에 대한 부담으로 연극의 꿈을 접고 말았소. 이 사진 내가 가져도 될까?"

"죄송합니다. 하지만 복사를 해드릴 수는 있습니다."

"그래주겠소? 그럼 좋지.《케임브리지 이브닝 뉴스》라……. 도대체 이 사진이 어떻게 나온 거람."

그가 사진을 뒤집어 뒷면을 보며 신기해했다.

"기꺼이 해드려야죠."

나는 같은 말을 되풀이하고 다시 기다렸다. 마치 카드 게임을 하는 기분이었다. 내가 밀어붙이지 않으면 그는 트릭을 포기하지 않았다. 대형 시계의 추가 몇 번 좌우로 오갔다.

"서재로 갑시다." 마침내 그가 말했다.

그의 서재는 릭의 런던 클럽을 그대로 떼어온 것 같은 분위기였다. 암녹색 벽지, 바닥에서 천장까지 가득 찬 책들, 서고용 사다리, 지나치게 빵빵한 갈색 가죽 소파, 독수리 모양의 대형 청동 악보대, 로마인의 흉상, 희미한 시가 향. 벽 한쪽은 그의 주요 업적들로 장식되어 있었다. 감사장, 상장, 명예 학위, 수많은 사진들. 빌 클린턴, 앨 고어, 마거릿 대처, 넬슨 만델라와 찍은 사진도 보였다. 이름이 기억나지 않아서 그렇지 다른 사람들도 대충 알 만한 얼굴이었다. 독일 수상, 프랑스 대통령. 게다가 애덤과 찍은 사진도 있었다. 칵테일 파티에서 웃으며 악수를 하는 모습이었다. 그는 그 벽을 쳐다보는 내 모습을 지켜보고 있었다.

"자아의 벽이오. 다들 하나씩은 갖고 있지. 그러니까 치과에 있는 수조 같은 거라고 생각하면 될 거요. 앉아요. 불행히도 몇 분 정도밖에 시간을 내줄 수 없지만."

나는 딱딱한 갈색 소파에 앉았고 그는 책상 의자에 자리를 잡았다. 바퀴가 달려 앞뒤로 쉽게 움직일 수 있는 의자였다. 그가 책상 위에 두 발을 올려놓는 바람에 살짝 닳은 단화 밑창이 드러났다.

"그래, 그 사진 얘기." 그가 말했다.

"전 애덤 랭의 회고록 준비를 하고 있습니다."

"알고 있소, 그렇게 얘기했지. 불쌍한 애덤. 헤이그의 태도는 아주 끔찍했어. 그 라이카트란 작자, 내 생각엔 전후 최악의 외무상이오. 그자를 임명한 것부터가 최악의 실수였어. 하지만 국제형사재판소가 계속 그런 식으로 바보짓을 한다면, 결국 애덤 랭을 순교자에 영웅으로 만들 뿐일 게요. 아, 게다가 잘하면 베스트셀러 작가까지 되겠군."

그가 마지막 말을 덧붙이며 나를 가리켜 보였다.

"그분을 잘 아십니까?"

"랭? 거의 모르지. 왜 의외인가?"

"예, 솔직히 말해서 그렇습니다. 회고록에도 교수님에 대한 언급이 있거든요."

에미트가 의외라는 표정을 지으며 등을 기댔다.

"이번에는 내가 놀랄 차례로군. 그래, 그가 뭐라고 했소?"

나는 가방에서 원고를 꺼내 해당 페이지를 찾아 읽었다.

"인용문입니다. 11장 첫 페이지죠. 이들 국가가, 영어권 나라들을 말합니다. 힘을 합치는 한 자유는 안전하다. 하지만 그들이 비틀거릴 때면 여지없이 독재가 힘을 얻을 것이다. 그리고 난 그의 견해에 전적으로 동감한다라는 내용의 짧은 논평이 있습니다."

"고맙기도 해라. 아무튼 내 판단에 애덤은 수상으로서의 본능이 훌륭하오. 그렇다고 그를 안다는 뜻은 아니지만."

"그럼 저 사진은 뭐죠?"

나는 자아의 벽을 가리켰다.

"오, 저거. 클라리지 호텔 리셉션에서 찍은 거요. 아카디아 재단의 열번째 기념식이었지."

"아카디아 재단이 뭡니까?"

"내가 운영하던 작은 조직이오. 정예 멤버로 구성된 단체이니 당신이 꼭 알아야 할 이유는 없겠지. 그런데 영광스럽게도 수상이 모임에 참석해주셨지 뭐요."

"하지만 케임브리지에서의 인연도 있지 않습니까?"

"그다지. 여름 한 학기. 그리고 헤어진 거요. 그뿐이오."

"어느 정도 기억나십니까?"

나는 노트를 꺼냈다. 에미트는 내가 마치 리볼버라도 꺼낸 듯 눈을 크게 떴다.

"죄송합니다. 메모 좀 해도 괜찮겠습니까?"

"괜찮소, 얼마든지. 잠시 당황했을 뿐이오. 오랜 세월 동안 케임브리지의 학연을 거론한 사람은 아무도 없었으니까. 오늘까지만 해도 나 역시 생각조차 못 했고. 글쎄, 기록할 만한 얘기는 없을 것 같군."

"함께 공연하셨지 않나요?"

"단 한 번. 여름 연극제였지. 하지만 제목이 뭔지도 기억나지 않는다오. 아시겠지만 극단원만 해도 100명이 넘으니까."

"기억날 만한 일이 하나도 없습니까?"

"전혀."

"수상이 되었는데도 말입니까?"

"물론 그가 그렇게 되리라고 생각했다면 더 잘 알려고 노력했겠지. 이봐요, 나는 여덟 명의 대통령과 네 명의 교황과 다섯 명의 영국 수상을 거쳤소. 하지만 그중 개인적으로 기억할 만한 사람은 불행히도 하나도 없다오."

그러시겠지. 하지만 그분들도 당신을 손등의 때 정도로 여길 거라는 생각은 해보셨나? 물론 나는 그 질문이 아니라 다른 말을 던졌다.

"뭐 하나 보여드려도 되겠습니까?"

"볼 만한 가치가 있다면야."

그는 이제 노골적으로 시계를 쳐다봤다. 나는 다른 사진들을 꺼냈다. 다시 보아도 에미트가 여러 장의 사진에 등장한 것은 분명했다. 여름휴가에 등장한 남자도 분명 그였다. 미래의 수상이 밀주에 마리화나를 들고 여자에게 딸기와 샴페인을 얻어먹는 동안 그는 그의 등 뒤에서 엄지손가락을 세우고 있었다. 나는 에미트에게 사진들을 내밀었다. 그는 다시 과장된 무대 연기를 해보이곤 안경을 머리 위로 밀어 맨눈으로 사진을 들여다보았다. 이제 그를 알 수 있을 것 같았다. 단정하고 맵시 있으며 동요라고는 눈곱만큼도 느껴지지 않는 노신사. 하지만 눈 하나 깜짝 않는 그의 표정이 왠지 어색하게만 여겨졌다. 같은 상황이고 내가 당사자라면 난 적잖이 동요했을 것이다.

"오 세상에, 이게 정말 그가 맞소? 설마 정말로 한 건 아니겠지?"

그가 가벼운 탄성을 질렀다.

"그분 뒤에 계신 게 교수님 아닙니까?"

"그런 것 같군요. 약물 남용의 위험에 빠진 그에게 엄격히 경고를 하려는 참인 것 같군. 내 입술을 보고 그런 느낌 받지 못했소?"

그는 사진을 돌려준 다음, 안경을 다시 코 위로 내려쓰고 의자 깊이 기댄 채 나를 찬찬히 살펴보았다.

"미스터 랭이 정말로 그 사진을 회고록에 싣겠다는 거요? 그렇다면 내 이름은 나오지 않았으면 좋겠군. 아이들이 가슴 아파할 거요. 우리 때보다 훨씬 더 청교도적인 분위기에서 자랐으니까."

"사진에 나온 다른 사람들의 이름을 말씀해주실 수 있습니까? 여자 분들도."

"미안하오. 그해 여름은 워낙 아련하기만 해서. 길고도 행복한 일장 춘몽이랄까? 주변세계는 산산이 부서져나가고 있는데 우린 무조건 즐 겁기 위해 발악하던 그런 시절이었지."

그의 말은 왠지 루스를 연상시켰다. 사진이 찍힌 시대에 대해 그녀도 비슷한 말을 했다.

"운이 좋으셨군요. 1960년대 후반에 베트남에 징집되지 않고 예일 에 계셨으니까요."

"이런 말을 아오? 돈만 있으면 지옥에서도 빼낼 수 있다. 난 학생 신 분으로 입영 연기를 했지. 자, 그래, 이제 그 사진을 어디에서 구했는지 말해주겠소?"

그가 의자를 돌려 책상에 올렸던 발을 내려놓았다. 그리고 갑자기 정색을 하더니 펜과 노트까지 펼쳐 들었다.

"맥아라라는 이름을 들어보셨습니까?"

"아니, 알아야 하나?"

그의 대답이 무뚝뚝하고 짧아졌다.

"맥아라는 랭의 회고록을 맡았던 전임자입니다. 영국에서 그 사진을 찾아낸 장본인이죠. 3주 전 교수님 뵈러 여기까지 차를 몰고 왔다가 몇 시간 만에 죽었습니다."

"나를 보러 왔었다고? 뭔가 오해가 있는 것 아닌가? 어디에서?"

"마사 바인야드."

"마사 바인야드? 이런, 이 계절에 그곳에는 아무도 없소."

그는 다시 나를 가지고 놀았다. 어제 뉴스를 본 사람이라면 그곳에 애덤이 머물고 있다는 사실을 모를 리 없었다.

"맥아라가 타고 온 자동차의 내비게이션 시스템에 이곳 주소가 입력되어 있었습니다."

"오, 도무지 말이 안 되는 이야기로군. 아냐, 믿을 수 없어. 게다가 그렇다 해도 그가 정말로 여기까지 왔다는 말은 아니지 않나? 대체 그가 어떻게 죽은 거요?"

에미트는 턱을 두드리며 문제의 심각성을 가늠해보았다.

"익사했습니다."

"이런, 유감이로군. 그렇잖아도 익사가 고통스럽지 않다는 통설이 말도 안 된다고 생각하던 참인데, 안 그렇소? 정말 끔찍한 고통일 것 같거든."

"이 사건에 대해 경찰로부터 아무 말도 못 들으셨습니까?"

"아니, 난 경찰관을 만난 적도 없소."

"그 주에 이곳에 계셨습니까? 1월 11일에서 12일 정도일 겁니다."

에미트가 한숨을 내쉬었다.

"성질 급한 사내였다면 당신 질문을 무례하다고 생각했을 거요."

그가 의자에서 일어나더니 문 쪽으로 향했다.

"여보! 1월 11일과 12일 주말에 우리가 어디 있었는지 알고 싶다는구려. 기록해놓은 게 있겠소?"

그는 열린 문을 잡고 서서 내게 차가운 미소를 지어 보였다. 에미트 부인이 나타나도 소개시켜줄 생각조차 하지 않았다. 그녀의 손에는 탁상 다이어리가 들려 있었다.

"그 주엔 콜로라도에 있었어요."

그녀가 책을 남편에게 보여주며 말했다.

"당연히 그랬겠지. 우린 아스펜 재단에 있었으니까. 아마도 주제가 '다극 세계에서의 양극관계'였지?"

"재미있는 주제군요."

"그랬지. 내가 발제자였소."

그가 탁 하고 다이어리를 닫았다.

"주말 내내 그곳에 계셨습니까?"

"그랬어요. 난 스키 때문에 남아 있고 남편은 일요일에 비행기로 돌아갔으니까, 제 기억이 맞죠, 여보?"

"그럼 맥아라를 만났을 수도 있겠군요."

"그럴 수도. 하지만 못 만났소."

"다시 케임브리지 얘기 좀……."

"아니, 미안하오. 괜찮다면 케임브리지 얘기는 그만둡시다. 그 문제에 대해 할 만큼 다 했으니까. 여보?"

그가 한 손을 들어올렸다. 그의 아내는 스무 살 정도 연하로 보였다. 그가 부르자 깜짝 놀랐는데 조강지처라면 절대 그런 반응을 보이지 않았을 것이다.

"예?"

"손님을 배웅해드리겠소?" 악수를 하면서 그가 말했다. "정치 회고록이라면 나도 어지간한 광팬이오. 출간되면 한 권 구해 보겠소."

"아마 그분이 한 권 보내실 겁니다. 옛정을 생각해서라도."

"별로 그럴 것 같지는 않은데? 문은 자동으로 열릴 거요. 진입로 끝에서 우회전을 해요. 왼쪽은 숲속 깊이 들어가는 길이니까 까딱 잘못하면 영원히 못 나올 수도 있소."

—

에미트 부인은 내가 층계를 다 내려가기도 전에 문을 닫아버렸다. 축축한 잔디를 지나 포드로 향하며 나는 그 여자의 남편이 서재 창으로 지켜보고 있음을 알 수 있었다. 진입로 끝에서 정문이 열리기를 기다리는데 갑자기 바람이 양쪽 숲을 거세게 흔들어 무거운 빗물이 자동차 지붕을 두들겼고, 그 바람에 목덜미의 머리털이 쭈뼛 뻗치도록 놀라고 말았다. 나는 텅 빈 도로로 나가 왔던 길을 더듬기 시작했다. 왠지 초조했다. 마치 어두운 계단을 내려오다가 발을 헛디딘 기분이었다. 어쨌거나 그 숲에서 한시라도 빨리 달아나고만 싶었다.

"가능한 곳에서 유턴하세요."

나는 포드를 멈춘 다음 두 손으로 내비게이션 시스템을 잡아 비틀었다. 기계는 텅 하고 케이블 끊어지는 소리를 내며 패널에서 뜯겨져 나왔다. 나는 기계를 조수석 발밑으로 던져버렸다. 조금 기분이 좋아졌다. 헤드라이트를 켠 검은색 대형차가 어느새 꽁무니에 바짝 붙더니 순식간에 추월해 교차로 저쪽으로 사라져버렸다. 어찌나 빠른 속도인지 운전자의 얼굴을 확인할 시간조차 없었다. 시골길은 다시 한 번 황량해졌다.

공포의 메커니즘은 기이하기 짝이 없다. 일주일 전에 그런 상황을 당했다면 사건을 완전히 잊어버리고 곧바로 마사 바인야드로 돌아갔을 것이다. 나중에 깨달은 사실이지만 자연의 여신이 분노라는 예기치 못한 요소와 두려움을 슬쩍 섞어버린 탓이리라. 그건 호랑이를 만난 원시인처럼 종의 생존을 위한 본능과도 같았다. 그 순간 내 판단은 달아나지 말자는 쪽으로 기울었다. 나는 그 거만하기 짝이 없는 에미트를 물고 늘어질 참이었다. 그건 순진한 가정주부로 하여금 무장 강도를 쫓아 거리를 내달리게 만드는 그런 종류의 광기였고, 대개 재앙으로 막을 내릴 수밖에 없는 선택이었다.

그래서 나는 큰길로 돌아가는 대신에 벨몬트의 이정표를 쫓기 시작했다. 그곳은 넓고 끔찍할 정도로 깨끗하고 정돈된 부자 마을이었다. 고양이를 키우려 해도 허가증이 필요할 것 같은 그런 종류의 깔끔함. 산뜻한 거리와 거리의 깃대들과 사륜구동들도 거의 똑같아 보였다. 넓은 도로를 지나면서도 어디로 가야 할지 방향을 정할 수 없었다. 그리고 마침내 마을 중심가처럼 보이는 곳에 다다랐다. 이번에는 차를 주차하고 가방을 들고 나왔다.

레너드 거리라는 이름의 도로였다. 커다란 나무들을 배경으로 총천

연색 차양으로 장식한 예쁜 가게들이 구부러진 도로를 따라 이어져 있었다. 분홍색 건물들도 보였다. 회색 지붕에서 눈 녹은 물이 똑똑 떨어지고 있었다. 아마도 스키 휴양지인 모양이다. 내게는 하등 쓸모가 없는 건물들, 그러니까 부동산 에이전트, 보석상, 미용실 등등이 고작이었다. 이윽고 내가 원하는 건물이 나타났다. 인터넷 카페. 나는 커피와 베이글을 주문하고 가능한 한 창가에서 멀리 떨어진 자리를 골라 앉았다. 그리고 가방을 맞은편 의자에 놓아 누구도 앉지 못하도록 만들었다. 나는 커피를 마시고 베이글을 씹으며 구글을 클릭해 '폴 에미트'와 '아카디아 재단'을 입력해 넣은 다음 상체를 앞으로 쭉 내밀었다.

—

'www.arcadianinstitution.org'에 따르면, 아카디아 재단은 1991년 8월, 윈스턴 처칠 수상과 프랭클린 루즈벨트 대통령의 최초 정상 회담 15주년을 기념하기 위해 뉴펀들랜드의 플라센티아에 설립되었다. 사이트에는 미국 전투함 갑판 위에서 깔끔한 회색 정장 차림의 루즈벨트가 처칠을 환영하는 사진이 나와 있었다. 처칠은 루즈벨트보다 머리 하나는 더 작았는데, 묘하게 구겨진 군청색 (모자 달린) 해군복 때문인지 마치 지역 유지에게 인사하는 수석 정원사처럼 보였다.

웹사이트에 따르면 재단의 설립 목적은 '영미 관계를 돈독히 하고, 평화와 전쟁 어느 때든 두 나라가 혼신을 다해 수호해온 민주주의와 표현의 자유의 무한한 가치를 촉진하는 것'이다. 재단은 그 목적을 위해 '세미나, 정책 프로그램, 학술 대회와 지도자 육성 과정' 등을 운영하고 있으며, 2년마다 《아카디아 리뷰》라는 제목의 정기 간행물을 발간하고, '영국과 미국 상호 이익을 위한 문화, 정치, 전략'을 전공으로 하는 대학원생 중 매년 10명을 선발해 아카디아 장학금을 지급해왔다. 아카디아 재단은 세인트 제임스 광장과 워싱턴에 사무실이 있다. 이사들의 이름은 (전직 대사, 주식회사 CEO, 대학교수 등등) 말 그대로 세상에서 제일 지루한 디너파티의 손님 명단만큼이나 길게 이어져 있었다.

폴 에미트는 재단의 초대 회장이자 CEO로, 웹사이트에 그의 생애가 한 문단으로 요약되어 있었다. '1949년 시카고 출생. 예일 대학, 세인트 존스 칼리지, 케임브리지(로즈 장학생) 졸업. 1975~1979년 하버드 대학에서 국제 정세 강의, 1979~1991년 하워드 포크 외교학과 교수 및 아카디아 재단 설립 위원장. 2007년 이후 명예 교수. 저서로는 《어디로 가시나이까 : 1940~1956년의 특수 관계》, 《변화의 물결》, 《제국의 소멸과 역할 모델 : 1956년 이후의 미영 관계》, 《프로메테우스의 사슬 : 핵 시대의 외교 긴장 사례 연구》, 《승리의 세대 : 미국, 영국 그리고 세계의 신질서》, 《왜 이라크인가?》가 있다.' 《타임스》에 기록된 약력도 적혀 있었는데, 그곳엔 그의 취미가 스쿼시, 골프, 그리고 길버트와 설리번의 오페라 관람이라고 적혀 있었다. '그와 그의 두 번째 아내 낸시 클라인(텍사스, 휴스턴의 국방 분석가)은 매사추세츠 벨몬트의 하버드 기숙사 마을에서 열리는 정규 만찬 파티에 극단을 초대해 파티 끝 무렵 공연을 주문하곤 했다.' 나는 에미트와 아카디아에 대해 구글이 찾아낸 3만 7,000개 항목을 차례로 훑기 시작했다.

극동 정책 연구소-아카디아 재단

시리아와 이란의 민주주의 정착……폴 에미트는 개회 연설을 통해…….

www.arcadiainstitution.org/site/roundtable/A56fl%2004.
htm-35k-저장된 페이지-비슷한 페이지

아카디아 재단 – 위키피디아, 무료 백과사전

아카디아 재단은 영미 양국의 비영리조직으로 1991년 폴 에미트
교수의 책임하에 설립되었고…….
en.wikipedia.org/Arcadia Institution-35k-저장된 페이지-비슷
한 페이지

아카디아 재단/아카디아 전략그룹 – 소스워치

아카디아 재단은 민주주의와 외교발전에 매진……폴 에미트 교수
는 영미 외교 분야의 전문가로서…….
www.sourcewatch.org/index.php?title=Arcadia Institution-
39k-

USATODAY.com – 폴 에미트에 대한 5가지 궁금증

하버드 외교 학교 교수를 역임한 바 있는 폴 에미트는 현재 영향력
있는 아카디아 재단을 이끌고…….
www.usatoday.com/world/2002-08-07/question_x.
htm?tabl1.htm-35k-

세미나와 여름 학술대회 따위의 천편일률적인 쓰레기에 질린 나는
탐색어를 '아카디아 재단', '애덤 랭'으로 바꾸었고《가디언》웹사이트
에서 아카디아의 기념 리셉션과 수상의 참석에 대한 뉴스를 얻었다. 구

글 이미지에는 기이한 모자이크 그림이 나올 뿐이었다. 고양이, 광대 차림의 곡예사 둘, 봉투에 바람을 불어넣고 있는 애덤의 만평 그림("뺑이오!"). 내 경험으로 볼 때 그런 것들이 인터넷 탐색의 문제점이다. 필요 없는 쓰레기에 비해 유용한 정보의 비율이 급속도로 줄어들고, 마침내 소파 뒤에서 찾으려는 물건 대신 동전 몇 개, 단추, 먼지투성이의 막대사탕만 줍는 꼴이 되고 마는 것이다. 요는, 제대로 된 탐색어를 입력해야 한다. 그런 점에서 난 계속 헛다리를 짚고 있는 게 분명했다.

나는 지끈거리는 두 눈을 문지르며 커피와 베이글을 추가 주문하고 슬쩍 손님들을 훑어보았다. 점심시간임을 감안한다면 사람이 별로 많지 않은 편이었다. 신문을 읽고 있는 노인, 서로의 손을 잡고 있는 20대의 남녀, 수다 떠는 엄마(아니면 유모) 둘과 테이블 밑에서 위험스럽게 놀고 있는 어린애 셋, 군인이나 소방대원처럼 (가까운 곳에서 소방서를 보았다) 보이는 젊은 남자 둘. 그들은 내게 등을 돌린 채 카운터의 스툴 의자에 앉아 열심히 얘기를 나누고 있었다.

나는 아카디아 재단의 웹사이트로 돌아가 위원회를 클릭했다. 대서양의 심해에서 영혼이 불려나오듯 그들의 이름이 주르르 딸려 나왔다. 스티븐 D. 엥글러(전 미국 국방장관), 레그혼 경(전 영국 외무상), 데이비드 모벌리 경(대십자훈장, 2급 기사훈장, 전 워싱턴 주재 영국 대사), 레이먼드 T. 슈트라이허(전 런던 주재 미국 대사), 아서 프러시아(핼링턴 그룹 회장 및 CEO), 멜 그로퍼드(국립 존 F. 케네디 스쿨 교수), 데임(전략연구재단 전략연구소), 맥스 하다커(고돌핀 증권), 스테파니 콕스 몰랜드(맨해튼 주식금융 수석매니저), 밀루스 래프 경(런던 경제 스쿨), 코넬리우스 이리몽거(코즈먼 기업), 프랭클린 R. 돌러먼(매코시 & 파트너 법률회사 수석 파트너).

나는 인내심을 갖고 그들의 이름과 애덤 랭을 동시에 탐색창에 집어 넣기 시작했다. 엥글러는《뉴욕 타임스》의 특집란을 통해 애덤의 단호한 의지를 칭찬했고, 레그혼은 중동의 상황에 대한 절박한 호소를 주제로 한 상원 연설에서 전 수상을 '성실한 사나이'로 치켜세웠다. 머벌리는 중풍에 걸려 아무 말도 못 했고, 슈트라이허는 미국 자유훈장을 받기 위해 워싱턴으로 날아온 애덤에 대한 지지를 공식 천명하고 나섰다. 그리고 막 지루해지기 시작할 때쯤 아서 프러시아를 타이핑했고 1년 전의 신문 기사를 찾아냈다.

런던 핼링턴 그룹은 애덤 랭 전 영국 수상이 전략 고문 자격으로 그룹에 참여하게 되었다고 발표하였다. 랭의 지위는 상근직은 아니나 전 세계 핼링턴 투자 전문가들에게 상담과 조언을 제공하는 위치가 될 것이라고 그룹은 덧붙였다. 핼링턴의 회장 겸 CEO인 아서 프러시아는, "애덤 랭은 전 세계에서 가장 존경받고 명망 있는 정치가이며, 따라서 그의 풍부한 경험이 기업 활성화에 크게 도움이 될 것"이라고 말했고, 애덤 랭은 이에 대해 "민주주의와 성실 경영에 이바지해온 핼링턴 그룹 같은 국제 규모의 기업과 함께 일할 수 있게 된 것은 개인적으로도 커다란 도전이자 영광"이라고 화답했다.

핼링턴 그룹은 들어본 적이 없었기에 당연히 검색해보았다. 600명 규모의 종업원, 24개국에 걸친 지사, 주로 사우디아라비아 출신의 투자자 400여 명을 대상으로 투자 서비스를 제공하고 있었는데 재량 펀드가 350억 달러에 달했다. 그룹이 관리하는 금융자산은 다스베이더(스타워즈의 가면 기사—옮긴이)가 긁어모으기라도 한 것 같았다. 핼링턴의 자회사들은 집속탄, 모바일 곡사포, 요격 미사일, 대전차 헬리콥터, 가변후퇴익 폭격기, 핵 원심 분리기, 항공모함 등을 생산했다. 중동의 부자들에게 보안 경비를 제공하는 회사도 있고, 미국을 포함한 전 세계에서 감시 시스템과 데이터 체크를 수행하는 회사와, 군사 벙커, 소활주로 따위를 전문으로 건설하는 회사도 끼어 있었다. 게다가 주요 이사 둘은 CIA 고위간부 출신이었다.

인터넷이 편집증 환자의 꿈을 실현해주는 쓰레기 공장에 게걸 들린 잡식성 귀신이라는 것 정도는 나도 알고 있다. 리 하비 오스왈드, 다이애나 공주, 오푸스데이(가톨릭 비밀결사 조직 - 옮긴이), 알카에다, 이스라엘, 영국 대외정보국(MI6), 크롭서클(미스터리 서클, 곡물이 일정한 방향으로 누워서 전체적으로 위에서 보면 어떤 무늬가 만들어지는 것 - 옮긴이) 등등, 인터넷에선 이들 정보가 푸른 리본의 하이퍼링크로 묶여 하나의 거대한 음모를 뜻하기도 한다. 하지만 '편집증환자란 온갖 사실로 넘쳐나는 사람'이라는 옛말도 있다. '아카디아 재단', '핼링턴 그룹', 'CIA'를 함께 입력해 넣었다. 뭔가 떠오르는 그림이 있을 것 같았다. 유령선의 어스레한 윤곽이 화면의 데이터 안개 속에서 조금씩 등장하고 있었다.

washingtonpost.com: 핼링턴 제트기 CIA의 '고문 비행'과 관련

회사는 CIA의 '특수범 인도' 프로그램에 대한 관련설을 모두 부인하고……명망 있는 한 이사는 아카디아 재단이…….
www.washingtonpost.com/ac2/wp-dyn/A27824-2007Dec 26language=-저장된 페이지-비슷한 페이지

나는 그 기사를 클릭해 관련 부분으로 스크롤해 내려갔다.

지난 2월 18일, 폴란드의 키에쿠티 정보기지에서, 회사 로고를 제거한 핼링턴 걸프스트림 4호기가 포착되었다. 바로 CIA가 비밀수용소를 숨겨두고 있다는 바로 그 기지이다.

　　그날은 공교롭게도 파키스탄의 페샤와르에서 CIA에 의해 4명의 영국 시민(나지르 아시라프, 샤킬 카지, 살림 칸, 파루크 아흐메드)이 납치되고, 아시라프가 속칭 '물타기' 고문에 의해 심장마비를 일으킨 것으로 보도된 날로부터 불과 이틀 후였다.

　　같은 해 2월과 1월 사이에 제트기는 관타나모와 워싱턴 댈러스 국제 공군지기에 각각 51회, 82회 착륙한 것으로 조사되었으며, 그 밖에도 수도 외곽의 앤드루스 공군기지와 독일 라인마인 공군기지 그리고 람슈타인의 미 공군기지에서도 수차례 목격된 바 있다. 제트기의 비행 기록은 또한 아프가니스탄, 모로코, 두바이, 요르단, 일본, 스위스, 아제르바이잔, 체코 공화국에 방문하였음을 보여주고 있다.

　　핼링턴 로고는 8월 23일, 그러니까 걸프스트림이 앵커리지, 일본 오사카, 두바이, 섀넌을 포함한 세계 순회 비행을 마치고 워싱턴에 복귀한 지 정확히 8일 후에 개최된 스케넥터디 비행쇼의 기념사진에서 확인된 바 있다. 걸프스트림이 연료 공급을 위해 9월 27일 섀넌에 착륙했을 때는 다시 로고가 제거되었으나, 그 해 2월 덴버의 센테니얼 공항에 나타났을 때의 촬영 사진을 보면 핼링턴 로고뿐 아니라 새로운 등록번호까지 사용되고 있었다.

　　핼링턴의 대변인은 걸프스트림은 종종 다른 사용자에게 임대 형식으로 공급되지만 회사는 그 사용처에 대해 아는 바 없다고 주장하였다.

물타기? 그런 용어는 처음 들었다. 마치 아무 해가 없는 야외 스포츠

같이 들렸다. 그러니까 윈드서핑과 래프팅 비슷한 레저 말이다. 나는
웹사이트를 뒤져보았다.

　물타기를 위해 제일 먼저 해야 할 일은, 경사진 보드 위에 죄수의
다리가 고개보다 위로 올라가도록 거꾸로 눕히고 꼼짝 못하게 묶는
일이다. 그리고 죄수의 옷이나 셀로판지를 이용해 죄수의 얼굴을 덮
고 신문자가 그 위에 끝없이 물을 붓는다. 액체의 일부가 죄수의 폐
속으로 들어가는 위험도 있지만, 물타기를 더없이 효과적으로 만드
는 것은, 마치 물속에 빠진 듯한 심리적 착각을 일으키는 데 있다. 미
주신경이 자극되면 죄수는 말 그대로 익사하고 있다고 느끼게 되고,
고문이 시작되자마자 거의 예외 없이 풀어달라고 사정하게 된다. 훈
련 과목으로 물타기를 당한 CIA요원들도 항복하기까지 평균 14초가
걸린 것으로 알려져 있다. 알카에다의 가장 독한 죄수이자 9·11테러
의 주모자로 체포된 할리드 셰이크 모하메드는 15분을 버텨 CIA요원
들의 탄성을 자아낸 것으로 유명하다.
　물타기는 폐 손상, 산소 결핍으로 인한 두뇌 파손, 저항에 기인한
신체 파손과 골절 그리고 장기간의 심리적 트라우마를 유발할 수 있
다. 1947년 일본 장교가 미국 시민에게 물타기를 시도해 전범으로
15년 강제 노역형에 처해졌다. ABC뉴스의 조사에 의하면 CIA는
2002년 3월 중순 물타기 사용을 허가했으며 14명의 기간요원을 모
집해 그 기술을 훈련시킨 바 있다.

폴 포트의 캄보디아에서 찍은 사진도 있었다. 경사진 테이블에 팔목
과 발목을 묶인 채 거꾸로 누워 있는 남자의 사진인데, 봉지로 덮어씌

운 남자의 얼굴이 물주전자를 들고 있는 남자에 의해 흠뻑 젖어 있었다. 다른 사진은 베트콩 포로의 사진이었다. 바닥에 누워 물병을 들고 있는 미군 병사 셋이 비슷한 고문을 가하고 있었다. 물을 붓고 있는 병사는 씩 웃고 있었고, 죄수의 가슴에 타고 앉은 남자의 오른손 검지와 중지 사이에는 담배가 아무렇게나 매달려 있었다.

나는 의자에 기대 이런저런 일들을 생각해보았다. 맥아라의 죽음에 대한 에미트의 논평이 떠올랐다. 그는 익사가 통설과 달리 끔찍한 고통을 수반한다고 했다. 문득 교수가 하기에는 너무나도 부적절한 얘기라는 생각이 들었다. 나는 난이도 높은 마지막 연주를 준비하는 콘서트 피아노 연주자처럼 손가락을 비튼 다음 검색창에 새로운 입력어를 타이핑했다. '폴 에미트, CIA.'

화면은 그 즉시 수많은 결과물을 쏟아냈다. 물론 척 보기에도 모두 쓰레기였다. CIA를 언급한 에미트의 논문과 저서들, 에미트를 인용한 다른 사람의 CIA 관련 논문, 'CIA'와 '에미트'라는 단어가 들어간 아카디아 재단 관련 기사. 30~40개의 항목들을 훑고 난 다음에야 그럴 듯한 결과물 하나를 건질 수 있었다.

학문적인 CIA

중앙정보부는 현재 수백 명의 미국 대학 인력을 활용하고 있다. 폴 에미트는······.

- www.spooks-on-campus.org/Church/listK1897a/html-11k

그 웹페이지의 제목은 '누가 프랭크를 걱정했는가?'로, 1976년 상원의원 프랭크 처치가 작성한 CIA 관련 특별 위원회 보고서의 인용문으로 시작되었다.

중앙정보부는 현재 수백 명의 미국 대학 인력을 활용하고 있다. 여기에는 행정 전문가, 교수, 대학원 출신 강사 등이 포함된다. 이들은 선진 학문을 제공하고 정보 목적의 최신 기술을 도입할 뿐 아니라, 해외 선전용 저서와 자료들을 작성하기도 한다. 이런 목적 외에도 부수적인 활동을 위해 활용되는 인력도 수십 명에 달한다.

그 아래 20여 명의 이름들이 알파벳순으로 하이퍼링크 되어 있었고 그중에 에미트가 있었다. 그 이름을 클릭하면서 문득 지하 감옥으로 떨어지는 느낌이 들었다.

CIA의 내부 고발자 프랭크 몰리나리에 의하면, 예일 대학원생 폴 에미트는 1969년 또는 1970년에 장교 자격으로 정보부에 합류한 것으로 보인다. 그는 작전 분과 해외인력부에 배속되었다.(출처 : 1977년 암스테르담, 정보부 내부자료)

"오, 이런, 세상에 이럴 수가."

내 입에서 저절로 탄식이 새어 나왔다. 거의 1분 정도 화면을 응시했을 것이다. 갑자기 그릇이 깨지는 소리에 정신을 차리고 주변을 둘러보았다. 옆 테이블 밑에서 놀던 아이 하나가 테이블을 엎어버린 것이다. 여종업원이 걸레와 빗자루를 들고 황급히 달려오고 유모들(아니면 엄마들)은 아이를 야단쳤다. 그런데 카운터의 두 단발머리는 그 소란에도 전혀 개의치 않는 것이 아닌가! 그들이 똑바로 바라보고 있는 건 바로 나였다. 한 놈은 귀에 휴대폰을 대고 있었다.

침착하게…… 더 침착하게, 나는 먼저 컴퓨터를 끄고 남은 커피를 마시는 척했다. 정보의 바다를 헤매는 동안 커피는 식을 대로 식어 쓰디쓴 얼음 같았다. 나는 가방을 들고 테이블에 20달러를 올려놓았다. 이미 머릿속에는 일이 생겼을 경우 적어도 저 여종업원은 제일 구석자리에 앉아 있다가 거금의 팁을 남긴 고독한 영국인을 기억해줄 거라는 계산이 있었다. 그래서 무슨 소용이 있을지는 모르겠지만 그때는 어쨌든 현명한 행동으로 생각됐다. 나는 짧은 머리 옆을 지나면서도 시선을 주지 않았다.

거리는 여전히 흐리고 추웠다. 건물 몇 개를 지나 초록색 차양의 스타벅스가 보였다. 차들은 느리게 지나가고 있었다. 인도에는 털모자와 장갑으로 무장한 노인들뿐이었다. 잠깐 동안이나마 싸구려 가상현실 게임을 하고 있다는 착각이 들었다. 그때 등 뒤의 카페 문이 열리고 두 남자가 밖으로 나왔다. 나는 빠른 걸음으로 거리 위쪽의 포드로 돌아가 후닥닥 운전석 안으로 들어갔다. 백미러를 훑어보았지만 두 남자는 어디에도 없었다.

나는 한동안 움직이지 않았다. 그냥 앉아 있는 게 더 안전할 것처럼 느껴졌다. 오랫동안 이렇게 꼼짝 않고 있으면 어쩌면 벨몬트의 평화롭고 부유한 삶 속에 스며들어버릴지도 모른다는 생각도 들었다. 이 은퇴 거사들이 열심히 하는 일이라면 나 또한 무엇이든 해낼 자신이 있다. 브리지 게임도 하고 오후에는 영화를 보거나 가까운 도서관에 가서 신문을 읽으며 세상에 망조가 들었다며 끌끌 혀를 찰 수도 있다. 호적등본에 잉크도 마르지 않은 풋내기들이 깝죽대며 설치는 세상이니 오죽하겠는가. 두 명의 여자가 새로 한 듯한 머리를 매만지며 미용실 문을 나서고 있었다. 카페에서 손을 잡고 있던 커플은 보석상 유리창에 달라붙어 반지를 구경하는 중이었다. 그런데 난 뭘 하고 있는 거지? 문득 자기 연민의 감정이 용솟음쳤다. 마치 유리구슬에 갇히기라도 한 듯 이 정상적인 세계와 격리된 기분이었다.

나는 사진들을 꺼내 애덤과 에미트가 함께 무대에 있는 장면을 찾아냈다. 무대에서 장갑과 모자를 쓴 채 깡충깡충 뛰어다니는 미래의 수상과 CIA 고급장교? 비현실적이라기보다는 기괴해 보였다. 하지만 내 손에 이렇게 증거가 있지 않은가? 나는 사진을 뒤집어 뒤에 긁적여놓은 번호를 노려보았다. 노려보면 노려볼수록 그 번호는 내게 남은 유일한 수단으로 보였다. 다시 한 번 맥아라의 꽁무니를 쫓아야 한다는 사실 역시 불가피해 보였다.

나는 젊은 연인들이 보석상으로 들어갈 때까지 기다렸다가 휴대폰을 꺼냈다. 그리고 저장된 번호를 찾아 리처드 라이카트에게 전화했다.

열넷

두 개의 덫

대필 작업의 반은 다른 사람들의 얘기를 찾아내는 것이다.

《유령 작가》

이번에도 그는 금세 전화를 받았다.

"그래, 드디어 전화를 거셨군. 누군지는 몰라도 다시 전화할 줄 알았소. 많은 사람들이 이 번호를 아는 건 아니니까."

그는 예의 콧노래 같은 목소리로 말했다. 그리고 내 대답을 기다리는지 잠시 말을 멈췄다. 전화기에선 다른 남자의 목소리도 들렸는데 아마도 연설 도중인 모양이었다.

"이런, 이봐요, 언제까지 전화기만 붙들고 있을 거요?"

"예." 내가 대답했다.

그는 잠자코 기다렸으나 사실 어떻게 말을 꺼내야 할지 판단이 서지 않았다. 머릿속으로는 계속해서 애덤 생각이 났다. 복수의 화신과 내가 통화를 하고 있다는 사실을 알면 도대체 어떤 반응을 보일까? 나는 유령 작가의 지침서에 나오는 모든 규칙을 어겼고, 라인하트와 사인한 비공개 원칙도 깨뜨리고 있었다. 이건 직업적 자살 행위다.

"몇 번이나 통화를 시도했었소." 그가 말했다.

목소리에서 힐난의 뉘앙스가 묻어났다. 거리 맞은편의 보석상에서 젊은 연인이 나와 내 쪽으로 걸어오고 있었다. 나는 그들을 주시하며 조심스레 말을 이었다.

"알고 있습니다. 그건 사과드리죠. 전화번호는 누군가 적어놓은 것인데 처음엔 누구 번호인지도 몰랐습니다. 혹시나 하고 전화를 걸었다가 누구의 전화번호인지 안 다음엔 통화하는 것이 부적절하다고 생각한 겁니다."

"이유는?"

커플이 지나갔다. 나는 백미러를 통해 그들의 뒤를 좇았다. 두 사람은 서로의 뒷주머니에 손을 넣고 있었는데, 그 모습이 마치 소개팅을 마치자마자 파트너를 소매치기 하는 것처럼 보였다. 난 모험을 하기로 했다.

"랭을 위해 일하고 있습니다. 내 이름은……"

그가 재빨리 치고 들어왔다.

"이름은 말하지 말아요. 어느 이름도. 모든 얘기를 뭉뚱그려서 합시다. 정확히 어디서 내 번호를 알게 된 거요?"

그의 조바심이 나를 더욱 불안하게 만들었다.

"사진 뒤에서."

"어떤 사진이죠?"

"고객의 대학 시절 사진입니다. 선임자가 갖고 있었죠."

"그가? 세상에!"

이번엔 라이카트가 입을 다물었다. 전화 저편에서 사람들의 박수 소리가 들렸다.

"충격을 받은 것 같군요."

"그래요, 에, 그가 나에게 말한 내용이 떠올라서."

"사진 속의 한 사람을 만나고 왔습니다. 어쩌면 당신이 나를 도와줄지도 모른다는 생각을 했죠."

"고용주와 상의하지 않는 이유는?"

"나가 계십니다."

"물론 그렇겠지. 그럼 당신은 어디 있지? 대충만 말해봐요."

그의 목소리에서 만족스러운 미소가 느껴졌다.

"뉴잉글랜드."

"내가 있는 곳으로 올 수 있겠소? 지금 당장. 내가 어디 있는 줄을 알거요. 내가 일하는 곳."

"그런 것 같습니다. 차가 있으니 타고 가면 되겠죠."

"아니, 운전은 안 돼요. 비행기가 차보다 더 안전하오."

"항공사 광고 같군요."

"내가 당신이라면 농담은 피하겠소. 지금 바로 전화를 끊고 가장 가까운 공항으로 가서 제일 빠른 비행기를 탄 다음 비행기 번호를 알려줘요. 다른 건 말고. 착륙할 때 누군가 데리러 나가도록 조치해두겠소."

"하지만 그 사람들이 나를 어떻게 알아보죠?"

"걱정 마시오. 당신이 알아볼 테니까."

다시 배경음으로 박수 소리가 들렸다. 나는 항변하려 했으나 너무 늦었다. 그가 전화를 끊은 것이다.

—

어떤 길로 갈지 정하지도 않은 채 무작정 벨몬트를 빠져나왔다. 몇

초마다 미친놈처럼 백미러를 살펴보았으나 도무지 미행자를 구분할
수가 없었다. 뒤를 쫓는 차들은 번번이 바뀌었고 1~2분 이상 머무는
차는 없어 보였다. 나는 보스턴 이정표를 쫓아 마침내 커다란 강을 건
넜다. 그곳에서부터는 주간도로를 타고 곧바로 달리면 된다.

　오후 3시도 안 된 시간인데도 날은 벌써 어두워지기 시작했다. 왼쪽
의 통통 불은 대서양 하늘을 배경으로 시내의 상가 건물들이 금빛으로
빛났고, 그 위로 대형 제트기의 불빛들이 로건 공항을 향해 유성처럼
떨어지고 있었다. 나는 3킬로미터 정도의 빠르지 않은 속도를 유지했
다. 로건 공항은 만인의 편의를 위해 보스턴 항 중간에 자리 잡고 있었
다. 그곳으로 가기 위해서는 남쪽의 길고도 긴 터널을 지나야 했다. 나
는 터널로 내려가면서 정말로 이 길 끝까지 갈 것인지에 자문해보았다.
1.5킬로미터나 되는 터널을 뚫고, 터널보다 더 암울한 오후의 암흑 속
으로 빠져나오면서도, 여전히 결심을 할 수 없었다. 그건 내 불안감과
불확실성을 단적으로 보여주는 징후였다.

　주차장 이정표를 따라 만 쪽으로 차를 돌리려는데 전화벨이 울렸다.
모르는 번호였다. 망설이다가 전화를 받으니 앙칼진 목소리가 터져 나
왔다.

　"도대체 뭐 하고 다니는 거예요?"

　루스 랭. 그 여자는 오만하게도 신분도 밝히지 않은 채 다짜고짜 따
지기부터 했다. 그건 남편이 수상이었을 때조차 함부로 휘두르지 못했
을 버르장머리였다.

　"일합니다."

　"정말? 호텔에 없던데요?"

　"그래요?"

"그럼 아닌가요? 당신이 체크인 하지도 않았다고 그러더군요."

나는 적절한 거짓말을 찾으려다가 끝내 진실의 일부를 토해내고 말았다.

"뉴욕에 갈 생각입니다."

"왜죠?"

"존 매덕스를 만나서 책의 구조에 대해 이야기해봐야겠습니다. 그러니까……."

기술적인 용어가 필요했다. 내가 찾아낸 용어는 이랬다.

"……상황의 변화에 따른 거죠."

"당신 걱정 했어요. 하루 종일 이 개떡 같은 해변을 오르내리면서 어젯밤 우리가 상의했던 일들을……."

내가 막아섰다.

"저라면 그 얘기는 전화로 하지 않겠습니다."

"걱정 말아요. 안 할 테니까. 나도 완전히 바보는 아니라고요. 내가 지금 하고 싶은 말은, 생각하면 할수록 당신이 걱정스럽다는 얘기예요."

"애덤은 어디 있죠?"

"아직 워싱턴이에요. 내가 아는 한. 계속해서 전화를 걸고 있는데 난 안 받고 있어요. 언제 돌아올 거죠?"

"모르겠습니다."

"오늘 밤?"

"노력해보죠."

"그렇게 해요. 오늘 데프가 비번이니까 내가 요리를 할게요."

루스가 갑자기 목소리를 낮췄다. 경호원이 옆에 있는 탓이리라.

"거기에 후식도 딸려 있는 겁니까?"

"무례한 인간 같으니!" 그녀가 깔깔거리며 말했다.

그리고 전화를 걸 때만큼이나 갑작스럽게 전화를 끊었다. 작별인사조차 없었다. 나는 휴대폰으로 이를 톡톡 두드렸다. 불가에서 루스와 나누는 은밀한 얘기라. 거기에 그녀와의 열정적인 정사 2라운드도 곁들여진다면 구미가 당기지 않는 것도 아니었다. 라이카트에게 전화해 마음을 바꿨다고 할까? 나는 마음을 정하지 못한 상태로 차에서 내려 가방을 꺼내 들고 진창을 밟으며 대기 중인 버스로 향했다. 버스에 오른 다음에는 가방을 옆에 놓고 공항 지도를 살폈다. 문득 그 시점에서 다른 선택도 가능하다는 사실을 깨달았다. 터미널 B, 즉 뉴욕의 라이카트에게 날아갈 것이냐, 아니면 터미널 E, 국제공항을 통해 런던으로 야반도주를 할 것이냐? 전에는 생각도 못 했던 대안이다. 여권도 있다. 저녁 비행기를 타고 깨끗이 물러나면 그만이다. B냐 E냐? 나는 심각하게 두 선택안을 저울질해보았다. 미로에 갇힌 돌대가리 실험쥐가 된 기분이었다. 끝없이 대안을 만나고 끝없이 잘못된 길을 고르는 얼간이.

깊은 한숨을 내쉬며 버스 문이 열렸다. 나는 B에서 내려 티켓을 끊고 라이카트에게 문자를 보낸 다음 라가디아 행 US 항공 셔틀비행기에 올라탔다.

—

비행기는 정해진 시간에 이륙하지 못했다. 출발은 예정대로 했으나 활주로 바로 앞에서 신사답게 한쪽으로 물러나 제트기 몇 대가 지나갈 수 있도록 기다려주었기 때문이다. 비가 내리기 시작했다. 나는 창을 통해 바짝 누운 풀잎과 단단히 달라붙은 바다와 하늘을 내다보았다. 깨끗한 빗줄기가 혈관처럼 창유리를 따라 흘러내렸다. 제트기가 한 대씩 이륙할 때마다 객실 동체가 흔들렸고 그때마다 유리창의 혈관도 끊어졌다. 인터콤으로 기장의 목소리가 흘러나왔다. 보안 점검에 약간의 문제가 있다는 것이었다. 국토안보부가 위험 수준을 황색(경계)에서 오렌지색(경고)으로 높였으니 탑승객 여러분의 양해를 구한다는 내용이었다. 승객들의 동요가 점점 짙어졌다. 여기저기서 웅성거리는 소리가 들렸다. 옆에서 신문을 읽던 남자가 고개를 들어 나와 눈을 마주치더니 고개를 저었다.

"점점 악화되는군요."

그는 《파이낸셜 타임스》를 접어 무릎에 올려놓고 두 눈을 감았다. 신문의 헤드라인은 '랭, 미국의 지지를 얻다'였는데, 예의 그 실실 웃는 사진이 함께 실려 있었다. 루스가 옳았다. 저런 식의 미소는 최악이다. 적어도 전 세계가 봐주어야 할 미소로는.

가방은 머리 위의 수화물 칸에 들어 있고 두 발은 시트 밑의 숄더백에 기대놓았다. 모든 것이 제대로 되고 있건만 왜 이렇게 불안한 걸까? 아무런 잘못한 것이 없는데도 자꾸 죄의식이 들었다. 당장이라도 FBI가 들이닥쳐 나를 끌어낼 것만 같았다. 45분 후 비행기 엔진이 으르렁거리기 시작했다. 마침내 이륙 허가를 받았으며 승객 여러분들의 협조에 감사한다는 기장의 방송 멘트가 흘러나왔다.

비행기는 활주로를 따라가다가 구름을 꿰뚫고 솟아올랐다. 갑자기 긴장이 풀린 탓인지 (불안감에도, 아니 어쩌면 그 때문에 더) 난 금세 잠 속에 빠져들고 말았다. 누군가 내 몸에 기댄다는 느낌에 깜짝 놀라 깬 뒤에야 내가 잠들었다는 것을 알 정도였다. 나를 깨운 것은 객실 승무원이었다. 안전벨트를 확인하고 있었다. 깜박 눈을 감은 것 같았는데 귀를 누르는 압력으로 보아 비행기는 벌써 라가디아에 상륙할 준비를 하고 있는 것 같았다. 오전 6시 15분 착륙. 시계를 봤기 때문에 시간은 정확히 기억난다. 20분쯤 뒤 나는 수화물 벨트를 에워싼 군중을 피해 곧바로 입국장으로 향했다.

복잡한 초저녁 시간. 사람들은 저녁식사를 하기 위해 시내로 가거나 집으로 향하고 있었다. 나는 혼잡한 공항에서 사람들의 얼굴을 일일이 살폈다. 라이카트가 직접 나와 환영해주지 않을까 하는 생각도 해봤지만 아는 얼굴은 하나도 없었다. 태워야 할 승객의 이름을 백지에 적어 가슴 높이로 들고 선 운전자들의 행렬이 무척이나 애처로워 보였다. 길게 늘어서 있는 그들은 서로의 눈을 피해 앞만 바라보고 있었는데, 마치 용의자를 확인하기 위해 경찰서에 늘어선 죄수들 같았다.

나는 겁에 질린 증인처럼 그들의 앞을 지나며 얼굴을 하나하나 꼼꼼히 살펴봤다. 실수하고 싶은 생각은 없었다. 라이카트는 내가 알아볼 거라는 말을 했다. 그 말은 사실이었다. 나는 숨이 멎는 줄 알았다. 그는 다른 사람과 떨어져서 혼자 덩그러니 서 있었다. 창백한 얼굴, 검은 머리, 큰 키의 덩치, 50대 초반, 잘 맞지 않는 할인점 정장. 그의 손에는 작은 칠판이 들려 있었는데 그 위에 분필로 '맥아라'라고 적혀 있었다. 그의 눈빛조차 내가 맥아라라고 생각했던 그대로였다. 교활한 무색무취의 시선. 그가 질겅질겅 껌을 씹으며 내 가방을 향해 고개를 끄덕여 보였다.

"무사하군요."

그건 질문이 아니라 일종의 진술이었지만 상관없었다. 내 평생 뉴욕 억양을 듣는 것만으로 이렇게 기뻐해본 적은 없었다. 그가 고개를 돌렸고 나는 그를 따라 홀을 건너 밤의 아수라장 속으로 빨려 들어갔다. 비명 소리, 호각 소리, 쾅 하고 문 닫는 소리, 택시를 차지하기 위해 싸우는 소리, 아련히 들리는 사이렌 소리. 뉴욕의 온갖 잡음이 내 주위를 가득 채우고 있었다.

그가 차를 몰고 와 창을 내리며 어서 올라타라고 손짓했다. 가방을 뒷좌석에 놓는 동안 그는 운전대에 손을 얹은 채 앞만 바라보았다. 말을 꺼내기 어려운 분위기였지만 사실 얘기할 시간도 많지 않았다. 공항을 빠져나오자마자 그랜드 센트럴 파크웨이가 내려다보이는 대형 유리 호텔과 컨퍼런스 센터에 도착했기 때문이다. 그가 좁은 운전석에서 커다란 덩치를 돌리며 끙 하고 신음을 내뱉었다. 차에서 그의 땀냄새가 났다. 내게 할 말이 있는 것 같았다. 순간 나는 두려운 감정이 들었다. 그의 어깨 너머 가랑비 사이로 보이는 황량한 건물 때문이었다. 세상에, 도대체, 내가 무슨 짓을 한 거지?

그가 불쑥 새 휴대폰을 내밀었다. 아직 비닐도 벗기지 않은 것이었다.

"연락을 할 일이 있으면 이걸 써요. 20달러까지만 사용할 수 있도록 칩을 삽입한 전화요. 옛날 전화는 사용하지 말고. 아니 차라리 꺼버리는 게 안전하겠군. 방값은 선불이 좋겠소. 물론 현찰로. 돈은 충분합니까? 300달러는 될 텐데?"

나는 고개를 끄덕였다.

"하룻밤만 묵게 될 거요. 예약은 되어 있소."

그가 뒷주머니에서 두툼한 지갑을 비틀어 빼냈다.

"모자란 돈은 이 카드로 지불해도 좋소. 이건 나중에 접촉할 때 사용할 전화번호요."

"경찰입니까?"

그는 대답도 하지 않았다. 그저 알 수 없는 말을 투덜거리며 신용카드 하나와 어린애 같은 필체로 숫자를 갈겨 쓴 종이쪽지를 건네주었다.
그의 체온 덕분에 종이와 플라스틱은 모두 따뜻했다.

"인터넷도 안 되고, 낯선 사람과의 대화도 피하시오. 특히 접근하는
여자는 무조건 조심해야 해요."

"이젠 엄마처럼 구는군요."

그래도 그는 눈 하나 꿈쩍하지 않았다. 우리는 몇 분 동안 그대로 앉
아 있었다.

"자, 지금이오."

그가 신경질적으로 내뱉곤 내게 손을 저어 보였다. 회전문을 지나 로
비로 들어간 다음에야 나는 명함의 이름을 확인했다. 클리브 딕슨. 대
형 학술 대회가 막 끝났는지 거대한 대리석 방에서 검은 정장에 연노랑
배지를 단 사람들 수십 명이 까마귀 떼처럼 조잘거리며 쏟아져 나왔다.
모두들 열정적이고 목적의식으로 충만한 표정들이다. 이제 막 공동의
대의명분과 목적의식의 불세례를 받고 나온 게 분명했다. 배지를 보니
짐작한 대로 교회 사람들이었다. 30미터나 되는 천장에는 거대한 유리
전구들이 매달려 크롬색 벽에 미광을 던져주었다. 이건 궁지에서 벗어
난 정도가 아니라 아예 지구에서 밀려난 기분이었다.

나는 데스크로 향했다.

"예약이 되어 있을 겁니다. 딕슨이라는 이름으로."

그건 내가 원한 가명이 아니었다. 딕슨이 누구든, 내 자신을 딕슨으
로 생각해본 적은 한 번도 없다. 하지만 접수원은 내 당혹감에도 전혀
개의치 않았다. 딕슨은 그의 컴퓨터에 들어 있고 예약은 유효했다. 그
에게 중요한 건 그것뿐이었다. 객실 요금은 275달러, 나는 숙박계를 작
성하고 가짜 주소를 적어냈다. 세퍼즈 부시와 릭의 런던 클럽이 있는

거리. 케이트의 작은 테라스 집 주소였다. 내가 현찰로 지불하겠다고 하자 그는 세상에 그런 물건도 있느냐는 듯이, 엄지와 검지로 조심스럽게 돈을 건네 받았다. 현찰? 노새 한 마리를 데스크에 묶어놓고 동물 가죽과 겨울 내내 가죽을 벗기는 데 사용한 칼들을 숙박료 대신 주겠다고 나섰어도 그 정도로 당혹스러워하진 않았을 것이다.

나는 벨보이의 도움을 거절하고 엘리베이터를 타고 6층으로 올라가 방문에 전자카드를 댔다. 베이지색 방은 테이블 램프의 은은한 빛으로 가득했고, 그랜드 센트럴 파크웨이는 물론 라가디아 공항과 그 너머 칠흑처럼 어두운 이스트 강까지 내려다보였다. TV에서는 '뉴욕에 오신 걸 환영합니다, 딕슨 씨'라고 쓰인 자막 위로 〈맨해튼을 가슴에〉가 상영 중이었다. TV를 끄고 미니바를 열었다. 잔을 찾을 여유도 없었다. 위스키 샘플 뚜껑을 따고 곧바로 입 안에 털어 넣었다. 20분이 지나고 두 번째 위스키 샘플을 털어 넣었을 때쯤 새 전화기에 파란 불이 들어오며 부르르 떨렸다. 나는 창가를 벗어나 전화를 받았다.

"나요. 좀 정리가 되셨소?" 라이카트였다.

"예."

"혼자죠?"

"예."

"그럼 문을 열어요."

그는 전화기를 귀에 대고 복도에 서 있었다. 그의 옆에는 라가디아에서 나를 태워준 운전사가 서 있었다.

"됐어, 프랭크. 지금부턴 내가 처리할 테니 로비를 지키고 있어."

라이카트는 전화기를 접어 코트 주머니에 집어넣었다. 프랭크는 터벅터벅 엘리베이터 쪽으로 걸어갔다. 라이카트는 내 어머니가 잘생겼

다고 말할 타입이었다. 그도 그 사실을 알고 있는 것 같았다. 인상적인
옆모습, 작지만 부리부리한 눈, 그 눈을 더욱 돋보이게 해주는 가무잡
잡한 오렌지 빛 피부, 만화가들이 군침을 흘릴 법한 웨이브 진 머릿결.
60대 나이였지만 훨씬 젊어 보였다. 그는 내 손에 든 빈 병을 보고 고개
를 끄덕였다.

"힘든 날이었나 보군."

"그렇다고 봐야죠."

그는 허락도 기다리지 않고 방 안으로 들어와서는 곧바로 창문으로
걸어가 커튼을 쳤다. 나는 문을 닫았다.

"여기까지 오게 해서 미안하네. 하지만 맨해튼에는 사람들의 이목이
너무 많아. 특히 어제부턴 더 심해졌지. 프랭크가 잘 대해주던가?"

"아주 극진한 대접을 받았죠."

"무슨 뜻인지 알겠네. 그래도 쓸모 있는 사람이야. 전직 뉴욕 경찰관
인데, 날 위해 보급과 경호를 맡고 있지. 요즘 그 부근에서 악명이 높아
져서 말이야. 뭐, 자네도 알겠지만."

"마실 것 좀 드릴까요?"

"물이나 한 잔 주게."

물을 따르는 동안 그는 방을 둘러보았다. 심지어 침실과 벽장까지 뒤
졌다.

"왜 그러십니까? 이곳에도 함정이 있을까 봐서요?"

"문득 그런 생각이 들었네."

그는 코트를 벗어 침대 위에 얌전히 올려놓았다. 그의 아르마니 정장
만 해도 작은 아프리카 마을의 연간 수익의 두 배는 되겠다는 생각이
들었다.

"좋아, 그럼 시작할까? 랭 밑에서 일한다고?"

"월요일에 처음 뵈었을 뿐입니다. 사실 제대로 알지도 못합니다."

라이카트가 웃었다. "누군 아나? 월요일에 만났다면 지금은 자네가 이 세상 누구보다 더 잘 아는 셈이야. 난 그 친구와 15년간 함께 있었지만 어디 출신인지조차 모르고 있네. 마이클 맥아라도 마찬가지고. 오래전부터 함께 지냈는데도 말이야."

"부인께서도 그 비슷한 말을 하시더군요."

"그래, 바로 그거야. 루스같이 영리한 사람이 결혼까지 했어도 이해 못 한다면, 도대체 다른 사람들이 어떻게 알겠나? 그 남자는 온통 수수께끼야."

라이카트는 물 컵을 받더니 나를 살펴보며 조심스럽게 한 모금 마셨다.

"하지만 자네 말을 들으니 조금은 수수께끼를 푼 것 같던데."

"솔직히 발가벗겨지는 것으로 말한다면 오히려 제 쪽일 것 같군요."

"일단 앉으라고. 그리고 아는 대로 모두 말해보게나."

라이카트가 어깨를 두드리며 말했다. 그건 바로 애덤의 제스처였다. 거인의 매력. 그들은 나를 두 마리 상어 사이를 헤엄치는 송사리로 만들어버렸다. 이젠 송사리도 단단히 무장해야 할 때다. 나는 작은 팔걸이의자 두 개 중 하나를 골라 천천히 앉았다. 벽하고 같은 베이지색이었다. 라이카트는 맞은편에 앉았다.

"그래, 어디부터 시작하지? 내가 누구인지는 알 테고. 도대체 자넨 누군가?"

"전문 대필 작가입니다. 맥아라 대신 애덤 랭의 회고록을 쓰기로 했죠. 정치에 대해서는 아무것도 모릅니다. 지금은 마치 거울 속에 발을 디딘 기분이군요."

"자네가 알아낸 사실들을 말해보게나."

나도 무장을 할 때다. 나는 한숨을 쉬며 마음을 다잡고는 일부러 말을 더듬는 척했다.

"먼저 맥아라 얘기를 듣고 싶습니다."

"원한다면. (어깻짓) 그래, 무슨 말부터 하지? 마이클은 형편없는 전문가였네. 누군가 저 여행 가방의 장미 문양을 가리키며 그게 당 총재라고 한다 해도 그 뒤를 쫓을 위인이었으니까. 랭이 총재가 된 다음엔 모두들 그를 해고할 거라고 생각했지만 그러기에는 너무나 쓸모가 많았던 모양이야. 당을 속속들이 꿰고 있었으니까. 정확히 어떤 얘길 듣고 싶은 거지?"

"어떤 사람이었죠? 개인적으로?"

"개인적으로 어떤 사람이었느냐고?"

라이카트는 그런 이상한 질문은 처음이라는 듯이 나를 쳐다보았다.

"음, 그 친구는 정치를 떠나선 삶이라는 것 자체가 없었네. 그런 질문인가? 아무튼 랭이 그의 모든 것이라고 할 수 있지. 아내이자 자식이자 친구였으니까. 그리고? 그러니까, 그는 편집적이고 세밀한 성격이었네. 성격상으로는 애덤과 완전히 극과 극이었는데, 어쩌면 그 덕분에 버틸 수 있었는지도 몰라. 다우닝 스트리트든 어디에서든 말이야. 다른 사람들이 모두 돈을 챙겨 떠나고 나서도 그는 남아 있었어. 마이클에게는 손을 내미는 기업이 없었으니까. 그 친구 오직 애덤한테만 충성을 바칠 사람이었어."

"그것도 아닌 것 같군요. 장관님과 접촉한 걸 보면."

"아, 하지만 그건 최후의 선택 같은 것이었어. 사진 얘기를 했는데, 볼 수 있나?"

내가 봉투를 꺼내자 그의 얼굴에 에미트 같은 탐욕의 그림자가 스쳤다. 하지만 사진을 보고 나서는 실망감을 감추지 않았다.

"이게 다인가? 춤추고 노래하는 부잣집 망나니들 사진이?"

"그보다는 흥미로울 텐데요? 우선 왜 그 뒤에 장관님의 전화번호가 적혀 있죠?"

라이카트가 교활한 눈빛을 쏘아 보냈다.

"왜 내가 자넬 도와야 하지?"

"왜 제가 장관님을 도와야 하죠?"

우리는 서로를 노려보았다. 결국 그가 크고 깨끗한 치아를 드러내며 씩 웃었다.

"자넨 훌륭한 정치가가 되겠군."

"최고 고수로부터 배우고 있는 중입니다."

그는 자기 이야기인 줄 알고 고개를 끄덕였으나 사실 내가 생각한 건 애덤이었다. 허영. 이 사람의 약점은 바로 거기에 있었다. 애덤은 몇 마디 말로 라이카트를 구슬릴 수 있었을 것이다. 물론 그런 식의 토사구팽이 라이카트의 자아에 엄청난 상처를 남겼을 것임은 불 보듯 뻔했다. 그래서 지금 그가 야윈 얼굴과 뾰족한 코와 꿰뚫는 눈빛으로 복수의 칼날을 갈고 있는 것이다. 버림받은 애인들이 늘 그렇듯 말이다. 그가 자리에서 일어나 문으로 가더니 복도의 위아래를 확인했다. 그리고 돌아와 내 앞에 우뚝 서서는 가무잡잡한 손가락으로 내 얼굴을 가리켰다.

"나를 배신하는 날엔 커다란 대가를 치르게 될 걸세. 행여 내가 무슨 짓을 할까 하는 생각으로 기어이 쇼를 할 거라면, 먼저 랭에게 물어보고 와." 그가 으르렁거렸다.

"알겠습니다."

그는 도무지 얌전히 앉아 있지 못했다. 그리고 그건 그의 또 다른 약점이었다. 엄청난 압력에 시달리고 있다는 것. 그를 좀 더 밀어붙여야 했다. 전 당수이자 수상을 전범 재판으로 끌어낸 것은 아무래도 여러 가지 걸리는 일이 많았을 것이다. 그는 침대 옆에서 오락가락하고 있었다.

"국제형사재판소 얘기부터. 그 사건이 신문에 보도된 건 불과 지난주이지만 나로서는 무대 뒤에서 지난 몇 년간 캐온 일이야. 지루하고 고된 일이었지. 이라크, 범인 인도, 고문, 관타나모. 소위 테러와의 전쟁은 국제법을 어겼어. 코소보나 라이베리아 사건과 마찬가지지. 차이가 있다면, 그 범죄를 저지른 게 우리라는 점이네. 역겨운 위선이지."

그는 이미 여러 번 우려먹은 연설을 반복하고 있음을 깨달았는지 말을 끊고는 물을 한 모금 마셨다.

"어쨌든, 말과 현실은 늘 별개의 문제라네. 나는 정치 기상도가 바뀌고 있음을 느낄 수 있었어. 그게 도움이 됐지. 폭탄이 터지고 다른 병사들이 죽을 때마다, 그리고 아무런 대안도 끝낼 방법도 없이 우리가 제2의 백년전쟁을 벌였다는 사실이 조금씩 분명해질 때마다, 난 조금씩 칼을 갈아온 거야. 서방 지도자가 위기에 몰리게 될 거라는 사실은 더 이상 비밀도 아니었네. 그가 남겨놓은 혼란이 가중될 때마다 더 많은 사람들이 눈치채고 진실을 캐내려 할 테니까 말이야."

그는 의미심장한 미소를 지으며 나를 쳐다보았다.

"나에게 필요한 건 증거일세. 법적 기준을 충족시키는 단 하나의 증거. 그의 이름이 적힌 서류 같은 거라도 상관없지만, 불행하게도 내겐 하나도 없었지. 그런데 크리스마스 바로 직전 갑자기 그게 생긴 거야.

이 두 손에 말일세. 설명 하나 없이 우편물에 섞여 있더군. '1급 비밀 : 수상이 국방장관께 보내는 각서.' 5년 된 서류였어. 내가 외무장관으로 있을 당시에 쓰인 것이었지만 난 그런 게 있는 줄도 몰랐네. 그야말로 끝내주는 증거였지. 세상에, 완전히 외통수였어. SAS로 하여금 그 4명의 악당들을 파키스탄 거리에서 납치해 CIA에 넘기라는 수상의 명령서였으니까."

"전범이군요."

"전범이지. 물론 경범이야. 하지만 상관없잖아? 알 카포네가 세금 포탈로 걸렸다고 해서 갱 두목이 아니라는 말은 아니니까. 나는 몇 가지 조심스러운 확인을 거쳐 그 메모가 진본임을 확인했고, 곧바로 헤이그에 가져갔어. 이 손으로 직접."

"누가 보냈는지는 모르셨습니까?"

"아니, 익명의 제보자가 전화를 걸어 얘기를 청할 때까진 몰랐네. 그냥 멍하니 앉아 랭의 귀에 그의 신분이 흘러들어가기를 기다릴 수밖에 없었지. 하지만 그건 최악의 시나리오였어. 왜냐하면 그가 바로 마이클 맥아라였으니까."

그가 상체를 내 쪽으로 내밀며 마지막 이름을 내뱉었다. 이미 나도 짐작하던 일이었다. 하지만 추정과 확신은 엄연히 다른 문제다. 게다가 그 순간 라이카트의 환희에 비추어 맥아라의 배신이 얼마나 큰일인지 짐작할 수 있었다.

"그가 전화를 한 거야! 믿을 수 있겠나? 다른 사람도 아니고 마이클 맥아라가! 만일 그가 다른 사람을 도와줬다는 소문을 들었다면 난 실컷 비웃어주었을 걸세."

"전화가 온 게 언제였습니까?"

"자료를 받고 3주 후. 1월 8일? 9일? 아무튼 그쯤이었네. '이봐요, 라이카트 내 선물은 받았습니까?' 난 거의 심장이 멎는 줄 알았지. 그리고 황급히 그의 입을 막아버렸어. 알다시피 UN의 전화선은 모두 도청되거든."

"그래요?"

나는 여전히 모든 걸 받아들이려 애쓰는 중이었다.

"오, 철저하지. NSA(국가안전보장국)는 서반구에서 전송되는 모든 단어를 검열하고 있어. 전화로 교환되는 음절 하나하나, 발신 이메일, 신용카드로 진행되는 거래가 모두 기록되고 저장된다네. 문제가 있다면 분류 작업이지. UN에서 도청을 우회하는 유일한 방법은 휴대폰을 사용하는 것일세. 그리고도 구체적인 언급은 피하고 가능한 한 번호를 자주 바꿔야 하지. 그런 식으로 우린 도청 장치를 따돌릴 수 있다네. 그래서 난 마이클에게 얘기하지 말라고 한 다음 전에 한 번도 사용한 적이 없는 새 번호를 가르쳐주고 즉시 전화하라고 얘기했네."

"아, 알겠습니다. 그래서 맥아라는 그때 들고 있던 사진에 번호를 적은 거로군요."

정말로 알 수 있었다. 완벽한 그림까지 그릴 수 있었다. 맥아라는 전화를 어깨와 귀에 낀 채 싸구려 청색 볼펜을 꺼냈을 것이다.

"그리고 다시 전화를 했지."

라이카트는 걸음을 멈추고, 경대 위에 걸린 거울을 들여다보더니 두 손으로 이마의 머리카락을 귀 뒤로 넘겼다.

"맙소사, 엉망이로군. 나를 보게나. 정부에 있을 땐 하루 18시간씩 일하면서도 이러지는 않았어. 그거 아나? 사람들은 오해를 하고 있지만 사람을 지치고 힘들게 하는 건 권력이 아니야. 권력을 빼앗기는 거지."

"전화로 뭐라고 했습니까? 맥아라가?"

"무엇보다 충격적이었던 건 그가 평소와 180도 달랐다는 거야. 그가 어떤 사람이냐고 물었나? 글쎄, 뭐랄까? 아주 과격한 음모가라고 할까? 물론 그게 애덤이 제일 높이 산 부분이었지. 손을 더럽힐 일이 있으면 마이클에게 맡겨버리면 그만이니까. 예리하고 차가웠어. 게다가 야만적이기까지 했는데, 특히 전화로는 더 심했네. 우린 그를 맥호러라고 부르기도 했어. '장관님, 맥호러 씨가 전화하셨습니다……' 이렇게 말이야. 하지만 그날 그의 목소리는 너무나도 차분하더군. 실제로 파멸이라도 한 사람처럼 말이야. 작년에 케임브리지의 문서 보관실에서 애덤의 회고록을 준비했다고 했네. 정부의 자료들을 닥치는 대로 훑고 내려갔는데 할수록 환멸만 더 커가더라는 것이었어. 폭풍 작전에 대한 메모를 발견한 것도 그곳이었다고 했네. 하지만 그가 전화한 진짜 이유에 비하면 그건 빙산의 일각도 안 된다는 말을 하더군. 훨씬 더 중요한 것을 찾아냈다고 말이야. 우리가 권력을 잡고 있을 때 잘못된 모든 일을 이해할 수 있게 만들 정도의 자료라고 했어."

난 거의 숨을 쉴 수가 없었다.

"그게 뭐죠?"

라이카트가 웃었다. "웃기는군. 그때 나도 그 친구에게 그렇게 물었어. 하지만 전화로는 말할 수 없다고 했지. 직접 만나서 얘기하고 싶다는 거야. 너무나 중대한 일이라면서. 그가 말한 건 그 열쇠가 랭의 자서전에 들어 있다는 것뿐이었네. 누군가가 파헤치기만 하면 된다며 모든 것이 바로 첫 부분에 들어 있다고 했어."

"그가 정확히 그렇게 말했습니까?"

"거의. 그와 통화 중에 메모를 했는데 그 내용이 그랬어. 하루이틀 후에 다시 전화를 걸 테니 그때 만날 약속을 정하자고 했네. 하지만 전화는 오지 않았고 1주일쯤 후 그가 죽었다는 소식을 신문에서 봤지. 그리고 그 전화로 전화한 사람은 아무도 없었어. 그 번호를 아는 사람이 아무도 없었으니까. 어때? 그 전화가 다시 울렸을 때 내가 얼마나 흥분했는지 짐작이 가나? 그리고 여기까지 온 걸세."

그는 말을 마치고 방을 둘러보았다.

"목요일 밤을 지내기엔 완벽한 장소 아닌가? 자, 이제 도대체 일이 어떻게 되어가고 있는지 속 시원히 말해보라고."

"할 겁니다. 그 전에 한 가지만 더요. 왜 경찰에 신고하지 않은 거죠?"

"지금 농담하나? 헤이그의 논란은 현재 무척이나 미묘한 국면이야. 맥아라가 나와 접촉했다면 그들은 분명 이유를 알려고 하겠지. 그렇게 되면 랭까지 연루될 테고, 그렇게 되는 날엔 그자가 어떻게든 국제형사재판소에 선수를 치고 들어왔을 거야. 그자는 소름 끼치는 음모가야. 몰라서 묻나? 그저께 나를 비난하면서 했던 논평, '테러에 대한 국제적인 노력은, 국내의 사적 복수 수단으로 이용되기에는 너무나 숭고한 명분임을 믿습니다.' 와우, 대단하더군."

그가 몸서리를 쳤다. 나도 모르게 움찔했지만 다행히 그는 눈치채지 못했다. 거울 앞에서 자기 모습을 살펴보고 있었기 때문이다. 그가 턱을 치켜들며 말을 이었다.

"게다가 마이클의 죽음이 자살로 결론날 거라고 생각했네. 우울증이든 알코올의존증이든 둘 다이든 말이야. 기껏 해봐야 결국 그들이 알고 있는 내용밖에 내놓지 못했을 거야. 그 친구 나에게 전화했을 때도 엉망이었으니까."

"그 이유를 말씀드릴 수 있습니다. 그가 알아낸 사실 중 하나는 케임브리지에서 랭과 함께 있던 사람 중 하나가 CIA 요원이라는 것이었습니다. 장관님께 전화할 때 손에 들고 있던 사진이 바로 그것이죠."

라이카트는 옆얼굴을 살펴보다가 우뚝 멈추고는 이마를 찌푸렸다. 그리고 천천히 내 쪽으로 얼굴을 돌렸다.

"뭐라고?"

"폴 에미트라는 사람입니다. 하버드 대학 교수이고 그 후에는 아카디아 재단을 운영했죠. 들어보셨나요?"

말을 제대로 하기가 어려웠다. 절박할 정도로 이놈의 짐을 벗어버리고 싶었다. 누구든지 그 사실을 공유하고 어떻게든 이해시키고 싶었다.

"들어보았네. 물론, 들어봤지. 그뿐 아니라 대충 짐작은 하고 있었어. 그 재단은 온통 CIA라고 떠칠을 하고 있으니까."

라이카트는 자리에 앉았다. 약간 당혹스러워하는 표정이었다.

"하지만 그게 정말로 가능합니까? 어떻게 돌아가는 건지는 모르겠지만, 누군가 CIA에 들어갔는데 그 즉시 다른 나라에 박사 과정으로 유학을 가는 게 말입니다."

"당연히 가능하지. 그보다 더 확실한 위장이 어디 있겠는가? 게다가 미래의 엘리트를 선발하기 위해 대학보다 좋은 곳은 없어. 사진 좀 다시 보여주겠나? 어떤 자가 에미트지?"

그가 손을 내밀었다.

"다 헛소리일 수도 있습니다. 증거도 없고 그의 이름을 찾아낸 곳도 허섭스레기 같은 웹사이트였으니까요. 그곳에 적힌 바로는 예일을 졸업하자마자 CIA에 들어갔다고 합니다. 이 사진을 찍기 3년 전쯤이죠."

나는 사진 속의 에미트를 지적해주었다.

"오, 충분히 믿을 만해. 사실, 말이 나왔으니 하는 말이네만, 비슷한 소문을 들은 적이 있어. 하지만 그때는 다국적 단체가 모조리 그들과 함께 움직이고 있었지. 그러니까 소위 '군사-산업-학술 컨소시엄' 같은 것이었어."

그는 자신의 위트에 감탄의 미소를 띠고는 다시 심각한 표정을 지었다.

"그래서? 자네가 의심하는 내용이 그가 랭을 알고 있었을 거라는 건가?"

"아닙니다. 제가 의심하는 부분은, 맥아라가 보스턴 근처의 에미트 저택까지 추적했다가 몇 시간 후 마사 바인야드 해변에 죽은 채 쓸려왔다는 사실입니다."

—

그 후 나는 알아낸 정보 모두를 토해냈다. 램버트 협곡의 조수와 플래시 불빛에 대해서도 얘기해주었고 이해하기 어려운 경찰 조사도 얘기했다. 죽기 전날 애덤과 맥아라가 말다툼을 했다는 루스의 말도 전했으며, 케임브리지 시절에 대해 이야기하기를 꺼려하는 애덤의 태도에 대해서도 말해주었다. 그가 본격적으로 정치에 뛰어든 시기도 그의 주장보다 2년 먼저라는 얘기도 해주었다. 맥아라가 특유의 끈질긴 고집으로, 이 모든 걸 찾아냈고, 그로써 어린 시절에 대한 애덤의 신화가 조금씩 허물어져갔다는 얘기도 했다. 모든 것의 열쇠가 애덤의 자서전 첫 부분에 들어 있다는 맥아라의 말뜻 역시 그걸 지적한 것이리라.

그리고 마지막으로 포드의 내비게이션 시스템에 대해서도 말해주었다. 그 기계가 나를 에미트의 문 앞까지 이끌고 갔으며, 에미트의 행동이 수상쩍기 그지없었다는 얘기들도 했다. 그리고 당연한 일이지만 내 얘기가 계속될수록 라이카트의 흥분은 더욱 커졌다. 모르긴 몰라도 그에게는 크리스마스 선물 같은 얘기들이었으리라.

"가령, 애초에 정치 입문에 대해 생각해보라고 권한 게 에미트라고 생각해보게. 솔직히 말해서 누군가 그 새대가리에게 그런 생각을 집어넣었을 것 아닌가? 나는 이미 열네 살 때 그 당의 소년당원이었어. 랭이 가입한 게 언제지?"

"1975년."

"1975년! 그래, 이제 말이 되는군. 1975년도에 영국이 어땠는지 기억나나? 보안기관은 통제력을 잃고 수상을 직접 감시하고 퇴역장성들은 사병을 길렀지. 경제는 붕괴되고 사방에 파업과 폭동뿐이었어. CIA가 새로운 젊은 피를 선발해 영국 같은 곳에서 경력을 쌓도록 했다 해도 놀랄 만한 일은 아니야. 공무원, 방송, 정치. 결국 놈들이 하는 게 그런 일 아니겠나."

"설마 영국에서 그랬겠습니까? 맹방인데."

라이카트는 한심하다는 듯 나를 쏘아보았다.

"당시 CIA는 미국 학생들도 감시했어. 이봐 자네, 정말로 그렇게 믿는 건 아니겠지? 우리나라 학생에 대한 사찰을 꺼린다고? 물론 놈들은 영국에서 활동했고 또 지금도 마찬가지야. 런던의 전초기지에 대규모의 인력까지 거느리고 있지. 지금 당장이라도 CIA와 정기적으로 접촉하는 국회의원 이름을 여섯은 댈 수 있네. 사실⋯⋯."

그는 걸음을 멈추고 손가락을 튕기더니 나를 돌아보았다.

"그래, 그게 좋겠군! 자네 레그 기펜 하면 생각나는 게 없나?"

"글쎄요."

"레그 기펜. 레지널드 기펜 경. 후에 기펜 상원의원이 되었다가 지금은 고 기펜이 되었지. 그래. 그가 하원 연설을 할 때마다 미국을 지지하는 통에 우린 그의 선거구가 미시간이라고 비아냥거렸어. 그 한심한 꼴이란……. 그런데 1983년 총선이 있던 첫 주에 국회의원을 사임하겠다고 나서서 모두를 놀라게 했네. 단 한 사람만 예외였어. 불과 6개월 전에 그의 선거구로 이주한 야심만만한 미남형 당원이 하나 있었지."

"그는 기펜의 지지를 받아서 당의 공천을 받았고 불과 30세의 나이로 전국에서 가장 높은 지지율로 당선되었죠."

그 이야기는 전설이었다. 그리고 그건 애덤이 전국적으로 명성을 얻게 된 시발점이기도 했다.

"하지만 랭이 의석을 얻도록 CIA가 기펜에게 지시했다는 말을 정말로 믿으시는 건 아니겠죠? 너무 억지 같은데요?"

"오, 이런! 상상력을 좀 발휘하라고. 하버드의 에미트 교수를 생각해봐. 그 인간이 거기 앉아서 영어권 민족의 동맹이 어떻고 공산주의의 위협이 어떻고 하는 데데한 이야기를 쓰고 있었단 말일세. 그리고 자네야말로 그 두 손에 역사상 가장 놀라운 요원을 들고 있잖은가! 이미 미래의 당수로 점지된 남자! 수상 후보! 그런데 정보부의 권력으로 설득해 이 남자의 경력을 장식하는데 총력을 기울이지 않을 거라고 생각하는 거야? 랭이 무대에 등장할 때 난 이미 국회의원이었어. 그리고 신분도 불분명한 그가 우리 모두를 제치는 걸 지켜봐야 했다고. 물론 그건 조력자가 없으면 불가능해. 당에는 아무 연줄도 없는 인간이었으니까. 도대체 누가 그 친구의 태엽을 감아주는 건지 이해할 수 없었다고."

그가 인상을 찌푸렸다.

"분명히 그게 요점이긴 합니다. 이데올로기조차 없는 사람이었으니까요."

라이카트는 다시 자리에 앉아 내 쪽으로 상체를 내밀었다.

"이데올로기는 없을지 몰라도 의제는 제대로 갖고 있었어. 좋아, 내가 문제 하나 내지. 애덤 랭이 수상 시절에 내린 결정 중에 미국의 이익을 대변하지 않는 게 있다면 하나만 대보게."

나는 대답하지 않았다.

"이봐, 이게 난센스 퀴즈도 아니잖나? 워싱턴이 받아들이지 못할 결정을 하나만 대보라니까. (엄지를 들어 올리며) 하나, 영국군의 중동 파견. 이건 우리 군의 고급 장성들 거의 모두가 반대하고 그 지역을 잘 아는 대사들도 모두 반발하고 나섰지. 둘, (검지) 영국 회사이든 뭐든 재건 계약과 관련해 백악관에 어떤 종류의 보복 조치도 요구하지 못하도록 철저히 봉쇄할 것. 셋, 중동에서의 미국 외교 정책에 대한 절대적인 지지를 표방할 것. 그는 전 유럽을 등지는 미친 짓을 감수하면서까지 그대로 밀어붙였어. 넷, 미국 미사일 방어 시스템을 영국 땅에 주둔시킬 것. 그건 미국을 보호할 수는 있어도 우리의 안보를 위해서는 아무 쓸모도 없었어. 사실 그 반대지. 그 덕분에 우린 최우선 테러 대상국이 되었으니까. 다섯, 500억 달러에 달하는 미국의 핵미사일 시스템을 구입했어. 우리는 독립 시스템이라고 불렀지만 미국의 동의 없이는 발사할 수도 없다네. 그리고 그로 인하여 우리 후계자들이 앞으로 20년 동안 우리의 방어 전략에 대해 워싱턴에 굴종적 태도를 취해야 하는 결과를 초래했다고. 여섯, 우리 국민을 미국 법정에 세우도록 허용하는 조약 체결. 반면에 우린 그렇게 할 수 없지. 일곱, 우리 국민들의 불법 납치, 고문, 구금, 심지어 살인까지 공모했어. 여덟, 미국과의 동맹을 100퍼센트 지지하지 않는 관료의 지속적인 퇴출. 이건 내가 당사자니까 잘 아네. 아홉……."

"알았어요. 충분히 이해했어요."

나는 손을 들어 항복을 선언했다.

"워싱턴 친구들도 랭의 외교 방식을 도저히 이해할 수가 없다고 하더군. 요컨대, 랭이 내줄 건 다 내주고 얻어내는 건 하나도 없다는 사실이 너무나도 당혹스럽다는 거야. 그래서 우리가 지금 어디에 와 있지? 우린 지금 도저히 이길 수 없는 전쟁에 휘말렸네. 나치와 싸울 때조차 사용하지 않던 방법에 공모까지 했다고! (히스테리컬한 웃음) 그거 아나, 어떤 점에서 그가 수상으로 있던 시절 우리가 저지른 일에 적어도 합리적인 이유가 있을지도 모른다고 생각하니 오히려 마음이 편하다는 사실? 잘 생각해본다면 그 대안은 더 최악이었을 거야. 최소한 그가 CIA의 개였다면 어쨌든 말은 되잖아. 그럼 문제는 간단해지니까 말이야. 자, 그럼, 이젠 우린 어떻게 해야 하지?"

"하지만 제 입장은 여전히 난처하기만 합니다. 그의 회고록 집필을 돕기로 했고, 또 작업 중에 얻은 어떤 정보도 제3자에게 누설하지 말아야 한다는 법적 제약도 안고 있습니다."

"발을 빼기엔 너무 늦었어."

그 말은 마음에 들지 않았다.

"실제로 어떤 증거도 없습니다. 심지어 에미트가 랭을 포섭했다는 사실은 고사하고, CIA에 있었는지조차 확실치 않습니다. 제 말은 랭이 수상 관저에 들어간 이후에 그런 관계가 어떤 식으로 작동했는지 그걸 어떻게 알겠느냐는 겁니다. 다락방에 비밀무전기를 숨긴 것도 아닐 테고."

라이카트가 심각하게 말을 이었다. "이봐, 이건 농담이 아니야. 외교부에 있었기 때문에 이런 일들이 어떤 식으로 움직이는지는 어느 정도 알고 있네. 접촉은 얼마든지 가능해. 우선 에미트는 아카디아 문제로 늘 런던을 방문했어. 그 재단이야말로 완벽한 전위 부대지. 솔직히 말해서 그 재단 자체가 랭을 조종하기 위한 비밀 음모의 한 축이라고 해도 난 놀라지 않을 걸세. 타이밍도 절묘하고, 얼마든지 중간다리로 이용할 수도 있어."

"그래도 증거가 없기는 마찬가지입니다. 게다가 랭이 입을 다물고, 에미트가 고해성사를 거부하고, CIA가 파일을 열지 않는 한, 그런 건 영원히 없을 겁니다."

"그럼 자네가 증거를 찾아내고." 라이카트가 당연하다는 듯 말했다.

"예?"

심장이 철렁 내려앉았다. 아니, 내 모든 것이 내려앉았다.

"자네는 완벽한 위치에 있어. 그는 자네를 믿고 뭐든 질문할 자격을 주었네. 심지어 녹음까지도 가능하지 않나? 그의 입에서 고백을 끄집어내 봐. 그를 옭아맬 질문들은 얼마든지 고안해낼 수 있을 거야. 그러다보면 그에게 외통수를 던질 날도 올 테지. 그때 어떻게 나오는지 보자고. 물론 부인하겠지만 상관없어. 적어도 그의 면전에 증거를 들이댔다는 사실은 녹음으로 남을 테니까."

"아뇨, 불가능합니다. 테이프는 그의 재산이에요."

"아니, 가능한 일일세. 국제형사재판소는 애덤 랭이 CIA의 범죄자 인도 프로그램에 직접 공모했다는 증거로 그 테이프들을 소환할 수 있으니까."

"내가 녹음을 하지 않으면요?"

"그 경우, 난 검사에게 자네를 소환하라고 하겠네."

"아, 하지만 내가 부인할 수도 있습니다."

나는 교활한 미소를 지어 보였다.

"그럼, 난 검사에게 이걸 제시하겠어."

라이카트는 재킷을 열어 셔츠 앞자락에 붙은 작은 마이크를 보여주었다. 안주머니로 이어진 전선이 보였다.

"프랭크가 모두 녹음하고 있어. 안 그래, 프랭크? 오, 이런! 그렇게 놀란 표정 짓지 말라고! 도대체 뭘 기대한 거지? 설마 아무런 준비도 없이 랭 밑에서 일하는 이방인을 만나러 왔겠나, 응? 물론 이제부터는 랭 밑에서 일하는 건 끝났어. 이제 자넨 내 밑에서 일하는 거야."

그가 하얀 이를 드러내며 웃었다. 이 세상 그 무엇보다도 밝게 빛나는 치아.

열다섯

무너지는 거인

고객들이 필요로 하는 유령은 이것저것 따지는 자가 아니라
그들의 말에 귀를 기울이고 그들의 과거지사를 있는 그대로
이해해주는 존재이다.

《유령 작가》

잠시 후 나는 닥치는 대로 욕을 퍼붓기 시작했다. 한도 끝도 없었다. 라이카트에게 저주를 퍼붓고 어리석음을 자책했으며 프랭크는 물론 테이프를 타이핑하는 여자들까지 싸잡아 욕했다. 법원의 검사, 판사, 신문 매체까지 저주에서 벗어날 수는 없었다. 만일 그때 전화벨이 울리지 않았더라면 난 한참을 더 그런 식으로 날뛰었을 것이다. 라이카트에게 받은 전화기가 아니라 런던에서 가져온 것이었다. 말할 필요도 없이 스위치를 끄는 걸 잊은 덕분이다.

"받지 말게. 그랬다가는 놈들이 곧바로 이리로 들이닥칠 거야."

나는 발신번호를 보았다.

"아멜리아 블라이입니다. 아무래도 중요한 일인 모양인데요."

"아멜리아 블라이."

라이카트가 되뇌었다. 경이와 갈망이 뒤섞인 말투였다. 그의 망설임으로 미루어 그 역시 그녀가 왜 전화를 걸었는지 알고 싶은 게 분명했다.

"그러고 보니 못 본 지도 꽤 오래됐군. 어쨌든 놈들이 감시하고 있다

면 자네 위치를 100미터 근방까지 파악할 수 있을 거야. 물론 이 근방
에서 자네가 있을 만한 건물은 여기뿐이네."

전화기는 계속해서 내 손바닥을 간질이고 있었다.

"상관없습니다. 내가 장관님 명령을 따를 이유도 없잖습니까?"

나는 녹색 통화 버튼을 눌렀다.

"예, 아멜리아."

"잘 지내요? 애덤이 통화하시겠다는군요."

그녀의 목소리는 죄수복만큼이나 뻣뻣했다.

나는 라이카트를 향해 "애덤 랭이에요"라고 입 모양을 만들어주고는
손을 흔들어 아무 말도 하지 말 것을 주문했다. 잠시 후 특유의 무색무
취한 목소리가 내 귀를 채웠다.

"지금 막 루스하고 통화했네. 자네가 뉴욕에 와 있다고 하더군."

"그렇습니다."

"나도 그렇네. 지금 어딘가?"

"정확히 어딘지는 잘 모르겠습니다, 애덤. 아직 자리를 잡지 못했습
니다."

나는 라이카트에게 도움의 손길을 청했다.

"우린 월도프에 있어. 이쪽으로 건너오지그래?"

"잠깐만 기다리세요, 애덤."

나는 묶음 버튼을 눌렀다.

"이런, 멍청한 인간 같으니."

라이카트는 화부터 냈다.

"월도프에서 보자는데요?"

라이카트는 머리를 굴리느라 양 볼을 빨아들였다.

"가야 해." 그가 마침내 말했다.

"함정이면요?"

"위험은 있겠지. 하지만 가지 않으면 당장 의심할 거야. 어서 가겠다고 말하고 전화를 끊어."

나는 다시 묵음 버튼을 눌렀다.

"예, 애덤. 잘됐네요. 제가 그리로 가겠습니다."

나는 목소리에서 긴장감을 숨기기 위해 발악을 하고 있었다. 라이카트가 자기 목을 베는 시늉을 했다.

"아무튼 뉴욕엔 웬일이지? 집에서도 할 일이 많을 줄 알았는데?" 애덤이 물었다.

"존 매덕스를 만날 생각이었습니다."

"그래, 그분은 어떻던가?"

"좋았습니다. 이제, 전화를 끊어야겠습니다."

라이카트의 목 자르기 운동이 점점 더 거세지고 있었다.

"우린 이틀 동안 무척 잘 지냈어. 미국인들은 대단해. 알지? 진정한 친구를 알아보는 건 늘 어려운 시기라는 사실 말이야."

애덤은 내 말을 못 들은 척했다. 단순한 자격지심인가? 아니면 내가 들으라고 일부러 그 말을 강조하고 있는 건가?

"예, 알겠습니다. 되도록 빨리 가겠습니다, 애덤."

나는 전화를 끊었다. 손이 마구 떨렸다.

"잘했어. 여기서 빠져나가는 데 10분. 어서 짐부터 챙겨."

그는 벌떡 일어나 침대에 얹어둔 코트를 집어 들었다. 나는 기계적으로 사진을 모아 가방 안에 넣고 지퍼를 채웠다. 그동안 라이카트는 화장실에 들어가 요란하게 볼일을 봤다.

"목소리가 어떻던가?" 라이카트가 물었다.

"밝았어요."

변기 물 내리는 소리와 지퍼 올리는 소리.

"자, 우린 뭐든 시도해봐야 해, 안 그런가?"

로비로 내려가는 엘리베이터는 모르몬교 온라인 회원인지 뭔지 하는 족속들로 빽빽했다. 게다가 매 층마다 서는 바람에 라이카트의 초조함은 더욱더 심해졌다.

"함께 있다가 들키면 끝장이야. 자넨 천천히 오게. 주차장에서 기다릴 테니까."

그는 걸음을 빨리 해 앞서 가기 시작했다. 프랭크도 가만히 자리에서 일어났다. (도청을 했다면 우리의 의도를 잘 알고 있으리라.) 두 사람은 아무 말 없이 함께 걸었다. 날렵한 노신사 라이카트 그리고 그의 말 없는 동료. 기막힌 앙상블이로군. 그런 생각을 하며 나는 허리를 굽혀 구두끈 매는 시늉을 했다. 그리고 천천히 로비를 가로질러 시끄러운 사람들의 무리를 조심스럽게 돌아나갔다. 물론 고개는 푹 숙인 채였다. 이 모든 상황엔 뭔가 웃기는 구석이 있었다. 밖으로 나가기 위해 줄을 선 무리에 끼었을 때는 정말로 웃기까지 했다. 마치 페도(19세기 프랑스 희극작가—옮긴이)의 소극을 보는 듯하지 않은가! 각 장은 그 이전 장보다 과장이 더 심한 듯 보이지만 잘 들여다보면 전개의 치밀한 논리가 엿보이는 그런 극 말이다. 그렇다. 바로 그거다. 소극! 나는 내 차례가 올 때까지 줄을 섰고 그 순간 에미트를 보았다. 아니, 분명히 본 것 같았다. 그리고 더 이상 웃을 수 없었다.

호텔의 회전문은 엄청나게 커서 한꺼번에 대여섯 명이 빠져나갈 수 있을 정도였다. 안으로 뛰어 들어가 서로 부딪치지 않기 위해 엉거주춤 걷는 사람들의 모습이 마치 체인으로 발목을 묶어놓은 죄수들의 행렬 같았다. 다행히 나는 나가는 사람들 가운데 섞여 있었고 에미트가 나를 놓친 이유도 그 때문이었다. 그의 양쪽에는 남자가 하나씩 붙어 있었다. 그들은 호텔로 들어가는 회전문 안에 있었는데 모두 너무 바쁘다는 듯 앞쪽의 유리에 손을 대고 있었다.

어두운 밤거리로 나오자마자 발을 헛디뎌 하마터면 넘어질 뻔했다. 한시라도 빨리 달아나고 싶어 서두른 탓이었다. 가방이 옆으로 넘어지는 바람에 나는 고집스러운 개를 끌고 가듯 가방을 질질 끌다시피 하며 앞으로 달려갔다. 주차장은 화단으로 호텔 구역과 구분되어 있었다. 난 돌아가는 대신 화단을 밟고 지나갔다. 헤드라이트 불빛 두 줄기가 주차장을 가로질러 곧바로 나를 향해 달려왔다. 차는 마지막 순간 운전대를 꺾었고 동시에 뒤쪽 조수석 문이 열렸다.

"어서 타."

라이카트였다.

프랭크가 갑자기 액셀을 밟는 바람에 문이 쾅 하고 닫혔다. 나는 뒷좌석으로 내팽개쳐지고 말았다.

"방금 에미트를 봤습니다." 내가 말했다.

라이카트는 거울을 통해 운전사와 눈빛을 교환했다.

"확실한가?"

"예."

"그도 자넬 봤나?"

"아뇨."

"확실한가?"

"예."

나는 가방을 꼭 움켜쥐었다. 이제 내 수호신이 되어버린 가방. 우리는 경사로를 내려가 맨해튼으로 향하는 번잡한 도로에 끼어들었다.

"라가디아에서부터 따라왔을 수도 있습니다." 프랭크가 말했다.

"왜 치고 들어오지 않은 거지?"

"보스턴에서 에미트가 오길 기다렸겠죠. 신분 확인을 위해서요."

그때까지만 해도 라이카트의 아마추어 스파이 놀음을 심각하게 생각하지 않았었다. 하지만 이제 새로운 두려움이 꿈틀거리고 있었다.

"아무래도 지금 당장 랭을 만나러 가는 건 좋은 생각 같지 않은데요? 그자가 정말로 에미트라면 내가 뭘 하고 다니는지 랭도 알았을 겁니다. 보스턴에 가서 사진을 보여준 것까지 말입니다."

"그래? 그렇다고 그가 무슨 짓을 하겠나? 월도프-아스토리아 호텔 욕조에 자넬 익사라도 시킬까 봐?" 라이카트가 비아냥댔다.

"그럴지도 모르죠."

프랭크였다. 키득거리고 있는지 그의 양 어깨가 조금 흔들렸다. 멀미가 났다. 살을 에는 듯 추운 밤이었지만 난 창문을 내렸다. 동쪽에서 불어오는 밤바람은 강 표면을 핥고는 가혹한 냉기뿐 아니라 항공유 따위의 산업폐기물 냄새까지 실어왔다. 아직도 그때 생각을 하면 머릿속에서 기름 냄새가 생생히 떠오른다. 그건 내게 공포의 냄새로 영원히 각인될 것이다.

"핑계라도 있어야 하지 않나요? 가서 뭐라고 하죠?"

"자넨 아무 잘못도 하지 않았어. 그저 선임자의 뒤를 따라 랭의 케임브리지 시절을 추적하고 있었을 뿐이라고. 죄인처럼 굴 필요 없잖아? 자기 뒤를 쫓고 있다는 건 랭도 확신하지 못할 테니까."

"내가 걱정하는 건 랭이 아닙니다."

우리 모두 아무 말도 못했다. 몇 분 후 맨해튼의 야경이 눈에 들어왔다. 까만 벽돌로 지어진 도시. 내 눈은 자동적으로 건물들의 어두운 정면 모습을 훑었다. 부재가 이정표가 될 수 있다는 사실이 신기했다. 저건 블랙홀과도 같은 거야. 우주 속의 눈물. 그건 뭐든지 삼킬 수 있었다. 도시, 나라, 법. 물론 나까지도 삼켜버릴 것이다. 라이카트조차 그 광경에 압도된 듯 보였다.

"문 좀 닫으라고. 그러다 얼어 죽겠어."

나는 시키는 대로 했다. 프랭크가 라디오를 작게 틀어놓았다. 재즈방송. 조용한 연주.

"차는 어쩌죠? 아직 로건 공항에 있는데."

"아침에 가져가면 돼."

음악이 블루스로 바뀌었다. 프랭크에게 꺼달라고 요청했지만 그는 내 말을 묵살해버렸다.

"랭은 개인적인 감정으로 생각하겠지만 그건 아니야. 좋아, 인정하지. 화가 나지 않았다고 하면 거짓말일 거야. 누구도 굴욕을 원하지는 않을 테니까. 하지만 우리가 계속해서 고문을 용인한다면, 그리고 동굴 입구를 장식한 적의 해골 숫자로 승리를 판단한다면 도대체 인류가 어떻게 되겠는가?"

"어떻게 되는지 말씀드릴까요? 회고록 대가로 25만 달러를 챙기고 그 후로 행복하게 살 겁니다."

또다시 초조함 때문에 화가 치밀어 올랐다.

"개소리 말라고 하시겠죠? 하지만 결국 그는 이곳 CIA의 연금을 받고 은퇴해서는 장관님과 그놈의 국제형사재판소를 향해 좆 까라고 할 겁니다."

"그럴 수도 있겠지. 하지만 옛날 사람들은 추방을 죽음보다 더 끔찍한 형벌로 생각했어. 그리고 이봐, 랭이 망명자가 될 수 있겠어? 세계 어디도 갈 수 없는데? 국제형사재판소가 뭔지도 모르는 개똥 같은 미개국 몇 나라조차 어려울 거야. 비행기라는 건 늘 엔진에 문제가 생기거나 연료 공급을 해야 하는 법이고, 그렇게 되면 어딘가에 착륙을 해야 할 테니 말이야. 우린 언제까지고 기다릴 수 있어. 그리고 그때가 바로 그자를 잡는 순간이 될 거야."

나는 라이카트를 보았다. 그는 앞쪽을 바라보며 가볍게 고개를 끄덕였다.

"아니면 어느 순간 정치 지형도가 바뀌어 이곳에서도 그에게 정의의 심판을 받게 하자는 여론이 생겨날 수도 있겠지. 그 친구, 이런 생각은 해봤는지 모르겠군. 인생이 박살나는 일일 텐데 말이야."

"그 말씀을 들으니 왠지 그가 불쌍해지는군요."

라이카트가 나를 노려보았다.

"그 친구에게 반했군, 그렇지? 매력이라! 하, 영국의 질병에게?"

"더 나쁜 질병도 있습니다."

우리는 트리바로 교를 건넜다. 도로의 이음새를 건널 때마다 타이어가 덜컹거렸다.

"화물차에 탄 것 같네요."

우리는 한참 동안 시내를 누비고 다녔다. 파크 애비뉴의 신호에 걸려 설 때마다 난 차 문을 열고 달아나고 싶다는 생각을 했다. 문제는 정지해 있는 차들 사이를 빠져나가 저기 어딘가의 골목으로 사라지는 것까지는 쉬운데 그다음이 완전히 여백으로 남아 있다는 사실이다. 도대체 어디로 가지? 아까 사용한 가짜 신용카드가 노출되는 날이면 호텔 숙박

비조차 낼 수 없는 형편이 되는 판에 말이다. 지금의 난관을 어느 방향에서 바라보든 간에 제일 안전한 선택은 라이카트 편에 서는 것이었다. 최소한 그는 내가 빠진 이 낯선 세계에서 생존하는 법을 알고 있었다.

"그렇게 걱정된다면 안전장치를 마련해둘 수도 있네. 프랭크가 준 전화로 매 시간 전화를 하라고. 반드시 통화를 할 필요는 없어. 그냥 두어 번 벨만 울리면 되니까."

"제가 전화하지 않으면요?"

"첫 번째는 그냥 둘 거야. 만일 두 번째도 하지 않으면 랭에게 전화를 걸겠네. 자네의 신변에 무슨 일이 생기면 그 책임을 반드시 묻겠다고 엄포를 놓는 거야."

"그 말에도 별로 안심이 안 되는 이유가 뭘까요?"

그때쯤 거의 다 와가고 있었다. 앞쪽 길 반대편으로 거대한 투광조명으로 만든 별과 줄무늬 조형물들이 보이고, 그 옆이 월도프였다. 월도프의 입구에 영국 국기가 걸려 있고 호텔 앞은 콘크리트 블록으로 봉쇄되어 있었다. 언뜻 보아도 6대의 경찰 오토바이에 4대의 순찰차 그리고 검은색 대형 리무진 두 대, 한 떼의 카메라맨들이 공간을 가득 메우고 있었다. 물론 호기심 많은 군중들이 빠질 리 없었다. 그 광경을 보자 심장이 다시 뛰기 시작했다. 숨을 쉬기가 어려웠다. 라이카트가 내 팔을 비틀었다.

"기운 내게, 친구. 이미 유령 하나를 잃은 죄로 의심을 사고 있는 사람이야. 또 다른 유령을 어떻게 할 처지가 못 된다고."

"저게 다 그 사람 때문인가요? 남들이 보면 아직도 수상인 줄 알겠는데요?" 내가 탄성을 내질렀다.

"아무래도 내가 너무 유명인사로 만들어준 모양이야. 그 점에서라면 자네도 나한테 고마워해야 해. 좋아, 행운을 비네. 나중에 또 얘기하자고. 프랭크, 여기 세워."

그는 칼라를 치켜세우곤 의자 밑으로 몸을 숨겼다. 그의 철저한 경계심은 애처롭기도 하고 우습기도 했다. 불쌍한 라이카트. 그의 정체를 아는 뉴욕 사람이 여기 모인 사람들의 1만 분의1을 넘지도 않을 터인데. 프랭크는 이스트 50번가에 잠깐 차를 세워 나를 내려주고는 노련하게 다시 도로 위로 끼어들었다. 그리하여 내가 본 라이카트의 마지막 모습은 맨해튼의 저녁 속으로 사라져가는 은발의 뒤통수가 되고 말았다. 하지만 내게는 또 내 나름의 저녁시간이 남아 있었다.

나는 노란색 택시로 가득한 넓은 길을 건너 군중과 경찰관들을 뚫고 지나갔다. 주변을 지키는 경찰관들은 나를 붙들지 않았다. 여행 가방 때문에 투숙하려는 손님으로 생각한 모양이었다. 나는 아르데코 문을 지나 거대한 대리석 계단을 올랐다. 바빌로니아풍의 화려한 월도프 로비였다. 이전 같으면 휴대폰으로 아멜리아에게 전화를 걸었겠지만 그동안의 경험으로 배운 게 있었다. 나는 곧바로 프런트데스크의 관리인에게 다가가 그녀의 방에 전화를 걸어달라고 요청했다.

아무도 전화를 받지 않았다. 관리인은 인상을 찌푸리며 전화를 끊었다. 그리고 막 컴퓨터를 확인하려는데 파크 애비뉴 쪽에서 커다란 폭음이 들렸다. 체크인 하던 손님 몇이 재빨리 몸을 웅크렸다가 그 폭음이 모터사이클 엔진의 시동이 걸리는 소리라는 걸 알고는 멋쩍게 일어나기 시작했다. 공안국과 안전보장국 요원들이 애덤을 에워싼 채 당당하게 행군을 하며 나오고 있었다. 그의 뒤에 아멜리아와 비서 둘이 따라오고 있었다. 아멜리아는 전화를 걸고 있었다. 내가 무리를 향해 움직였지만 애덤은 앞만 바라보며 나를 지나쳐버렸다. 그답지 않은 행동이었다. 사열을 하면서도 늘 사람들을 아는 척하고, 전매특허 격인 미소를 날려주던 그가 아니던가? 그가 계단을 내려오기 시작할 때쯤 아멜리아가 먼저 나를 알아보았다. 그녀는 몹시 당혹스러운 표정이었다. 금발머리도 어느 정도 헝클어진 상태였다.

"막 전화하려고 했어요. 계획이 변경되었거든요. 지금 당장 마사 바인야드로 돌아갈 거예요."

아멜리아는 발걸음을 멈추지도 않았다.

"지금요? 너무 늦은 시간 아닌가요?"

나는 황급히 그녀를 따라잡았다. 우리는 함께 계단을 내려갔다.

"애덤의 지시예요. 비행기도 겨우 잡은 걸요."

"하지만 왜 지금이죠?"

"나도 몰라요. 하지만 뭔가가 있는 것 같아요. 직접 물어보세요."

애덤은 우리보다 먼저 내려가 거대한 정문에 다다랐다. 경호원들이 문을 열자 그의 넓은 어깨가 할로겐 불빛에 갇히고 말았다. 기자들의 고함 소리, 카메라 플래시의 집중 포격, 할리 데이비슨의 포효. 누군가가 그 문을 지옥에 옮겨놓기라도 한 것 같았다.

"나는 어떻게 하면 되죠?"

"호송차에 타세요. 애덤은 비행기에 올라탄 다음에야 당신하고 얘기할 거예요."

아멜리아는 겁에 질린 내 표정을 의아한 듯 바라보았다.

"오늘 이상하네요. 무슨 일 있었어요?"

이제 어떻게 하면 되느냐고? 글쎄, 기절? 선약이 있다고 해버려? 마치 탈출구 없는 이동보도에 갇힌 기분이었다.

"너무 많은 일이 한꺼번에 터져서 정신이 하나도 없군요." 내가 맥없이 말했다.

"이건 아무것도 아니에요. 저분이 수상이셨을 때 팀원이 아닌 걸 다행으로 생각해야 할걸요."

우리도 빛과 소음의 아수라장으로 나왔다. 테러와의 전쟁으로 초래된 모순들이 한꺼번에 한 사람에게 집중되면서, 그로 하여금 스스로 빛을 발하게 만들어주는 것 같았다. 애덤의 리무진 문이 열렸다. 그는 잠시 멈춰 서서 호위선 너머의 군중들에게 손을 흔들어주고는 곧바로 안으로 미끄러져 들어갔다. 아멜리아는 내 팔을 잡고 두 번째 차로 밀쳐냈다.

"어서요. 잊지 말아요. 당신이 뒤처진다 해도 우린 챙길 여유가 없다는 사실."

그녀가 외쳤다. 경찰 오토바이들은 벌써 떠나기 시작했다. 그녀는 애덤 옆에 올라탔다. 난 무의식적으로 두 번째 리무진에 들어가고 있었다. 비서들이 재잘거리며 한쪽으로 물러나 자리를 만들어주었다. 그리고 우리 차도 출발했다. 우리 옆으로도 오토바이 한 대가 삐요 삐요 소리를 내며 쫓아왔는데, 그 소리가 마치 거대한 정기선을 에스코트하는 작은 예인선의 휘파람 소리처럼 들렸다.

—

상황이 달랐다면 난 그 여행을 즐겼을 것이다. 할리 데이비슨이 앞으로 달려 나가 교통을 통제하는 모습과 불투명한 유리를 통해 우리 일행을 바라보는 창백한 표정의 사람들을 두 다리 쭉 뻗고 앉아 느긋하게 구경했을 것이다. 사이렌 소리, 팡팡 터지는 플래시들, 속도, 권력의 맛

등등. 아무리 생각해봐도 어디론가 이송되면서 이 정도의 장관과 드라마를 연출할 수 있는 인간은 두 부류밖에 떠오르지 않았다. 세계적인 지도자와 테러리스트.

나는 몰래 주머니 속의 새 휴대폰을 만지작거렸다. 라이카트에게 바뀐 상황에 대해 보고해야 하는 건가? 나는 그러지 않기로 했다. 사람들 앞에서 그에게 전화를 걸 수는 없다. 그로 인해 결국 더욱 초조해지고 죄의식은 더 확연해지고 말 것이다. 배신은 비밀을 요한다. 일단 상황의 추이에 모든 것을 맡기기로 했다.

자동차 행렬이 59번가의 다리를 지났다. 앨리스와 루시가 가벼운 흥분으로 키득거렸다. 몇 분 후 라가디아에 다다랐을 때에도 우리는 터미널 빌딩을 그냥 지나쳐 곧바로 활주로 비상구를 통과했다. 그곳에선 거대한 사유기가 주유를 하고 있었다. 핼링턴 비행기였다. 암청색 동체의 꼬리날개에 회사의 로고가 선명하게 찍혀 있었다. 지구와 지구를 둘러싼 원이 콜게이트의 '신뢰의 원'(미국 치약회사 콜게이트의 슬로건—옮긴이)처럼 보였다. 리무진이 멈춰 서고 애덤이 제일 먼저 내렸다. 그는 휴대용 스캐너를 지나 뒤도 돌아보지 않고 걸프스트림의 계단을 올라가버렸다. 경호원이 황급히 그의 뒤를 쫓았다.

차에서 내릴 때 나는 초조감에 관절까지 뻣뻣해졌다. 아멜리아가 서 있는 계단까지 가는 것만도 여간 어려운 게 아니었다. 이제 막 착륙해 들어오는 제트기들의 소음으로 밤공기가 흔들렸다. 대여섯 대의 비행기가 착륙 허가를 기다리며 바다 위를 선회하고 있었다. 어둠 속으로 빛의 계단이 쏘아 올려졌다.

"대단하네요. 늘 이런 식으로 다녀요?" 나는 여유로운 척하며 물었다.

"그를 사랑한다는 걸 이런 식으로 보여주는 거예요. 그들이 친구를 어떻게 대하는지 다른 사람들에게 보여주는 효과도 있겠죠. 우리는 약자를 보호하노라!"

금속 봉을 가진 보안요원이 수화물을 점검하는 중이었다. 나는 다른 짐이 있는 곳에 가방을 내려놓았다.

"루스에게 가야겠다고 하더군요. 할 말이 있다면서요." 아멜리아가 비행기를 올려다보며 말했다.

차창이 보통 비행기보다 큰 탓에 뒷자리에 앉은 애덤의 옆얼굴이 선명하게 보였다. 그녀의 목소리는 크게 동요하고 있었는데, 마지막 말은 거의 혼잣말에 가까웠다. 난 거의 그 자리에 없는 존재 같았다. 어쩌면 공항으로 오는 도중 두 사람이 싸웠을지도 모른다는 생각이 들었다.

보안요원 하나가 내게 가방을 열어줄 것을 요청했다. 나는 지퍼를 열고 그에게 들어 보였다. 그는 원고를 들어내고 아래를 뒤졌는데 아멜리아는 다른 생각에 빠졌는지 쳐다보지 않았다.

"신기해요. 워싱턴이 그렇게 잘 움직이는 게."

아멜리아는 멍하니 활주로 불빛을 내다보았다.

"숄더백."

보안요원의 말이었다. 나는 그에게 숄더백을 넘겼다. 그가 사진꾸러미를 꺼냈다. 내용물을 꺼낼지도 모른다는 생각이 들었으나 그는 내 랩톱 컴퓨터에 더 관심을 보였다. 아무래도 계속 수다를 떨어야 할 판이었다.

"헤이그에서 무슨 소식을 들은 것 아닌가요?"

"아니에요. 그것과는 상관없어요. 그랬다면 내게 말했을 거예요."

"감사합니다. 이제 탑승하셔도 됩니다."

다시 보안요원.

"아직 가까이 가지는 말아요. 지금 기분으론 안 돼요. 불러달라고 하면 내가 데리러 올게요."

스캐너를 통과하는데 그녀가 경고했다.

나는 계단을 올라갔다. 애덤은 제일 끝자리에 앉아 턱을 괴고 창밖을 내다보고 있었다. (나중에 안 사실이지만 경호원들이 권한 자리였다. 그 뒤로 아무도 없기 때문이다.) 객실은 10명의 승객을 태울 수 있도록 배열되었다. 동체 양쪽에 2인용 소파가 하나씩 그리고 커다란 팔걸이의자가 여섯 개 있었다. 팔걸이의자는 한 쌍씩 서로를 마주 보도록 되어 있고 그 사이엔 은폐식 테이블이 설치되어 있었다. 기내의 전체적인 분위기는 마치 월도프의 로비를 옮겨온 듯했다. 황금빛 장식, 잘 닦인 호두나무에 크림색 가죽으로 만든 소파. 바로 옆 소파에 파견 경찰이 앉아 있었다. 하얀 재킷 차림의 남자 승무원이 애덤에게 마실 것을 따라주고 있었다. 그가 어떤 음료를 마시는지는 알 수 없었으나 그 소리만큼은 내 귀에까지 들렸다. 다른 사람들이야 여름 저녁의 나이팅게일 노랫소리나 마을 교회 종소리를 듣고 싶을지 모르나, 지금 내가 원하는 건 고급 유리잔에 얼음조각이 부딪히는 소리뿐이었다. 그 소리에 대해서 나는 전문가이다. 그건 애덤이 차가 아니라 독한 위스키를 주문했다는 중계방송과도 같았다. 승무원이 내 시선을 알아차리고는 내 쪽으로 다가왔다.

"마실 걸 갖다드릴까요?"

"예, 감사합니다. 미스터 랭께서 드시는 거라면 뭐든 좋습니다."

내가 틀렸다. 그건 브랜디였다.

문이 닫혔다. 승선 인원은 모두 열두 명. 승무원 셋(기장, 부기장, 승무원)에 승객 아홉. 탑승객은 비서 둘, 경호원 넷, 아멜리아, 애덤 랭 그리고 나였다. 나는 조종실을 등지고 앉은 자리라 애덤을 지켜볼 수 있었다. 아멜리아는 바로 그의 맞은편 자리였다. 잠시 후 엔진이 울리기 시작했다. 나는 당장 비행기 문을 활짝 열어젖히고 도망가고 싶은 욕망과 싸움을 벌이는 중이었다. 처음부터 그 비행은 무덤처럼 느껴졌다. 걸프스트림이 부르르 떨더니 터미널 건물이 뒤쪽으로 달아나기 시작했다. 아멜리아가 뭔가를 설명하는 듯이 애절한 손짓을 하고 있었으나 애덤은 계속해서 활주로를 내다볼 따름이었다.

누군가 내 팔을 건드렸다.

"이 비행기 얼마나 나가는지 아세요?"

월도프에서 함께 차를 타고 왔던 경찰관이었다. 그는 통로 맞은편에 앉아 있었다.

"모르겠군."

"대충이라도."

"정말 짐작도 안 가."

"아무 숫자나 대보세요."

내가 어깻짓을 했다.

"1,000만 달러?"

"4,000만 달러. 핼링턴에는 이런 게 다섯 대나 된대요."

그는 의기양양했다. 가격을 알고 있다는 사실만으로 이 비행기의 주인이 될 수 있다는 투였다.

"그렇게 많은 비행기를 어디다 쓰려고 갖고 있는지도 아나?"

"쓰지 않을 때면 임대를 하기도 한다던데요?"

"오, 그래? 그 얘기는 나도 들었지."

엔진 소리가 커지는 만큼 활주로를 달리는 비행기의 속도도 빨라졌다. 나는 테러 용의자들을 생각해보았다. 그들은 폴란드 동부와 아프가니스탄 국경을 에워싼 소나무 숲 속의 붉은 먼지투성이 활주로를 이륙할 때부터 수갑에 두건까지 쓴 채로 이 값비싼 가죽 의자에 묶여 있었을 것이다. 비행기가 공중으로 튀어 오르는가 싶더니 맨해튼의 불빛이 창문을 가득 채웠다. 우리는 그 옆으로 미끄러져 곧바로 낮은 먹구름 속으로 들어가 버렸다. 위험천만한 지하철을 타고 눈을 감은 채 하늘을 날아오르는 기분이었다. 하지만 두꺼운 먹구름은 금세 떨어져나가고 비행기는 다시 맑은 밤하늘로 빠져나왔다. 구름은 알프스만큼이나 크고 단단해 보였다. 굴곡 사이로 떠오른 달이 이따금 구름의 봉우리와 번개 치는 계곡과 빙하, 협곡 따위를 비춰주었다. 비행기가 안정을 찾고 얼마 후 아멜리아가 일어나 내 쪽으로 건너왔다. 동체와 함께 흔들리는 그녀의 엉덩이가 묘한 욕망을 불러 일으켰다.

"좋아요. 이제 얘기할 준비가 됐대요. 하지만 말조심해야 해요, 알았죠? 한 이틀 큰일들을 치르셨으니까."

아멜리아의 경고였다.

"그러죠."

나는 시트 옆에서 숄더백을 꺼내 그 여자의 옆을 비집고 나갔다. 아멜리아가 내 팔을 잡았다.

"오래 끌지 말아요. 단거리니까 금방 내리게 될 거예요."

—

정말로 짧은 거리였다. 나중에 확인해보니 뉴욕 시에서 마사 바인야드까지는 420킬로미터에 불과했다. 그리고 걸프스트림 G450의 순항

속도는 시속 880킬로미터다. 이 둘을 연결시켜보면 애덤과의 대화 녹음이 왜 불과 11분밖에 되지 않는지 이해할 수 있을 것이다. 내가 그에게 다가갈 때부터 고도가 떨어지고 있었으니 말이다.

그는 두 눈을 감고 있었다. 잔은 아무렇게나 내민 손에 들려 있었다. 재킷과 넥타이는 풀어헤친 채였고 구두도 신고 있지 않았다. 마치 뭔가에 짓눌린 불가사리처럼 늘어져 있었다. 처음엔 잠든 줄 알았으나 가만히 보니 실눈을 뜨고 나를 살펴보고 있었다. 그가 술잔을 대충 흔들어 맞은편 의자에 앉을 것을 권했다.

"그래, 거기 앉아."

그는 두 눈을 뜨고 손등으로 입을 막으며 하품을 했다.

"실례."

"잘 지내셨습니까?"

나는 자리에 앉은 다음, 가방을 무릎 위에 올려놓고 노트와 미니레코더와 여분의 디스크 따위를 주섬주섬 꺼냈다. 라이카트가 원한 게 이런 거지? 테이프? 초조함 때문에 동작은 어색하기 이를 데 없었다. 만일 그때 애덤이 눈썹이라도 치켜떴다면 나는 레코더를 옆으로 치워버렸을 것이다. 하지만 그는 개의치 않는 것처럼 보였다. 아마도 공식 방문이 끝날 때면 늘 이런 식의 통과의례를 거쳤을 것이다. 몇 분 동안 독대를 허가받은 신문기자. 작동 여부를 꼼꼼히 챙겨놓은 녹음기, 술 한 잔의 힘을 빌려 만들어진 비격식의 환상. 그래서인가? 녹음기에서 흘러나오는 그의 목소리는 언제나 지친 것처럼 들렸다.

"그래, 어떻게 되어가나?" 그가 물었다.

"아, 예, 잘 진행되고 있습니다."

나중에 들어보니 내 목소리가 너무 높았다. 헬륨 가스라도 들이마신 것 같은 목소리였는데 아마 긴장감 때문이었으리라.

"뭐 흥미로운 것이라도 찾은 건가?"

그의 눈에서 순간 섬광이 일었다. 혐오? 기쁨? 그는 분명 나를 희롱하고 있었다.

"이것저것 살펴봤습니다. 워싱턴은 어땠습니까?"

"워싱턴이라, 정말 대단했어. 모두들 내 편이 되겠다며 열렬한 응원을 보냈지. 국회의사당이야 자네도 봤겠지만, 부통령과 국무장관까지 나서서 무슨 일이든 하겠다고 천명했다네." 그가 몸을 뒤척이며 바스락거리는 목소리로 말했다.

마지막 공연을 위해 애써 심신을 추스르려는 사람 같았다.

"각하께서 미국에 정착할 가능성까지 포함되어 있습니까?"

"오, 그래. 상황이 최악으로 치달으면 도피처야 당연히 제공해주겠지. 해외여행은 어렵겠지만 약간의 일자리가 제공될 수도 있고. 하지만 그 정도까지는 안 갈 거야. 이 친구들, 더 중요하고 실질적인 지원을 준비 중이거든."

"정말입니까?"

애덤이 고개를 끄덕였다.

"증거."

"그렇군요."

그가 무슨 말을 하는지 이해할 자료가 내겐 없었다.

"그 기계 작동하고 있는 건가?"

내가 디스크레코더를 집어 들자 달그락거리는 소리가 들렸다.

"예, 그렇습니다. 괜찮겠습니까?"

나는 다시 엄지를 이용해 기계를 작동시켰다.

"그래. 그저 자네가 잊었을까 봐 묻는 거야. 나야 당연히 사용해야 한다고 믿고 있지. 중요하잖아? 회고록이 나오면 독점 자료로 써먹어야하니까. 출판사와 계약할 때 대단한 역할을 하게 될 거라더군. 아, 그래, 워싱턴은 지금 파키스탄에서 그 4명을 체포할 당시 어떤 영국 인사도 직접적으로 관여한 바 없다는 공식 성명을 준비 중이라더군."

그는 마지막 말을 강조하기라도 하듯 상체를 앞으로 내밀었다.

"정말입니까? 정말입니까? 정말입니까?"

난 그저 그 소리만 반복했다. 그리고 내 목소리에서 불협화음을 느낄 때마다 깜짝깜짝 놀랐다. 해롱거리는 아첨꾼. 거세당한 유령.

"그래. CIA 국장이 헤이그 법원에 조서를 제출해 그 사건이 전적으로 미국의 비밀작전이라고 증언할 거랬어. 만일 그게 안 먹힌다면 그 작전을 수행한 장교들의 카메라 촬영 자료도 제출하기로 했네. 그렇게 되면 라이카트는 조금 고민해야 할 거야. 바야흐로 전범 기소의 근거가 사라질 판이니 말이야."

애덤이 다시 상체를 세우더니 브랜디를 조금 마셨다.

"하지만 국방장관께 보내신 서한이……."

"그건 진짜야. 내가 SAS의 투입을 촉구한 것까지 부인할 수는 없어. 그리고 태풍 작전 중에 SAS가 페샤와르 지역에 있었다는 사안하고, 그자들을 체포 지역까지 추적하는 데 우리 정보부가 활용되었다는 사안 같은 건 아무리 정부라도 부인하지 못할 거야. 그래도 그 정보를 CIA에 넘겼다는 증거는 없어." 그가 어깻짓을 해보였다.

"하지만 그렇게 하신 겁니까?"

"CIA에 정보를 넘겼다는 증거는 어디에도 없어."

"하지만 정말로 하셨다면, 그건 분명히 CIA를……."

"CIA에 그 정보를 넘겼다는 증거는 어디에도 없어."

그는 여전히 미소 짓고 있었다. 그러나 어려운 아리아의 마지막 음을 이어가는 테너가수처럼 이마에 잔뜩 주름이 잡혀 있었다.

"그럼 그 정보가 어떻게 그들에게 넘어간 겁니까?"

"어려운 질문이로군. 공식 채널이 아닌 것만은 분명해. 나와 아무 관계가 없는 것도 사실이고."

한참 동안 침묵이 이어졌다. 어느새 그의 미소가 사라졌다.

"그래, 자네 생각은 어때?"

"그러니까 다소······." 나는 어느 정도 정치적인 수사를 찾아내고 싶었다. "······기술적으로 들립니다."

"무슨 뜻이지?"

테이프에서 나오는 내 대답이 어찌나 허술하고 어색하고 고통스러운지 듣는 사람들이 배꼽을 잡고 웃을 지경이다.

"말씀하셨듯이······ 각하께서는 SAS로 하여금 그들을 추적하게 하셨습니다. 그러니까, 당연히, 타당한 이유야 있겠죠. 하지만 실제로 그 일을 하지 않았다 해도······ 제가 제대로 이해했다면······ 국방장관이 연루 사실을 부인하기는 사실 어려울 겁니다. 어쩌면······ 어떤 점에서······ 그냥 모퉁이에 차를 세워두고 있었을 뿐이라고 해도 말입니다. 아시다시피······ 에, 영국 정보부는 CIA에게 그들을 체포할 권한을 넘겼고, 그들이 고문당할 때에도 비난 성명을 발표하지 않았습니다."

마지막 말은 한꺼번에 쏟아져 나왔다.

하지만 애덤의 대답은 냉담했다. "시드니 크롤은 CIA가 제공한 약속에 매우 기뻐했네. 그는 검사가 사건을 기각해야 할 거라고 믿고 있어."

"시드니가 그렇게 말했다면······."

"다 개소리야!"

애덤이 갑자기 소리쳤다. 그는 테이블 가장자리를 내리치기도 했는데 테이프에서는 그 소리가 마치 폭음처럼 들렸다. 소파에서 졸고 있던 경찰관이 깜짝 놀라 우리 쪽을 바라보았다.

"그 네 놈의 운명에 대해 내가 후회할 일 따위는 없어. 파키스탄 놈들한테 의존했다면 잠지도 못했을 테니까. 기회가 있을 때 잡아야 했단 말이야. 만일 놓치는 날엔 놈들은 지하로 숨었을 테고, 그럼 그다음엔 우리 국민을 죽이고 다닐 때나 놈들의 행방을 알게 되었을 거라고."

"정말로 후회 없으십니까?"

"없어."

"신문 중에 죽은 사람에 대해서도요?"

"오, 그자? 놈은 심장에 문제가 있었어. 진단만 없을 뿐이지. 어차피 죽을 놈이었다는 게야. 요는 어느 날 아침 침대에서 나오다가 죽을 수도 있었단 말이야."

나는 아무 말도 않고 메모를 하는 척했다.

"이봐, 고문을 용인하자는 건 아니지만 이 말 한마디는 해야겠어. 첫째, 그건 쓸 만한 결과물을 얻는 최고의 방법이야. 실제로 정보부에 가본 적이 있다네. 그때 알게 된 것이지. 둘째, 권력을 갖는다는 건 악의 균형을 잡는 일이라고 할 수 있어. 그걸 인정한다면 죽음을 막기 위해 몇 사람의 개인이 겪는 잠시 동안의 고통이 도대체 뭐가 대수란 말인가? 그것도 수천 명의 생명이 걸린 일인데 말이야. 셋째, 고문이 테러와의 전쟁에만 있는 특별한 일이라고 말하지는 말게. 고문이 전쟁의 일부가 된 건 어제오늘의 일이 아니야. 차이가 있다면 과거에는 그 일로 나발을 불어대는 언론이 없었다는 것뿐이라고!"

"파키스탄에서 체포된 사람들은 무죄라고 주장하고 있습니다."

"당연히 무죄라고 주장하겠지! 아니면 뭐라고 하겠나? 이봐, 자네, 이 일을 맡기엔 너무 순진한 거 아냐?"

애덤은 나를 처음 본다는 듯 위아래로 훑어보았다. 그 말을 부인할 수는 없었다.

"마이클 맥아라와는 다른가요?"

"마이클! 마이클은 또 다른 식으로 순진했지."

그가 웃으며 고개를 저었다.

비행기가 빠른 속도로 하강하고 있었다. 별과 달도 보이지 않았다. 비행기가 구름을 뚫고 내려갈 때는 귓속의 압력 변화까지 느낄 수 있었다. 나는 코를 비틀며 숨을 깊이 들이마셨다. 아멜리아가 복도를 따라 내려왔다.

"두 분 괜찮으세요?" 그녀가 물었다.

걱정스러운 표정인 걸 보니 애덤의 광기 어린 웃음소리를 들은 모양이었다. 아니, 다들 들었을 것이다.

"회고록 일을 상의하고 있었어. 이 친구에게 태풍 작전에 대한 얘기를 하던 중이었지." 애덤이 말했다.

"그걸 녹음해요?" 아멜리아가 놀란 표정을 지었다.

"괜찮다면요." 내가 대답했다.

"조심해야겠네요. 시드니가 한 말도 있는데." 그녀가 애덤에게 주의를 주었다.

"테이프들은 모두 각하 소유입니다. 제 것이 아니라." 내가 항변했다.

"소환될 수도 있잖아요."

"어린애 취급하지 마. 하고 싶은 말 정도는 나도 잘 알고 있으니까. 그

일에 지나치게 끌려 다닐 필요 없다고."

아멜리아는 짐짓 놀란 표정을 짓고는 물러났다.

"여자들이라니!" 애덤이 중얼거렸다.

그는 다시 브랜디 한 모금을 삼켰다. 얼음이 녹았는데도 액체의 색이 짙은 걸 보니 처음부터 가득 따르게 한 모양이었다. 문득 전 수상 나리께서 조금 취했다는 생각이 들었다. 기회가 있다면 바로 지금일 것이다.

"어떤 점에서, 마이클 맥아라가 순진했습니까?"

"그건 잊어버려." 애덤이 중얼거렸다.

그는 턱을 가슴까지 내린 채 술잔을 흔들다가 갑자기 고개를 들었다.

"내 말은, 그래, 그 시민권 운운하는 걸 예로 들어보지. 내가 다시 정권을 잡으면 뭘 하고 싶은지 알아? 그럼 사람들을 공항에 모이게 해서 두 줄로 세울 거야. 왼쪽 줄은 승객들의 출신 배경을 확인하지 않고 탈 수 있는 비행기 줄이야. 신원 조회도, 생물학 데이터도 없고, 그놈의 소중한 시민권을 훼손할 우려가 있는 조치는 하나도 안 할 거라고. 물론 고문으로 알아낸 정보도 전혀 사용하지 않겠어. 전혀! 오른쪽은 승객의 안전을 위해 할 수 있는 모든 수단을 다 취하는 줄이야. 물론 사람들은 자기가 타기를 원하는 비행기의 줄을 선택하게 될 거야. 멋지지 않나? 난 뒤로 물러나 앉아서 이 세상의 모든 라이카트들이 자기 아이들을 어느 줄에 세우는지 지켜보겠어. 아예 테러 경보까지 내려놓고 말이지."

"마이클이 그런 부류였습니까?"

"처음엔 아니었어. 불행하게도 말년에 이상주의를 배운 거지. 내가 그렇게 말했네. 아, 그러고 보니 그게 마지막 대화였군. 그래. 내가 그랬어. 이봐, 우리 주 예수 그리스도께서 내려와 우리와 함께 살 때조차 세상의 모든 문제를 해결하지는 못했어. 하느님의 독자께서 말이야! 그런데, 나에게 10년 동안 모든 걸 정리하기를 기대하는 것 자체가 무리라는 생각은 안 해?"

"그와 심각한 말다툼을 하신 게 사실인가요? 그가 죽기 전에 말입니다."

"마이클이 험악한 비난을 퍼부어댔지. 도저히 참을 수가 없는 말들이었어."

"어떤 종류의 비난인지 여쭤봐도 되겠습니까?"

나는 라이카트와 특별검사가 테이프를 듣다가 지금의 내 말에 퍼뜩 긴장하는 모습을 상상할 수 있었다. 나는 다시 숨을 삼켰다. 목이 꽉 막힌 듯 목소리가 나오지 않았다. 마치 꿈속에서 대화를 하거나 아니면 아주 먼 곳에서 고함을 치는 것만 같았다. 정작 테이프를 들어보면 그 다음의 침묵은 아주 짧다. 하지만 그 순간이 내게는 정말로 영원처럼 느껴졌다. 애덤의 목소리는 소름 끼칠 정도로 차분했다.

"아니, 안 하는 게 좋겠어."

"그 비난이 CIA와 관계있는 겁니까?"

"이봐, 자네도 이미 알고 있을 거 아냐. 폴 에미트까지 만나봤으니까." 애덤이 냉혹하게 내뱉었다.

그리고 이번의 침묵은 내 기억뿐아니라 녹음테이프에서도 길게 이어졌다. 정작 폭탄을 터뜨린 애덤은 창밖을 내다보며 잔만 홀짝였다. 쓸쓸한 불빛 몇 개가 발밑에 나타나기 시작했다. 아마도 선박들이리라. 나는 그를 바라보았다. 이제 세월마저 그를 따라잡은 표시가 역력해 보였다. 눈 주위의 잔주름, 늘어진 턱살, 아니 어쩌면 세월 탓이 아닐 수도 있겠다. 그냥 지친 건지도 모르겠다. 맥아라가 반기를 든 후 몇 주일 동안 잠도 제대로 이루지 못했겠지. 그리고 마침내 그가 돌아보았을 때 그의 표정에 드러난 것은 분노가 아니라 극도의 피로감이었다.

"자네가 이해해주었으면 하네. 지금까지 내가 한 모든 일, 당수로서도 그렇고, 수상으로서도 그렇고, 내가 그 일들을 해낸 건 신념 때문이었어. 그게 옳다고 믿었으니까." 그가 힘줘 말했다.

나는 대충 얼버무렸다. 어차피 이미 쇼크 상태였다.

"자네가 사진 몇 장을 보여줬다고 하던데, 그게 사실인가? 나도 볼 수 있겠지?"

봉투에서 사진을 꺼내 드는 두 손이 가볍게 떨렸다. 그는 네 장을 재빨리 넘기더니 다섯 번째에서 잠깐 멈칫했다. 그와 에미트가 무대에 선 모습을 찍은 사진이었다. 그리고 다시 처음으로 돌아가 사진 하나하나 넘겨가며 찬찬히 들여다보았다. 그가 사진에서 눈을 떼지도 않고 물었다.

"이 사진들은 어디서 난 거지?"

"맥아라가 문서실에 요청한 겁니다. 우연히 제 방에서 보게 되었죠."

안전벨트를 매라는 부기장의 지시가 인터콤으로 흘러나왔다.

"신기하군. 정말 신기해. 이렇게 철저하게 변했으면서도 다들 여전히 똑같다니. 마이클은 사진에 대해 아무 말도 하지 않았어. 오, 그 빌어먹을 문서실!"

그는 곁눈질로 감독의 사진 하나를 자세히 보았다. 하지만 그가 보고 있는 건 자신이나 에미트가 아니라 여자들이었다. 그는 완전히 매료된 표정이었다. 그가 사진을 두드리며 말했다.

"이 여자 생각나는군. 그리고 이 여자도. 내가 수상으로 있을 때 편지를 보낸 적이 있었지. 루스가 화를 냈어. 오, 세상에, 루스!"

그가 두 손으로 얼굴을 가렸다. 그가 울어버릴지도 모른다는 생각을 했지만 다시 돌아보았을 때 그의 눈은 젖어 있지 않았다.

"다음엔 또 뭐지? 자네 일에 이런 종류의 상황을 다루는 것까지 포함되어 있는 건가?"

이제 창밖의 불빛은 매우 선명해졌다. 도로 위를 비추는 자동차 헤드라이트 불빛도 보였다.

"책의 내용에 대한 최종결정권은 늘 고객의 몫입니다. 언제나 그렇습니다. 하지만 이 경우, 일어난 사건에 비추어, 분명히……."

테이프로 들으면 내 말끝은 점점 흐려진다. 그리고 갑자기 커다란 잡음이 들리는데 애덤이 앞으로 쏠리면서 넘어지다가 내 팔을 잡으면서 낸 소리였다.

"마이클의 비극을 말하는 거라면 나도 그 사건으로 놀랐다는 사실부터 알아줬으면 좋겠군."

나를 바라보는 그의 시선은 흔들림 하나 없었다. 자신에게 남아 있는 모든 역량을 나를 확신시키는 데 쏟아붓고 있었다. 그리고 솔직하게 고백하건대, 그동안 내가 뭘 알아냈든 간에, 난 그에게 지고 말았다. 그리고 지금까지도 그가 진실을 말했다고 믿고 있다.

"다른 건 아무것도 못 믿는다 해도, 그의 죽음이 나와는 아무 관계 없다는 것만은 제발 믿어주기 바라네. 영안실에서 본 마이클의 모습은 내가 죽는 그날까지 가슴에 안고 가야 할 짐이 될 거야. 그게 사고라고 확신하네만, 아무튼 좋아. 대화를 위해 필요하다면 사고가 아니라고 해두지. (그가 내 팔을 잡은 손에 힘을 주었다.) 그 친구 도대체 무슨 생각으로 에미트를 만나려고 한 거지? 그 친구, 그런 짓을 하지 않을 만큼은 정치밥을 먹은 사람이라고. 자네와는 또 달라. 아니, 적어도 지금 같은 위기 상황에선 절대로 아니지. 어떤 점에서 그는 자살한 셈이야. 그건 자살 행위였으니까."

"제가 걱정하는 것도 그 점입니다."

"자네도 심각하게 생각해야 할 거야. 똑같은 일이 자네에게라고 일어나지 말라는 법도 없으니까."

"그런 생각도 했습니다."

"아니, 그 점에서라면 자넨 걱정할 필요 없네. 내가 보장하지."

하지만 난 불신의 벽을 완전히 풀지 못했다. 그가 다시 손에 힘을 가했다.

"오, 이런, 이 친구야! 지금 이 비행기엔 경찰관이 넷이나 타고 있어! 도대체 우리가 어떤 사람인 줄 알고는 있는 건가?"

"바로 그겁니다. 도대체 어떤 사람들이죠?"

우리는 나무 꼭대기 높이까지 내려왔다. 걸프스트림의 불빛이 나무 이파리들을 비추고 있었다. 나는 팔을 빼내려고 힘을 주었다.

"죄송합니다." 내가 말했다.

애덤은 마지못해 팔을 내주었고 나는 안전벨트를 맸다. 그도 안전벨트를 맸다. 그가 창밖의 공항을 보다가 갑자기 나를 돌아보았다. 놀란 표정이었다. 비행기가 활주로에 부드럽게 내려앉고 있었다.

"맙소사, 자네 벌써 누군가에게 말한 거로군, 그렇지?"

얼굴이 빨개지는 걸 느낄 수 있었다.

"아닙니다."

"말했어."

"말하지 않았습니다."

테이프의 목소리는 도둑질하다 잡힌 아이처럼 자신감이 하나도 없었다.

그가 다시 상체를 기울였다. "누구에게 말한 거지?"

공항 주변의 어두운 숲을 내다보면서 그곳이라면 누구든 숨어 지낼 수 있겠다는 생각을 했다. 어쩌면 고백이 내게 남겨진 유일한 보험일 수도 있겠다.

"리처드 라이카트." 내가 대답했다.

그에겐 그야말로 KO펀치였을 것이다. 그리고 그때 그는 모든 것이 끝났음을 깨달았을 것이다. 난 지금도 그때 그의 모습을 생생히 기억하고 있다. 그건 마치 한때 화려했던 저택이 괴소문에 시달리더니 급기야 철거 명령서까지 받은 형국이었다. 그러니까, 조금 전만 하더라도 신기할 정도로 멀쩡했다가 불과 몇 초 후 천천히 허물어지기 시작한 대형 건물. 그게 바로 애덤이었다. 그는 멍한 눈으로 나를 바라보다가 끝내 의자 속으로 무너져 내리고 말았다.

비행기가 터미널 건물 앞에 멈춰 섰다. 마침내 엔진이 꺼졌다.

—

그 시점에서 나는 또 하나 기막힌 일을 해냈다. 애덤이 자신의 파멸을 곱씹으며 앉아 있고, 아멜리아가 내가 무슨 말을 했는지 확인하기 위해 복도를 달려오는 동안, 나는 침착하게 미니레코더에서 디스크를 빼내 슬그머니 주머니에 집어넣었다. 그 자리에는 대신 빈 디스크를 집어넣었다. 애덤은 물론 경황이 없었고 아멜리아 역시 그에게 신경을 쓰느라 보지 않았다.

"좋아요. 오늘은 이 정도만 해요." 그녀가 단호하게 선언했다.

아멜리아는 그의 맥없는 손에서 빈 잔을 빼내 승무원에게 주었다.

"어서 집에 가요, 애덤. 루스가 기다리고 있을 거예요."

그러곤 팔을 뻗어 그의 안전벨트를 풀고 의자 뒤에 걸어둔 정장 재킷도 챙겼다. 아멜리아는 마라톤 선수에게 가운을 입혀주듯 정장 재킷을 펼쳐 가볍게 흔들었다. 물론 그가 입기 좋게 하려는 것이었으나 그녀의 목소리에도 힘이 없긴 마찬가지였다.

"애덤?"

그는 몽환에 빠진 사람처럼 일어나 아멜리아가 팔을 잡고 이끄는 대로 서서 멍하니 조종실만 바라보았다. 그녀는 어깨 너머로 나를 노려보더니, 입 모양으로 특유의 분노와 저주를 토해냈다.

"빌어먹을, 이게 무슨 짓이야?"

사실 적절한 질문이었다. 도대체 무슨 짓을 하고 있는 거지? 비행기 앞쪽의 문이 열리고 경찰관 셋이 먼저 비행기에서 내려 걸어가고 있었다. 찬 바람이 객실 안으로 밀려 들어왔다. 애덤은 마지막 경호원을 따라 출구 쪽으로 걷기 시작했다. 아멜리아가 그 뒤에 바짝 따라붙었다. 나는 재빨리 디스크레코더와 사진들을 숄더백에 넣은 다음 그들을 따라갔다. 기장이 조종실에서 나와 작별인사를 했다. 애덤은 마침내 두 어깨를 펴고 그에게 손을 내밀었다.

"늘 그랬지만 멋진 비행이었소."

애덤이 막연한 치사를 내뱉었다. 그는 기장과 악수를 하고, 대기 중인 부기장과 승무원과도 인사를 나누었다.

"고맙소. 정말 고마웠어요."

그가 프로다운 미소를 지으며 우리를 돌아보았으나 그 미소는 순식간에 사라져버렸다. 충격을 받은 게 분명했다. 경호원은 벌써 계단 중간쯤 내려가고 있었다. 이제 비행기에는 아멜리아와 나와 비서 두 명만이 남아 있었다. 공항의 밝은 조명 아래 루스가 서 있는 것이 보였다. 하지만 너무 멀어 표정을 짐작할 수는 없었다.

"잠시만 시간을 내줘야겠어. 두 사람 모두. 아내하고 단둘이 할 얘기가 있으니까." 그가 아멜리아와 나를 차례로 보며 말했다.

"괜찮은 거예요, 애덤?" 아멜리아가 물었다.

그 여자는 오랫동안 그와 함께 지냈고 또 그를 너무나도 사랑했기 때문에, 뭔가 크게 잘못되었다는 사실 정도는 분위기만으로도 느낄 수 있었다.

"괜찮을 거야."

애덤은 그 여자의 팔꿈치를 가볍게 건드리며 말했다. 그리고 나와 승무원들을 바라보고는 가볍게 미소까지 지어 보였다.

"신사 숙녀 여러분, 모두 수고했어요. 좋은 밤 보내시길."

그는 문을 빠져나가 계단 위에서 잠시 멈추고는 주위를 둘러보며 머리를 매만졌다. 아멜리아와 나는 객실에서 그를 지켜보았다. 그는 이제 처음 만났을 때의 모습으로 돌아와 있었다. 여전히 습관적으로 그가 만나야 할 청중을 찾고 있는 것이다. 하지만 환하게 불 밝힌 광장엔 인적 하나 없이 바람만 거세게 불고 있었다. 대기 중인 경호원들과 졸지에 야간근무를 하게 된 작업복 차림의 지상 근무요원들만이 어서 집에 돌아갈 수 있기를 간절히 바라고 있을 뿐이었다.

애덤 역시 루스가 기다리고 있는 걸 본 모양이었다. 그는 손을 들어 아는 척을 하더니 무용수처럼 우아하게 계단 아래로 내려가기 시작했다. 그가 아스팔트 위에 내려서서 터미널을 향해 10미터쯤 걸어가고 있을 때 기술자 하나가 "애덤!" 하고 외치며 손을 흔들었다. 영국 악센트였다. 애덤도 동포의 악센트를 알아들은 모양이었다. 그는 경호원들에게서 떨어져 나와 두 팔을 벌린 자세로 남자를 향해 성큼성큼 걸어갔다. 그리고 그것이 그의 마지막 모습이었다. 언제나 누군가를 향해 손을 내밀고 있는 남자. 그 모습은 내 각막에 영원히 박히고 말았다. 그 순간 밝은 불빛이 삽시간에 그의 기꺼운 그림자를 삼켜버렸고, 그 자리엔 날아다니는 파편과 악취 나는 낙진, 유리, 뜨거운 열기 그리고 폭음이 자아낸 완벽한 침묵만이 남게 되었다.

무덤에서의 메시지

만일 당신의 이름이 책에 오르지도 못하고
출판 기념회에 초대받지 못했다는데 조금이나마 아쉬운 마음이 있다면,
당신의 대필 작업은 그야말로 비참한 일이 되고 말 것이다.

《유령 작가》

내가 본 것은 환한 불빛이 전부였다. 내 두 눈은 유리 조각과 피로 범벅이 되었다. 우리는 모두 폭풍파에 밀려 뒤로 날아가고 말았다. 아멜리아가 좌석 모서리에 머리를 찧고 의식을 잃었다는 얘기는 나중에 들었다. 나는 어둡고 조용한 통로에 쓰러져 있었는데 시간이 얼마나 지났는지 도무지 짐작도 가지 않았다. 비서 둘이 비행기 밖으로 빠져나가기 위해 서두르다가 하이힐로 내 손을 밟은 것을 제외하면 거의 아무런 통증도 느끼지 못했다. 눈앞은 완전히 새카맣게 변했다. 청력을 회복한 것은 몇 시간이나 지나서였는데 지금까지도 귓속에서 윙윙 소리가 들리는 후유증에 시달리고 있다. 폭발은 마치 무선 장애처럼 완전히 나를 세상과 단절시켜 버렸다. 나는 들것에 실린 채 모르핀을 잔뜩 맞아야 했다. 그 덕분에 머릿속은 뜨거운 폭죽의 향연장이 되어버렸다. 그 후 나는 다른 생존자들과 함께 헬리콥터에 실려 보스턴 근처의 병원으로 이송되었다. 그것도 나중에 안 사실이지만 에미트의 집에서 매우 가까운 곳에 있는 시설이었다.

아무도 모르게 어떤 일을 해본 적이 있는가? 그 때문에 누군가 크게 봉변을 당할 수 있는 나쁜 일이라는 사실을 알면서도 말이다. 언젠가 아버지가 애지중지하는 LP 레코드를 깨뜨리고 몰래 재킷 안에 다시 넣어둔 적이 있었다. 물론 아버지한테는 아무 말도 하지 않았다. 그 후 며칠 동안 난 공포에 절어서 지내야 했다. 언제든 아버지의 불호령이 떨어질 것으로 확신했기 때문이었다. 결국엔 아무 일도 없이 지나갔다. 다음에 용기를 내어 찾아봤을 때 레코드는 어디에도 없었다. 아버지가 보고 버린 게 틀림없었다.

애덤 랭의 암살 사건이 일어난 이후 내가 느낀 감정도 그때와 비슷했다. 얼굴을 붕대로 칭칭 감고 복도에 경찰관까지 세워둔 채 하루 이틀 병실에 누워 있는 동안, 나는 지난주의 사건들을 끊임없이 되새김질 해보았다. 그 결과 살아서 그곳을 떠날 수 없다는 것은 너무나도 분명해 보였다. 골치 아프게 따질 필요도 없이, 누군가를 처리하기에 병원보다 쉬운 장소는 없다. 그건 거의 일상적인 진료 과정과 다름없다. 도대체 의사보다 더 완벽한 킬러가 어디 있단 말인가?

하지만 그건 결국 아버지의 망가진 레코드 사건과 마찬가지 방식으로 끝나버렸다. 봉사 노릇을 하는 동안, 보스턴의 FBI지국에서 나온 특별수사관 머피의 심문을 받았다. 그다음 날 오후 눈의 붕대가 벗겨졌고 머피가 다시 나타났다. 그는 1950년대 영화에 나오는 근육질의 젊은 성직자처럼 생긴 남자였다. 이번에는 영국 보안국 MI5에서 나온 냉소적인 영국인과 함께였다. 난 그의 이름을 결국 외우지 못했는데, 그건 그 이름을 기억하고 싶지 않았기 때문이리라.

그들은 내게 사진 한 장을 보여주었다. 시력은 여전히 덜 회복된 상태였지만 어쨌든 호텔 바에서 만난 미친 남자를 알아볼 수는 있었다.

그는 라인하트 별장 입구에서 혼자 진을 치고 철야시위를 감행한 고독한 시위꾼이기도 하다. 그들은 그의 이름이 조지 아서 박서이고, 영국군 퇴역 소령이라고 했다. 문제는 그의 아들이 이라크에서 전사하고 그의 아내는 6개월 후 런던의 자살폭탄으로 목숨을 잃었다는 데 있었다. 정신착란 상태의 박서 소령은 애덤에게 개인적인 책임이 있다고 판단하고 맥아라의 죽음이 신문에 보도된 직후 마사 바인야드까지 그를 쫓아왔다. 그는 군수품과 정보 분야의 베테랑이었다. 그는 지하드 웹사이트에서 자살폭탄 제조 기술을 익힌 다음 오크블러프스에 오두막을 빌려 과산화수소와 제초제를 사들인 다음 그곳을 사제 폭탄 제조 공장으로 바꿔버렸다. 애덤이 언제 뉴욕에서 돌아올지 알아내는 건 일도 아니었다. 그가 돌아올 때면 방탄차가 시위라도 하듯 공항으로 달려가니 말이다. 그가 어떻게 비행장 안에 들어왔는지에 대해서는 정확히 아는 사람이 없으나 공항은 매우 어두운 데다 울타리의 길이만 6킬로미터가 넘는 곳이다. 그런데도 소위 전문가들은 4명의 파견 경찰관과 방탄차 한 대만으로 경호가 충분하다고 주장했던 것이다.

하지만 솔직히 말해서, 경호원이 할 수 있는 역할에는 한계가 있을 수밖에 없다는 게 MI5 소속 요원의 견해였다. 특히 지독한 자살폭탄 테러범을 막을 방법은 거의 없다고 했다. 그는 라틴어 원문 그대로 세네카를 인용한 다음 친절하게 번역까지 해주었다. '자신의 삶을 가볍게 여기는 자가 타인의 삶을 지배한다.' 내가 보기엔 그 후 일이 풀려나가는 과정이 모든 사람들의 마음을 풀어준 것 같다. 애덤이 미국 땅에서 죽었기 때문에 영국 국민들이 안도했으며, 그가 영국인에 의해 날아갔다는 이유로 미국인들도 죄책감을 느끼지 않았다. 그리고 전범 재판 따위도 없을 거라는 사실에 두 나라 국민들 모두 마음을 놓았다. 꼴사나운 폭로도 없고, 20년 동안 조지타운의 디너 테이블을 떠돌며 환영인파를 구걸할 달갑잖은 손님도 없어졌다. 바야흐로 소위 특수 관계가 작동했다고 말할 수 있을 것이다.

머피 요원은 뉴욕에서의 비행에 대해 물었다. 애덤이 개인의 신변에 대해 어떤 식의 우려를 표현했는지의 여부였다. 난 아니라고 솔직하게 대답했다.

"블라이 부인의 말로는, 마지막 비행 중에 인터뷰를 녹음했다고 하던데요." MI5가 물었다.

"아뇨, 그녀가 오해한 거요. 레코더를 놓기는 했지만 실제로 작동시키지는 않았어요. 아무튼 진짜 인터뷰라기보다는 잡담 비슷했으니까."

이번에는 거짓말을 했다.

"잠깐 볼 수 있을까요?"

"얼마든지."

내 숄더백은 침대 옆 선반 위에 놓여 있었다. MI5는 미니레코더에서 디스크를 꺼냈다. 나는 마른 입술을 핥으며 그를 지켜보았다.

"빌려가도 되겠습니까?"

그러면서 그는 내 나머지 소지품도 뒤적이기 시작했다.

"그냥 가져요. 그런데 아멜리아는 어때요?"

"괜찮습니다."

그는 디스크를 가방에 집어넣었다.

"만날 수 있나요?"

"어젯밤 비행기로 런던으로 돌아갔습니다. 놀랄 만한 일도 아니죠. 크리스마스 이후로 남편을 본 적이 없다더군요."

MI5는 내가 실망한 것을 눈치챘는지 묻지 않은 얘기까지 덧붙였다.

이자도 날 의심하는 건가?

"루스는 어떤가요?"

"부인은 지금 남편의 시신과 함께 귀국 중입니다. 그쪽 정부에서 비행기를 보냈죠." 머피였다.

"미스터 랭은 최고 군장을 받게 될 겁니다. 웨스트민스터 궁에 조각상도 세워질 예정이고, 부인이 원한다면 애비 사원에 안장될 수도 있습니다. 아마 지금보다 더 인기가 있었던 적은 한 번도 없었을 걸요."

이번엔 MI5였다.

"몇 년 전에 돌아갔어야 했어요. 그런데 다른 사람은 한 명도 죽지 않은 게 사실인가요?"

"예, 기적이죠." 머피가 대답했다.

"블라이 부인은 미스터 랭이 자신의 암살자를 알아보고 일부러 그에게 달려갔을 거라고 믿고 있습니다. 그러니까 이런 일이 일어날 줄 예감했다는 거죠. 그 말에 대해 뭐 생각나는 건 없습니까?" MI5가 다시 물었다.

"지나친 억측 같군요. 난 연료 트럭이 터진 줄 알았는데."

"정말로 큰 폭발이었죠. 살인자의 머리를 터미널의 지붕에서 겨우 찾을 수 있었으니까요."

머피는 이렇게 말하고는 펜 뚜껑을 닫아 안주머니에 집어넣었다.

—

애덤의 장례식은 이틀 후 CNN을 통해서 보았다. 시력이 어느 정도 회복된 덕분이었다. 장례식은 차분하게 진행됐다. 여왕, 수상, 미국 부통령 그리고 유럽 지도자의 절반 정도. 유니언잭(영국 국기의 별명-옮긴이)으로 뒤덮인 관, 의장대, 만가를 연주하는 쓸쓸한 트럼펫. 검은 옷의 루스는 너무나도 매력적이었다. 검은색이야말로 그녀의 색이 틀림없으리라. 나는 아멜리아를 찾아보았지만 그녀의 모습은 보이지 않았다. 조용히 진행되는 의례 도중 리처드 라이카트와의 인터뷰가 삽입되었다. 장례식에 초대받지는 못했으나 그래도 그는 수고스럽게 검은 넥타이를 한 채 UN의 자기 사무실에 앉아 무척이나 인상적인 헌사를 바쳤다. 위대한 동료…… 진정한 애국자…… 의견 차이에도…… 끈끈한 우정…… 루스와 그의 가족에게 애도를…… 내가 아는 한 모든 사건은 종결되었으며…….

나는 그가 준 휴대폰을 찾아내 창밖으로 던져버렸다.

다음 날 병원에서 퇴원하는데, 릭이 작별인사를 하겠다고 뉴욕에서 날아와 나를 공항까지 데려다주었다.

"좋은 소식을 원해? 아니면 더 좋은 소식을 원해?" 그가 물었다.

"좋은 소식에 대한 생각이 나하고 같은지 걱정스럽군."

"시드니 크롤이 전화했어. 루스 랭은 자네가 회고록을 마무리해주길 바라고 있다더군. 매덕스도 원고 작업을 하는데 한 달을 더 주겠다고 했네."

"그럼 더 좋은 뉴스는 뭐지?"

"오, 영리하군. 이보라고, 그 문제에 대해 너무 까탈 부릴 거 없어. 지금 그 책은 완전히 들떠 있단 말이야. 무덤에서 들려오는 애덤 랭의 목소리잖아, 안 그래? 이젠 여기서 일할 필요도 없어. 런던에서 마무리할 수도 있다고. 이런, 그런데 자네 안색이 왜 그래?"

"무덤으로부터의 목소리라고? 그럼 나보고 유령의 유령이 되라는 소린가?"

난 믿을 수 없다는 투로 뇌까렸다.

"이런, 지금 상황이 무르익을 대로 무르익었다는 얘기야. 생각해봐.
자넨 합리적인 선에서 원하는 대로 쓸 수 있고 말릴 사람도 없어. 그리
고 자네도 그 친구를 좋아했고. 안 그래?"

그 생각을 해보았다. 아니, 진정제의 약기운이 떨어진 이후로 줄곧
그 생각만 했다. 욱신거리는 눈과 붕붕 울리는 귀보다 괴롭고, 병원에
서 나가지 못할 거라는 두려움보다 더 끔찍한 것은 다름 아닌 죄의식이
었다. 내가 겪은 상황에 비추어본다면 이상하게 들릴 수도 있겠지만,
도무지 어떤 정당화와 합리화도 적용할 수 없었다. 심지어 애덤을 향한
배신감도 소용이 없었다. 내가 바로 원흉이었다. 그건 단지 개인적으로
나 직업적으로 고객을 배신해서가 아니라 내 행동이 이끌어낸 일련의
사건들 때문이었다. 만일 내가 에미트를 만나러 가지 않았다면 에미트
는 애덤에게 사진에 대해 경고하지 않았을 것이다. 그러면 애덤도 루스
를 만나겠다고 고집부릴 일도 없었을 테고, 그 험악한 밤에 바인야드로
날아갈 일도 없었으리라. 그럼 나도 라이카트의 일을 고백할 일도 없었
겠지. 그러면, 그러니까 그러면……. 난 어둠 속에 누워 내 자신을 끝없
이 학대하고 고문했다. 마지막 순간 그렇게나 피폐해 보였던 그의 모습
을 도무지 지워버릴 수 없었다.

"그래, 맞아. 그를 좋아했지." 내가 대답했다.

"그럼 된 거야. 자넨 그 친구에게 빚진 거라고. 게다가 다른 조건도
있네."

"그게 뭐지?"

"시드니 크롤이 전하라더군. 만일 계약 의무를 저버리고 책을 마무리

짓지 않는 날엔 자네를 고소해버리겠대."

—

그래서 나는 런던으로 왔다. 그리고 그다음 6주간은 거의 아파트에서 나오지 않았다. 런던에 돌아온 직후 한 번 케이트와 저녁식사하기 위해 외출한 게 전부였다. 우리는 노팅힐 게이트의 식당에서 만났다. 두 집의 중간 위치로 스위스만큼이나 중립적이고 또 그만큼 비싼 식당이었다. 애덤 랭의 죽음은 심지어 케이트의 적대감마저 잠재워놓았다. 게다가 내게 덧붙여진 산증인으로서의 매력도 무시할 수 없는 유산이었다. FBI와 MI5를 제외하고는, 그간 수십 건의 인터뷰 요청을 모두 거부했기 때문에 사건에 대해 설명한다면 그건 케이트가 처음일 것이다. 나는 절박한 심정으로 애덤과의 마지막 대화에 대해 그녀에게 말하고 싶었다. 기회가 있었다면 정말로 그랬을 것이다. 하지만 내가 막 털어놓으려는 찰나 웨이터가 끼어들어 디저트를 주문 받았다. 그리고 그가 떠나자 케이트는 먼저 하고 싶은 말이 있다며 운을 떼었다.

약혼을 했단다.

솔직히 고백하건대 그건 충격이었다. 일단 그 남자가 맘에 안 들었다. 그는 이름만 들어도 다들 알 만한 인물이었다. 뻣뻣하고, 잘생기고, 고상하기 짝이 없는 인간. 세상에서 가장 위험한 분쟁 지역으로 후닥닥 날아가 인간의 고통이 어떻고 하는 감동적인 얘기(주로 자기 얘기다)를 훔쳐가지고 후닥닥 빠져나오는 그런 부류의 속물이다.

"축하해." 내가 말했다.

우리는 디저트도 생략했다. 우리의 감정, 우리의 관계, 우리의 모든 인연은 10분 후 레스토랑 밖의 포장도로에서 뺨에 입술 한 번 맞추는 것으로 끝나고 말았다.

"나에게 무슨 말인가 하려고 했는데 끊어서 미안해. 하지만 아무래도 내 얘기부터 해야 할 것 같았어. 아무것도 모르는 사람에게서 너무 사적인 얘기가 나올까 봐 불안하기도 했고……."

케이트가 택시를 타기 전에 한 말이었다.

"상관없어." 내가 말했다.

"정말 괜찮은 거야? 조금…… 달라 보여."

"괜찮아."

"내가 필요하면 언제든 불러. 언제든 그곳으로 달려갈 테니까."

"그곳? 자기가 어디에 있을지는 모르지만 내가 있는 곳은 여기야. 그런데 그곳이 어디지?"

나는 그녀를 위해 택시 문을 열어주었다. 그리고 케이트가 운전사에게 알려주는 주소가 그녀의 집주소가 아니라는 사실을 기어이 알게 되고 말았다.

그 후 난 세상과 결별했고 깨어 있는 시간은 모두 애덤에게 바쳤다. 신기한 것은 그가 죽고 나자 비로소 그의 목소리를 찾아낼 수 있었다는 것이다. 매일 아침 내가 손을 얹어놓는 건 키보드라기보다는 심령을 불러내는 점판에 가까웠다. 잘못된 문장을 타이핑하기라도 하면 손이 저절로 삭제키로 끌려가는 것도 느낄 수 있었다. 나는 마음속에 특정한 배우를 염두에 두고 극본을 써나가는 극작가였다. 나는 그가 이렇게 저렇게 하라는 소리를 듣고 있다. 이 장면은 좋지만 저 장면은 안 된다는 소리도 듣는다.

이야기의 기본 골격은 맥아라의 16장을 그대로 가져왔다. 내가 일하는 방식은 그의 원고를 왼쪽에 두고 하나하나 타이핑해나가는 식이다. 물론 그 내용이 머리와 손을 지나 컴퓨터로 이어지는 과정에서 선임자의 굼뜬 상투어들을 조이고 기름칠해 나갔다. 에미트에 대한 언급은 생략했다. 심지어 맥아라가 인용한 그 막막한 문구까지도 생략해버렸다. 내가 세상에 제시하는 애덤 랭의 이미지는 그가 생전에 좋아했던 배역과 거의 똑같았다. 우연히 정치에 발을 들여놓은 모범 청년, 계보도 이데올로기도 없기 때문에 오히려 권좌에 오를 수 있었던 독불장군. 그가 런던에 처음 도착했을 때 느낀 실망감에 대한 도피처로 정치를 선택했다는 루스의 가설을 받아들이는 방식으로 그 성격을 연대기와 합치시켰다. 책에서까지 불행을 뼁튀기할 필요는 없었다. 결국 애덤은 죽었다. 따라서 그의 회고록은 미래의 상황 변화에 따라 독자들에 의해 채워지게 될 것이다. 적어도 그 정도면 이 세상의 식인귀 무리 정도는 충분히 만족시킬 수 있을 것이다. 하지만 아무리 그렇다 해도 내면적 악마와의 영웅적 투쟁이 한두 페이지 정도는 필요할 듯싶었다.

겉으로 보기에 따분하기 그지없는 정치를 통해 난 내 상처의 위안을 찾을 수 있었다. 활기를 찾고, 친구를 찾고, 또 새로운 사람들을 만나기 좋아하는 내 욕망의 배출구까지 찾아냈다. 나는 내 자신보다 더 커다란 대의명분을 찾았고 무엇보다도 루스를 찾아냈다.

이야기를 풀어가는 데 있어서 애덤이 진정한 정치 활동을 시작한 시점은 2년 후 루스가 그의 방문을 두드렸던 바로 그 시점이어야 했다. 누가 알겠는가? 어쩌면 그것이 더욱더 진실에 가까울 수도 있는 법이다.

나는 2월 10일《애덤 랭 회고록》을 써나가기 시작했고 매덕스에게는 3월 말까지 모두 완성하겠다고 약속했다. 총 16만 단어. 이는 하루도 빠짐없이 3,400단어씩 쳐내야 함을 뜻했다. 나는 벽에 차트를 만들어 매일 아침 체크를 해나갔다. 마치 남극에서 돌아온 스코트 선장이라도 된 기분이었다. 매일매일 하루 분량의 거리를 정복해야 하는 것이다. 그렇지 못하면 뒤에 처지게 되고 결국 텅 빈 페이지의 황량한 벌판 위에서 명멸해가고 말 것이다. 그건 너무나도 끔찍하고 더딘 행군일 수밖에 없었다. 게다가 맥아라의 글은 거의 모두가 구제불능이었다. 예외가 있다면 원고의 마지막 문장이었다. 마사 바인야드에서 큰 소리로 읽으면서 저절로 탄성을 지르게 만들었던 바로 그 문장. '루스와 나는 미래를 기다릴 것이다. 그것이 어떤 미래이든 간에.' 3월 30일 저녁, 나는 그 문장을 타이핑하면서 머릿속으로 이렇게 외쳤다.

직접 읽어보란 말이야, 이 개자식들아!

그 문장을 읽고 나면 누구든 목구멍이 갑갑해지고 말 것이다.

나는 '끝'이라고 덧붙이고는 그대로 쓰러지고 말았다.

—

나는 원고 사본을 뉴욕과 런던에 있는 애덤 랭 재단 사무실에 각각 하나씩 보냈다. 물론 미망인 루스 랭에 대한 개인적 배려 때문이었다. 아니, 어쩌면 좀 더 공식적인 명칭으로 그녀를 불러야 할지도 모르겠다. 캘더소프의 랭 남작부인. 정부가 국가의 존중을 표하기 위해 그녀에게 상원 의석을 제공한 것이다.

암살 이후 루스와 연락한 적은 한 번도 없다. 병원에 있는 동안 그 여자에게 편지를 쓴 적이 있었다. 물론 위로와 인사말을 보낸 수만여 통의 서신 중 하나에 불과했을 것이므로 의례적인 감사 인쇄물을 답장으로 받았을 때도 그다지 놀라지는 않았다. 하지만 원고를 보내고 일주일 후 상원의 붉은 엠보싱 공용지에 손으로 쓴 메시지가 하나 도착했다.

기대했던 대로 모든 일을 해내셨군요. 아니, 그 이상이었어요! 그의 목소리를 제대로 잡아준 덕에 마치 애덤이 다시 살아 돌아온 것 같았어요. 그의 놀라운 유머와 열정과 에너지 모두!

추신. 시간이 있을 때 이곳 상원을 방문해줘요. 옛 이야기를 하는 것도 재미있을 테니까. 마사 바인야드가 벌써 아련하고 멀게만 느껴지는군요. 다시 한 번 당신의 재능에 경하 드려요. 당신은 진정한 작가예요!!

사랑을 담아

R.

사랑을 뺀다면, 매덕스도 마찬가지로 찬사 일색이었다. 초판은 40만 권을 찍기로 했다. 출판일은 5월 말이었다.

그렇다. 이제 모든 일이 끝났다.

하지만 내 상황이 좋지 않음을 깨닫는 데 오랜 시간이 걸리지는 않았다. 나는 끊임없이 애덤의 '놀라운 유머와 열정과 에너지'로 글을 써내려갔다. 그가 내 모든 것을 뽑아내버린 순간 나는 텅 빈 부대 자루처럼 무너지고 말았다. 몇 년간 나는 이 사람 저 사람의 인생에 기생하며 살아왔다. 하지만 릭은 애덤의 회고록이 (그는 그 책을 내 '공전의 걸작'이라고 불렀다) 출간될 때까지 기다릴 것을 주장했다. 그 결과에 따라 더 좋은 조건으로 새 계약을 체결해야 한다는 얘기다. 문제는 그 바람에 생전 처음으로 숙주 없는 유령 신세가 되고 말았다는 데 있었다. 나는 무기력과 고통의 끔찍한 합병증에 시달려야 했다. 정오가 지나고 나서야 겨우 침대에서 기어 나올 정도의 에너지를 불러낼 수 있었다. 그리고 겨우 일어난 다음에도 나는 가운 차림으로 소파에서 뭉그적거리며 대낮부터 TV 채널을 돌려댔다. 많이 먹지도 못했으며, 편지봉투를 열거나 전화를 받는 일조차 포기했다. 면도도 하지 않았다. 월요일과 목요일에 잠시 아파트를 나서긴 했으나 그것도 청소부와 맞닥뜨리기 싫어서일 뿐이다. 여자를 그만두게 하고 싶었지만 그럴 만한 용기도 없었다. 아무튼 그럴 때면, 날이 좋으면 공원에 앉아 있었고, 그렇지 않으면 인근의 우중충한 카페로 향했다. 물론 이곳은 영국이므로 대개 날씨가 개판이었다.

그와 반대로, 무기력 속에서 허우적대는 동시에 끊임없이 부산을 떠는 일면도 있었다. 마음에 드는 것이 하나도 없었고, 때문에 말 그대로 사소한 일에 목숨 거는 인간이 되고 만 것이다. 예를 들어 신발을 어디 둘 것인지, 돈을 한 은행에 모두 맡기는 게 현명한 선택인지 같은 문제들 말이다. 이런 식의 신경 불안정은 결국 신체적 불안정을 초래할 수밖에 없다. 이따금 숨을 쉬는 것조차 어려울 때가 있었다. 책을 끝내고 두 달 후, 어느 깊은 밤, 무언가 깨달은 것은 이런 참혹한 정신 상태에서였다. 그리고 그건 그 상황에서 거의 사형선고와도 같은 발견이었다.

위스키가 다 떨어진 데다 10분 후면 래드브로크 그로브의 작은 상점이 문을 닫을 시간이었다. 5월 말의 어둡고 비가 내리는 밤이었다. 나는 손에 닿는 대로 아무 재킷이나 집어 들었다. 계단을 반쯤 내려갔을 때 나는 그 재킷이 바로 애덤이 살해된 그날 입었던 옷임을 깨달았다. 앞쪽이 찢어지고 피 얼룩도 그대로였다. 주머니 한쪽에 애덤과의 마지막 인터뷰 디스크가, 그리고 다른 쪽엔 포드 이스케이프 SUV의 열쇠가 들어 있었다.

맞다, 그 차! 완전히 잊고 있었는데, 아직 로건 공항에 주차되어 있을 것이다! 주차비가 하루 18달러니까, 이제 수천 달러로 불어났을 것이 아닌가!

물론 이런 식의 패닉은 우스꽝스럽게 보일 것이다. (지금은 나도 그렇게 생각하니까.) 하지만 나는 콩닥거리는 심장을 쓸어안고 계단을 다시 뛰어 올라갔다. 뉴욕은 6시가 지났을 터이고 때문에 라인하트도 문을 닫았을 것이다. 마사 바인야드의 저택에서도 전화를 받지 않았다. 나는 절박한 심정으로 릭의 집에 전화를 걸어, 사전설명 없이, 위기 상황에 대해 이것저것 주절대기 시작했다. 그는 30초 정도 듣고 있다가 그만 입 닥치라고 소리쳤다.

"벌써 몇 주일 전에 끝난 문제야. 주차장 관리인이 이상하게 생각해서 경찰관에 신고했대. 경찰관은 라인하트에 알렸고 벌금은 매덕스가 지불했어. 자네가 바쁠 것 같아서 내가 일부러 연락하지 않은 거야. 이 친구야, 내 말 잘 들어, 아무래도 자네 심한 지발성 쇼크 상태인 것 같아. 도움을 받는 게 좋겠어. 나에게 아는 정신과 의사가……."

나는 전화를 끊었다.

마침내 소파에서 잠들었을 땐 언제나처럼 맥아라의 악몽을 꾸었다. 옷을 다 입은 채로 바다에서 기어 나와 자기는 해내지 못했다고 하소연하는 그 꿈이다. 이젠 당신 혼자서 해. 하지만 이번의 꿈은 나를 깨우는 대신 좀 더 오래 지속되었다. 파도가 맥아라를 데려가고 있었다. 무거운 레인코트에 부츠 차림의 시체. 그의 모습이 멀리 형체만 아련하게 남았다. 해변의 얕은 물거품 속에 얼굴을 파묻은 채 이리저리 쓸려 다니고 있는 맥아라. 나는 파도를 헤치고 그에게 달려갔다. 그리고 두 손으로 그의 덩치를 끌어안고는 필사의 노력을 다해 뒤집는 데 성공했다. 그 순간 그가 하얀색 시체 안치대 위에서 벌거벗은 채 천장을 노려보고 있었다. 애덤 랭이 그를 내려다보았다.

다음 날 아침 나는 일찌감치 아파트를 나와 언덕 아래의 지하철역으로 향했다. 자살하는 게 그렇게 힘든 일은 아닐 거야. 문득 그런 생각이 들었다. 다가오는 기차 앞에서 폴짝 뛰면 그걸로 모든 게 끝이리라. 익사보단 훨씬 낫겠지? 하지만 그 생각도 찰나의 충동에 불과했다. 나중에 청소하는 사람들을 위해서라도 그럴 수는 없었다. ("살인자의 머리를 터미널의 지붕에서 겨우 찾을 수 있었으니까요.") 그 대신 나는 지하철에 올라타 종점인 해머스미스까지 간 다음, 도로 맞은편의 또 다른 플랫폼으로 향했다. 행동. 나는 행동이 우울증의 유일한 치료약이라고 단정했다. 계속 움직여야 해. 임뱅크먼트에서 다시 모든 행 열차로 바꿔 탔다. 언제나 세상의 끝이라는 생각을 하게 만드는 종착역. 나는 발햄을 지나 두 정거장 다음에 내렸다.

무덤을 찾아내는 데에는 오래 걸리지 않았다. 장례식이 스트레텀 공동묘지에서 진행되었다고 루스가 말한 적이 있었다. 그의 이름을 댔더니 묘지기가 방향을 일러주었다. 나는 돌로 만든 독수리날개의 천사들과 고불고불한 이끼에 뒤덮인 게루빔(가톨릭에서 말하는 천사의 하나―옮긴이) 몇 개를 지나쳤다. 정원 창고만 한 크기의 석관들과 대리석 장미로 화환을 두른 십자가들도 지났다. 하지만 망인의 도시를 위한 맥아라의 기여는 미미하기 그지없었다. 그를 위한 화려한 헌사는커녕 '이제 갈등이 그대의 잠을 방해치 못하리니'나 '편히 쉬거라, 선하고 성실한 종복이여' 같은 흔한 문구조차 없었다. 밋밋한 석회암 위에 그저 그의 이름과 날짜가 새겨져 있을 뿐이었다.

꽃가루와 기름 냄새에 절로 졸음이 올 것 같은 늦봄의 아침이었다. 멀리서 자동차들이 런던 중심가로 향하고 있었다. 나는 웅크리고 앉아 촉촉한 잔디에 손바닥을 대보았다. 전에 말한 대로 난 미신을 믿는 사람은 못 된다. 하지만 그 순간 안도의 물결이 내 전신을 훑는 기분을 느꼈다. 마치 임무를 수행한 듯한 기분이었다. 그가 나를 이곳으로 부른 것이다.

무성하게 자란 잡초에 반쯤 가려진 묘석에 기대앉아 있는데, 문득 잔뜩 시들은 작은 꽃다발이 눈에 들어왔다. 카드도 한 장 있었다. 우아한 필체의 내용은 런던의 잇단 폭우로 간신히 읽을 정도였다.

'착한 친구이자 충성스러운 동료를 기억하며. 편히 쉬어요, 친애하는 마이클. 아멜리아.'

—

아파트에 돌아가자마자 그녀의 휴대폰에 전화를 걸었다. 아멜리아는 내 목소리를 듣고도 놀라지 않은 것 같았다

"안녕, 그렇잖아도 당신 생각을 하고 있었어요."

"그건 왜죠?"

"당신 책을, 아니 애덤의 책을 읽고 있거든요."

"그래서?"

"좋아요. 아니, 사실은 그 이상이죠. 그가 살아 돌아온 것 같은 착각이 들 정도니까. 하지만 아쉬운 부분이 하나 있네요."

"그게 뭡니까?"

"오, 개의치 말아요. 만나면 알게 될 테니까. 어쩌면 오늘 밤 리셉션에서 얘기할 수 있겠군요."

"무슨 리셉션입니까?"

그녀가 웃었다. "바보, 당신 리셉션이잖아요. 당신 책 출판 기념회. 설마 초대도 못 받은 건 아니겠죠?"

오랫동안 아무하고도 얘기해본 적이 없었다. 이젠 대답하는 것도 전처럼 쉽지가 않았다.

"받았는지 못 받았는지도 모릅니다. 솔직히 말해서 한동안 우편물을 확인하지 않았어요."

"초대받았을 거예요."

"글쎄요, 작가들은 카나페를 먹으며 자기를 바라보는 유령을 꺼리는 묘한 습성이 있거든요."

"이 책의 작가는 참석하지 않을 거예요, 안 그래요?" 아멜리아가 말했다.

그 여자는 활달한 척하고 싶었겠지만 더 없이 공허하고 긴장된 목소리일 뿐이었다.

"초대 여부와 상관없이 참석해야 해요. 아니, 당신이 초대받지 못했다고 해도 내 게스트로 참석할 수 있어요. 내 초대장에는 '아멜리아 블라이 외 1인'이라고 적혀 있으니까요."

사회로 돌아간다는 생각에 심장이 다시 속도를 내서 뛰기 시작했다.

"하지만 따로 데려갈 사람이 있을 것 아닙니까? 남편께서는 어떻게 지내시죠?"

"오, 그 사람? 유감스럽게도 잘 안 됐어요. 이제 막 깨달은 사실인데,

그 사람 '외 1인'이 되는 걸 너무나 따분하다고 생각할 것 같네요."

"그 말을 들으니 유감이군요."

"거짓말. 7시에 다우닝 스트리트 끝에서 만나기로 해요. 파티는 화이트홀 바로 건너편에서 하니까. 5분밖에 기다리지 않을 거예요. 그러니 올 생각이 있다면, 제발 늦지 말아요."

———

아멜리아와 통화를 마친 후 나는 몇 주간의 우편물을 하나하나 뒤져보았다. 파티 초대장은 없었다. 루스와의 마지막 만남에 비추어보건대 놀랄 만한 일은 아니었다. 하지만 완성된 책은 한 권 있었다. 제대로 편집된 책. 표지는 미국 시장을 겨냥한 듯, 친절한 표정의 애덤이 미 양원 합동 회의에서 연설을 하는 사진을 박아 넣었다. 맥아라가 찾아낸 케임브리지 사진은 내지 어디에도 들어 있지 않았다. 하기야 처음부터 편집진에 넘기지도 않았으니까 당연한 일이다. 나는 헌정사를 들춰보았다. 물론 애덤의 목소리를 빌려 내가 쓴 것이다.

고 마이클 맥아라의 헌신, 지지, 지혜, 그리고 우정이 없었다면 이 책은 존재하지 못했을 것이다. 그는 첫 페이지부터 마지막까지 함께 이 글을 지켜봐주었다. 고마워요, 마이클. 이 모든 것에 대해.

릭이 격노한 사실이지만 내 이름은 오르지도 못했다. 내가 공저자로서의 영예를 포기한 탓이다. 그에게 말하지는 않았지만 그게 더 안전하다는 판단 때문이었다. 걸러진 내용과 내 이름의 부재로 인해 그 책에 관심을 갖고 있을 사람들이 나로 인해 더 이상의 문제가 일어나지 않을 거라고 믿기를 바랐다.

나는 그날 오후 한 시간 동안 욕조에 몸을 담근 채 리셉션에 갈 것인지 여부를 고민했다. 면도를 하면서도 아직 마음을 정한 건 아니라고 혼잣말을 했다. 쓸 만한 감색 정장에 하얀 셔츠를 받쳐 입으면서도, 거리에 나가 택시를 불러 세우면서도, 그리고 7시 5분 전 다우닝 스트리트 모퉁이에 서 있을 때조차 난 여전히 결심을 못한 채였다. 돌아서기에 아직 늦은 시간도 아니었다. 화이트홀의 넓고 장중한 도로 건너편 연회장 앞에 잔뜩 늘어선 자동차와 택시들이 보였다.

저곳에서 파티가 있는 모양이로군.

저녁 무렵의 석양을 쉴 새 없이 쪼아대는 사진기자들의 플래시가 애덤의 화려했던 시절을 아련하게 떠올리게 만들었다.

나는 계속해서 아멜리아를 찾았다. 근위기병대 바깥의 초소와 거리, 그 아래 외무성에서 빅토리아 시대의 고딕풍 정신병원이 있는 웨스트민스터 성까지 이어진 도로. 다우닝 스트리트 맞은편에 걸린 이정표는 전시내각 본부를 가리키고 있고, 그 건물에는 V 사인과 시거로 상징되는 윈스턴 처칠의 초상화가 걸려 있다. 화이트홀은 늘 대폭격 시기를 떠올리게 했다. 어린 시절의 경험으로 그 이미지를 그려낼 수도 있다. 샌드백들, 창유리에 덕지덕지 바른 흰색 테이프, 무턱대고 어둠 속을 쏘아대는 탐조등, 폭격기들의 소음, 고성능 폭탄의 폭음, 이스트엔드의 하늘을 붉게 물들인 불꽃들. 런던에서만 3만 명의 사상자가 발생했다. 아버지의 말처럼 그런 게 소위 전쟁이라는 것이리라. 이런 식으로 불편과 갈망과 어리석음을 쏟아내는 것이 아니라. 처칠은 세인트제임스 공원을 통해 의회로 걸어 다니면서 사람들에게 인사를 건네곤 했다. 그리고 그의 3미터 뒤에는 언제나 고독한 형사가 따르고 있었다.

　내가 그런 생각들을 하고 있을 때 빅벤(영국 국회 의사당의 대형 시계탑-옮긴이)이 정시를 때렸다. 다시 왼쪽, 오른쪽을 살폈으나 여전히 아멜리아는 나타날 기미조차 보이지 않았다. 시간을 잘 지키는 여자로 생각했던 탓에 다소 신경이 쓰였다. 그리고 그때 누가 소매를 건드렸다. 돌아보니 그녀가 뒤에 서 있었다. 다우닝 스트리트의 그늘진 틈 사이에서 나온 모양이었다. 군청색 정장 차림에 서류 가방을 들고 있었다. 아멜리아는 더 늙고 지쳐 보였다. 나는 잠깐 동안 그녀의 미래를 엿보았다. 좁은 아파트, 깔끔한 연설, 고양이 한 마리. 우리는 공손하게 인사를 나눴다.

　"자, 드디어 만났군요." 아멜리아가 입을 열었다.

　우리는 몇 걸음 떨어져서 어색하게 마주 보았다.

　"예, 만났습니다. 다우닝 스트리트로 돌아와 일하는 줄은 몰랐네요."

　"처음부터 애덤에게 파견된 것이었어요. 그런데 왕이 죽어버린 거죠."

　그렇게 말하는 그녀의 목소리가 갈라졌다. 나는 두 팔로 그녀를 끌어안고 길에 넘어지기라도 한 아이처럼 등을 두드려주었다. 아멜리아의 눈물이 내 뺨을 적셨다. 그녀는 곧 몸을 추스르더니 가방에서 손수건을 꺼내들고 "미안해요"라고 말하며 코를 풀었다. 그러곤 자신이 혐오스럽다는 듯 하이힐로 콘크리트 바닥을 찔러댔다.

　"다 끝났다고 생각하면서도 늘 이러고 마네요. 하지만 당신도 끔찍해요. 마치……."

　"유령 같죠? 뭐, 늘 듣는 얘기예요."

　아멜리아는 거울을 보며 재빨리 화장을 고쳤다. 불안해하고 있어. 누군가 함께 있어줄 사람이 필요한 거라고. 사실 그건 나도 마찬가지였다.

"됐어요. 가요."

우리는 관광객들을 뚫고 화이트홀을 향해 올라갔다.

"결국 초대를 받은 건가요?"

"아뇨, 못 받았어요. 사실 당신이 초대 받은 것도 의외인걸요."

"별로 신기할 건 없어요. 그 여자가 이겼잖아요. 아닌가요? 루스는 국가적 상징이 되었어요. 재키 케네디처럼 애도하는 국모상이 된 거라고요. 이젠 내가 주변에 있어도 개의치 않을 거예요. 이제 위협은커녕 승리를 장식해줄 전리품에 불과하니까요."

길을 건너며 그녀가 손가락을 내밀었다.

"찰스 1세는 저 창으로 끌려나와 참수 당했어요. 누군가 두 인물의 상관관계를 깨닫고 말 거라는 생각은 했겠죠, 예?"

"형편없는 짓이에요. 당신이 참모로 있을 때 저지른 일은 아닐 거라고 믿어요."

솔직히 안으로 들어가는 순간부터 영 불편하기 짝이 없었다. 아멜리아는 보안 요원에게 서류 가방을 열어 보였다. 나도 열쇠 꾸러미를 감지기 옆에 꺼내놓고 검사를 받아야 했다. 두 손을 높이 쳐든 채 금속탐지기가 사타구니를 핥는 꼴을 당하는 건 어느 경우이든 기분 좋은 일이 못 된다. 이른바 술 파티에 가면서도 몸수색을 당하는 시대가 온 것이다. 연회장의 거대한 홀에 들어서자 시끄러운 대화 소리와 화려한 벽장식이 우리를 맞이했다. 그동안 내 책의 출판 기념회에는 절대 참석하지 않는 원칙을 고수해왔는데 잘한 일 같았다. 유령 작가는 상류계급의 결혼식에 나타난, 신랑의 숨겨둔 자식만큼이나 달갑지 않은 존재이다. 내가 아는 사람은 단 한 명도 없었다.

지나가는 웨이터로부터 재빨리 샴페인 두 잔을 빼내 아멜리아에게 하나를 건넸다.

"루스가 안 보이는군요."

"그녀는 분위기가 한창 무르익으면 나타날 거예요. 건강을 위해."

우리는 잔을 부딪쳤다. 샴페인. 내 생각엔 화이트와인보다도 의미 없는 술이었으나, 아무래도 대안이 있을 것 같지는 않았다.

"정말로 루스였어요. 당신 책을 비판하자면 그 부분이 완전히 빠져 있더군요."

"알아요. 더 넣고 싶었지만 그녀가 한사코 거부했죠."

"이런, 안됐군요."

술 한 잔이 블라이 여사의 가시 돋친 조심성을 흐트러뜨려놓았는지, 아니면 우리에게도 연대감이란 게 생긴 것이리라. 결국 우린 생존자이니 말이다. 랭 부부로부터의 생존자들. 어쨌든 지금 그녀는 내게 착 달라붙어 특유의 자극적인 체취를 발산하고 있었다.

"애덤을 흠모했어요. 그도 나와 비슷한 감정이었을 거예요. 하지만 그렇다고 환상에 빠진 것은 아니었죠. 그는 결코 그 여자를 떠나지 못했을 거예요. 공항으로 가는 마지막 차 안에서도 그렇게 말했어요. 두 사람은 완벽한 팀이고 그 여자 없이는 아무것도 할 수 없다는 사실은 그도 너무나 잘 알고 있었으니까요. 그는 내게 그 점을 분명히 해두었죠. 그 여자야말로 권력을 진정으로 이해하고 있는 존재였어요. 처음부터 당과 연줄이 있었던 것도 그 여자였고……. 아, 의회에 진출하기로 한 것도 원래는 그 여자였다는 사실은 모르죠? 그가 아니었어요. 책엔 안 적혀 있더군요."

"몰랐어요."

"애덤이 언젠가 얘기해줬어요. 잘 알려진 얘긴 아니에요. 최소한 어디에서도 그런 기사를 본 적은 없으니까. 하지만 분명히 그의 자리는 원래 그 여자를 위해 마련된 것이었다더군요. 그런데 마지막 순간 여자가 물러나고 그에게 넘겨준 거예요."

문득 라이카트와의 대화가 생각났다.

"미시간 선거구." 내가 중얼거렸다.

"뭐요?"

"현직 의원이 기펜이라는 남자였어요. 지독한 친미주의자라 미시간 의원으로 불렸다고 했죠."

무언가가 뱃속에서 꿈틀거렸다.

"하나만 물어볼게요. 애덤이 살해되기 전에 원고를 그렇게 꽁꽁 감춰두려 한 이유가 뭐였죠?"

"말했잖아요. 보안이라고."

"하지만 그 안엔 아무것도 없었어요. 그건 누구보다 내가 잘 압니다. 단어 하나하나 열두 번은 더 읽었으니까."

아멜리아가 주위를 둘러보았다. 우린 여전히 파티의 가장자리에 서 있었고 우리에게 신경을 쓰는 사람은 없었다.

"우리끼리 얘긴데, 불안한 건 우리가 아니었어요. 미국인들이었죠. 미리 공포될 경우 국가 안보에 잠재적 위험이 될 내용이 원고에 들어있을 가능성에 대해 MI5에 전했다는 얘기를 들은 적이 있어요."

"그 사람들이 어떻게 알았죠?"

"누가 말했겠어요? 당신에게 말할 수 있는 건, 마이클이 죽은 직후 그 내용을 확인할 때까지 책 내용이 새어나가지 않도록 특별히 신경써달라는 주문이 있었다는 것뿐이에요."

"그래서 그들이 확인했나요?"

"그건 모르겠어요."

다시 라이카트와의 대화가 떠올랐다. 맥아라가 죽기 전에 전화로 무슨 말을 했다고 했지? '모든 실마리는 랭의 자서전에 있어요. 모두 첫 부분에 들어 있죠.'

그렇다면 그들의 대화가 도청되었다는 말인가?

뭔가 중요한 것을 잊고 있는 느낌이었다. 내 태양계의 일부가 궤도를 살짝 벗어났는데 그게 뭔지 알 수가 없었다. 어딘가 조용한 곳으로 가서 시간을 갖고 모든 것을 되짚어봐야 했다. 그때 파티의 음향이 바뀌기 시작했다. 시끄러운 대화가 잦아들고 사방에서 쉿 하는 소리가 들려왔다. "조용히 해요!"라고 주제넘게 나서는 남자도 있었다. 나는 고개를 돌렸다. 우리가 서 있는 곳에서 그리 멀지 않은 곳, 그러니까 홀 옆 거대한 유리창들이 있는 곳에 연단이 있고 루스 랭이 그 위에서 참을성 있게 기다리고 있었다. 그 여자의 손엔 마이크가 들려 있었다. 루스가 연설을 시작했다.

"감사합니다. 대단히 감사합니다. 좋은 저녁 보내시기 바랍니다."

그 여자가 말을 멈추자 거대한 침묵이 300명의 초대 손님을 휘감았다. 루스가 숨을 삼켰다. 목이 멘 것이다.

"항상 애덤이 그리웠습니다만 오늘 밤은 더 심하군요. 하지만 그의 놀라운 책을 세상에 내놓는 이 자리에, 그리고 그가 살아온 이야기를 함께 공유하는 이 자리에 그가 있어야 하기 때문만은 아닙니다. 오히려 그의 화려하고 탁월한 연설에 비해 난 너무나 보잘것없기 때문이죠."

나는 놀라지 않을 수 없었다. 루스는 마지막 행을 너무나도 노련하게 소화했을 뿐 아니라 정서적 긴장을 환기시키고 거기에 구두점까지 찍었다. 산발적인 웃음이 여기저기 흘러나왔다. 그 여자는 내 기억보다 훨씬 더 대중적 자신감에 차 있었다. 마치 애덤의 부재가 그 여자에게 성장의 공간을 열어주기라도 한 것 같았다.

루스가 다시 말을 이어나갔다. "아, 물론 걱정 안 하셔도 됩니다. 전 연설할 생각이 없으니까요. 이 자리에 선 것은 다만 몇 분께 감사의 말씀을 전하고 싶어서입니다. 우선 마틴 라인하트와 존 매덕스에게 감사드리고 싶습니다. 든든한 출판사였을 뿐 아니라 너무나 고마운 친구가 되어주셨어요. 시드니 크롤의 재치와 현명한 조언에 대해서도 인사드리고 싶군요. 이렇게 말하고 보니 영국 수상의 회고록에 관여한 사람들이 전부 미국인들뿐인 것 같네요. 하지만 정말로 고마워해야 할 사람은 따로 있습니다. 마이클 맥아라. 슬프게도 우리와 함께 있을 수는 없지만, 마이클, 우린 당신을 영원히 잊지 못할 거예요."

거대한 홀이 "옳소! 옳소!" 하는 연호로 들끓기 시작했다.

"그리고 이제, 우리가 정말로 고마워해야 할 사람을 위해 건배를 제안하고 싶습니다."

루스가 오렌지주스 비슷한 액체가 담긴 잔을 들어올렸다.

"위대한 인간이자 위대한 애국자이며, 위대한 가장에 훌륭한 남편이었던 애덤 랭을 위하여!"

"애덤 랭을 위하여!"

사람들은 홀이 떠나도록 합창을 하고 박수를 쳤다. 그리고 루스가 홀의 여기저기를 바라보며 우아하게 고개 인사를 했고 그때마다 사람들은 더욱더 힘차게 박수갈채를 보내주었다. 순간 그녀가 나를 보고 놀라는 표정을 했으나, 곧 미소를 짓고는 술잔을 들어 알은체를 해주었다. 루스가 재빨리 연단을 떠났다.

"아주 신나는 과부군요. 죽음이 저 여자를 살려준 것 같지 않아요? 날마다 꽃을 피우고 있잖아요?" 아멜리아가 으르렁거렸다.

"이쪽으로 올 것 같은데요." 내가 말했다.

"젠장, 그럼 난 잠시 자리를 비우겠어요. 우리 이따가 함께 저녁식사나 할까요?"

"아멜리아 블라이, 지금 데이트 신청하는 겁니까?"

"10분 후 밖에서 만나요. 오, 프레디, 오랜만이에요."

아멜리아가 다른 사람과의 대화를 핑계로 내 곁을 떠나자 주변의 사람들이 길을 터주기라도 한 듯 불쑥 루스가 나타났다. 마지막에 봤을 때와는 완전히 다른 분위기였다. 빛나는 머릿결에 부드러운 피부, 날씬한 몸매에 검은색 실크로 만든 화려한 의상까지. 시드니 크롤이 바로 그 여자의 뒤를 쫓아왔다.

"이런, 당신."

루스가 인사를 건넸다. 그녀는 내 두 손을 잡고 가벼운 볼 키스를 건넸다. 실제로 접촉한 것이 아니라 부드러운 머릿결을 잠깐 내 양 볼에 비비는 정도였다.

"안녕하세요, 루스. 시드니."

나는 그에게 인사했고 시드니는 윙크를 했다.

"이런 종류의 파티를 싫어한다고 들었는데 오해였던 건가요? 그렇지 않았다면 초대장을 보냈을 거예요. 내 쪽지는 받았죠?"

루스는 내 손을 잡고 있을 뿐만 아니라 검고 촉촉한 눈으로도 나를 꼼짝도 못하게 묶어두었다.

"받았습니다. 감사합니다."

"그런데 전화도 안 했어요?"

"그냥 인사차 하는 말일 수도 있다고 생각했습니다."

"인사차? 언제부터 내가 인사치레를 챙겼죠? 당신은 날 보러 왔어야 해요."

루스가 야단치듯이 내 손을 잡고 짧게 흔들었다. 그리고 그 순간 그녀는 파티의 높은 양반들이 늘 하는 행동을 했다. 내 어깨 너머를 본 것이다. 그와 동시에 나는 그녀의 눈빛에서 분명한 두려움을 보았다. 루스가 눈치채지 못할 정도로 희미하게 고개를 저었다. 나도 그녀의 손을 놓고 뒤를 돌아보았다. 폴 에미트. 불과 2미터도 안 되는 거리였다.

"오, 이런, 우린 구면이군." 그가 말했다.

나는 루스를 돌아보았다. 뭔가 말하고 싶었지만 아무 말도 나오지 않았다.

"아, 어……."

"폴은 내 지도교수였어요. 하버드에서 풀브라이트 장학생으로 있었을 때였죠. 얘기할 기회가 없었어요." 루스가 조용히 말했다.

"아……."

나는 그들에게서 떨어져 나왔다. 돌아나오다 술잔을 들고 있는 남자와 부딪쳤다. 그는 조심하라며 가볍게 핀잔을 주었다. 루스는 뭔가 열심히 설명하고 있었고 크롤도 마찬가지였지만 내 귀에는 붕붕거리는 소리뿐이었다. 아멜리아가 나를 지켜보고 있었다. 나는 맥없이 두 손을 저으며 홀과 로비를 빠져나왔다. 화이트홀 제국의 공허한 위용이 입을 쩍 벌리고 기다리고 있었다.

—

내가 밖으로 나간 순간 또다시 폭탄이 터진 모양이었다. 멀리서 사이렌 소리가 들리고, 국립 미술관 뒤쪽 어딘가에서 솟아오른 연기 기둥이 벌써 넬슨 기념비를 훌쩍 뛰어넘고 있었다. 나는 트라팔가 광장을 향해 성큼성큼 달려 나가 길길이 뛰는 커플을 밀치고 그들의 택시를 가로챘다. 런던의 주요 도로가 마치 산불이 번지듯 차례로 봉쇄되고 있었다. 택시가 일방도로로 꺾어 들어갔지만 그 끝에는 이미 경찰관들이 노란 테이프를 두르고 있었다. 운전사가 택시를 고속으로 역주행했다. 나는 그 바람에 의자 끝까지 쏠리고 말았다. 그다음부터의 운전은 내내 그런 식이었다. 뒷골목을 누비며 꼬불꼬불 빠져나가는 동안 나는 차문 옆의 손잡이에 죽어라 매달려야 있어야 했다. 그리고 겨우 아파트에 도착했을 때 난 그에게 두 배의 요금을 지불했다.

"모든 실마리는 랭의 자서전에 있어요. 모두 첫 부분에 들어 있죠."

나는 회고록 출간본을 집어 들고 책상으로 가져가 첫 장을 뒤적이기 시작했다. 나는 재빨리 손가락으로 페이지를 훑으며 가공의 감정과 절반의 기억들을 더듬어나갔다. 인쇄되고 제본된 전문가다운 산문은 한 인간의 거친 삶을 회반죽 벽처럼 부드럽게 만들어놓았다.

아무것도 없었다.

나는 홧김에 책을 내던지고 말았다. 무가치하기 짝이 없는 쓰레기! 그건 영혼이 결여된 상품에 지나지 않았다. 애덤이 그 책을 읽지 않게 되어서 어찌나 다행인지! 차라리 원본이 더 좋았다. 이제 와서 깨달은 사실은, 최소한 그 무미건조한 열정 속에는 진솔함이라도 들어 있었다는 것이다. 나는 서랍을 열어 맥아라의 원본을 꺼냈다. 하도 손을 많이 탄 데다 잡다한 표식과 덧쓰기로 인해 이젠 거의 알아보기도 힘들 정도였다. '제1장, 랭의 가문은 스코틀랜드 출신이며 그는 그 사실을 자랑스러워······.' 마사 바인야드에서 무례하게 잘라낸 불후의 서두였다. 하지만 당시 맥아라의 도입부는 문장 하나하나가 너무나도 황량하게만 느껴졌고 그래서 모든 것을 바꿔버려야 했다. 나는 너덜거리는 페이지들을 훑어 내려갔다. 바쁜 두 손 안에서 묵직한 원고 페이지들이 마치 나비처럼 펄럭였다.

나는 열여섯 개 장의 첫 페이지를 모두 찢어 책상 위에 차례로 늘어놓았다.

"모든 실마리는 랭의 자서전에 있어요. 모두 첫 부분에 들어 있죠."

처음이냐, 처음들이냐?

솔직히 퍼즐에는 소질이 없었다. 하지만 그 페이지들을 훑어보며 각 장의 첫 단어들에 원을 그려보자 상황은 너무나도 분명해졌다. 맥아라가 목숨을 걸고 원고에 새겨놓은 문장이 말 그대로 무덤에서의 메시지였다. 그 내용은 바로 이랬다. '랭의 아내 루스는 76년 당시 미국에서 연구 도중에 결국 하버드 대학의 폴 에미트에 의해 미국 CIA의 새 요원으로 선발……'

열일곱

계속되는 음모

유령은 영예를 누릴 수 없다.

《유령 작가》

그날 밤 나는 아파트를 떠나 돌아가지 않았다. 그 이후 한 달이 지났다. 내가 아는 한 나를 찾는 사람은 없다. 때로는 지저분한 호텔 방에 혼자 앉아서 (나는 지금까지 호텔 네 곳을 전전했다) 확실하게 미쳤다는 생각을 한 적도 있었다. 특히 첫 주가 심했는데, 심지어 릭에게 전화를 걸어 그 정신과 의사 이름을 물어봐야겠다고 혼잣말로 중얼거리기까지 했다. 실제로 환각에 시달리기도 했다. 하지만 그때, 그러니까 약 3주 전, 미친 듯이 글을 써내려가다가 지쳐 잠들 즈음, 전직 외무상 리처드 라이카트가 뉴욕 시에서 자동차 사고로 운전사와 함께 사망했다는 심야 뉴스가 흘러나왔다. 두려웠다. 그야말로 정치를 떠나면 인생을 떠나는 판이니 말이다. 라이카트는 결코 편히 눈을 감지 못했을 것이다.

그 후 난 돌아갈 방법이 없음을 깨달았다.

비록 그때의 상황에 대해 쓰고 고민하는 데 혼신을 쏟았음에도, 맥아라가 어떻게 진실을 밝혀냈는지에 대해서는 여전히 확실한 게 없다. 추측건대 일의 발단은 분명 문서실에서 태풍 작전과 우연히 맞닥뜨렸을 때이리라. 그는 이미 권력을 잡은 애덤에게 실망하고 있었다. 그렇게 고고한 약속으로 시작한 일이 그렇게 추악하게 끝나게 된 현실이 이해되지 않았을 것이다. 필사적으로 케임브리지 시절을 탐색하는 동안 그는 우연히 그 사진들을 찾아냈고 그것이 바로 미스터리를 푸는 열쇠라고 생각했을 것이다. 물론 라이카트가 에미트의 CIA 관련 루머를 들었다면 맥아라 역시 그랬다고 보는 것이 타당할 것이다.

하지만 맥아라는 다른 것도 알고 있었다. 그는 루스가 하버드에서 풀브라이트 장학생으로 있었다는 사실을 알고 있었다. 인터넷을 통해서, 1970년대 중반 에미트가 그녀의 특수 과제를 지도했다는 사실을 알아내는 데는 10분도 채 안 걸렸으리라. 게다가 그는 애덤이 아내의 조언 없이는 어느 것도 결정하지 않으려 했다는 사실을 누구보다도 잘 알고 있었다. 애덤은 총명한 정치 세일즈맨에 불과했고 전략가는 늘 루스였다. 만일 그 둘 중 누가 이상적인 CIA 요원이 될 만한 두뇌와 배짱과 잔인함을 지녔는지 고르라고 한다면 결국 선택은 뻔할 수밖에 없다. 맥아라도 확신까지 하진 못했겠지만, 아무튼 에미트와 담판을 짓기 위해 떠나기 전날 밤, 애덤과 거센 논쟁을 벌일 정도는 퍼즐을 맞추었을 것이다. 문제는 얼떨결에 애덤에게 그 얘기를 해버린 데 있었다.

맥아라의 비난을 듣고 애덤의 기분이 어땠을지 생각해보았다. 자괴감, 분노. 그건 분명하다. 하지만 하루 이틀 후 해변으로 쓸려온 맥아라의 신원을 확인하기 위해 시체 공시소에 갔을 때, 그땐 도대체 무슨 생각을 했을까? 그동안 내내 애덤과의 마지막 대화를 듣고 또 들었다. 모든 실마리가 그곳에 있다고 확신하고는 있지만 늘 그렇듯 핵심은 안타깝게도 손이 미치지 않는 곳에 있었다. 우리의 목소리는 가늘었으나 그래도 알아들을 만했다. 제트기 엔진 소리가 배경음으로 꾸준히 들려왔다.

<u>나</u> 그와 심각한 말다툼을 하신 게 사실인가요? 그가 죽기 전에 말입니다.

<u>랭</u> 마이클이 험악한 비난을 퍼부어댔지. 도저히 참을 수가 없는 말들이었어.

<u>나</u> 어떤 종류의 비난인지 여쭤봐도 되겠습니까?

<u>랭</u> 아니, 안 하는 게 좋겠어.

<u>나</u> 그 비난이 CIA와 관계있는 겁니까?

<u>랭</u> 이봐, 자네도 이미 알고 있을 거 아냐. 폴 에미트까지 만나봤으니까.

[75초간의 침묵]

<u>랭</u> 자네가 이해해주었으면 하네. 지금까지 내가 한 모든 일, 당수로서도 그렇고, 수상으로서도 그렇고, 내가 그 일들을 해낸 건 신념 때문이었어. 그게 옳다고 믿었으니까.

<u>나</u> [들리지 않음]

<u>랭</u> 자네가 사진 몇 장을 보여줬다고 하던데, 그게 사실인가? 나도 볼 수 있겠지?

그리고 한동안 엔진 소리뿐이다. 그가 사진을 확인하는 중이다. 그는 강둑의 소풍 때 함께 있던 여자들을 훑어보고 있다. 그의 목소리가 말할 수 없이 슬프다.

"이 여자 생각나는군. 그리고 이 여자도. 내가 수상으로 있을 때 편지를 보낸 적이 있었지. 루스가 화를 냈어. 오, 세상에, 루스!"

"오, 세상에, 루스."

"오, 세상에, 루스."

나는 그 부분을 듣고 또 듣는다. 지금까지도 들었지만, 그가 아내를 기억해내는 그 순간 그의 걱정은 온전히 그녀를 향하고 있었고, 그건 그의 목소리로 알 수 있다. 그날 오후 늦게, 그녀가 전화를 걸어 내가 에미트를 만나러 갔다는 사실을 얘기했을 것이다. 루스는 가능한 한 빨리 그와 얼굴을 맞대고 얘기해야겠다고 생각했을 것이다. 모든 이야기가 폭로될 판이었다. 그가 황급히 비행기를 수배한 이유도 거기에 있었다. 활주로에서 남편에게 어떤 일이 기다리고 있을지 그 여자가 알고 있었을까? 그것까지는 알 수 없다. 내 의견을 묻는다면, '아니다'이다. 물론 그 일이 일어나도록 허용한 보안 시스템의 허점은 여전히 의심으로 남을 수밖에 없다. 하지만 내게 감동을 줄 마지막 문장을 완성하지 못한 것은 분명 애덤의 잘못이다. "도대체 무슨 짓을 한 거요?" 그는 분명 그 말을 덧붙이려고 했다. "오, 세상에 루스. 도대체 무슨 짓을 한 거요?" 내 생각에 그건 그동안의 온갖 의혹이 그의 머릿속에서 확연하게 드러나는 순간이다. 그는 결국 맥아라의 '험악한 비난'이 사실이었음을 깨닫고, 30년을 함께 살아온 아내가 그가 아는 여자가 아니었음을 보고 만 것이었다.

그 책을 완성할 당사자로 나를 추천한 것도 어쩌면 당연한 일이었다. 그 여자에겐 숨겨야 할 일이 너무나 많았다. 그녀는 크리스티 코스텔로의 모호하기 짝이 없는 회고록의 저자야말로, 이 세상에서 그 비밀을 밝혀낼 위험이 가작 적은 자라고 확신했을 것이다. 더 쓰고 싶지만, 시계를 보니, 이제 움직여야 할 때가 되었다. 적어도 지금 당장은 어쩔 수 없다. 이해하겠지만 한 장소에서 너무 오래 죽치고 있을 생각은 없다. 이미 내게 특별한 관심을 보이기 시작한 사람들이 있는 것 같다. 내 계획은 이 원고 사본을 꾸려서 케이트에게 넘기는 것이다. 한 시간 후면 사람들이 깨기 전에 그녀의 집 문 안으로 밀어 넣을 수 있으리라. 만일 한 달 동안 내 연락을 받지 못하거나, 내게 어떤 일이 일어났다는 소식을 듣게 될 경우, 이 원고를 읽고 출간 여부를 결정하는 건 온전히 그녀의 몫이다. 그녀는 과대망상이라고 (사실이 그렇다) 생각하겠지만 난 케이트를 믿는다. 그녀는 그렇게 해줄 것이다. 이 원고를 인쇄할 만큼 고집스럽고 열정적인 사람이 있다면 케이트가 그 장본인이다.

이제 어디로 가야 하지? 결정은 늘 어렵다. 어떻게 하고 싶은지는 잘 알고 있다. 미쳤다고 생각할지는 몰라도 난 마사 바인야드로 돌아가고 싶다. 지금쯤 그곳은 여름이다. 그 황량한 참나무에 실제로 잎이 달리는지 이 두 눈으로 확인하고 싶다. 또 에드거 타운에서 닻을 활짝 펼친 요트들이 낸터킷 사운드를 시원하게 미끄러지는 장관도 보고 싶다. 램버트 협곡으로 돌아가 뜨거운 모래를 맨발로 느끼고 싶고, 서핑을 하는 가족들도 구경하고 싶고, 뉴잉글랜드의 청명하고 따뜻한 햇살에 온몸을 맡기고도 싶다.

눈치챘겠지만 이 글로 인해 난 일종의 딜레마에 빠져 있다. 이제 마지막 문단에 다다른 지금, 사람들이 이 글을 읽게 된다는 사실에 기뻐해야 하는 걸까, 아니면 그 반대일까? 물론 기뻐해야 한다. 마침내 내 자신의 목소리로 말하고 있지 않은가? 슬프다면, 그건 이미 내가 죽었음을 뜻하기 때문이다. 하지만 어머니께서 늘 말하셨듯, 어차피 이 세상에서 모든 것을 다 가질 수는 없지 않은가?

그의 소설은 정치적이다.
그리고, 실존적이다.

마지막 교정지까지 보내놓고 벌써 사흘째 (다른 작업도 하는 둥 마는 둥 하면서) 역자 후기와 씨름 중이다. 개인 블로그에 신세 한탄 비슷하게 투덜거렸더니, 누군가 후기를 꼭 써야 하는 거냐고 묻는다. 글쎄, 이따금 다른 역서들을 보면 후기가 없는 경우도 있기는 한 것 같다. 게다가 매번 후기와 싸워야 하는 이 시련기만 없어도 (뼁 조금 더해서) 1년에 책 한 권은 더 뽑아낼 수 있을 것도 같다.

역자 후기가 필요한 (또는 필요하다고 생각하는) 이유는 얼마든지 있겠다. 텍스트의 이해에 필요한 요소들을 독자들이 놓치지 않도록 교통정리를 할 수도 있고, 일부러 찾아보지 않으면 모르고 지나갈 관련 에피소드들을 소개함으로써 텍스트의 재미를 보다 풍부하게 만들어줄 수도 있다. 정말로 감동적인 소설일 경우, 어쩌면 독자들이 느끼는 감동과 여운을 조금 더 연장하기 위해서라도 후기가 필요할 수 있겠다. 하다못해 편집을 위한 페이지 조절에도 후기는 어느 정도 역할을 담당하는 것 같다.

지금까지 수십 권의 호러, 스릴러 소설을 작업해오는 동안 역자 후기를 빼먹은 적은 한 번도 없다. 이유는 모르지만, 아무튼 나는 후기에 집착하는 편이다. 행여 그 까짓것 필요 없다고 하는 출판사가 있다면 당장 인연을 끊어버리겠다! (물론 이것도 뻥이다. 힘없고 빽없는 번역가 주제에……) 요컨대, 난 후기를 써야 한다. 이유는? 글쎄…… 그것까지도 번역 작업의 일부라고 생각하기 때문이 아닐까?

해외소설 한 권을 출간하는 데 출판사에서 해야 할 일은 너무나도 많다. 작품을 검색, 선정하는 과정에서 시작해 출간 후 전국 오프라인 및 온라인 서점에 배본하고, 보도자료 및 광고문안 등을 작성하고 매장과 카페 및 블로그를 관리하는 과정까지……. 번역자의 일도 마찬가지다. 단순히 영어로 된 텍스트를 우리말로 바꾼다고 해서 모든 일이 끝날 수는 없다. 후보작의 검토와 선정 과정에 참여하는 일부터 시작해, 수차례에 걸친 교정과 홍보문안을 번역하는 것도 우리 일이어야 한다. 그리고 (적어도 나한테는) 이 빌어먹을 역자 후기 또한 빼먹을 수 없는 작업의 일부이다.

그건 번역자 역시 본질적으로 독자일 수밖에 없기 때문이겠다. 지금껏 스릴러, 호러 소설만 작업하는 이유도 내가 장르소설의 마니아이기 때문이다.(언젠가 한꺼번에 책 세 권을 맡긴 출판사가 있었는데 나는 그중 스릴러 소설 한 권만 달랑 들고 나왔다.) 그리고 마니아이기 때문에, 잘 빚어진 소설 한 권을 마무리하고 나면, 이렇게 뭔가 허전하고, 아쉽고, 한없이 안타까울 때가 있다. 즉, 독자로서의 감수성이 발휘된 것이다.《나는 전설이다》의 마지막 넋두리를 옮기면서 그랬고,《코로나도》의 먹먹한 분위기에 빠졌을 때가 그랬고, 지금《유령 작가》를 마치면서 또 그렇다. 그럴 때면 나도 여느 독자와 마찬가지로 멍하니 천장만 바라보든,

관련 기사와 팬카페와 블로그들을 뒤지든, 아니면 (독자들이 역자 후기를 들춰보는 기분으로) 역자 후기라도 써야 한다. (항상 마지막 교정을 끝내거나, 교정지를 출판사에 보낸 직후에 후기를 쓰는 이유도 그 때문이리라. 그때야 비로소 독자로서의 감흥과 감상을 최대로 누릴 여유가 생기니까…….)

아니, 로버트 해리스의 소설을 작업할 때면 늘 그랬던 것 같다. 지금껏 나와 인연을 맺었던 《에니그마》, 《아크엔젤》 그리고 《유령 작가》까지, 그의 소설들은 언제나 이런 식으로 독자로서의 나를 무장해제시켜놓고 만다. 그리고 지금도 나는 그 이유를 고심하며 투덜대는 중이다. 도대체 무엇 때문에, 로버트 해리스의 소설만 끝내고 나면 이토록 허탈감에 빠지고 마는 걸까?

지금 와서 내린 결론은, 그의 소설들이 정치적 동물로서의 인간의 (적어도 나의) 본성을 한없이 자극한다는 것이다. (물론 내게 정치적 야망 따위가 있을 리 없다. 그건 정치적 환경이 물이나 공기처럼 우리의 필연적인 생존환경임을 인정한다는 뜻이다.) 그의 소설은 정치적이다. 그리고 실존적이다. 나를 허탈케 하는 것도 바로 그 실존적 측면으로서의 정치학 일반이며, 정치가 어느 정도까지 이기적이고 비이성적이고, 심지어 광적이기까지한지 깨닫게 해주었기 때문이다.

《아크엔젤》의 후기를 쓰면서, 이성의 광기에 대해 언급한 적이 있었다. 우리가 이성과 합리정신으로 믿었던 시대정신이 사실은 그럴듯하게 포장된 광기에 지나지 않으며, 그로 인하여 역사는 항상 어처구니없는 실수와 비극을 되풀이한다는 내용이었던 것 같다. 그리고 이제 로버트 해리스는 《유령 작가》를 통해, 권력이 (따라서 정치가) 터무니없을 정도로 이기적이고, 맹목적이며, 심지어 황당하기까지 하다는 사실을 경고하고 나선다.

《유령 작가》는 로버트 해리스가 쓴 최초의 동시대 소설이자 익명 소설이다. 그간의 소설이 실명을 위주로 한, 역사 팩션 또는 가상 역사를 다루었다는 점에서, 그에게는 새로운 실험이자 도전이었으리라. 하지만 오히려 그렇기 때문에 이 소설은 더더욱 사실적이고 현실적일 수밖에 없다. 해리스의 전적인 부인에도, 《유령 작가》는 영국의 전 수상 토니 블레어를 중심으로 한 일련의 정치상황과 너무도 닮아 있다. (소설의 주인공 애덤 랭과는 이름의 음절 수까지 똑같다.) 테러와의 전쟁, 런던 지하철의 연쇄 폭발 사건, 이라크 관련 자료 조작 등등. 실제로 BBC의 정치부 기자이자 노동당과 블레어의 지지자였던 해리스는, 영국의 이라크 침공을 비롯해 신노동당의 핵심세력이자 그의 친구인 피터 만델슨을 외교적 입장이 다르다는 이유로 수상이 해고한 사건들을 지켜보면서 (이 사건은 소설 내에서 라이카트 외무상의 에피소드로 표현된다) 토니 블레어에게 등을 돌린 것으로 알려져 있다.

문제는 지금껏 역사소설에만 전념했던 해리스가, 갑자기, 왜, 여러 가지 정치적 오해와 편견을 불사하면서까지 이런 식의 본격정치 스릴러를 기획했느냐 하는 점이다. 그것도 한때 자신이 지지했던 조국의 전 수상을 미국 CIA의 개로 전락시키면서까지 말이다. 단지 한물간 블레어 정부의 일그러진 외교정책을 질타하기 위해서라면, CIA의 사주를 받는 영국 수상이라는 설정이 너무나 과장되고 터무니없다는 생각이 들 수밖에 없다. 지금껏 균형감각을 놓쳐본 적이 없는 로버트 해리스가 아니던가? 아니, 어쩌면 그가 말하고자 했던 게 바로 그런 점이었을 수도 있겠다. 권력 집단이 하는 짓거리들이 그 정도로 황당하고 터무니없다는 얘기.

아무래도 집권 이후의 토니 블레어의 행보가 해리스에게 쉽게 이해되었을 것 같지는 않다. 이라크 관련 문건들까지 조작해가면서, 아랍세계는 물론 유럽과 아시아에서까지 전쟁깡패로 통하는 조지 부시의 소위 '테러와의 전쟁'을 앞장서서 지지하고, 누구보다 먼저 이라크에 군대를 파병하고, 그로 인하여 고요한 역사의 나라 영국을 최우선 테러대상국으로 전락시켜놓았으니 말이다. 도대체 그런 미친 짓거리에 노동당이 주장하는 세계정의가 어디 있고, 국익이 또 어디에 있단 말인가?

로버트 해리스는 정말로 황당하게도, 미국 CIA의 사주를 받는 영국 수상을 전제로 하지 않고는, 그런 상황들을 도저히 이해할 수 없음을 깨닫게 된다. ("랭이 수상으로 있던 정부 시절, 우리가 저지른 일에 대해 적어도 합리적인 이유가 있을지도 모른다는 사실에 지금 오히려 맘이 편하다네." – 라이카트, 본문 중에서) 내가 마지막 교정지까지 보내놓고, 그리고 후기 마감 일자를 하루 더 연장시켜놓고, 이렇게 넋 놓고 모니터 스크린만 노려보는 이유도 그 때문이다.

우리의 정치 현실도 이와 마찬가지로 당혹스러울 정도로 황당하고 터무니없다는 생각을 떨칠 수 없었다. 도덕도 양심도 내팽개친 채 아예 작심을 하고 편파보도를 일삼는 기성언론들, 뻔히 드러난 범죄를 없다고 덮어버리는 사정기관, 일반상식으로는 도저히 접수가 불가능한 인면수심의 장관후보들……. 저들은 도대체 누구의 사주를 받아 저렇게 황당하고도 당당한 걸까? 프리메이슨?

공포소설의 대가인 스티븐 킹은, 지난 2006년 영국에서의 인터뷰에서, 자신이 제일 무서워하는 대상이 조지 W. 부시라고 대답한 바 있다. 그토록 강대한 군산 복합체를 통제하는 힘이, 부시처럼 유별난 신앙과 유치한 감성을 지닌 사람에게 부여되었다는 사실이 너무나 끔찍하다는 얘기였다. 그의 말처럼, 잘못된 권력은 언제나 공포의 대상일 수밖

에 없다. 런던 지하철 연쇄폭발이나 9·11테러까지는 아니더라도, 우리
역시 이미 몸서리칠 정도로 끔찍한 독재정치들을 경험한 민족이 아니
던가.

《유령 작가》는 한마디로 그런 소설이다. 일그러진 권력의 본질을 이
해하고 싶다면, 일반상식과 도덕 차원의 '설마의 법칙'을 훌쩍 뛰어넘
으라는 것. 하지만 그럼에도 나는 지금, 로버트 해리스와의 인연을 또
한고비 넘기는 이 시점에서마저, 그놈의 지긋지긋한 설마의 법칙 울타
리 속에서 허우적거리고 있다.

설마, 그분도 CIA의 사주를 받은 것은 아니겠지? 아니면 네오콘이
나? ……설마?

2008년 봄 남양주에서

조영학

유령작가

1판 1쇄 발행 2008년 4월 1일
2판 1쇄 인쇄 2016년 11월 4일
2판 1쇄 발행 2016년 11월 11일

지은이 로버트 해리스
옮긴이 조영학

발행인 양원석
편집장 김지연
책임편집 정혜경
디자인 RHK 디자인연구소 남미현, 김미선
해외저작권 황지현
제작 문태일
영업마케팅 이영인, 양근모, 박민범, 이주형, 김민수, 장현기, 이선미, 김수연, 신미진

펴낸 곳 ㈜알에이치코리아
주소 서울시 금천구 가산디지털2로 53, 20층(가산동, 한라시그마밸리)
편집문의 02-6443-8847   **구입문의** 02-6443-8838
홈페이지 http://rhk.co.kr
등록 2004년 1월 15일 제2-3726호

ISBN 978-89-255-6049-6 (03840)